Chimana Bendor

Die Stimmen von Ascath

Band 1

Chimana Bendor

Die Stimmen von Ascath:

Im Schatten von Racronia

Impressum

Texte: © 2023 Copyright by Chimana Bendor

Umschlag: © 2023 Copyright by A&K Buchcover

Verantwortlich
für den Inhalt: Chimana Bendor
Daniela Rutica

Lektorat: Carolin Kretzinger

Druck: epubli – ein Service der Neopubli GmbH, Berlin

Für Rainer Hannig, Daniela Rutica,
unsere Freunde und Familie.
Eure Ideen leben ewig.

Es war ein erbitterter Kampf, ein alles verschlingender Sturm. Gab einer der zehn Wächter nach, ersetzte ihn der nächste. Der Älteste in ihrer Mitte besaß einen unerschütterlichen Willen und eine innere Stärke, der sich jeder beugen musste. Er war ein Meister der Bannsprüche, ein Gebieter unsichtbarer Welten. Er schuf Wände, wo keine Wände sein konnten. In jedem Wesen entfesselte er dessen innere Finsternis.

Jahr 1071 nach panäischer Zeitrechnung
54 Jahre nach dem großen racronischen Krieg

1 – Jarren

Ronan hielt sich an der Mauer bereit, die ihn um ein gutes Stück überragte. In regelmäßigen Abständen erhoben sich dekorative Zinnen aus der Mauerkrone. Ich warf einen Blick über die Schulter hoch zu dem Baum, in dem sich Cedric versteckte und das Gelände hinter der Mauer beobachtete. So dünn, wie er war, verschwand er regelrecht im Geäst und ich hatte Schwierigkeiten, ihn zu erkennen. Aber sich unsichtbar zu machen, war schließlich seine Spezialität. Er winkte mich zu sich heran.

„Was ist?“, fragte ich.

„Die Hauswachen patrouillieren gar nicht.“

Erstaunt zog ich die Brauen hoch. „Umso besser“, murmelte ich ironisch. Jede kleinste Abweichung von den Plänen bedeutete, dass ich mit höchster Aufmerksamkeit vorgehen musste. Aber nur weil die Wachen nicht auffindbar waren, war das keine Entschuldigung für einen Rückzug. Ich zog mir mein schwarzes Tuch über die Nase und die Kapuze tief ins Gesicht. Alles von mir war in Schwarz gehüllt bis auf die Partie um meine Augen herum. Perfekt, um mit der Dunkelheit zu verschmelzen.

Ced gab das Zeichen, dass wir beginnen konnten. Ronan grinste mich voller Vorfreude an, ging etwas in die Knie und faltete seine Hände zu einer Steighilfe.

Ich atmete einmal tief durch, rannte über die Straße auf ihn zu, stemmte meinen Fuß in seine Hände und spürte, wie er mich mit aller Kraft nach oben katapultierte. Meine Hände langten nach der steinernen Mauerkrone. Binnen eines Herzschlags lag ich flach darauf und streckte meine Hand nach Ronan aus, der mir ein Seil zuwarf. Ich band es um eine der Zinnen und knotete es fest, um das Ende auf der Parkseite herunterbaumeln zu lassen. Das würde mir den Rückweg sichern.

„Wir bleiben in der Nähe. Und lass bloß das Haus stehen", sagte Ronan mit gedämpfter Stimme und verschwand.

Ich blickte zu dem Anwesen: ein imposantes Gebäude mit hohen Fenstern, Säulen und normalerweise auch patrouillierenden Wachen.

Obwohl der Hausherr der reichste Mann aus ganz Moorstock sein musste und Moorstock war verdammt groß, sollte ich nur ein blödes Stück Papier stehlen. Mein Boss war manchmal etwas wortkarg, wenn es um die Details einer dubiosen Besorgung ging. Aber ein Auftrag war nun einmal ein Auftrag – solang die Bezahlung stimmte.

Ich schwang mich von der Mauer herunter, rollte mich ab und nutzte den Schwung für einen Sprint zum nächsten Schatten. Das musste laut Grundriss der Automobilschuppen sein, in den ich liebend gern einen Blick geworfen hätte.

Ich spähte um die Ecke. Es war tatsächlich niemand auf dem Grundstück. Der gesamte Park lag in einsamer Dunkelheit. Wenn die Wachen patrouillieren würden, hätten sie verräterische Lampen dabei. Ein mulmiges Gefühl beschlich mich, aber ich machte trotzdem weiter.

Rasch prüfte ich den Sitz meiner dünnen Lederhandschuhe, huschte weiter, diesmal bis zum Hauptgebäude, und gelangte zur Treppe, die zur Küche führte: ein

Dienstboteneingang. Direkt darunter befand sich die Waschküche im Souterrain, was ein gefährlicher Bereich war. In diesem Stockwerk wohnte die gesamte Hausdienerschaft.

Ich hockte mich unter die Treppe, die mich vor unerwünschten Blicken schützte, und inspizierte das kleine Fenster, durch das ich leider nicht durchsehen konnte. Der Hausherr verließ sich wohl zu sehr auf seine menschliche Bewachung und hatte selbst die vom Boden aus erreichbaren Fenster nicht vergittern lassen. Das erleichterte so einiges. Meine Finger tasteten nach der kühlen, kleinen, gewölbten Scheibe in meiner Jackentasche: meinem Schlossknacker. Ich drückte das Stück aus Messing an der obersten Ecke gegen den Fensterrahmen. Als nichts passierte, wanderte ich langsam am Rahmen entlang nach unten, doch auf halber Strecke krallte er sich mit unzähligen, winzigen Häkchen am Holz fest – der Schlossknacker hatte die Verankerung gefunden. Die fünf Runen, die den gebogenen Rand des Schlossknackers zierten, leuchteten für einen Augenblick schwach auf. Durch eine Lücke in der Ummantelung konnte ich sehen, wie sich ein Zahnrad Stück für Stück ruckartig bewegte. Schließlich knackte es im Schloss. Die Häkchen ließen das Holz los, die kleine Messingscheibe plumpste zurück in meine Hand, sodass ich sie schnell wieder in der Jackentasche verschwinden lassen konnte. Wie immer hatten die Häkchen auf wundersame Weise keinen einzigen Kratzer hinterlassen. Ich wusste zwar nicht, was genau hinter dem Mechanismus steckte, aber ich war froh, das Ding zu besitzen. Das Fenster schwang nach innen auf, als ich sachte mit der Fingerspitze dagegenstieß.

Zufrieden schlüpfte ich hindurch und versuchte zu erkennen, wohin ich springen sollte, ohne etwas umzuwerfen. Schwaches Licht fiel von der elektrischen Straßenbeleuchtung herein und ich musste mich gegen den Fensterrahmen drücken, um so viel wie möglich davon in den Raum zu lassen. Ich erkannte Schemen von Eimern und einen großen leeren Bottich. Alles war ordentlich an die Seite geräumt. Ich sprang vom Sims und landete auf leisen Sohlen. Meine dünnen Lederschuhe waren wie gemacht für meine lautlose Fortbewegung. Sofort lauschte ich an der Tür zum Flur. Stille.

Es dauerte eine Ewigkeit, bis ich die Klinke heruntergedrückt und die Tür vorsichtig aufgeschoben hatte, um mich dann in den Flur zu schleichen. Hier herrschte reine Finsternis. Ich hätte natürlich eine kleine Lampe mitnehmen können, allerdings wäre ich damit eine wandelnde Zielscheibe gewesen und dafür kam ich im Dunkeln zu gut zurecht.

Die innenliegende Dienstbotentreppe zur Küche lag rechts von mir, also schlich ich blind vorwärts. Angeblich konnte ich hier in diesem aufgeräumten Flur nichts umwerfen, keine Vasen, keine Dekoration, aber ich bewegte mich trotzdem langsam und vorsichtig. Meine Fußspitze stieß gegen die erste Stufe und da wusste ich, dass ich den Aufgang zur Küche erreicht hatte. Mit Händen und Füßen tastete ich mich die gewundene, halsbrecherisch steile Treppe hoch, die an einer Tür endete. Vorsichtig öffnete ich sie. Jedes Geräusch, das sie verursachte, hallte über die Stufen hinunter ins Untergeschoss, was mir nervöse Schauer über den Rücken jagte. Jetzt war ich in der Küche. Hier fiel wieder das schummrige Licht der Straßenbeleuchtung in den Raum. Die sauber polierten Arbeitsplatten schimmerten.

Zügig lief ich um eine Anrichte herum und erreichte innerhalb eines Augenblicks die Tür zum Vorsaal. Bedacht drückte ich die Klinke herunter, schob die Tür auf und zwängte mich durch. Ich eilte an einer gigantischen Treppe vorbei in den gegenüberliegenden Korridor. Hinter der ersten Tür links befand sich das Wohnzimmer, auf der rechten Seite gelangte man in das Damenzimmer, die zweite Tür dahinter führte in den Salon. Ganz am Ende: das Büro. Dort würde ich den Ordner finden, den mein Boss so heiß begehrte. Ich wollte gerade einen Satz auf die Tür zu machen, da sah ich das Licht unter dem Türspalt und einen sich bewegenden Schatten. Ich sprang einen Schritt zurück, als ich Stimmen und ein hell klackerndes Geräusch hörte, als würde jemand auf einer Schreibmaschine tippen. War Mr Bonns noch wach und saß in seinem Büro, um eine Nachtschicht einzulegen?

Plötzlich rief jemand: „Mein Gott, ich unterschreibe ja!“ Das war unverwechselbar Bonns' Stimme: „Jetzt nehmt eure dreckigen Hände von ihr weg und lasst sie gehen!“

Ich hörte viele Schritte. Zu viele.

Mir zog sich der Magen zusammen, als ich mir zusammenreimte, warum im Park niemand patrouilliert hatte. Offensichtlich war ich nicht der einzige Eindringling!

Ich musste raus aus diesem Haus!

Mit eiligen Schritten öffnete ich – und ich ärgerte mich darüber – etwas unvorsichtig die Tür zum Salon. Ich erkannte die Schemen einer üppigen Möbelgarnitur, dahinter eine Reihe hoher Fenster. Das reichte mir, um das Gebäude zu verlassen, bevor mich jemand entdecken konnte. Zügig huschte ich durch das Zimmer. Ich war fast am Fenster angekommen, als ich ein Geräusch hinter mir hörte. Ich hatte mich kaum umgedreht, da stürmte schon die erste vermummte Gestalt auf mich zu – sicherlich kein Wachpersonal.

In Gedanken fluchend sprang ich zur Seite. Keinen Atemzug später hielt der Fremde inne, als der Lauf meines Revolvers gegen seine Brust stieß. Beide wie erstarrt verharrten wir einander gegenüberstehend. Mein Blick zuckte zu dem Messer in seiner Hand, das er an meine Rippen presste. Es hatte meine Jacke noch nicht durchdrungen, da ich seinen Arm rechtzeitig zu packen bekommen hatte.

Er stieß einen Fluch aus und deutete auf meine Waffe. „Du willst also das ganze Haus wecken?"

„Ich bin verschwunden, bis die hier sind." Wie zur Hölle sollte ich jetzt mein eigenes Messer hervorholen, ohne dass er es bemerkte? Wenn es unbedingt nötig wäre, sollte ich ihn möglichst geräuschlos ausschalten, um niemanden anzulocken. Ich betete still, dass das hier nicht in einem Blutbad enden würde.

Er bewegte sich – so schnell, dass ich gar nicht anders entscheiden konnte. Meine Zeit war zu knapp. Unwissend, welche Waffen er noch ziehen würde, hatte ich schon den Abzug betätigt, bevor er irgendwelche weiteren Schritte hätte wagen können. Der Knall hallte durch das gesamte Haus, ließ das Geschirr klirren. Meinem Widersacher hatte ich die Brust durchbohrt. Noch bevor der Mann zu Boden gesackt war, machte ich kehrt und stürzte auf das Fenster zu. Ich riss es auf und sprang hindurch. Falls er Verstärkung im Haus hatte, so hatte ich jetzt jeden einzelnen von ihnen auf mich aufmerksam gemacht. Und Bonns' Dienerschaft ebenso. Aber zu denen hatte ich im Augenblick Abstand und dadurch mehr Zeit. Das bedeutete eine größere Chance auf Überleben. Ich wusste nicht, wie viele es waren. Ronan und Cedric schlichen zwar auch auf dem Grundstück herum, um mich im Notfall zu unterstützen – der Schuss hatte die beiden sicherlich alarmiert –, aber wenn wir einer ganzen Bande gegenüberstünden, wären unsere Möglichkeiten verschwindend gering.

Ich rannte so schnell ich konnte, hielt mich dabei dicht an der Frontfassade des Hauses, die mir zumindest zu meiner Rechten Deckung gab und zwang mich, nicht darüber nachzudenken, dass ich soeben jemanden erschossen hatte. Immer wieder blickte ich über die Schulter nach hinten. Als ich den beleuchteten Haupteingang mitsamt der breiten Vortreppe erreicht hatte, beschleunigte ich meine Schritte. Anstatt um die Treppe herumzulaufen, sprang ich, zog mich am steinernen Geländer hoch, nutzte meinen Schwung und landete sicher auf den Stufen. Geduckt rannte ich quer über die Treppe und sprang auf der anderen Seite wieder hinunter. Etwas Sirrendes durchschnitt die Luft, noch bevor ich auf dem Boden aufkam. Nichts Geringeres hatte ich erwartet: Sie beschossen mich mit etwas nahezu Lautlosem. Nervös landete ich auf dem Rasen und rannte weiter, darauf hoffend, keinen tödlichen Schuss in den Rücken abzubekommen. Ich riss mir das Tuch vom Gesicht, um besser atmen zu können. Als ich den Schutz der

Mauer verlassen musste, sah ich, dass im Haus vereinzelt Lichter eingeschaltet wurden. Zielstrebig hielt ich auf den Automobilschuppen zu und warf mich, ohne zu zögern, gegen die Tür. Ich hatte mehr Widerstand erwartet, aber unter meiner Wucht gab sie einfach nach, als wäre sie gar nicht verschlossen. Mit viel zu viel Schwung stolperte ich ins Innere, schaffte es aber noch, die Tür mit einer Hand wieder zurückzuschlagen und stürzte auf etwas Weiches. Hinter mir knallte etwas in die Tür, als erneut auf mich geschossen wurde, und sie schwang wieder ein Stück auf.

Gerade wollte ich mich aufrichten, um weiterzueilen, da spürte ich kalte Finger unter meiner Hand. Ich zuckte zusammen, als die Tür knarzend noch ein Stück weiter aufschwang und das Licht zwei aschfahle starre Gesichter gespenstisch aufleuchten ließ.

Ich hatte Bonns' Wachen gefunden!

Auf keinen Fall durfte ich jetzt zögern. Einen Blick über die Schulter werfend erkannte ich, dass zwei Männer am Haus entlangrannten, genau in meine Richtung. Rasch sprang ich auf. Ich brauchte jetzt schnell eine Idee, um die beiden abzuschütteln. Wenn ich mit denen auf den Fersen die Mauer erklimmen wollte, war ich leichte Beute. Und wenn noch mehr Schüsse fielen, würden die anderen im Haus genau wissen, was vor sich ging. Außerdem würde das die Stadtwache anlocken. Daher ließ ich meinen Revolver lieber in seinem Halfter – ich hatte nicht erwartet, ihn überhaupt benutzen zu müssen. Das war, zugegeben, nicht die professionellste Art gewesen, die Situation im Salon unter Kontrolle zu bringen. Aber es hatte mich ein gutes Stück näher an die Mauer gebracht. Auch wenn ich nicht das hatte, was Casta wollte. Im Augenblick war mir mein Leben wichtiger als dieses verdammte Dokument und mein Auftrag.

Im Halbdunkel erkannte ich eine Stiege und wollte gerade daran hochklettern. Doch als ich ein Geräusch hörte, hielt ich es für schlauer, hinter einem Reifenstapel links von der Tür zu verschwinden. Von meinem Sprint durch den Hof war ich noch immer außer Atem, weshalb ich die Luft anhielt, als sich die zwei Männer lautlos in den Schuppen schlichen und achtlos über die Leichen der Hauswachen stiegen. Die schmalen Lichtkegel von zwei Lampen zuckten über Kisten, Holzbretter und Werkzeuge. Ich fluchte innerlich.

Vorsichtig spähte ich um den Reifenstapel herum, völlig verborgen im Schatten und doch direkt vor den beiden Männern, die mich umbringen wollten. Wie auch der Mistkerl im Salon waren sie vermummt, überall an ihrer Kleidung blitzten etliche Knaufe von Messern oder Dolchen auf. Der Erste hielt etwas in den Händen, womit er auf mich geschossen haben musste, ohne das leiseste Geräusch zu verursachen. Aber ich erkannte in der Dunkelheit nicht, was es war. Der Zweite griff nach der Stiege und kletterte in das obere Stockwerk, während sein Kumpan mit vorsichtigen Bewegungen und aufblitzender Klinge das Erdgeschoss abzusuchen begann. Egal, was jetzt kommen würde, ich durfte mich nur noch auf meine Schnelligkeit und Reflexe verlassen, alles andere wäre der sichere Tod.

Genau im selben Moment wandte der Mann sich von mir ab, um in den Schatten hinter einer Kiste zu leuchten. Diesen ungedeckten Moment ausnutzend sprang ich blitzschnell aus meinem Versteck, packte ihn und schleuderte ihn seitlich gegen die Wand. Ich verbot mir, nachzudenken oder gar zu zögern. Meine Klinge versank in seinem Hals. Ich spürte, wie mein Messer seine Muskeln teilte, Sehnen kappte, seinen Kehlkopf spaltete. Für ein paar Herzschläge rang er noch mit mir und versuchte mir mit seinem letzten Atemzug das Bein aufzuschlitzen. Aber da ich ihn noch immer gegen die Wand presste, konnte er sich kaum bewegen. Es schepperte laut, als seine Waffen und die Lampe aus seinen erschlafften Fingern glitten. Er sackte in meinen Armen zusammen – und ich mit ihm, weil mir die Knie weich wurden. Sein Blut sprudelte über meine Hand.

Ich sank mit meinem Opfer zu Boden. Plötzlich konnte ich mich nicht mehr rühren, als hätte eine Lähmung von mir Besitz ergriffen. Mein Kopf war leer, bis auf das hämmernde Geräusch meines rasenden Herzschlags. Zitternd versuchte ich von dem blutigen, leblosen Körper wegzukommen. Was war bloß in mich gefahren? Rücklings rutschte ich gegen die Wand. Just im selben Moment spähte sein Komplize durch die Luke zu mir herab. Als hätte ich mich unfreiwillig ins Rampenlicht begeben, traf mich jetzt der Lichtstrahl der Straßenbeleuchtung, der zur Tür hineinfiel. Dazu war seine Lampe direkt auf mich gerichtet. Eine Schweißperle rann mir über die Stirn.

Anstatt die Stiege hinunterzuklettern, sprang er und kam direkt vor mir auf. Langsam beugte er sich zu mir hinunter und streckte seinen Arm nach mir aus. Ich rang um jeden Atemzug. Er riss mir die Kapuze vom Kopf und musterte mein Gesicht. Sein Blick glitt zu der senkrechten

Narbe oberhalb meiner linken Braue, dann starrte er mir direkt in die Augen, als könnte er darin erkennen, wer ich war.

Kannte er mich?

Ich hingegen konnte sein verdecktes Gesicht nicht sehen.

Ich musste ihn aus dem Weg schaffen und zwar schnell! Aber ich wagte keine plötzlichen Bewegungen. Zeit und Abstand! Ich brauchte Zeit und Abstand! Nur wie sollte ich mir beides erkämpfen?

Ich zuckte zusammen, als ein lauter Schlag den Schuppen erbeben ließ. Der Mann vor mir kippte reglos zur Seite um und hinter ihm tauchte Ronan auf, bewaffnet mit einer dicken Eisenstange. Er hatte ihm den Schädel eingeschlagen. Achtlos ließ er seine Waffe fallen und reichte mir seine Hand. „Jarren! Komm!“ Rasch zog er mich auf die Beine und wir verließen den Schuppen durch die Hintertür, bevor die Stadtwache uns finden konnte.

„Wer hat geschossen?“, wollte Ronan wissen.

„Ich.“

„Echt jetzt?“ Der tadelnde Unterton blieb nicht aus.

Aus den dunklen Schatten der Mauerkrone erhob sich Cedric, der vollkommen unsichtbar darauf gelegen hatte und uns jetzt das Seil herunterließ.

„Du zuerst“, sagte ich, als wir bei der Mauer ankamen, anstatt mich zu rechtfertigen.

Ronan seufzte bloß. Er wusste, dass ich nicht diskutieren würde. Rasch schnappte er sich das Seil und kletterte daran hoch, während ich mit dem Rücken zur Mauer dastand und das Haus nicht aus den Augen ließ. Niemand verließ es. Aber in seinem Inneren brach gerade das reinste Chaos aus, das konnte ich deutlich hören. Ich sammelte mich und folgte dann Ronan und Cedric, die sich bereits über die Mauer in Sicherheit gebracht hatten. Als ich oben bei der Zinne angelangt war, löste ich den Knoten, warf das Seil Ronan zu, der es rasch in seiner Tasche verschwinden ließ, und sprang ebenfalls.

2 – *Jarren*

„Hast du wenigstens die Papiere bekommen?", fragte mich Ronan, während wir hinter der nächsten Grundstücksmauer um die Ecke huschten, auf der Hut vor der vermutlich alarmierten Stadtwache. Cedric blieb dicht hinter uns. Es war merkwürdig still.

„Nein", gestand ich niedergeschlagen.

Wir erreichten unseren Wagen, der im Schatten einer „rein zufällig" ausgefallenen Laterne parkte und wie ein dunkler, unscheinbarer Quader wirkte. Der Motor sprang an, als wir uns näherten.

„Fahr!", sagte ich, während ich auf die vordere Sitzbank sprang. Dorian, der am Steuer saß, zögerte nicht und brauste los, noch bevor wir alle Türen zugezogen hatten. Ich entledigte mich meiner blutverschmierten Jacke und warf sie zusammen mit den Handschuhen in den Fußraum. Am liebsten hätte ich meiner Kleidung noch zusätzlich einen Fußtritt verpasst.

„Wie ist es gelaufen?", wollte Dorian schließlich wissen, nachdem wir den Stadtbezirk Hallbrick hinter uns gelassen hatten, seltsamerweise ohne Komplikationen.

Ich hatte gehofft, unser betretenes Schweigen und mein missmutiger Blick hätten ihm bereits erklärt, dass die Mission fehlgeschlagen war.

„Beschissen", brummte ich, ohne ihn anzusehen.

Im Augenwinkel sah ich, dass er mir einen Seitenblick zuwarf, in der Hoffnung auf detaillierte Erläuterungen.

Aber ich hatte keine Lust, irgendetwas zu erläutern.

„Hast du den Ordner, den Casta wollte?“, fragte er.

Ich überlegte lange, ob ich überhaupt antworten sollte. „Nein“, entgegnete ich knapp und ballte meine Hände zu Fäusten. Damit hatte ich das Gespräch beendet.

Wir fuhren an den Bahnschienen entlang, die die äußerste Grenze des Bezirks Hout-Town streiften, wo Cedric aufgewachsen war. Es war der Einzige der vierzehn Stadtbezirke, der eigene Mauern benötigte, um Ordnung zu wahren. Als wir über die Flussbrücke brausten, konnte ich diese Mauern sehen, die vom Licht der Gassen unheimlich angestrahlt wurden und sich über die schiefen Dächer in den Nachthimmel reckten – wie ein Gefängnis, nicht wie ein Wohnviertel. Dort aufzuwachsen, bedeutete vielmehr, von klein auf ums Überleben kämpfen zu müssen. Noch viel mehr als in den anderen Gegenden Moorstocks.

Wir ließen Hout-Town hinter uns, gelangten nach Tresstar und folgten den Straßen der oberen Stadtebene, die mehr einem Labyrinth glichen als einer durchdacht geplanten Strecke. Wir erreichten unser Ziel, den Unterschlupf für die heutige Nacht. Ich war froh darüber, dass wir uns keine Verfolgungsjagd mit der Stadtwache hatten leisten müssen – das war etwas, was bei misslungenen Einbrüchen nicht selten die Folge war. Als ich fünfzehn Jahre alt und entsprechend unvorsichtig und unerfahren gewesen war, hatte ich mit so etwas leider besonders häufig Erfahrung gemacht. In den darauffolgenden Jahren hatte ich mich mehr und mehr dem Technikschmuggel in den Osten gewidmet, natürlich unter dem Deckmantel einer Spedition – damit tat ich streng genommen sogar etwas Gutes. Der heutige Auftrag war eine Ausnahme gewesen und ein Wiedererleben der guten alten Zeit, die keine zehn Jahre zurücklag. Und trotz saubersten Planung in den Wochen zuvor war mein Job missglückt und ich hatte zwei Männer ermordet. Wer hätte gedacht, dass gleich zwei Parteien in ein und dasselbe Haus einbrechen würden? Konnte man das überhaupt noch Zufall nennen? Ich biss die Zähne so fest zusammen, dass mir die Kiefergelenke schmerzten. Meine Freunde taten gut daran, mich einfach anzuschweigen. Sonst würde ich noch irgendwen anbrüllen und es dann bereuen.

Dorian steuerte auf einen dunklen, kleinen Parkplatz zu, wo er den Wagen in der letzten, freien Nische abstellte. Der Parkplatz war von einem Maschendrahtzaun umgeben, hinter dem es mindestens zehn Meter mauerabwärts ging. Der Lärm einer belebten Straße hallte von dort hoch. Ein verdächtiges Loch im Zaun zeugte davon, dass vermutlich mal etwas oder jemand von dort hinuntergestoßen worden war.

Ich stieg aus und schulterte meinen Rucksack. Wir marschierten geradewegs auf das offene Rolltor zu. Das Licht der Laternen floss über den Platz, spiegelte sich in den Pfützen auf der Straße und waberte durch die Rauchschwaden, die aus den Schornsteinen der Häuser unter uns quollen. Zwei kapuzenvermummte Gestalten zeichneten sich im Gegenlicht am Tor ab. Sie unterbrachen ihre Tuschelei, als wir uns näherten, und ließen uns unkommentiert, doch unter prüfenden Blicken in eines der vielen Verstecke der Ascath ein. Wir durchquerten den Raum, der einer Mischung aus Garage und Abstellkammer glich und wo Ronan und ich unsere Motorrader abgestellt hatten, um am Morgen verschwinden zu können. Zwei Stufen auf einmal nehmend stieg ich eine knarzende Holztreppe hinauf, die in einen engen, unübersichtlichen Flur führte. Ein entnervter Seufzer entwich mir, während ich über einen auf dem Boden schlafenden Betrunkenen klettern musste – dass er betrunken war, konnte man riechen, ohne sich zu ihm hinunterzubücken. Ich war versucht, ihm in die Rippen zu treten, weil er mir im Weg lag, und weil ich schlechte Laune hatte. Aber ich hielt mich netterweise zurück. Schließlich stieß ich eine von mehreren Türen auf und trat in den Raum. Ich ließ meinen Rucksack über den Boden schlittern, sodass er unter einem Tisch landete und verschwand direkt ins Bad, denn ich hatte den Drang, mich gründlich zu waschen. Rasch zog ich mir den schwarzen Pullover aus und schrubbte mir wie ein Wahnsinniger die Hände und Unterarme unter fließendem Wasser ab, obwohl ich dort keinen Tropfen Blut erkennen konnte – zum Glück. Das war wohl alles auf meinen Handschuhen und meiner Jacke geblieben, die zusammengeknüllt im dreckigen Fußraum unseres Wagens lagen. Messerstechereien konnte ich absolut nicht ausstehen. Noch weniger als Schießereien. Ich fragte mich, ob es jemanden gab, der im Geheimen über den Ausgang eines solchen Kampfes entschied. Einer, der bestimmte, wer überleben und wer sterben sollte. Oder war es bloß Zufall, dass es mich noch nicht erwischt hatte?

Ich schüttelte mich, schöpfte Wasser mit den Händen, um mir das Gesicht zu waschen und fuhr mir durchs kurze, dunkle Haar, nur für den Fall, dass dort irgendwo doch noch Blut klebte. Das kalte Wasser half mir, mich zu beruhigen. Ich erlaubte mir noch einen tiefen Atemzug und tröstete mich mit dem Gedanken, dass ich der Situation unverletzt entkommen war. Immerhin.

Dann schnappte ich mir ein Handtuch, trocknete mich grob ab, warf es über den Rand der Badewanne (die voller undefinierbarer Schlieren war) und verließ das Bad.

Als ich zurück in unser kleines Zimmer trat, hatte Dorian es sich auf der alten Ledercouch bequem gemacht. Ronan, der halb auf dem Tisch saß, schien gerade von unserem knappen Davonkommen zu berichten. Cedric saß wie üblich als stiller Zuhörer daneben und starrte ins Leere.

„Du hast dich erwischen lassen?“ Dorian grinste mich an und verschränkte die Arme vor der Brust. „Wie untypisch.“

Seufzend kramte ich in meiner Tasche, die ich vor unserem Abstecher in Bonns' Villa schon hergebracht hatte, beförderte ein sauberes, graues Hemd zutage und zog es über. „Beim nächsten Mal schicke ich dich vor“, drohte ich.

„Hast du die Kerle eigentlich erkennen können? Zu wem gehörten die?“, wollte Ronan wissen.

„Keine Ahnung. Es war zu dunkel.“ Ich lehnte mich gegen die Wand. Plötzlich fühlte ich mich unglaublich müde. „Wer auch immer das war, jetzt haben wir drei von denen auf dem Gewissen.“

„Drei?“ Dorian beugte sich vor und weitete überrascht die Augen.

„Ich geh schlafen. Ich muss in drei Stunden zur Arbeit.“ Nicht, dass ich die Hoffnung hatte, überhaupt noch etwas Schlaf zu finden. Dafür war ich viel zu aufgewühlt. Mit einer schnellen Bewegung schnappte ich mir meine Sachen und war schon wieder verschwunden, bevor die anderen antworten konnten. Abermals musste ich über die schnarchende Gestalt auf dem Flur klettern und betrat eines der winzigen Schlafzimmer. Auf der Bettkante sitzend grübelte ich darüber nach, wie ich das Ganze Casta erklären sollte. Er mochte es nicht, wenn man mit leeren Händen zu ihm zurückkehrte.

„Alles in Ordnung?"

Ich sah auf. Ronan stand im Türrahmen und hatte sich mit einer Schulter dagegengelehnt. Wie immer bemerkte er, dass *nicht* alles in Ordnung war. Um etwas vor ihm zu verbergen, kannte er mich zu gut und zu lange.

„Alles in Ordnung." Ich zog mir die Schuhe aus.

Er grinste schief. „Du bist ein wandelndes Nervenbündel."

„Ach was."

„Du hast getan, was nötig war, um nicht aufgeschlitzt zu werden. Mach dir keinen Kopf."

Ich stützte das Kinn in die Hände. Ohne ihn wäre ich durchaus aufgeschlitzt worden. „Danke fürs Retten, falls du das jetzt hören wolltest. Und gute Nacht", murmelte ich.

„Keine Ursache." Kurz wurde sein Blick ernster, als er mich musterte.

Ich hob eine Augenbraue.

„Na schön, ich geh ja schon", sagte er dann und ließ mich allein. Aus dem Flur hörte ich noch: „Wer hat eigentlich diesen Typen hier hingelegt?"

Ich schmunzelte.

In der kurzen Zeit, die mir zum Schlafen geblieben war, hatte ich kaum ein Auge zugemacht und fühlte mich wie betrunken, als ich mir am Morgen die Arbeitshose und die Sicherheitsstiefel anzog. Wieder stand ich vor dem

Waschbecken und versuchte, mich mit kaltem Wasser irgendwie aufzuwecken, damit ich nicht im Stehen einschlief. Schlaflose Nächte waren keine Seltenheit, wenn man ein Doppelleben führte. Ich freute mich auf den Moment, da ich den Job in der Werkstatt einfach hinschmeißen würde – wenn er denn käme. Und dennoch gab es ab und an doch noch einen Tag, an dem ich etwas Nützliches lernte. Die Lehre zumindest abzuschließen, wäre nicht verkehrt. Aber ich musste mich viel zu oft ermahnen, es nicht zu vermasseln.

„Ich finde, wir sollten den beiden kaltes Wasser über den Kopf gießen. Dann ist es nicht so ungerecht." Ronan deutete mit dem Kinn zur Ecke, wo sich Cedric und Dorian provisorische Schlafgelegenheiten eingerichtet hatten, und wusch sich nach mir ebenfalls ab.

Die Vorstellung missfiel mir nicht und entlockte mir ein Grinsen. Die beiden konnten heute Morgen so lange schlafen, wie sie wollten, und ich beneidete sie darum. Dann würden sie irgendwann, wann auch immer es ihnen beliebte, in unser Hauptversteck in Shelvers zurückfahren.

„Seit wann fühlst ausgerechnet *du* dich ungerecht behandelt?", scherzte ich und zwängte mich in meine Jacke.

Ronan lächelte schief. „Du findest, ich habe zu hohe Ansprüche, ja? Ganz schön dreist, nachdem ich dir gerade erst den Hintern gerettet habe." Auch er zog sich fertig an und wir verließen den Raum. Dorian und Cedric hatten sich von nichts aufwecken lassen.

„Ich hab dir auch schon hundert Mal den Hintern gerettet. Das entschuldigt überhaupt nichts. Außerdem machst du auf mich einen munteren Eindruck, also beschwer dich nicht.“ Über die Schulter zurückgrinsend stieg ich die knarzenden Stufen hinunter und Ronan folgte mir.

„Ein munterer Eindruck, ja? Dann ist ja gut“, murmelte er und gähnte.

„Ich hoffe nur, uns kann niemand etwas nachweisen“, sagte ich mehr zu mir selbst als zu Ronan. Wir betraten den Raum, wo wir unsere Motorräder abgestellt hatten.

„Falls du dich im Haus nicht jedem lautstark vorgestellt hast, sollte uns niemand erkannt haben“, meinte Ronan mit einem lässigen Schulterzucken. „Und die, die uns gesehen haben … Ich glaube nicht, dass jemand überlebt hat, oder?“

Kurz blinzelte ich ihn an. „Ja, du hast Recht.“ Niemand hatte überlebt. Wir hatten eine Schneise des Todes hinterlassen. Das Geräusch von brechenden Knochen durchzuckte mich jäh, als ich daran dachte, wie Ronan den Kerl vor mir niedergeschlagen hatte. Gut, dass es dunkel gewesen war und ich mir somit wenigstens den Anblick seines zermatschten Schädels hatte ersparen können.

„Ich muss los, sonst komme ich zu spät“, sagte ich schnell und schüttelte die Erinnerung wie auch den Gedanken an mögliche Konsequenzen ab. Ich war schon oft genug zu spät bei der Arbeit erschienen und hatte dafür schon die ein oder andere Abmahnung eingesteckt – manchmal in Papierform, manchmal in Form einer Ohrfeige. Daher bemühte ich mich um Pünktlichkeit, soweit es mir möglich war. Dass Mr Colldats mich noch nicht rausgeschmissen hatte, lag nur daran, dass er mit Casta zusammenarbeitete, was ihm durchaus Profit einbrachte. Wenn unsere Kunden wüssten, dass die Werkstatt mit einer eingeschworenen Bande, den Ascath, Geschäfte machte, würden sie vermutlich Anzeigen auf uns herabregnen lassen – oder Preisnachlässe aushandeln.

Ich schob das schwere Rolltor hoch. Kälte und Dunkelheit schlugen mir entgegen und ich sah meinen Atem. Rasch zog ich den Reißverschluss meiner Lederjacke zu und stülpte mir die Handschuhe über die Finger, während ich zügig zurück durch die Garage auf mein Motorrad zumarschierte. Ich bockte es ab und schwang mich darauf, ließ den Motor an und zog mir die Schutzbrille auf. „Bis später", verabschiedete ich mich knapp von Ronan und brauste los. Auch er machte sich auf den Weg, allerdings in die andere Richtung, um seinem Vater in der Gastwirtschaft behilflich zu sein. Auch er führte schließlich ein Doppelleben – vielleicht sogar ein Dreifachleben, wenn man das so nennen konnte.

Die klirrende Kälte vertrieb die Müdigkeit aus meinem Kopf, während ich mich auf den Lichtkegel vor mir konzentrierte, der durch die engen Gassen huschte. Die obere Stadtebene ließ ich hinter mir und raste nun unter etlichen Brücken entlang, durch Unterführungen und Tunnel hindurch. Als ich in die dichte Innenstadt des Bezirks Bowmar gelangte, nahm der Verkehr zu. Ich quetschte mich hindurch, wo ich konnte, wobei ich das ein oder andere waghalsige Manöver an den Tag legte. Ich biss die Zähne zusammen und beschleunigte, als der Ärger in mir erneut hochkochte. Warum hatte das vorhin so miserabel schieflaufen müssen? Mir wurde flau bei dem Gedanken, später meine Sachen waschen zu müssen und festzustellen, dass noch viel mehr Blut daran klebte, als ich angenommen hatte. Ich wollte mir das Ganze bei Tageslicht nicht ansehen.

Vom Verkehr und meinen Grübeleien über den missglückten Einbruch völlig entnervt bog ich in die Einfahrt der Werkstatt und stellte meine Maschine neben der Halle ab. Im Hof standen mehrere Automobile, die unserer Aufmerksamkeit bedurften. Am liebsten hätte ich zehn Tassen Kaffee in mich reingeschüttet, bevor ich mich an die Arbeit machte, aber dafür war keine Zeit mehr. Der Tag begann also mit einem Ölwechsel, einem abgerissenen Abgasrohr und einem übergekochten, halb geschmolzenen Motor durch stumpfe Überbelastung. Ich fühlte mich wie dieser Motor.

Immer wieder sah ich, wie Blut meine Hände benetzte. Immer wieder spürte ich, wie der Mann in meinen Armen zusammensackte. Hörte den Schuss meines eigenen Revolvers und zuckte zusammen. Ich hatte nicht erwartet, dass mich das derart verfolgen würde. Heute war ich so schreckhaft wie ein kleines Mädchen. Es musste über zwei Jahre her sein, dass ich das letzte Mal jemanden erschossen hatte. Und auch damals hatte das Spuren hinterlassen. Wenn ich mich in heikle Territorien begab, trug ich immer kleine, unauffällige Waffen bei mir. Aber ich hatte gelernt, sie möglichst nicht zu benutzen. Höchstens, um jemanden zu bedrohen, der nicht spurte. Aber einen Menschen zu töten, war eine ganz andere Hausnummer. Gestern Nacht hatte ich vollkommen die Kontrolle verloren. Geschlafen hatte ich danach wohl kaum. Daher vergaß ich ständig, was ich gerade tun wollte, und fand mich in dieser verfluchten Villa wieder. Streckte zwei Männer nieder. Ronan den dritten vor meinen Augen. Ob mich dieser verdammte Alltag wohl irgendwann endlich abstumpfen würde?

Ich schüttelte den Kopf. Diese Gedanken hatten in der Werkstatt nichts zu suchen. Wenn sie jemand hören könnte, ich würde sofort im Kerker landen, wenn nicht am Galgen hängen.

„Und?“

Ich blickte meinen Kunden verdutzt an – und er mich.

„Wird er wieder laufen?“, fragte er und verschränkte die Arme vor der Brust.

Es dauerte einen Moment, bis ich in meinem Kopf aufgeräumt hatte. Noch immer stand ich vor dem eingeschmolzenen Motor. „Der Kolben hat sich verzogen.“ Ich sah mir das Ganze noch einmal an, weil ich schon wieder vergessen hatte, was ich vor einer halben Minute beobachtet hatte. Ein verzogener Kolben war bei Weitem untertrieben. Dass die Karre nicht abgefackelt war, wunderte mich. Der Motor sah aus, als käme er gerade aus dem Schmelzofen, allerdings ohne in Form gepresst worden zu sein.

Hatten die Männer, deren Leben wir heute Nacht ausgelöscht hatten, vielleicht Kinder gehabt?

„Heißt?“

„Heißt, dass da keine Bewegung mehr möglich ist. Heißt, dass der Motor nicht läuft.“ Meine Stimme klang genervt, was ich zu spät bemerkte. Ich zwang mich zu einem entschuldigenden Lächeln. „Tut mir leid, aber das ist ein Totalschaden. Da müsste ein neuer Motor eingebaut werden und …“

„Warum ist das überhaupt passiert?“

Ich seufzte, weil ich genau wusste, dass er sich jetzt in Rage reden würde.

„Ich habe den Wagen gekauft, damit er fährt. Dann fahre ich damit und er gibt nach nicht mal einem Jahr den Geist auf!"

Schon wieder ein Schuss! Ich zuckte zusammen und fuhr herum. Nur eine zugeschlagene Tür.

Erneut musste ich mich sammeln, um bei der Sache zu bleiben. Ich massierte mir den Nasenrücken, weil ich Kopfschmerzen hatte, und begann, ihm allerlei Fragen zu stellen, was für mich reinste Routine war. Ein abgespieltes Band.

Er brummte etwas von dämlicher Technologie, die es nicht schaffe, auf Betriebstemperatur zu arbeiten, und stampfte in Richtung Büro davon. Froh darüber, dass er endlich weg war, untersuchte ich den Wagen auf weitere Folgeschäden und versuchte, mir irgendwie zu merken, welche Ersatzteile ich auf die Bestellliste packen musste. Ich schob den Wagen auf eine freie Abstellfläche, wo bereits andere Automobile parkten, für die noch Ersatzteile geliefert werden mussten.

Es war erstaunlich, wie viele unserer Kunden einfach nicht begreifen konnten, dass diese Technologie nicht überlastet werden sollte und ihre Grenzen hatte. Natürlich war sie noch nicht ausgereift; es gab sie gerade mal seit zehn Jahren vom Fließband. Mit überhitzten Fahrzeugen bekamen wir es ständig zu tun. Immerhin fuhren sie mit Verbrennungsmotoren. Sie verbrannten etwas. Also wurden sie heiß. So einfach war das.

Ich genehmigte mir ein paar Sekunden Auszeit, indem ich mich an den Wagen lehnte, die Augen schloss und das Gesicht gen Himmel reckte. Der kalte Wind strich über meine Nasenspitze. Ich hatte gerade erst knapp zwei Stunden gearbeitet und es fühlte sich bereits an wie ein ganzer Tag.

„Jarren!“, hörte ich Mr Colldats' polternde Stimme. „Warum hast du Zeit, dämlich in der Gegend rumzuglotzen? Da hinten steht noch immer eine Ölwanne, die geleert werden muss, bevor sie jemand umwirft!“

Ich seufzte und machte mich an die Arbeit, bevor mir mein Chef wieder eine Abmahnung an den Kopf werfen konnte, weil ich es wagte, für ein paar Sekunden kein Werkzeug in der Hand zu halten.

Als die Werkstatt schloss, war es schon wieder dunkel geworden. Das hatten die letzten Oktobertage so an sich – man bekam die Sonne kaum zu sehen; die Tage wurden immer kürzer. Von den dunklen Wolken mal abgesehen. Ich war noch einer der glücklichen Berufstätigen, die einen Teil der Arbeit draußen im Hof verrichten konnten, anstatt in einer stickigen Maschinenhalle zu arbeiten. Zumindest war ich so lange glücklich darüber, bis der übliche Regen einsetzte.

Ich saß wieder auf meinem Motorrad, kämpfte mich durch den Verkehr und zwängte mich zwischen den anderen Fahrzeugen jeglicher Größenordnung hindurch: Radfahrer, Automobile, Straßenbahnen und manchmal sogar noch altertümliche Pferdekutschen oder Eselskarren (die unheimlich langsam waren).

Allerdings konnte ich noch immer nicht nach Hause fahren, weil ich noch mit Casta sprechen musste. Über heute Nacht. Mir brummte der Schädel. Falls ich tatsächlich komplett wachgelegen hatte, war soeben die vierzigste

Stunde angebrochen, seit ich zuletzt geschlafen hatte. Ich hatte etwas Sorge über mein Urteilsvermögen. Still betete ich, dass ich mich gleich nicht in irgendwelche weiteren Schwierigkeiten bringen würde. Und dass Casta mich nicht umbringen würde. Und dass ich mich mit dem Motorrad nicht selbst umbringen würde. Mit meiner Konzentration war es jedenfalls vorbei für heute.

Schweigend wartete ich auf einem Stuhl im schummrigen Licht einer Glühbirne und stützte den Ellenbogen auf den Tisch voller Antiquitäten neben mir. Der Lärm aus dem Kasino, dem Amethyst – welches zugleich der Hauptsitz der Ascath war –, feuerte meine Kopfschmerzen erst recht an. Ich massierte mir die Schläfen. Hätte man mich auch nur noch eine weitere Sekunde warten lassen, wäre ich aufgesprungen und einfach nach Hause gefahren – was natürlich Konsequenzen zur Folge gehabt hätte. Doch endlich hörte ich eine Tür aufschwingen. Casta trat an mir vorbei durch den Raum. Da meine übermüdeten Augen weiterhin auf einen willkürlichen Punkt auf dem überladenen Tisch gerichtet waren, huschte er lediglich als großer Schatten am Rande meines Sichtfeldes vorbei und setzte sich dann mir gegenüber an seinen Schreibtisch. Er musterte mich mit seinen tief liegenden, schwarzen Augen und legte dabei die Stirn in Falten.

Als er zu sprechen anfing, war seine Stimme gesenkt und erfüllte zugleich den ganzen Raum: „Dir ist jemand in die Quere gekommen?“

„Allerdings.“ Ich wollte das einfach nur noch hinter mich bringen. „Du weißt nicht zufällig, warum eine Horde

Mörder zur selben Minute in dasselbe Haus einbricht wie ich?“

„Nein, das weiß ich nicht.“ Er lehnte sich auf seinem Stuhl zurück, was den Abstand zwischen uns vergrößerte. „Ich vermute mal, dass du den Ordner nicht bekommen hast?“

„Nein.“ Ich sah ihn an und versuchte zu ergründen, was in ihm vorging. Aber wenn es etwas gab, was Casta gut konnte, dann war es das, sein Gesicht in eine steinerne Maske zu verwandeln.

„Was ist so besonders an diesen Dokumenten? Ich breche in die Villa eines Millionärs ein und soll nur einen verdammten Zettel stehlen?“

„Je weniger du weißt, umso besser.“

Ich hasste es, wenn er das sagte. Ich musste an mich halten, nicht aufzuspringen. Um auf dem Stuhl sitzen zu bleiben, krallte ich die Hände in die Armlehnen, und beugte mich vor. „Die hätten mich gestern fast umgebracht!“ Meine Geduld war am Ende. „Warum hast du nicht jemand anderes hingeschickt? Wir sind Schmuggler, keine Einbrecher!“

„*Du* warst es aber mal. Ihr habt eure Sache gut gemacht.“

Ich runzelte die Stirn.

„Der Fehler lag nicht bei dir, Jarren, sondern in meiner Information. Irgendetwas ist nicht korrekt an mich herangetragen worden und dem werde ich auf den Grund gehen. Dass ihr da lebend rausgekommen seid, bedeutet, dass ihr eure Sache gut gemacht habt.“ Wieder musterte er mich. So wie ich versuchte, seine Züge zu deuten, versuchte er, die meinen zu entschlüsseln.

„Hast du gewusst, dass ich nicht allein in dieses Haus einbrechen würde?“

„Ich hätte dich sonst wohl kaum hingeschickt. Und jetzt erzähl mir genau, was du gesehen oder gehört hast.“

Ich überlegte einen Moment. Die Schlaflosigkeit hatte sich über meine Erinnerungen gelegt und vergrub sie in einem tiefen Loch. Es war unheimlich schwierig, sie wieder in mein Bewusstsein zu befördern. Ich massierte mir den Nasenrücken, als die Kopfschmerzen erneut einsetzten.

„Ich habe nicht viel aufgeschnappt. Die Kerle haben Bonns wohl gezwungen, etwas zu unterschreiben und schienen sogar eine Geisel zu haben.“

„Mehr nicht?“

„Dann habe ich beschlossen, mich aus dem Staub zu machen.“ Ich presste die Lippen aufeinander. „Wobei ich leider entdeckt wurde. Drei Männer haben versucht, mich umzubringen.“

Er zögerte einen Moment. „Und wie bist du diese drei Männer losgeworden?“

Ich ließ meinen Blick durch den Raum wandern. „Getötet“, presste ich hervor. Ich musste Casta nicht ansehen, um zu spüren, wie er sich anspannte. Er atmete langsam aus und fuhr sich mit einer Hand durch das dunkle, locker zurückgekämmte Haar.

„Einer von Ronan“, fügte ich hinzu. „Du weißt, wer sie waren?“

Er schnaubte und faltete seine Hände auf dem Tisch. „Ich habe eine Vermutung.“

„Wer?“

„Je weniger du weißt, umso besser“, wiederholte er.

Wieder musste ich die Hände in die Armlehnen krallen. „Ich sollte wissen, wer mich umbringen will!“

„Du sagtest, die drei, die dich bedroht haben, sind tot. Hat dich sonst noch jemand gesehen?“

„Nein.“ Das glaubte ich zumindest.

„Dann hast du nichts zu befürchten.“ Er lächelte, was mir eine Gänsehaut über den Rücken jagte. „Du kannst gehen.“

Etwas in meinem Kopf explodierte. „Ich kann gehen? Hör auf, mich zu verarschen, und sag mir, in was du mich da reingezogen hast!“

Casta hielt meinem Blick unerschrocken stand. „Ich habe dich in gar nichts reingezogen. Fahr nach Hause.“

„In gar nichts?“, rief ich laut aus. „Die Ärsche hätten mich fast drangekriegt! Weißt du eigentlich, wie knapp das war?“ Ich holte tief Luft. Casta anzuschreien, war nicht die klügste Idee. „Was sind das für Dokumente?“

„Die hätten eine Bestechung bewiesen.“

Ich war erstaunt. Das war wohl das erste Mal, dass ich eine Information aus ihm herausbekommen hatte. „Jemand wollte Bonns bestechen? Um an sein Öl ranzukommen?“

„Möglicherweise. Mehr kann ich dir nicht verraten.“

„Wer hat ihn bestochen?“, hakte ich nach.

„Ich sagte, ich kann dir nicht mehr verraten.“

„Weil du nicht kannst oder weil du nicht willst?“

Er starrte mich finster an und ließ mich auf seine Antwort warten. „Weil ich nicht will. Und jetzt verschwinde endlich.“

Brummend wandte ich mich ab, verließ den Raum und

schlug unwirsch die Tür hinter mir zu.

Ob ich nun entdeckt worden war oder nicht, irgendjemand würde einen Preis für die Opfer verlangen und nach einer Spur suchen – nach einer Spur, die zu den Ascath, beziehungsweise direkt zu mir führte. Mein Gefühl sagte mir, dass das keine kleine Gruppierung gewesen war, der ich in Bonns' Haus begegnet war.

3 – *Kyra*

Heute war Ruhetag. Zumindest im Inneren des Hauses, das man ‚Zum Turm‘ nannte. Dort unten auf dem Marktplatz konnte von Ruhe keine Rede sein. Ich saß auf einem wackeligen Holzschemel, hatte die Arme aufs Fensterbrett gelegt und mein Kinn darauf gebettet. Seit einer Ewigkeit betrachtete ich das rege Treiben unter dem Fenster, spürte die Kälte des Glases auf meinem Gesicht und musste mir immer wieder eine gelöste Strähne meines schwarzen Haares aus dem Sichtfeld pusten.

Die Tür hinter mir schwang auf. „Was machst du denn hier oben, Liebes?“

Ich blickte über die Schulter zu meiner Mutter. „Bin ich zu spät?“

Leichten Schrittes trat sie ein, umhüllt von dieser besonderen Stille, wie immer. „Nein. Wir haben noch über eine Stunde.“ Sie lächelte und strich mir über den Kopf, wobei ihre Hand meinen langen, schwarzen Zopf entlangfuhr, aus dem sich im Laufe des Tages etliche Strähnen gelöst hatten. „Da muss ich mich aber drum kümmern. Na komm.“ Sie nahm mich bei der Hand, um mich aus meiner trübseligen Ecke zu führen. Ich folgte ihr die knarzende Holztreppe vom Speicher hinunter. „Hat Fred Hennifer wieder eingefangen?“

Meine Mutter lachte. „Ja, hat er.“ Dann sah sie mich über die Schulter an. „Wehe, du lässt ihn noch einmal allein mit diesem Huhn.“

Ich blickte zu Boden, als wir in mein kleines Zimmer

abbogen. Sie bedeutete mir, mich auf einen Stuhl zu setzen, löste meinen Zopf, bediente sich an meinen Schubfächern, wo sie Kamm, Haarnadeln und Lederriemchen herauskramte, und begann, mir die Haare zu kämmen. Ich schloss die Augen und genoss die sanften Berührungen ihrer Hände an meinem Kopf. Dann schielte ich hinüber zu der Zeichnung, die ich gestern mit einem Bleistift angefertigt hatte, als ich nicht schlafen konnte. Nur eine öde Landschaft. Gestern hatte mir meine Arbeit besser gefallen.

„Du bist nervös."

„Nein." Ich blickte zu meinen Händen, die ich in meinem Schoß zu Fäusten geballt hatte. „Vielleicht ein bisschen."

Sie schnaubte. „Dabei haben wir das ganze Prozedere schon dreimal hinter uns gebracht."

„Tut mir leid."

„Ach was." Sie machte eine wegwerfende Handbewegung und legte den Kamm zur Seite, um meine Haare in kompliziert angelegte Segmente zu unterteilen und mit Nadeln festzustecken. Manche Strähnen flocht sie, manche ließ sie offen. „Eine Frau muss wählerisch sein. Ich will dich nicht in den Händen eines Idioten wissen. Und ehrlich gesagt wirkten die drei Kandidaten, die Garron da aufgetrieben hat, etwas unterbelichtet."

Es waren genau die Worte, mit denen ich sie auch beschrieben hätte. Doch dann seufzte ich, als mich ein quälender Gedanke streifte: „Wir sind nicht reich genug, um mich mit einem gebildeten Mann zu vermählen. Irgendeinen von den Deppen muss ich wohl nehmen."

Vor allem aber war ich mir unsicher, ob ich es mir

überhaupt erlauben konnte, wählerisch zu sein. Die bisherigen Ablehnungen beruhten immerhin auf Gegenseitigkeit. Immer spürte ich, wie sich in den Menschen etwas veränderte, wenn hinter dem breitschultrigen Garron mit rotem Gesicht das zierliche, dunkelhäutige Mädchen hervortrat, das offensichtlich nicht seine leibliche Tochter war.

„Auch ein gebildeter Mann kann ein unterbelichteter Idiot sein. Das hat mit unserem Stand nichts zu tun.“ Sie steckte die ganzen vorbereiteten Strähnen hoch, was eine hübsche, aber strenge Frisur ergab. „Garron wird für eine gute Partie sorgen. Außerdem leben wir mit einem Gasthaus direkt am Marktplatz nicht an der Armutsgrenze. Und dir ist das Recht vorbehalten, abzulehnen, wenn dir einer nicht gefällt. Das ist etwas, was den reichen Mädchen nur äußerst selten gestattet ist.“

Sie lächelte zuversichtlich und prüfte den Sitz meiner dunkelroten, hochgeschlossenen Bluse, strich jede letzte Falte glatt und zupfte meine graue Damenweste zurecht, die meine schmale Taille betonte. Sie selbst hatte ihr pechschwarzes Haar zu einem lockeren Knoten im Nacken gebunden. Auch sie trug eine graue Bluse mit engem Kragen und einen Bahnenrock, der ihr bis zu den schwarzen Stiefeletten reichte. Wir beide sahen aus wie zwei Südländerinnen, die man in die hierzulande getragenen Kleider gezwängt hatte. Ich hatte aufgehört zu zählen, wie oft ich schief angeguckt wurde, während ich mit meinen beiden blonden Stiefbrüdern durch die Stadt lief. Wir konnten gar nicht verschiedener aussehen.

Ein Schleier aus Gedanken hatte sich über das

Wohnzimmer gelegt, begleitet vom Knistern des Kamins. Ich versuchte, meine Hände stillzuhalten, und lauschte, während mein Stiefvater mit dem Mann, der vielleicht mein Schwiegervater werden sollte, über alles Mögliche plauderte. In belanglosen Gesprächen war Garron ein Held, was er seiner jahrelangen Übung an der Schanktheke zu verdanken hatte. Niemals legte sich unangenehmes Schweigen über unsere Familie.

Vorsichtig wagte ich ein paar rasche, unauffällige Blicke auf unsere Gäste. Die Eltern des jungen Mannes sahen aus wie alle anderen Eltern auch. Etwas kräftiger gebaut, streng, aber fein rausgeputzt und mit einem netten Lächeln auf den Lippen. Bei ihm selbst fielen mir vor allem seine brünetten Locken auf, die sein schmales Gesicht rahmten. Genau wie ich sah er die meiste Zeit zu seinen Händen, die ebenfalls nicht stillhalten konnten. Er meldete sich kaum zu Wort. Wäre ein Mann, der nicht viel sprach, der Richtige für mich? Vielleicht wäre er einer, den ich herumkommandieren konnte. Ich lächelte innerlich. In meinem künftigen Haus das Sagen zu haben, fand ich reizvoll.

Ich schielte zu meinen Brüdern hinüber. Ronan schien mit offenen Augen zu schlafen, was bei ihm nicht ungewöhnlich war. Fred hingegen grinste mich an und schüttelte in winzigen Bewegungen den Kopf. Wie bei den letzten Malen teilte er mir durch kleine mimische Zeichen seine Meinung mit. Ich zuckte kaum merklich mit den Schultern, um ihm meine Unentschlossenheit kundzutun.

„Also, was sagst du?“, fragte mich Garron später, der im Türrahmen lehnte und diesen gänzlich ausfüllte – nicht, dass er besonders kugelig war, aber sein Körper war einfach riesig und massig, sodass ich mir neben ihm wie eine zierliche Maus vorkam.

Ich saß auf meinem Bett und löste die ganzen Nadeln aus meinem Haar, damit sich meine Kopfhaut von der Frisur erholen konnte. Der Zwiespalt zerriss mich. „Ich denke, er ist in Ordnung."

„Du klingst nicht überzeugt." Er betrat das Zimmer und setzte sich zu mir. „Du weißt, dass Mädchen wie du nicht die besten Chancen haben. Du solltest nicht jeden Mann gleich davonschicken."

„Ich weiß", brummte ich. Mein schwarzes Haar ergoss sich über meine Schultern, umhüllte mich wie ein schweres Tuch vom Kopf bis zur Hüfte, als sich die Frisur endlich löste. Es war glatt, als wäre es niemals hochgesteckt gewesen. Meine Kopfhaut kribbelte.

„Kann ich der Familie unser vorläufiges Ja-Wort geben?"

Ich nickte. Insgeheim aber hoffte ich darauf, dass sie ablehnte.

Kurz drückte er meine Schultern und erhob sich dann. „Wir werden noch ein Treffen arrangieren, damit ihr euch kennenlernen und anschließend eine endgültige Entscheidung fällen könnt."

„Ist gut." *Endgültig ...* Ich wünschte, ich hätte den Wunsch zu heiraten. Ich wusste, dass es schwerer und schwerer werden würde, je älter ich wurde. Viele Mädchen heirateten schon mit sechzehn, manche sogar noch früher. Aber meine Mutter hatte mich so jung nicht weggeben wollen. Doch jetzt war ich achtzehn Jahre alt und es wurde Zeit für mich, mich weiteren racronischen Sitten zu beugen. Denn wenn ich es nicht tat und mit meinem zwanzigsten Lebensjahr die Volljährigkeit erreichte, lief ich Gefahr, zurück in den Süden geschickt zu werden, wo ich ganz auf mich allein gestellt wäre.

Garron verließ das Zimmer. Ich genoss den Moment der Stille, zog mir etwas Schlichteres an und flocht mir wieder meinen langen Zopf, um anschließend meiner Mutter beim Wäschekochen, Auswringen und Aufhängen zu helfen, was den gesamten restlichen Nachmittag in Anspruch nahm, obwohl unsere Waschfrau, Tilda, uns für ein paar Stunden zu Hilfe kam. In so einer Gastwirtschaft fiel innerhalb einer Woche so einiges an. In unserer Waschküche mit äußerst schrägem Boden standen drei Bottiche, zwei davon mit Waschbrettern, die in mir immer einen gewissen Verdruss erweckten, wenn ich sie sah. Die andere Zimmerecke wurde ausgefüllt von einem großen Waschofen. Und da diese dämliche Waschküche keinen Wasseranschluss hatte (darum wollte sich Garron schon seit Jahren gekümmert haben), mussten wir drei das Wasser eimerweise aus der Küche heranschleppen. Tilda war nur ein wenig älter als ich – und bereits verheiratet, was mir ein bisschen Angst einjagte. Aber ihre ewig heitere Stimmung und ihr Händchen für Tratsch aus der gesamten Stadt machten mir den Waschtag etwas erträglicher.

Nach stundenlanger Bärenarbeit am Waschbrett taten mir die Hände und der Rücken weh, weil ich zu ungeschickt war, beim Schrubben eine geeignete Körperhaltung einzunehmen. Tilda packte ihre Sachen und zog weiter zum nächsten Haus. Ich hoffte inständig, dass ich nicht irgendwann gezwungen war, auch Waschfrau zu werden.

Jetzt lag es nur noch an meiner Mutter und mir, die restliche Wäsche im Hinterhof auf unserer großzügigen Leine aufzuhängen und zu hoffen, dass es nicht regnete. Das Gegacker der dicken Hühner und das aufplusternde Rascheln ihrer grünglänzenden Federflügel aus dem Stall im Hinterhof begleiteten uns die ganze Zeit über sowie das Grunzen unserer beiden Schweine, Merry und Berry – ich konnte sie nicht auseinanderhalten. Ab und an meldete sich sogar Archy, unser sonst schweigsamer, uralter Esel, mit ein paar merkwürdigen Lauten und Silben zu Wort. Es waren die Geräusche eines sorglosen und behüteten Lebens hinter Gittern. Ob das wohl auch mein Leben sein würde? Behütet und doch eingesperrt …

„Du grübelst", sagte meine Mutter, die gerade ein Laken auf die Leine hängte.

Ich lächelte ihr bloß zu, nachdem ich bemerkt hatte, dass ich Löcher in die Luft starrte, anstatt das nächste Wäschestück zu nehmen. Also machte ich mich rasch wieder an die Arbeit.

„Ich habe nicht erwartet, dass du annimmst", sagte sie.

„Ich auch nicht."

Meine Mutter hielt inne und blickte mich an. „Stürz dich nicht ins Unheil. Du solltest auf dein Gefühl hören, wenn es dir sagt, dass eine Entscheidung nicht richtig ist."

„Aber ich habe keine Wahl. Hattest du doch damals auch nicht."

Bitterkeit schlich sich in ihre Züge. Plötzlich war sie umgeben von grauen Wolken. „Garron ist ein guter Mann, der uns in der Not geholfen hat und es bis heute tut." Sie seufzte und hängte wie auch ich ein weiteres Laken auf. Die Wolken verschwanden und die vertraute Ruhe legte sich wieder um sie. „Ich sage nicht, dass du Arthur Kreygen nicht heiraten sollst. Aber denk gut darüber nach, bevor du dein Ja-Wort bekannt gibst. Du kennst den Mann ja noch gar nicht."

„Mach ich." Nach einer Weile schweigsamer Arbeit fragte ich: „War es wirklich dein Traum, Hausfrau zu sein?" Diese Frage hatte ich mir schon lange gestellt, jetzt, da ich so eingehend über meine eigene Zukunft nachdachte.

„Mein Traum war es und ist es heute noch, dich heranwachsen zu sehen und in guten Händen zu wissen." Sie lächelte mich an. „Außerdem bin ich nicht nur Hausfrau, sondern auch Wirtin." Und Heilerin. Eine gelehrte Medizinfrau, die auf keinen Fall zuließ, dass jemand von ihrem Wissen erfuhr. Sie hatte Fred das Leben gerettet, als er geboren wurde. Garrons Frau war in jener Nacht verstorben, aber seinen Sohn hatte sie retten können.

Ich hängte unser letztes Wäschestück auf die Leine. „Ich würde gerne irgendetwas lernen, vielleicht auf die Universität gehen", platzte es aus mir heraus. Lernen war wirklich meine Stärke, da hatte ich schon als Kind meine beiden Brüder stets in den Schatten gestellt. Leider wusste ich überhaupt nicht, was man alles lernen konnte. „Aber ich glaube, das wird für mich wohl kaum machbar sein", fügte ich schnell hinzu, als ich den skeptischen Blick meiner Mutter sah, die ich mit meiner plötzlichen Aussage überrascht hatte.

„Du weißt, dass du aufpassen musst, wem du von deiner

Begabung erzählst“, mahnte sie.

„Ja, ja“, seufzte ich bitter.

Sie lächelte tröstend. „Versteh das bitte nicht falsch. Ich wüsste dich nur zu gerne auf der Universität. Aber ich fürchte, dafür müsstest du vorher unglaublich reich werden und dich dann als Mann verkleiden.“ Ihr Lächeln wurde zu einem Grinsen. „Und ich verbiete dir, dir dafür die Haare abzuschneiden. Du würdest mein einziges Hobby zunichtemachen.“

„Mir die Haare herzurichten ist für dich ein Hobby?“ Ich hob den leeren Wäschebottich vom Boden auf und stemmte ihn mir an die Hüfte.

„Im Gegensatz zu deinen Brüdern bist du nicht schreiend weggerannt, wenn ich mit einem Kamm aufgetaucht bin“, lachte sie. Damit schritt sie elegant von dannen, um das Abendbrot vorzubereiten, während ich den Bottich in die Waschküche brachte. Der Haushalt war für heute so gut wie erledigt – und das, obwohl uns wegen unseres Besuchs zwei Stunden fehlten.

„Kyra!“ Fred streckte den Kopf zur Tür herein. „Willst du den Vogel wirklich heiraten?“

Bei seiner Formulierung konnte ich ein Grinsen nicht unterdrücken. „Irgendwen muss ich heiraten.“

„Hm.“ Er trat ein, lehnte sich an die Wand und verschränkte die Arme vor der Brust. „Ich fand ihn merkwürdig.“

„Ich auch. Aber so still, wie er war … Er schien mir nicht besonders interessiert. Vermutlich wird er ohnehin ablehnen.“

Mein kleiner Stiefbruder zog die Brauen hoch. „Verlass

dich da nicht drauf. Wer weiß, wie viel er dazu zu sagen hat. Nicht alle Eltern sind so großzügig wie unsere."

„Da ist was dran."

„Also willst du den vierten Rückzug antreten?"

„Das kann ich deinem Vater nicht schon wieder antun. Er muss sich wegen mir richtig abrackern."

Fred lachte. „Er ist selbst schuld, wenn er ständig solche Idioten in unser Haus einlädt."

„Ich gehöre nicht zu den begehrtesten Mädchen." Ich lächelte durch zusammengepresste Lippen und verließ die Waschküche.

Ein weiterer Tag war angebrochen. Wie immer waren wir von dem Moment an auf den Beinen, als der Glockenturm sechs Uhr schlug. Draußen war es noch dunkel. Jetzt war Frühstückszeit, damit wir anschließend bereit waren, morgendlichen Gästen ebenfalls Frühstück servieren zu können. Bis sieben Uhr musste alles fertig sein.

Ich war bereits angezogen und schnitt das Brot an, das meine Mutter tags zuvor gebacken hatte. In unserem winzigen Esszimmer befand sich eine weitere hölzerne Küchenzeile, der Herd hier beschränkte sich allerdings auf einen Kamin mit einer Kacheloberfläche, der von Ronan gerade befeuert wurde. Für die Gaststube hatten wir natürlich eine separate großzügige Küche mit gleich zwei Kohleherden.

„Du hast die Tiere schon gefüttert, oder?", fragte mich Ronan.

„Ist erledigt. Und Hennifer hat nicht mal versucht, auszubüchsen. War ihr wohl zu kalt im Hof."

„Dieses Huhn."

Meine Mutter huschte um uns herum und deckte den Tisch. „Habt ihr die Regenrinne gestern reparieren können?", fragte sie.

Ronan schnaubte. „Also dafür, dass wir uns mit Regenrinnen nicht auskennen – ja, irgendwie schon. Es tropft nicht mehr." Er schob noch ein Holzscheit in den Kamin, wo das Feuer bereits knisterte, seine Wärme in den Raum gab und das Wasser in dem Pfeifkessel auf den Kacheln erhitzte. „Allerdings haben wir gesehen, dass auf dem Dach vom Schuppen ein paar Schindeln fehlen."

„Das war bestimmt der Sturm letzte Woche", seufzte meine Mutter.

Im selben Moment öffnete sich die Tür und Fred schlurfte herein. Er ließ die Tür offenstehen, warf eine gerollte Zeitung auf Garrons Platz und ließ sich an seinem eigenen nieder. Das Gesicht in die Hände gestützt gähnte er ausgiebig und rieb sich die Augen.

Schließlich saßen wir zu fünft am Tisch, jeder eine Scheibe belegtes Brot und eine Tasse Kaffee vor sich.

„Ronan und ich müssen uns heute um das Dach kümmern und es zumindest provisorisch abdecken, bis wir neue Schindeln haben", verkündete Garron. „Das heißt, dass ihr drei", damit blickte er Fred, meine Mutter und mich an, „die Schenke vorerst allein übernehmen müsst. Ich weiß nicht, wie lange das dauern wird, aber ich werde bestimmt nicht nach Einbruch der Dunkelheit noch auf dem Dach herumklettern."

Damit war der Tag geplant und Garron versank in der Zeitung. Das musste er, denn wenn ihn unsere Gäste auf das Geschehen in der Stadt ansprachen und er nicht wusste, worum es ging, würfe das kein gutes Licht auf ihn. Auch ich erhaschte den ein oder anderen Blick auf die Schlagzeilen. Die meisten berichteten zurzeit vom Wahlkampf der beiden Prinzen aus dem Haus Tanefield und Cellson. Der Skandal um den Tod unseres Königs kam natürlich auch nicht zu kurz – das war schließlich ein Thema, bei dem zwei harte Fronten, fast noch schärfer als die der beiden Prinzen, aufeinandertrafen: Manche glaubten, er sei am Alter gestorben, wieder andere waren überzeugt, es hätte einen Giftanschlag gegeben, damit einer seiner Neffen den Thron besteigen konnte. Auch seine Tochter versuchte, mitzumischen und die Macht für sich zu beanspruchen, obwohl sie sich weigerte, zu heiraten. Es war ein chaotisches Hin und Her und ich hatte das Gefühl, dass jeglicher Fortschritt stillstand.

„Oh, hier steht groß geschrieben, die Jünger von Orosh haben eine neue Suppenküche eröffnet und warme Betten für den Winter bereitgestellt."

Ronan schnaubte. „Solang sie einen darin nicht im Schlaf erdolchen."

Meine Mutter hielt kurz inne. „Wenn es nach denen ginge, säßen Kyra und ich längst in einem Zug zurück über die Grenze."

„Ein Scheiterhaufen wäre da vielleicht angebrachter." Ich grinste und biss in mein Brot. Eine Ehe in racronische Verhältnisse würde mich hoffentlich genau davor bewahren.

Mein Stiefvater seufzte. „Wenigstens tun die irgendetwas. In dem ganzen Wahlchaos scheint den Leuten die

Lage in Hout-Town völlig zu entgehen. Sonst wären diese Suppenküchen längst nicht mehr notwendig."

Ich blickte Fred an. „Wir könnten doch auch so was machen. Unsere Küche ist groß genug."

„Und das ganz ohne Erdolchen", fügte er hinzu und grinste mich an.

„Ihr vergesst", hielt Garron dagegen, „dass sich das Haus hier nicht von allein repariert. Und wir entdecken momentan fast jeden Monat eine neue Baustelle. Das wird uns noch einiges kosten." Er seufzte. Von seinen stetig aufgeschobenen Modernisierungsideen wollte er scheinbar gar nicht erst anfangen. „Manchmal wünschte ich, Bennard hätte dieses Haus nach dem Krieg einfach abgerissen und ein neues gebaut." Da es zu jener Zeit dank einer Explosion keine Frontfassade mehr gehabt hatte, wäre ich vermutlich zum selben Schluss gekommen.

„Man hat gerettet, was zu retten war", sagte meine Mutter leise und senkte den Blick.

4 – Jarren

Als mein Wecker klingelte, lag ich alle Viere von mir gestreckt auf meinem Bett, nicht einmal zugedeckt. Und obwohl es draußen bitterkalt sein musste, fror ich nicht. Ich hatte mir gestern noch vorgenommen, in meiner Wohnung etwas aufzuräumen – was ich mir jedes Mal vornahm, wenn ich diesen Raum betrat. Aber ich hatte es gerade noch geschafft, etwas zu essen, mich umzuziehen, und war anschließend rücklings ins Bett gefallen. Auf dem Tisch direkt neben mir drängte sich sofort das schmutzige Geschirr in mein Blickfeld, als ich das Licht anknipste, und auch heute würde ich keine Zeit haben, mich darum zu kümmern.

Ich kämpfte mich aus dem Bett, wusch mich, zog mir wieder die Arbeitssachen an und versuchte, gleichzeitig ein Brot zu frühstücken, damit ich irgendwas im Magen hatte. Nur wenige Minuten später verschwand ich durch die Tür.

Diese verfluchte Werkstatt raubte mir den letzten Nerv. Auch gestern hatte ich den gesamten Tag damit verbracht, zu arbeiten und anschließend durch die halbe Stadt zu jagen, um mit Dorian Ordnung in den Lagerverstecken der Ascath zu schaffen, bevor neue Ware für Centa eintraf. Der Rest unserer Gruppe war im Augenblick dort, um geschmuggelte Einzelteile und Rohstoffe an gewisse Händler zu verkaufen, die diese dann zu Maschinen zusammenbauten. Seit dem Krieg damals gab Racronia alles daran, die Industrie von Centa zu schwächen, indem es bloß keine Großgerätschaften exportierte und stattdessen alle

Materialien einforderte, die man einfordern konnte, sodass Centa keine Chance gegeben war, sich selbst etwas aufzubauen. Die Steuern auf exportierte Technologie waren so immens, dass sich das kaum jemand leisten konnte.

Und wir wirkten dem zumindest im kleinen Maßstab entgegen. War natürlich verboten. Aber es war für uns alle ein lukratives Geschäft, außer für das arme Racronia.

Ich machte mich erneut an die Arbeit, unseren dummen Kunden die Fahrzeuge zu reparieren, und freute mich darüber, als der Sonnenuntergang den Feierabend ein ganzes Stück näherbrachte – zumindest für meine Kollegen. Und morgen war Sonntag. Da konnte ich eine Menge Schlaf nachholen und gar nichts tun. Vielleicht etwas aufräumen.

Während ich mich mit der klemmenden Pumpe einer Hebebühne herumärgerte, sah ich, wie mein Chef in der Tür zum Büro stand und mit jemandem sprach. Allerdings war es in der Halle so laut, dass ich die Worte nicht hören konnte. Der Mann in seinem feinen dunkelblauen Mantel wirkte – wie jeder unserer Kunden – völlig fehl am Platz neben dem gebeugten Henry Colldats, der in ölbeschmierter Latzhose und mit schwarzen Fingern dastand und darauf wartete, wieder an die Arbeit gehen zu können. Ich konnte nicht sagen, ob der Kerl ihm auf die Nerven ging, denn Colldats sah immer genervt aus.

Ich ignorierte die beiden und blickte geflissentlich woanders hin, damit mein Chef nicht auf die Idee kam, ihn auf mich abzuwälzen.

Doch bevor ich mich versah, stand der Mann direkt hinter mir. Ich schielte über die Schulter zu ihm und bemerkte den kleinen Zettel, den er mir zwischen behandschuhten

Zeige- und Mittelfinger geklemmt hinhielt. „Es gibt ein Problem und das muss heute Abend noch geklärt werden", sagte er mit gedämpfter Stimme.

Ich ließ von der Pumpe ab und drehte mich zu ihm um. Mit einer schnellen Bewegung griff ich nach dem Zettel, während ich ihm eindringlich in die Augen blickte. „Und welches Problem wäre das?"

Er lächelte bloß. „Zwei Morde."

Ich erstarrte.

„Auf dem Papier steht alles, was Sie wissen müssen." Damit verschwand er.

Einige Sekunden starrte ich ihm regungslos hinterher, wie er aus der Halle stolzierte, uns keines weiteren Blickes würdigend. Ich hatte den Atem angehalten.

Ich schüttelte mich und ließ den Zettel rasch in meiner Hosentasche verschwinden. Den musste ich mir ansehen, wenn ich allein war. Niemand durfte mich danach fragen. Also tat ich so, als hätte dieser Kerl mir bloß einen schönen Tag gewünscht, und machte mich wieder an die Arbeit.

Zwei Morde?

Es waren drei Männer gestorben, nicht zwei. Wusste er von Ronan? Mir zog sich der Magen zusammen. Ich hatte es Casta gesagt, sonst niemandem. Aber er würde so etwas nicht ausplaudern. Wenn es etwas gab, was ihm zu Ehre gereichte, dann, dass er sein Wort hielt.

Mein zweiter Gedanke schoss direkt hinterher: *Hatte einer der Männer überlebt?*

Entweder das oder man hatte sowohl mich als auch Ronan bei diesem Einbruch entdeckt, ohne dass wir es gemerkt hatten! Vielleicht sogar Cedric und Dorian!

„Mr Colldats!“ Bevor ich mich selbst davor versehen hatte, war ich in seine Richtung geeilt, hielt aber bedachten Abstand, bevor ich wieder kehrtmachte. „Ich muss gehen! Ich erkläre es morgen!“

Er schimpfte mir hinterher, doch im nächsten Augenblick saß ich bereits auf meinem Motorrad und erinnerte mich erst dann daran, dass morgen Sonntag war. Also würde ich es übermorgen erklären.

Ich raste los. Vom nördlichsten Zipfel Bowmars noch weiter gen Norden, durch Tresstar hindurch, über die Bahnschienen, dann noch weiter nördlich bis nach Allcey. Ich war natürlich viel zu schnell unterwegs, aber bei fast einer Stunde Fahrzeit musste ich das. Ich hoffte, dass Ronan zu Hause war und dass ich ankam, bevor ihn irgendjemand hinter Gitter bringen konnte. An einem Samstagabend kam seine Familie selbst zu fünft kaum hinterher, ihre Gäste zu bewirten, weshalb ich hoffte, ihn dort zu finden.

Bevor ich die Tür des Gasthauses Zum Turm aufstieß, mahnte ich mich zu Ruhe und Unauffälligkeit. Ich konnte nicht einfach hineinstürmen, Ronan mit mir schleifen und dabei die Blicke aller Gäste auf mich ziehen. Das, was ich bereits von draußen hören konnte, bewies, dass er nicht übertrieben hatte, was den samstagabendlichen Betrieb anging. Langsam betrat ich also das Lokal. Er hatte wahrlich nicht übertrieben. Eine Wand aus Zigarren- und Zigarettenrauch schlug mir entgegen, gemischt mit dem Geruch warmer Speisen und vieler, vieler Menschen. Hier und da ein polterndes Lachen, lautstarke Gespräche, Anekdoten und Geschichten, Geschirrgeklapper und Bierkrüge, die unsanft auf die Holztische geknallt wurden.

Ich streifte mir die Handschuhe von den Fingern und stopfte sie in meine Jackentasche, während ich im schummrigen Licht Ausschau nach Ronan hielt. Zunächst erkannte ich bloß seinen Vater, der wie ein Riese hinter der Theke aufragte, Krüge füllte und währenddessen in lebhafte Gespräche verwickelt war. Er hatte mich nicht reinkommen sehen. Genauso wenig wie der Junge neben ihm, der Gläser spülte und den Blick auf seine Hände gerichtet hatte. Das musste unverkennbar Ronans jüngerer Bruder sein. Die beiden sahen beinahe identisch aus, obwohl Fred viel schmaler und mindestens einen Kopf kleiner war.

Just in dem Moment, als ich mich auf die Suche nach einem freien Platz begeben wollte, von dem aus ich einen guten Überblick hatte, wirbelte Ronan mit zwei Suppentellern durch eine Tür und unsere Blicke trafen sich sofort. Er deutete mit einem Kopfnicken zu einem Tisch links von mir, der von der Theke aus gesehen hinter dem dick gemauerten Kamin verschwand.

Ich ließ mich auf einem Stuhl nieder, zog den Zettel aus meiner Tasche, wobei ich ihn unter der Tischplatte versteckt hielt, und entfaltete ihn.

Cuttaven. Nordbrücke. Neunter Glockenschlag.

In zwei Stunden am ehemaligen Hafen!

Ich sah auf, als Ronan endlich vor mir stand und mich mit einem schiefen Blick bedachte. „Was machst du hier?"

Ich drückte ihm das Stück Papier in die Hand. „Jemand weiß, dass wir bei Bonns eingebrochen sind."

„Wer?", fragte er, während er die paar Worte las.

„Werden wir noch rausfinden. Ich weiß nicht, ob er auch von dir weiß. Deshalb wollte ich dich warnen. Lass dich nicht einsperren."

Er grinste. „Hatte ich nicht vor." Dann sah er mich ernst an und gab mir den Zettel zurück. „Du darfst auf keinen Fall allein hingehen. Der alte Hafen ist eine einsame Gegend."

„Ich habe nicht die Zeit, um unsere Verstecke abzufahren und darauf zu warten, dass die anderen von der Tour wiederkommen."

Ronan sah sich seufzend um, als wollte er prüfen, ob die Stube wirklich überfüllt war. „Du machst mir das ziemlich schwer. Ich kann hier nicht einfach weg."

„Ich bin nicht gekommen, um dich als Leibwache mitzunehmen. Ich wollte dich nur warnen und mich vergewissern, dass du noch hier bist. Falls dir jemand merkwürdig vorkommt oder die Stadtwache auftauchen sollte, machst du dich schnellstens aus dem Staub."

„Glaubst du, die könnten auch hinter Ced und Dorian her sein?"

„Die sind im Versteck. Da wird ihnen vorerst nichts passieren. Wir werden es ihnen bei nächster Gelegenheit erzählen." Ich stand auf. „Ich mache mich jetzt besser auf den Weg."

Ronan zog die Brauen hoch. „Du fährst tatsächlich allein?"

„Mir passiert schon nichts." Ich lächelte beschwichtigend und bewegte mich bereits Richtung Ausgang.

„Gib mir ein paar Minuten. Ich komme mit."

„Du bleibst hier", mahnte ich.

Er lachte. „Ist nicht der erste Samstag, vor dem ich mich drücke." Er schob mich zur Tür. „Warte draußen. Ich bin sofort da."

Brummend lehnte ich mich an die Fachwerkfront des Hauses, verschränkte die Arme vor der Brust und behielt das schmiedeeiserne Tor in der Bruchsteinmauer zum Hinterhof im Auge. Der Marktplatz war belebt und man hörte das Treiben aus den Kneipen, Restaurants und aus der Wirtschaft Zum Turm direkt hinter mir. Menschentrauben versammelten sich um die Stände und es wurde immer noch gehandelt.

Ich überlegte, einfach loszufahren. Aber ich wusste, dass Ronan mir dann wochenlang Vorwürfe über meine Leichtsinnigkeit machen würde, und das wollte ich mir definitiv ersparen. Zumal er mir ja trotzdem hinterherfahren würde.

Den Gedanken hatte ich noch gar nicht zu Ende gedacht, da öffnete sich das Tor und er erschien, sein Motorrad neben sich herschiebend. Von dem Küchenjungen war nicht mehr die geringste Spur zu sehen. Statt der Schürze trug er jetzt Handschuhe, Stiefel und eine dunkle, lange Jacke.

„Na schön, machen wir uns auf den Weg", brummte ich und stieß mich von der Wand ab.

Doch bevor ich auch nur einen weiteren Schritt auf mein Motorrad zumachen konnte, hörte ich ein schrilles: „Ronan!" Ein dunkelhäutiges Mädchen mit einem ewig langen Zopf stürmte ihm durch das Tor hinterher – seine Stiefschwester. „Das ist doch nicht dein Ernst! Du kommst sofort wieder rein!" Sie packte ihn am Handgelenk, zog und zerrte an ihm, was aussah, als versuchte sie, mit ihren dünnen Ärmchen, eine Statue aus massivem Stein zu bewegen. „Hast du den Verstand verloren? Du siehst doch, wie voll es ist!“, schimpfte sie weiter.

„Dann musst du heute mal hinterm Tresen aushelfen, anstatt dich in der Küche zu verkriechen“, entgegnete Ronan und lächelte sie von oben herab an.

„Ich verkrieche mich überhaupt nicht! In der Küche gibt es genauso viel zu tun wie in der Schenke!“

„Ich muss los. Es ist wichtig. Tut mir leid.“ Mühelos befreite er seinen Arm und schwang sich auf das Motorrad, was ich ihm gleichtat.

„Tut es dir überhaupt nicht! Ich bin es leid –“ Bevor sie weiterschimpfen konnte, ließ er den Motor an, was sie zurückschrecken und verstummen ließ. Mit einem Blick, der einem Schauer durch die Knochen jagte, verschränkte sie die Arme vor der Brust. Sie hatte wohl eingesehen, dass sie nichts weiter ausrichten konnte. Wir brausten los. Auch wenn es mir nicht behagte, sie einfach dort stehen zu lassen.

5 – *Jarren*

„Ich wusste gar nicht, dass Kyra so laut werden kann“, merkte ich an, während wir unsere Räder schoben, um geräuschlos zwischen zwei verlassenen Gebäudetrakten herzumarschieren, bis wir den ersten Brückenpfosten in der Nähe des Ufers erreicht hatten. „Ich hatte sie als still und zurückhaltend in Erinnerung.“ Allerdings war es auch Jahre her, dass ich sie das letzte Mal gesehen hatte, da hatte sie noch wie ein Kind ausgesehen. Es war nur flüchtig gewesen, als ich die Gaststube in einem ähnlichen Chaos wie heute betreten hatte.

„Wenn sie nicht wütend ist, ist sie die Unschuld in Person“, erklärte Ronan und grinste mich an. „Aber wenn sie wütend ist, ist es umso lustiger.“

„Das ist nicht nett“, witzelte ich. Ein paar Scherze taten gut angesichts der Lage, in der ich mich befand – und in die ich Ronan mit reingezogen hatte. Dennoch verspürte ich das eindringliche Bedürfnis, augenblicklich auf dem Absatz umzukehren. Und das verstärkte sich, je tiefer wir in den alten, stillgelegten Hafen vordrangen. Ich konnte das Ufer erkennen, wo sich die Laternen der Brücke auf der glitzernden Oberfläche des schwarzen Flusses spiegelten. Der Nachthimmel war wolkenverhangen, weshalb nicht einmal das Mondlicht zu uns herunterschien. Wir erreichten das Ufer mit den drei halb im Wasser versunkenen Piers, die allesamt gesperrt waren. Der ganze im Wasser liegende Komplex musste Jahrhunderte alt sein. Aber seit mindestens dreißig Jahren wurde er nicht mehr genutzt, da er von einem neuen Hafen direkt am Güterbahnhof in Tresstar abgelöst worden war. Trotzdem entfernte man nichts davon – ein Abriss kostete ja auch Geld. Als sich das Jahr zuvor jemand den Spaß erlaubt hatte, die Piers und Lagerhäuser während eines dubiosen Treffens in die Luft zu sprengen, hatte sich das Ganze in eine verspukte Geisterstadt verwandelt. Noch Tage nach dem Anschlag hatte man den Hafen nicht betreten dürfen, wenn man nicht gleich hatte tot umfallen wollen. Das war das grausame Ergebnis einer Kyerch – so hatte man die Waffe aus dem Süden getauft. Immerhin war diese schauderhafte Wirkung mit der Zeit abgeklungen. Nicht aber der Aberglaube. Ein Fluch laste auf diesem Ort, so sagte man. Ein Fluch, der einen ins Verderben stürze. Und Ronan und ich marschierten geradewegs darauf zu.

Wir erreichten das Ufer direkt unter der Brücke. Die Luft hier war feucht und kalt, der Stein roch moderig, aber vielleicht war das auch der Geruch des Flusses. Ich wollte gar nicht wissen, was in der Moor alles herumschwamm. Das reichte vom Müll bis zum Abwasser und furchterregenden Chemikalien aus den Fabriken.

Wir stellten unsere Motorräder ab – natürlich startklar, falls wir Hals über Kopf die Flucht ergreifen mussten. Wir lauschten dem Glockenturm, zählten die Schläge. Neun.

Und dann warteten wir. Um mich abzulenken, erzählte ich Ronan von dem Kerl, der in der Werkstatt erschienen war. Erst da merkte ich, wie froh ich war, dass er mitgekommen war. Ich wollte nicht einen weiteren Gedanken an die Vorstellung verschwenden, wie ich allein unter der Brücke in der Dunkelheit auf einen Fremden wartete, der vielleicht weitere Verstärkung mitbrachte, mich vermutlich erpressen wollte oder gar mein Leben bedrohte. Dass Ronan jetzt mit mir zusammen in diesem Schlamassel steckte, behagte mir genauso wenig, auch wenn seine Anwesenheit es erträglicher machte.

„Nein, kein Name, gar nichts", erklärte ich ihm. Wir sprachen leise, flüsterten fast, da das Brückengewölbe unsere Stimmen über das gesamte Hafengelände hallen ließ. Immer wieder tastete ich intuitiv meinen Gürtel ab und stellte jedes Mal fest, dass ich leider keine Waffen bei mir hatte. Ich trug noch immer dieselben Sachen wie auf der Arbeit. Ein kluger Schachzug, das Treffen so zu arrangieren, dass mir keinerlei Zeit mehr geblieben war, mich vorzubereiten.

„Sag mal, bist du bewaffnet?", fragte ich vor lauter Unbehagen und blickte mich um.

„Ich verstecke doch keine Pistolen im Haus meines Vaters", entgegnete Ronan mit einem Hauch Entrüstung in der Stimme. „Du?"

Ich lächelte verdrossen. „Natürlich nicht."

Im selben Moment tauchten mehrere Gestalten hinter einem halb eingeschmolzenen Container auf.

„Dann lass uns nett und freundlich sein", flüsterte ich.

„Guter Plan."

Wir traten aus dem Schatten der Brücke hervor und keinen Augenblick später fanden wir uns fünf Männern gegenüber. Und die waren bestimmt allesamt bewaffnet, auch wenn nichts zu erkennen war. Ich konnte nicht ausschließen, dass sich auf dem Gelände noch Verstärkung befand. Dunkle Ecken, in denen man verschwinden konnte, gab es hier unzählige. Der Kerl im blauen Mantel, der bei mir in der Werkstatt erschienen war, war anscheinend nicht dabei. Das hier waren keine Männer, die Wert auf teure Mäntel legten. Das waren Schlägertypen von der Straße, eher praktisch veranlagt und gekleidet, bis auf den Mann in ihrer Mitte, der jetzt das Reden übernahm: „Schön, dass du es so kurzfristig geschafft hast."

Ich blickte ihm in die Augen und hob das Kinn. „Was wollt ihr?"

„Du musst etwas für uns besorgen. Eine kleine übliche Schmuggeltour."

Das war die einzige Forderung? Sofort kreisten meine Gedanken um jedes erdenkliche Detail. Denn Details konnten eine *kleine übliche Schmuggeltour* in ein gefährliches, gar tödliches Unterfangen verwandeln. „Was soll ich besorgen?", fragte ich knapp.

Er deutete mit einem Kopfnicken auf die versunkenen Piers. „Genau das, was den alten Hafen zum *alten Hafen* gemacht hat."

Ich schnaubte. „Das könnt ihr vergessen." Ronan warf mir einen nervösen Seitenblick zu. So viel dazu, nett und freundlich zu bleiben.

Der Mann kreuzte die Arme vor der Brust. „Also weigerst du dich?"

„Es hat einen Grund, warum es die Kyerch nur ein einziges Mal nach Moorstock geschafft hat, wobei es auch bleiben sollte. Habt ihr vergessen, wie viele Händler auf den Marktplätzen hingerichtet wurden, weil sie irgendwie mit dem *alten Hafen* oder anderen Attentaten in Verbindung gebracht wurden?" Ich biss die Zähne zusammen. Auf eine zweite Riesen-Razzia konnte ich verzichten. Der ersten war ich nur knapp entkommen und das, obwohl ich nichts mit dem Anschlag zu tun gehabt hatte. Ich wollte nicht wissen, was passieren würde, wenn ich mich weigerte, diesen Auftrag anzunehmen, denn offensichtlich wussten sie, dass ich eine Blutschuld zu begleichen hatte. Genauso wenig wollte ich darüber nachdenken, was passieren würde, erwischte man mich mit dieser Waffe im Gepäck. Wie der Staat mit Terror umging, war erbarmungslos und brutal. Und das musste wohl so sein, sonst würde Moorstock oder gleich ganz Racronia in die Luft fliegen. Die Täter oder Mittäter öffentlich aufzuhängen war eine eindeutige Warnung an alle, die auch nur einen einzigen weiteren Gedanken daran verschwendeten, sich der obersten Ordnung auf diese Weise zu widersetzen.

„Dann überleg dir einen Weg, wie du nicht auf dem Markplatz hingerichtet wirst."

Ich stellte mir vor, wie der Mann vor mir selbst am Galgen hing, und lächelte finster. „Und sonst was?"

„Das mit dem Einbruch bei Richard Bonns sind kräftige Schlagzeilen. Ermordete Wachen, die verschreckte Hausdienerschaft. Sogar seine Frau wurde bedroht."

„Also erzählt ihr dann, dass ich in seinem Haus einen der Räuber erschossen habe?"

„Deine Version der Geschichte wird bei den gekauften Richtern wohl kaum Gehör finden. Wenn du nicht kooperierst, musst du eben den Blutpreis zahlen. Du hast zwei unserer Männer getötet. Einer sitzt wegen euch schwer verletzt im Gefängnis und wartet auf meine Erlaubnis, dich an die Stadtwache auszuliefern."

Ich fragte mich, welcher der Drei überlebt haben mochte. Dem Ersten hatte ich in die Brust geschossen. Unwahrscheinlich. Dem Zweiten hatte ich die Kehle durchgeschnitten. Auch unwahrscheinlich. Der Dritte wurde von Ronan niedergeschlagen – wenn er es gewesen war, der überlebt hatte, dann nur mit einer so üblen Gehirnerschütterung, dass ihm das Sprechen fast unmöglich sein musste.

Der Mann vor mir fuhr unbeirrt fort: „Du weißt, mit welcher Strafe Mord geahndet wird. Du stehst in unserer Schuld. Und zwar gewaltig."

Eigentlich war das ein fairer Deal. Zwei Morde beglichen mit einem Opfer oder blutiger Drecksarbeit, die keiner erledigen wollte. Und doch wollte ich ihnen beides nicht geben. Ich wusste, dass ich meine Bande, aber auch alle anderen Mitglieder der Ascath mit reinziehen würde, egal, welche der beiden Optionen ich wählte – was Casta sicherlich nicht gefallen würde. Und das behagte mir ganz und gar nicht. Wieder tauschte ich mit Ronan nervöse Seitenblicke. Wir wagten es nicht, miteinander zu sprechen.

„Also?", verlangte der Mann zu wissen. „Wirst du die Fracht liefern?"

„Wen wollt ihr in die Luft jagen?", fragte ich, anstatt zu antworten.

Er zog eine Braue hoch. „Du glaubst wirklich, dass ich dir das verrate?"

Ich seufzte und blickte kurz zum rauschenden Fluss, bevor ich den Mann wieder mit einem finsteren Blick durchbohrte. „Irgendwer wird es mir schon noch verraten."

„Und du meinst, Casta würde sich über einen Bandenkrieg freuen?"

Verdammt! Die Organisation hinter diesen Männern musste groß und einflussreich sein – da hatten wir uns wohl mit dem Falschen angelegt. Die einzige Möglichkeit einen solchen Bandenkrieg zu verhindern, bestand nun darin, zu tun, was sie verlangten. Der Kerl konnte mich wie eine Spielfigur herumschubsen. Und ich musste nachgeben. „Wo soll ich die herbekommen?"

„Im Westen von Shahtuvearan, in Zhanar, gibt es eine kleine Firma, die Textilien herstellt, hauptsächlich für den Schiffsverkehr. Der Besitzer heißt Thal; er gehört zur Ashki-Familie. Hinterrücks verkaufen sie Waffen an die Widerstandskämpfer, darunter befindet sich eine Kyerch." Er hielt meinem Blick unerschrocken stand. „Aber sie verkaufen nicht an uns. Weder Segeltücher noch Waffen. Also leg dir eine gute Tarnung zu."

„Wie soll ich das Ding besorgen, wenn der Kerl nicht an mich oder irgendwen von hier verkaufen wird? Ich habe keine Leute im Süden."

„Wenn du in Bonns' Villa einbrechen und *uns* lebend entkommen konntest, sollte das doch kein Problem für dich sein. Ist mir egal, wie du sie besorgst." Seine Mundwinkel zuckten in eine Richtung, die man vielleicht als Lächeln bezeichnen mochte.

Ich biss die Zähne zusammen. Das war reinster Selbstmord. „Gibt es eine Frist?"

„Zwei Wochen, genau vierzehn Tage von heute an."

„Das ist knapp."

„Tja, dank dir müssen wir umplanen. Je eher, umso besser. Außerdem ist es gut möglich, dass die Kyerch ansonsten anderweitig verwendet wird, also beeilt euch." Sein unheilversprechender Blick durchbohrte mich und mir wurde klar, dass ich mit meinem Einbruch vermutlich etliche Menschenleben gerettet hatte, ohne es zu wissen. Zumindest vorläufig. Ich hatte irgendeinen ihrer Pläne durchkreuzt.

„Wir erwarten dich hier in vierzehn Tagen." Er streckte die Hand aus, bewegte sich aber keinen Zentimeter von der Stelle. Er wollte, dass ich auf ihn zuging. Als hätte er noch nicht zur Genüge klargestellt, dass *er* hier das Sagen hatte, nicht ich. Dass er mit mir machen konnte, was er wollte. Was für ein Arsch!

Also überwand ich widerwillig die paar Schritte, die uns trennten, und besiegelte den Deal mit einem Handschlag. Dabei sah ich ihn finster an und wünschte mir inbrünstig, ich könnte ihn mit meinem Blick töten.

„Geht doch." Er zog seine Hand zurück. „Man sieht sich." Daraufhin verschwanden die Kerle wieder im Labyrinth der alten, halb abgefackelten Container.

Stöhnend lehnte ich mich rücklings an den gemauerten Brückenpfosten und ließ mich langsam zu Boden gleiten. „Scheiße", fluchte ich leise und rieb mir mit den Händen übers Gesicht. Erst jetzt spürte ich, wie sehr mein Herzschlag raste.

„Naja, wir leben noch", sagte Ronan und blickte sich um, als wollte er sicherstellen, dass wir nun wirklich allein waren. „Lass uns von hier verschwinden." Er reichte mir die Hand und zog mich wie so oft vom Boden hoch.

„Wie sollen wir das innerhalb von zwei Wochen anstellen?", wollte er wissen, bevor wir losbrausten.

Ich legte den Kopf in den Nacken und stieß den Atem

aus. „Keine Ahnung." Vielleicht sollte ich doch abergläubisch werden. Der alte Hafen, der, auf dem angeblich ein Fluch lag, hatte mich in die Verdammnis gestürzt. Entweder eine Schmuggeltour des Wahnsinns oder Exil. Das war nicht schwer zu entscheiden. „Wir müssen einfach nur so schnell wie möglich aufbrechen und uns einen guten Plan überlegen."

Er zog eine Braue hoch. „Also sollen wir uns als Widerstandskämpfer verkleiden, anklopfen und nett bitten, dass sie uns irgendwelche Waffen geben?"

Ich musste schmunzeln. „So ähnlich."

„Du könntest vielleicht noch als einer von denen durchgehen, wenn wir dich lange genug in der Sonne schmoren. Aber es ist Oktober. Es gibt hier keine Sonne mehr. Und da wir kein Wort vearanisch sprechen, wird das umso schwieriger. Ich schlage vor, du gehst zu Casta und –"

„Casta?", fiel ich ihm ins Wort. „Kannst du vergessen. Wegen ihm stecken wir doch in diesem Schlamassel!"

„Mag sein, aber er hat garantiert Informationen, die wir brauchen könnten. Vielleicht weiß er etwas über diesen Thal."

„Hm." Ich schwang mich auf mein Motorrad. „Kommst du mit zum Versteck? Ich wette, die anderen sind mittlerweile von der Tour zurückgekehrt."

„Ich fahre wohl besser nach Hause und helfe wenigstens beim Aufräumen. Sonst reißt mir mein Vater den Kopf ab." Er grinste verdrossen.

Wir brausten in unterschiedliche Richtungen davon. Ich bog ab und überquerte die Brücke, die wie durch ein Wunder dem Anschlag standgehalten hatte. Unter mir lag der verfluchte Hafen. Ich ließ Cuttaven zurück und durchquerte Calldog. Ein zweites Mal fuhr ich über eine Brücke, um nach Bowmar zu gelangen. Es dauerte nicht mehr lange, da erreichte ich Shelvers, ein einsamer Ort direkt am Rande des vermutlich einzigen Waldes in Moorstock. Wobei der Begriff ‚Ansammlung weniger Bäume' es eher traf; ‚Wald' war zu hoch gegriffen.

Ich fuhr auf der schmalen Straße, die durch die zwielichtige Ortschaft führte, voller heruntergekommener Häuser, die zwangsversteigert werden sollten oder in denen merkwürdige Gestalten ihren Unterschlupf fanden. Die meisten Mauern waren von Efeu überrankt, manche Fenster kaputtgeschlagen und mit Brettern vernagelt. Die wuchernden Pflanzen in den Vorgärten wurden nur auf manchen Grundstücken gerade noch so im Zaum gehalten. Hier und da spross ein Tomatenstock aus einem Topf, so als würden sich die Bewohner ausschließlich von Tomaten ernähren, weil ihnen für einen umfassenderen Einkauf das Geld fehlte. Jedes Mal, wenn ich durch diesen Ort fuhr, dachte ich daran, dass unser Haus, unser Hauptversteck, bei Weitem nicht so schlimm aussah wie diese hier. Und doch wusste ich, dass so manch einer die Krise bekommen würde, sähe er unseren Unterschlupf auch nur von Weitem. Zum Beispiel die gesamte Nachbarschaft in Crossgaten, wo ich aufgewachsen war: Das Reich der Spießer.

Ich öffnete das schmiedeeiserne Tor, das unbedingt neu lackiert werden sollte und schief in der Mauer hing, die wiederum dringendst neu verputzt werden sollte, weil das nackte Mauerwerk sichtbar geworden war. Die letzten Meter fuhr ich noch mit dem Motorrad durch unseren

Vorgarten mit den überwucherten Pflastersteinen in der Mitte. Unser Grundstück wies durchaus Ähnlichkeiten mit dem *Wald* auf, sodass die schäbige Mauer, die dringendst neu verputzt werden sollte, kaum zu sehen war – was für uns bedeutete, sie *nicht* neu zu verputzen.

Ich stellte das Motorrad im Schuppen ab, den wir neben dem Haus errichtet hatten, um alles Mögliche darin zu lagern. Ich schloss die Tür ab, sprang die Steinstufen hinauf und öffnete die Eingangstür. Vor mir lag nun der Flur, der so schmal war, dass man kaum aneinander vorbeigehen konnte. Ich ging an der Treppe nach oben vorbei durch eine Tür, wobei mich sogleich die Wärme vom Kamin umgab und dazu einlud, mich auf eines der drei Sofas zu werfen, die um die Feuerstelle herum standen. Am liebsten hätte ich die Augen geschlossen und für einen Moment über gar nichts nachgedacht.

„Hey, Jarren", begrüßte mich Finn, der mich als Erster entdeckt hatte. „Falls du uns helfen wolltest, kommst du zu spät."

Ich lächelte entschuldigend, als mich vier Augenpaare anblickten. „Tut mir leid, mir ist etwas dazwischengekommen." Ich warf meine Jacke einfach auf einen Haufen anderer Jacken, unter dem sich wohl ein Stuhl befinden musste.

„Nimm dir was von dem Eintopf", sagte Dorian und deutete mit dem Kinn auf unsere kleine Küchenzeile, die unter Geschirr, Töpfen und Müll kaum zu erkennen war (die sah nicht immer so aus! Und Schimmel hatten wir nur ganz selten!). Auf dem Herd stand ein großer, noch immer dampfender Topf. Jetzt, da er es sagte, knurrte mir wirklich der Magen.

„Ihr habt nach der Tour noch Eintopf gemacht?“ Ich schnappte mir eine kleine Schüssel und füllte sie mit der Kelle. Es war noch herrlich warm.

„Finn war so nett“, meinte Nathaniel, der sich auf einem der Sofas der Länge nach hingelegt hatte, die Arme hinter dem Kopf verschränkt. Sein schulterlanges schwarzes Haar war ausnahmsweise mal nicht im Nacken zusammengebunden. Finn saß ihm mit ausgestreckten Beinen gegenüber, während Cedric wie üblich an seinem Lieblingsplatz direkt neben der Feuerstelle auf dem Boden saß, müde an die Ziegelwand gelehnt, um stumm zu lauschen.

Ich ging zu ihnen und ließ mich neben Finn nieder. „Wie ist es gelaufen?“, fragte ich und begann, meine Portion zu löffeln.

„Ganz gut. Wir sind alles losgeworden“, antwortete er, die Nasenspitze zur Decke gereckt. „Auch wenn die Grenzkontrolleure unheimlich mies gelaunt waren.“

„Wie immer.“

„Was ist dir dazwischengekommen?“, wollte er wissen und sah mich jetzt an. „Ced und Dorian haben erzählt, dass euer Einbruch bei Bonns schiefgelaufen ist.“

Ich lächelte verdrossen und schüttelte den Kopf. „Frag nicht.“ Ich ließ die Schale mit dem Eintopf sinken und legte seufzend den Kopf in den Nacken. „Ich sollte mich eigentlich jetzt schon wieder auf den Weg nach Shahtuvearan machen.“

„Shahtuvearan? Wofür?“ Nathaniel zog die Brauen hoch.

„Eine Kyerch“, brummte ich.

Allen, sogar Cedric, der niemals irgendeine Reaktion zeigte, klappte der Mund auf. Wie an einem Seil hochgezogen, setzte Nat sich langsam auf.

„Willst du jemanden in die Luft sprengen?“, fragte Finn, der als Erster seine Fassung wiederfand.

„Nein!“, hielt ich dagegen.

„Warum nimmst du so einen Auftrag an?“ Dorian starrte mich entrüstet an. „Warum besorgst du nicht einfach etwas weniger Kompliziertes irgendwo im Norden? Da wirst du wenigstens nicht direkt abgeknallt, wenn du einen Fremden ansprichst.“

Ich stellte meinen letzten Rest Eintopf auf den Tisch vor mir und verschränkte die Arme vor der Brust. „Weil ich keine Wahl habe, deshalb! Ich bin doch nicht blöd! Ich weiß, dass das reinster Selbstmord ist!“

„Irgendeine Alternative muss es doch geben“, murmelte Finn.

Ich lachte kalt. „Ja, die gibt es. Ronan und ich werden in ein Arbeitslager gesteckt.“

„Wegen des missglückten Einbruchs?“

„Du sagst es.“

„Hast du schon einen Plan?“, fragte Nat. Diese Frage hatte ich in der letzten Zeit schon viel zu oft gehört – meistens von der Stimme aus meinen eigenen Gedanken. „Freiwillig werden die dir da unten nichts verkaufen.“

„Ich weiß.“ Ich ließ die Schultern hängen. Wieder und wieder zu hören, dass diese Mission wohl kaum zu meistern, wenn nicht gar tödlich war, machte es mir unmöglich, auch nur den kleinsten Funken Hoffnung zu schöpfen. Jetzt sprachen nicht nur meine pessimistischen Gedanken diese

Tatsache aus, sondern auch meine Freunde. „Ich werde morgen Casta aufsuchen und alles aus ihm rausquetschen, was er über diese Geschäfte weiß.“ Hoffentlich würde sich daraus zumindest ein annähernd brauchbarer Plan ergeben. Da unten an Informationen zu gelangen und einen Raub vorzubereiten, würde in dieser knappen Zeit schwierig werden.

6 – Jarren

Noch dreizehn Tage, bis wir liefern mussten.

Mit wenigen großen Schritten hatte ich den Flur durchquert und die Tür aufgestoßen. Casta blickte auf, als ich mitten in seinem Büro stehen blieb und gerade Luft holen wollte, um ihn mit Fragen zu bombardieren.

„Wer hat dich reingelassen?“ Er warf die Papiere auf den Tisch, die er gerade inspiziert hatte, als hinge sein Leben davon ab.

„Ich“, sagte ich knapp, zog mir einen Stuhl ran und setzte mich ihm gegenüber. „Ich habe noch dreizehn Tage, bis ich eine Kyerch aus Shahtuvearan liefern muss.“

Casta starrte mich einen Moment lang an, bevor er antwortete: „Also hat dich bei Bonns doch jemand erwischt?“

„Scheint so.“ Hatte er mir soeben verraten, was ich beim letzten Gespräch schon wissen wollte? „Jetzt sag mir nicht, Bonns wollte die eigentlich liefern.“

„Das war meine Vermutung. Ich habe euch hingeschickt, um die Beweise dafür zu stehlen.“

„Wie soll ein Öl-Unternehmen solche Waffen schmuggeln?“, wollte ich wissen.

„Über die Borliq Company hat Bonns gute Verbindungen in den Süden und kann schnell über das Schienennetz liefern. Unkontrolliert natürlich, mit den richtigen Bestechungsgeldern. Dadurch, dass du da eingebrochen bist, hast du zwar nicht die Beweise bekommen, aber scheinbar gänzlich verhindert, was ich eigentlich aufdecken wollte.“ Er verzog den Mund zu einem Lächeln und schüttelte den

Kopf.

„Dann weihe mich doch das nächste Mal bitte in deine Pläne ein", sagte ich. „Also weißt du, wer genau diese Kyerch will und wer damit in die Luft gejagt werden soll?"

„Ich weiß nur, dass du in der Villa wohl den Siri in die Arme gelaufen bist. Und zwar ihren ruchlosen Auftragsmördern. Ich weiß allerdings nicht, von wem sie angeheuert wurden."

Ich brauchte einen Moment, bis ich meine Sprache wiedergefunden hatte. Ja, ich kannte die Siri. „Du hast mich ernsthaft in ein Haus voller Auftragsmörder geschickt?" Bonns hatten sie jedenfalls am Leben gelassen. Ansonsten hätte das brennende Schlagzeilen gegeben: *Richard Bonns ermordet im eigenen Haus!*

Casta seufzte verärgert. „Nicht mit Absicht. Wie gesagt, dass ihr da lebend rausgekommen seid, war eine Meisterleistung."

„Ja, ich habe die Kerle für genau einen Tag abgehängt. Und jetzt?" Fast wäre ich aufgesprungen und hätte ihn wie beim letzten Gespräch angebrüllt. „Jetzt schicken die mich in den Süden auf ein Himmelfahrtskommando!" Casta verstand es wirklich gut, mich wütend zu machen. Ich öffnete und schloss meine Hände, um mich zu beruhigen – wenigstens war ich heute nicht so übermüdet. „Also weißt du nicht, für wen die Siri arbeiten?"

„Nein."

Ich atmete einmal tief durch und rief mir ins Gedächtnis, warum ich eigentlich hier war. „Die haben mir gesagt, ich soll in Zhanar eine Firma aufsuchen. Von Thal Ashki. Weißt du was darüber?"

„Die Siri wollen die Waffe ganz sicher nur von ihm? Und auch nur die Kyerch? Keine Alternative?“, hakte er nach.

„Die waren da ziemlich eindeutig“, sagte ich verdrossen. „Das wäre ja einfach.“

„Seit dem Anschlag beim alten Hafen verkaufen die meisten Vearaner ihre Waffen nur noch an ihre engsten Vertrauten, soweit ich weiß.“ Er überlegte kurz. „Aber die Firma in Zhanar kenne ich, obwohl ich lange nichts mehr von denen gehört habe.“ Er starrte zu seinen Papieren auf dem Schreibtisch. „Thal verkauft zwar auch an Fremde, aber nicht an uns aus dem Norden. Wenn er herausfindet, dass seine Fracht nach Moorstock geliefert wird, macht er Jagd auf dich. Also sei vorsichtig.“

„Rate mal, wer noch Jagd auf mich macht. Eine Gruppe von *ruchlosen Auftragsmördern*“, scherzte ich bitter. „Was weißt du noch?“

Casta lehnte sich unerschrocken zurück. Wie üblich hatten seine Züge den Ausdruck von berechnender Kaltblütigkeit. „Dass es eine kleine, unbedeutende Firma im Süden ist und du froh sein kannst, dass ich überhaupt schon mal davon gehört habe und dir alles ohne Preis und Dank erzähle.“

„Danke“, sagte ich, während ich mich erhob. „Ich mache mich so schnell es geht auf den Weg, wenn du weiter nichts weißt. Kannst du Colldats sagen, dass ich eine Weile nicht da sein werde?“ Ich hatte bereits eine Hand an den Türknauf gelegt.

Casta nickte. „Lass dich nicht umbringen“, murmelte er, während er sich wieder in seine Angelegenheiten vertiefte.

Auf der Straße angekommen, wartete dort Finn mit unserem beladenen Wagen auf mich. Ich stieg auf der Beifahrerseite ein. Hinter uns standen Kisten voll mit Trinkwasser und lange haltbarem Doseneintopf für unsere Fahrt und für unser Versteck. Ein gefälschtes Kennzeichen hatten wir ebenfalls in Auftrag gegeben.

„Ist Nat schon auf dem Weg?“, fragte ich Finn, während wir uns in Bewegung setzten.

„Jep.“ Kurz blickte er mich an. Natürlich bemerkte er, wie angespannt ich war. „Und? Hat er dir ein paar nützliche Informationen gegeben?“

„Er wusste selbst nicht viel darüber. Aber immerhin hat er alles erzählt, was er wusste. Glaub ich jedenfalls.“

Finn lächelte matt. „Wahrscheinlich hat er ein schlechtes Gewissen.“

„Das sollte er auch haben“, brummte ich. „Wenn wir nachher alle vollständig sind, müssen wir irgendeinen Plan aushecken, damit das funktioniert und wir uns nicht für alle Ewigkeit verschanzen müssen.“ Da hatte ich wirklich gar keine Lust drauf.

Wir fuhren nach Shelvers, passierten unsere Einfahrt und rollten durch den Hof bis zum Schuppen, dessen Tor groß genug war, dass er auch als Garage fungieren konnte. Und gleichzeitig auch noch als behelfsmäßige Werkstatt. Einige der Vorräte schleppten wir ins Haus, die anderen luden wir in unser zweites Auto um, mit dem ich nach Zhanar fahren würde – ich wollte den Wagen gar nicht mehr ansehen, jetzt wo ich wusste, wohin er mich in den nächsten Tagen bringen würde. Auch Ronan stieß wieder zu uns, um zu helfen.

Die Sonne hatte gerade erst ihren höchsten Punkt überwunden, als wir fertig wurden und uns zum Besprechen eines Plans, von dem ich eigentlich nichts wissen wollte, auf den Sofas verteilt hatten – Cedric mal wieder neben dem dunklen und leeren Kamin. Ich erzählte, was ich von Casta und den Siri selbst erfahren hatte.

„Das klingt ein bisschen so, als wären wir erledigt“, murmelte Dorian.

„Selbst wenn wir es schaffen, will ich nicht wissen, was die Siri mit dieser Waffe vorhaben.“ Ich starrte auf meine Hände. Ich war nur selten so ratlos wie heute. Am liebsten hätte ich einfach alles hingeschmissen. Ich hatte schon so einiges getan, um an Geld zu kommen, aber das ging mir zu weit – dabei handelte es dieses Mal nicht einmal um Geld, sondern „nur“ ums Überleben. Außerdem hatte ich absolut keine Lust auf noch so eine Razzia – zumal wir dieses Mal mittendrin stecken würden.

„Wo sollen wir jemanden finden, der für uns die Besorgung abwickelt oder uns Informationen beschafft und uns nicht im Nachhinein hintergeht?“, überlegte Finn. „Das wird schwierig in nur vierzehn Tagen. Äh, dreizehn.“

Und er hatte recht: Das war im Augenblick unser größtes Problem. Der ganze Rest war tatsächlich eine *normale Schmuggeltour*, nur mit etwas riskanterer Fracht als sonst und voraussichtlich verheerenden Folgen, über die ich im Augenblick nicht nachdenken wollte.

„Ich schätze, wir haben zwei Möglichkeiten. Erstens: Wir geben uns tatsächlich als Widerstandskämpfer aus, wobei unglaublich viel schieflaufen könnte. Vor allem dann, wenn Thal merkt, dass wir ihre Sprache nicht sprechen können. Die zweite Möglichkeit: Wir stehlen die Kyerch." Ich überlegte. „Aber wir haben null Informationen über diese Firma. Leute ausfragen wird auch schwierig ... Es spricht nicht zufällig jemand von euch doch vearanisch?"

Alle schüttelten sie verneinend den Kopf, bis auf Ronan.

„Meine Schwester vielleicht. Und ihr gegenüber werden die Menschen dort offener sein."

Ich starrte ihn an.

„Du kannst doch nicht deine Schwester in die Sache verwickeln", empörte sich Dorian, bevor ich meine Stimme wiedergefunden hatte.

„Wenn du die Zeit hast, jemand anderen aufzutreiben, wäre ich froh darüber." Ronan sah mich erwartungsvoll an und wartete auf meine Einschätzung.

Ich kaute auf meiner Unterlippe herum. Das gefiel mir nicht. „Aus welchem Land kommt sie?", wollte ich wissen. Denn im Süden gab es unzählige verschiedene Sprachen und Dialekte.

Er fasste sich an den Hinterkopf. „Ehrlich gesagt, weiß ich das nicht so genau."

„Du kannst sie nicht einfach so mitnehmen. Wie erklärst du das deinen Eltern?" Finn sah Ronan eindringlich an. „Hey, ich borge sie mir mal aus, damit sie für mich illegale und gefährliche Geschäfte im Ausland erledigt?"

„Ich lass mir da schon noch was einfallen. Ich könnte sie auf einen *ganz normalen* Ausflug mitnehmen. Ich muss ja nicht erzählen, wohin es genau geht. Aber es gibt noch ein Problem." Er holte tief Luft. „Kyras Papiere werden ihr vielleicht keine Rückreise nach Racronia gestatten. Wir müssten also erst welche fälschen, damit sie nicht an der

Grenze hängen bleibt." Ohne falschen Namen konnte man so eine Aktion ohnehin vergessen, wenn man nicht hinterher seinen Kopf einbüßen wollte.

„Das wird uns noch mehr Zeit kosten. Ganz zu schweigen davon, ob sie überhaupt mitkommen will", sagte ich.

„Wir werden sie nicht zwingen. Und du weihst sie von Anfang an in alles ein, was sie wissen muss."

Ronan zog eine Braue hoch. „Dass wir zwei der Siri getötet haben, erzähle ich ihr nicht, wenn's recht ist."

Ich schüttelte den Kopf. „Sie muss nur wissen, was wir vorhaben, und alle Risiken kennen."

„Also wollt ihr sie tatsächlich mitnehmen?", fragte Finn, der Ronan und mich mit strengen Blicken bedachte.

„Mir fällt nichts Besseres ein", gestand ich. „Irgendwie müssen wir da unten an Informationen kommen."

„Warum kann Kyra mit ihren Papieren nicht zurück über die Grenze?" Ich war ganz überrascht, Cedrics Stimme von seinem Platz neben dem Kamin zu vernehmen.

„Gute Frage", stimmte ich zu.

„Weil sie und ihre Mutter damals ohne Erlaubnis nach Moorstock gekommen sind. Kalinda sagte, sie seien wegen irgendetwas geflüchtet. Dann hat sie meinen Vater geheiratet und konnte dank seines Schutzes nicht zurückgeschickt werden, genauso wenig wie Kyra, weil sie noch minderjährig ist. Ist ne Art Grauzone, hat Vater ganz schön viel Überzeugungsarbeit gekostet."

„Sie ist illegal eingereist und würde nicht mehr nach Racronia zurückgelassen werden, wenn sie einmal die Grenze in den Süden passiert hat?", hakte Finn nach und durchbrach damit das kurze Schweigen.

Ronan nickte. „Steht nicht geschrieben, aber die Möglichkeit besteht.“

„Das macht die ganze Sache noch gefährlicher für sie“, murmelte ich. „Wir können sie nicht mitnehmen.“

„Wen sollen wir denn sonst mitnehmen?“, entgegnete Ronan. „Sollen wir da einfach den erstbesten Fremden, der uns auf der Straße begegnet, nach Informationen fragen und hoffen, dass er versteht, was wir von ihm wollen?“

„Wir haben keine vertrauenswürdigen Verbindungen in Shahtuvearan“, stimmte Nathaniel mit ein.

„Und dann soll Kyra unsere Fehler ausbügeln?“ Die eine Hälfte in mir wollte nicht noch eine unbeteiligte Person mit hineinziehen, schon gar kein Mädchen. Die andere pragmatische Hälfte verlangte wiederum nach der einzigen Möglichkeit, nämlich Kyra mitzunehmen und sie der Gefahr auszusetzen, nur um mein eigenes Leben zu retten. Wie erbärmlich.

Aber auch Ronans Leben hing davon ab. Ich kannte Kyra zwar nicht wirklich, aber ich hatte das Gefühl, dass sie alles tun würde, um ihre Familie zu beschützen – was mir noch viel weniger behagte.

„Was hältst du davon“, setzte Ronan an und überlegte kurz, „wenn ich sie einfach frage und sie selbst entscheiden lasse. Wenn sie nein sagt – was durchaus wahrscheinlich ist, weil sie stocksauer auf mich ist –, dann ist die Sache erledigt.“

„Meinetwegen“, brummte ich. „Du bist ihr Bruder. Wenn du sie unbedingt in die Verdammnis schicken willst, nur zu.“

7 – *Kyra*

„Ist Mutter noch nicht aufgestanden?“, fragte ich, als Garron ins Esszimmer schlurfte – heute erstaunlich ähnlich müde wie Fred. Ich deckte bestimmt zum ersten Mal seit einer Ewigkeit allein den Frühstückstisch, nachdem ich die Tiere versorgt hatte.

„Sie wollte noch liegenbleiben. Es geht ihr nicht gut.“ Er rieb sich mit den Händen über die Augen. „Die ganze Nacht durch ist sie hochgeschreckt.“ Dann schüttelte er den Kopf und schnappte sich das Brot, um ein paar Scheiben davon abzuschneiden.

Eine Woge von Eifersucht schwappte von ihm auf mich über. Manchmal glaubte er, dass meine Mutter nach sechzehn langen Jahren noch immer um meinen Vater trauerte. Und er lag damit keineswegs falsch.

Nur wenige Augenblicke später kam auch Fred hereingeschlurft und ließ sich wie üblich kommentarlos auf seinen Platz fallen.

„Wo ist dein Bruder?“, fragte Garron ihn und stellte den Korb mit Brotscheiben auf den Tisch.

„Keine Ahnung“, murmelte Fred und gähnte.

Es war einer der unruhigen Tagesanbrüche, die bereits davon kündeten, dass die nächsten Stunden äußerst chaotisch verlaufen würden. Was für ein Sonntag …

„Er ist doch gestern Nacht noch wiedergekommen“, brummte mein Stiefvater und bückte sich dann zu dem Ofen, um noch ein Brennscheit nachzulegen. „Ständig macht er sich aus dem Staub … Der Junge kann was erleben …“

Zu dritt setzten wir uns zu Tisch.

„Sollen wir die Verabredung mit Kreygen absagen?“, fragte ich vorsichtig. „Da Ronan ja scheinbar nicht da ist.“

„Nein, nein“, seufzte Garron. „Wir finden schon eine Lösung.“

„Zur Not gehe ich mit“, verkündete Fred, der wie üblich während des Frühstücks seine Lebenskraft wiedergefunden hatte.

Sein Vater sah ihn einen Moment lang wortlos an und kratzte sich an seinem angegrauten Bart. „Zur Not, ja.“ Er räusperte sich. „Oder ihr könnt auch einfach im Haus bleiben.“

Nachdem ich mein Brot aufgegessen hatte, erhob ich mich. „Ich gehe hoch und schaue mal nach Mutter.“

Als ich an der Tür zum Schlafzimmer anklopfte, bekam ich keine Antwort. „Mutter? Bist du da drin?“

Stille. Langsam schob ich die Tür auf und spähte in den Raum. Eine gebeugte Gestalt in ein weißes Nachthemd gehüllt saß auf dem Bettrand mit dem Rücken zu mir. Ihr schwarzes Haar fiel ihr wirr über die Schultern, als wäre es von einem Sturm zerzaust. Sie zuckte zusammen, als sie mich eintreten hörte.

„Ich komme gleich runter“, murmelte sie mit dünner Stimme. Meine Mutter, die ihre Worte sonst klar und deutlich äußerte, sprach nun so leise, dass ich sie kaum verstand.

„Garron sagte, es gehe dir nicht gut.“ Langsam ging ich um das Bett herum. Als ich sie ansah, erkannte ich sie gar nicht wieder. Ihr Gesicht hatte die Farbe von Asche angenommen. Die Augen waren verweint, ihr Blick starrte ins Leere. Sie hatte sich die Arme um den Leib geschlungen, als erfriere sie. So am Boden zerstört hatte ich sie noch nie gesehen und es brach mir das Herz.

„Mutter …“ Ich beugte mich zu ihr hinunter und legte ihr behutsam meine Hände auf die Schultern. „Was ist denn los?“

„Nichts. Es ist alles in Ordnung.“ Mit zitternden Lippen zwang sie sich zu einem Lächeln. Sanft umfasste sie meine Handgelenke und führte meine Hände von sich weg. „Ich bin heute nur etwas durcheinander“, hauchte sie und blickte mich durch ihren Tränenschleier an. Ihre Augen wirkten wie rote Glaskugeln.

„Hast du wieder von Vater geträumt?“

Sie schüttelte den Kopf. „Nein.“ Dann wurde ihr Blick wieder leer und sie starrte durch mich hindurch, als wäre ich ein Geist. „Oder doch. Ich glaube schon.“

„Du scheinst mir wirklich durcheinander zu sein. Willst du dich anziehen und etwas frühstücken? Ich mache dir ein Brot, wenn du möchtest.“ Ich hoffte, sie damit in die Gegenwart zurückzuholen.

Einen Moment sah sie mich wortlos an. Dann lächelte sie wieder, wobei ihr zugleich eine Träne über die Wange rann. „Ja, ich zieh mich an.“ Sie nahm meine Hände und ließ sich von mir auf die Füße ziehen. Aber bevor sie sich abwenden konnte, um sich anzukleiden, legte ich meine Arme um sie und zog sie in eine Umarmung, die sie warm erwiderte.

„Geh schon runter, Liebes. Ich komme gleich nach“, sagte sie leise. „Und du musst mir kein Brot machen.“

„Ist gut. Aber wenn du zu lange trödelst, komme ich nochmal nach dir sehen.“ Ich warf ihr einen letzten bedeutungsvollen Blick zu, dann löste ich mich von ihr und ging durch die Tür.

Heute Morgen war sie nicht umgeben von Stille, sondern von Sturm und Chaos. Die Luft um sie herum hatte regelrecht geglüht und gezuckt. Normalerweise war es kein tobender Sturm wie heute, wenn sie an Vater dachte. Wenn sie trauerte, war sie umgeben von Finsternis, so schwer wie aus Blei und so schwarz und kalt wie eine Höhle ohne Ausgang. Aber heute war es etwas anderes, nicht der Gedanke an Vater. Doch ich behielt meine Ahnung schön für mich. Wenn sie nicht darüber sprechen wollte, dann ging es mich auch nichts an.

Der Nachmittag rückte immer näher und am liebsten hätte ich ihn einfach übersprungen. Garron hütete die Theke, Fred spülte Geschirr und meine Mutter kümmerte sich darum, dass wir über den Mittag hinweg warme Speisen servieren konnten, während ich mit einem nassen Lappen die frisch verlassenen Tische abwischte, nachdem ich unsere Gästezimmer aufgeräumt und geputzt hatte. Es war erstaunlich, wie sehr der Platz eines Erwachsenen dem eines mit Essen panschenden Kindes gleichen konnte.

Ich schnappte mir noch mehr schmutziges Geschirr, brachte es in die Küche, stellte es auf den Spülstein neben Fred und half ihm, indem ich abtrocknete.

„Du solltest vielleicht ein Bad nehmen, bevor du dich mit deinem Verlobten triffst. Du riechst bestimmt nach Küche“, sagte er und grinste mich mit einem Seitenblick an.

Wärme stieg mir in die Wangen. „Noch ist er *nicht* mein

Verlobter.“

Er lachte. „Wenn Ronan nicht gleich auftaucht, geht das ganz schnell.“

Ich funkelte ihn an. „Ich dachte, du wolltest zur Not den Aufpasser spielen?“

„Oh ja. Vater war total begeistert von der Idee, wie dir vielleicht aufgefallen ist.“

Ich schüttelte den Kopf. „Du bist doch kein Kind mehr.“ Ich konnte es Garron nicht verübeln. Dass Fred schon sechzehn Jahre alt war, sah man ihm kaum an, was ihn sicherlich ärgerte.

Seufzend zuckte er mit den Schultern. „Wahrscheinlich hat er Angst, dass ich außer Haus in Ohnmacht falle oder so“, sagte er bitter.

„Er hat nicht ganz unrecht“, erwiderte ich sanft und lächelte.

„Hm.“ Mit einer schnellen Bewegung nahm er den sauberen Stapel von Tellern und räumte ihn in einen Schrank, wobei er mich an der Spüle allein ließ. Ich spähte hinüber zu meiner Mutter, die mit leerem Blick im Suppentopf rührte. Was konnte ich ihr sagen, damit sie sich besser fühlte? Doch bevor ich auf sie zugehen konnte, hörte ich ein Geräusch im Hinterhof.

„Da kommt ja schon die Lösung all unserer Probleme“, sagte Fred und zwinkerte mir zu.

Kaum eine Minute später erschien Ronan an der Hintertür.

„Wo bist du schon wieder gewesen?“, fragte ich, bevor er irgendetwas sagen konnte, und verschränkte die Arme vor der Brust, das Geschirrtuch noch immer in der Hand haltend. Alle anderen hier hätten ihm sicher dieselbe Frage gestellt, hätte ich es nicht getan.

„Mir ist was dazwischengekommen.“ Mein Stiefbruder lächelte entschuldigend und wollte geradewegs durch die Küche huschen, aber ich stellte mich ihm in den Weg.

„Schon wieder?“ Ich musste achtgeben, dass meine Stimme sich nicht überschlug.

„Dir kommt immer was dazwischen“, pflichtete Fred mir bei.

„Warum bist du noch nicht fertig? Du hast gleich eine Verabredung.“ Ronan lächelte sanft, schob mich einfach zur Seite und marschierte an mir vorbei.

„Ich bin noch nicht fertig, weil ich *deine* Arbeit miterledigen musste!“, rief ich ihm hinterher.

„Tut mir leid!“, kam es stumpf zurück.

Ratlos sah ich zu meiner Mutter. Unsere Blicke trafen sich kurz, dann senkte sie rasch den Kopf und widmete sich wieder ihrem brodelnden Topf. Dass sie dazu eben kein einziges Wort gesagt hatte, überraschte mich.

„Na komm, jetzt geh. Wir machen das schon“, meinte Fred schließlich.

Ich hängte das Geschirrtuch zum Trocknen auf. „Na schön.“

Also nahm ich ein Bad, wusch mir gründlich die Haare mit der von meiner Mutter selbst hergestellten Lavendelseife und versuchte, sie dann mit einem Handtuch halbwegs trocken zu rubbeln. Aber wie immer hinterließ ich trotzdem eine nasse Spur, wohin ich auch ging.

Ich setzte mich in mein Unterkleid gehüllt auf mein Bett und rubbelte mir ein zweites Mal das Haar durch. Ans

Kämmen wollte ich gar nicht erst denken. Ich schnappte mir ein trockenes Tuch und türmte es mir auf dem Kopf auf. Rasch legte ich mir meine Korsage an, knöpfte sie vorne zu, sodass ich nicht mehr krumm sitzen konnte, und streifte mir Bluse und Rock über. Ich wollte mich nicht allzu sehr auftakeln, also wählte ich dunkle, schlichte Farben ohne großartige Stickereien. Anschließend unternahm ich einen dritten Anlauf, mein Haar zu trocknen.

„Kyra?"

Ich sah auf und bemerkte, dass ich meine Tür in der Eile nicht geschlossen, sondern bloß angelehnt hatte.

„Was willst du?", fragte ich genervt.

Ronan erschien. Er setzte sich auf den Stuhl an meinem Tisch, auf dem noch immer die Zeichnung von der Landschaft lag. Und noch zwei weitere Skizzen, die ich zwischendurch angefertigt hatte.

Ronan massierte sich eine Schläfe, bevor er zu sprechen anfing: „Bei mir ist ein bisschen was durcheinandergelaufen und es tut mir leid, dass …"

„Ein bisschen? Bei dir ist so einiges durcheinander." Ich warf das Handtuch auf mein Bett, stand auf und griff nach meinem Kamm, der direkt neben ihm auf dem Tisch lag.

Er grinste und schüttelte den Kopf. „Vielleicht, ja. Aber …"

Bevor er weitersprechen konnte, war ich ihm wieder ins Wort gefallen: „Dir zu verzeihen, fällt mir ehrlich gesagt von Mal zu Mal schwerer. Mag sein, dass du dich im Nachhinein immer entschuldigst, aber du änderst nichts. Das ist ja nicht das erste Mal, dass du einfach verschwindest, ohne irgendetwas zu sagen oder uns wissen zu lassen, wann du wiederkommst. Autsch.“ Ich kämmte einen Knoten nach dem anderen weg. „Du kannst mich jetzt gerne wieder allein lassen. Ich muss mich fertig machen.“

Er sah mich an, unentschlossen, ob er etwas erwidern sollte. Dann fragte er urplötzlich: „Sprichst du vearanisch?“

Ich starrte ihn einen Moment lang an. „Meine Muttersprache ist sozusagen ein Dialekt davon. Ich dürfte einiges verstehen. Warum willst du das wissen?“

„Ehrlich gesagt, brauche ich deine Hilfe“, sagte er schließlich. Er klang ungewohnt niedergeschlagen. Und dann erzählte er, warum.

„Bitte was?“ Ich stand ratlos da und knetete das nasse Handtuch in meinen Händen. Ich überlegte, es zu benutzen, um Ronan aus meinem Zimmer zu jagen. „Du willst mich in den Süden schicken, damit ich dir eine illegale Waffe besorge? Ich werde dir ganz bestimmt nicht dabei helfen, jemanden umzubringen!“

„Ich will niemanden umbringen“, beharrte er. „Wir werden erpresst und werden vielleicht deportiert, wenn nicht innerhalb von zwei Wochen …“

„Deportiert?“, fiel ich ihm abermals ins Wort. „Was zur Hölle hast du angestellt, dass man dich gleich hinrichten will?“ Ich griff das Handtuch immer fester. „Wird gleich die Stadtwache hier auftauchen und dich mitschleifen?“

„Die Stadtwache weiß von nichts.“ Er sah zu seinen Händen. „Noch nicht. Jemand versucht, uns was anzuhangen.“

Als seine Nervosität unmittelbar auf mich einschlug –

und zwar so direkt, dass mir die Knie weich wurden, setzte ich mich auf mein Bett und holte tief Luft. „Bei den Göttern, Ronan. Warum bringst du dich in solche Schwierigkeiten?“

„War keine Absicht.“

„Wie ist das denn passiert? Wer erpresst dich? Du solltest das zur Anzeige bringen.“

Er lachte. „Anzeigen? Dann findet ihr mich tot in einem verlassenen Wald wieder.“

Gänsehaut breitete sich auf meinem Körper aus.

„Wir müssen eine Kyerch besorgen und anschließend verhindern, dass sie gezündet wird.“

„Eine Kyerch?“ Mir blieb der Mund offen stehen und es dauerte einen Moment, bis meine Lippen die nächsten Worte formen konnten: „Du weißt, dass ich nicht über die Grenze darf? Versteckte Kyerch hin oder her.“

„Ja, das weiß ich. Wir können deine Papiere fälschen.“

„Das ist illegal. Ganz zu schweigen von der eigentlichen Mission.“ Ich kaute auf meiner Unterlippe. „Wenn das auffliegt, bin ich erledigt.“

„Es wird nicht auffliegen.“

„Wie kannst du dir da so sicher sein? Und sag bloß nicht, du hast das schon mal gemacht!“

Jetzt setzte er sein freches Lächeln auf und er war wieder ganz der Alte. „Verrate es bitte niemandem.“

Ich unterdrückte ein verärgertes Stöhnen, erhob mich und marschierte zwei Schritte auf ihn zu. „Jetzt raus hier! Ich muss in Ruhe überlegen, ob ich dir das Leben rette.“

Ronan sprang auf, als hätte er Angst, dass ich ihn aus dem Zimmer prügelte, wobei ich dank seiner Statur nicht einmal in der Lage war, ihn zu schubsen, wenn er es nicht absichtlich zuließ.

„Dann überleg mal.“ Rückwärts ging er zur Tür und lächelte noch immer. „Wäre nett, wenn du dich bis heute Abend entschieden hast. Morgen sind es nämlich nur noch zwölf Tage, weißt du …“

Ich schob ihn in den Flur und schloss unsanft die Tür vor seiner Nase. „Ich muss mich leider darauf vorbereiten, einen Idioten zu heiraten, tut mir leid!“, rief ich ihm hinterher.

Das konnte doch alles nicht wahr sein!

„Wo soll es überhaupt hingehen?“, fragte ich leise, während ich mich mit Ronan auf den Weg zum vereinbarten Treffpunkt wenige Straßen weiter machte. Um uns herum herrschte reges Treiben.

„Zum Park, weißt du doch“, sagte er mit einer hochgezogenen Braue.

„Ich meine nicht den *friedlichen* Ausflug“, erwiderte ich scharf.

„Ach so. Du meinst den *nicht so friedlichen* Ausflug.“ Er grinste und schüttelte den Kopf. Dann wurde er wieder ernst. „Zhanar“, erklärte er dann mit gesenkter Stimme.

Ich sah ihn an. „Warum nennst du mir nicht etwas, womit ich was anfangen kann?“

„Ich dachte, du wüsstest immer alles“, seufzte er. „Das liegt im Westen von Shahtuvearan.“

„Damit kann ich was anfangen“, sagte ich zufrieden. „Gibt es eine Garantie, dass wir bei der Mission nicht sterben?“

„Die gibt es nie. Du könntest auch stolpern und auf der Straße überfahren werden.“

„Das ist nicht lustig!“ Ich funkelte ihn an. „Wenn du wirklich willst, dass ich dahin mitfahre, dann habe ich das Recht darauf, alles zu erfahren. Das heißt: Ich will wissen, wer euch erpresst, ich will wissen, was da unten auf uns wartet und für welche Spedition du wirklich arbeitest. Ich weiß nämlich, dass du uns gerne Lügen auftischst. Und ich verlange, dass du dein Verhalten mir gegenüber grundlegend änderst!“

„Na schön. Aber das erkläre ich dir nicht hier auf der Straße.“

„Ist es so schlimm?“, fragte ich und bedachte ihn mit einem scharfen Seitenblick.

„Du weißt nur nicht besonders viel über Erpressungen.“

„Oh, bei den Göttern“, stöhnte ich leise, als ich Arthur Kreygen erblickte, der an der nächsten Ecke auftauchte und hinter dem gigantischen Blumenstrauß, mit dem er mich wohl in Empfang nehmen wollte, kaum zu sehen war.

Ronan kicherte. „Ich wüsste da eine Möglichkeit, wie du ihm eine ganze Weile aus dem Weg gehen könntest“, flüsterte er.

Hoffentlich würde mich nicht irgendein Stammgast unseres Hauses erkennen. Ich konnte die dämlichen Sprüche bereits hören, mit denen man mich aufziehen würde.

„Still jetzt!“, zischte ich, bevor wir in Kreygens Hörweite gelangten und mein Bruder irgendetwas Dummes sagen konnte.

„Guten Tag“, begrüßte er mich und nickte auch Ronan zu. Solch formelle Höflichkeiten war ich gar nicht gewohnt, wobei ich die bei den letzten Kandidaten ja auch über mich hatte ergehen lassen müssen.

Ich brachte ein leises „Hallo“ über die Lippen und lächelte steif. Plötzlich hatte ich das Gefühl, mich mit meinen Gedanken vollends im Süden, in Ronans Verstrickungen, verloren zu haben, und begriff peinlich spät, dass Kreygen mir den Blumenstrauß in die Hände drücken wollte.

„Ähm, danke“, murmelte ich und fand mich in einer überwältigenden Duftwolke aus Chaos wieder, als die Blüten an meiner Nase kitzelten. Ich wollte das einfach nur so schnell wie möglich hinter mich bringen.

Wie verabredet spazierten wir zum Park. Ich in der Mitte mit dem riesigen Blumenstrauß, flankiert von den beiden jungen Männern, Ronan breit und kräftig, Arthur lang und schlaksig, auf dem Kopf ein braunes Lockenchaos. Ich hatte erwartet, dass uns ewiges Schweigen plagen würde, nachdem mein eventuell künftiger Ehemann in unserem Wohnzimmer so still gewesen war. Doch heute plauderte er fröhlich drauflos: „Meine Mutter hat mit mir zusammen die Blumen ausgewählt. Es sind ein paar exotische Sorten aus dem Süden dabei. Wir dachten, Sie freuen sich darüber.“

Er musste sich wahrlich den Hals verrenken, um mich hinter dem Blumenstrauß sehen zu können, da ich ihn genau zwischen uns hielt – unbeabsichtigt, wohlgemerkt.

„Ja, danke“, sagte ich. „Der ist …“ Ich nieste. „Wunderschön.“

„Meine Mutter kennt sich unwahrscheinlich gut mit Pflanzen und Blumensorten aus, vor allem mit den seltenen. Genau wie meine Tante und meine Cousine.“

„Ah ja.“ Meine Mutter auch, aber ich ermahnte mich in letzter Sekunde, es nicht auszusprechen.

„Meine Cousine baut jetzt sogar Stinkasant an. Den müssten Sie kennen. Der kommt nämlich auch aus dem Süden und ist bei uns sehr selten.“

Ich schüttelte den Kopf. „Nein, das kenn ich nicht.“ Als ob ich alles über das Land und seine Vegetation wissen müsste, wo ich die ersten zwei Jahre meines Lebens verbracht hatte! Aber ich zwang mich dennoch zu freundlicher Neugier: „Und was macht man damit?“

„Das hilft gegen Magenverstimmung. Meine Cousine hat mir erzählt, dass ihre beste Freundin seit einigen Wochen furchtbare Bauchschmerzen und Übelkeit hat. Deshalb versucht sie, Stinkasant mit Knoblauch zu kreuzen, um die Wirkung zu verstärken.“

„Mit Knoblauch?“

„Ja, sie hat sie nebeneinander gepflanzt, damit sich die Samen vermischen können.“

Ich nieste absichtlich, damit er mich nicht kichern hörte. Ronan grinste mich an und sah dann geflissentlich woanders hin, als Kreygen erneut versuchte, an dem Blumenstrauß vorbeizulinsen.

„Sie sind doch hoffentlich nicht allergisch gegen die Blumen?“, fragte er besorgt, als würde es ihm das Herz brechen, so unvorsichtig gewesen zu sein.

„Nein, nein“, beschwichtigte ich. „Ich habe seit ein paar Tagen eine leichte Erkältung.“

„Ich kann heute Abend noch etwas selbst getrockneten Erkältungstee von meiner Mutter vorbeibringen. Bei mir bewirkt der wahrhaftig Wunder.“

„Danke, das ist sehr nett. Aber die ist morgen bestimmt von allein wieder weg."

„Sicher?" Wieder versuchte er, mit vorgestrecktem Kopf mein hinter den Blumen verstecktes Gesicht zu erblicken.

„Soll ich dir den Strauß abnehmen?", fragte mich Ronan von der anderen Seite. Ich verpasste ihm einen dezenten Ellenbogenstoß und sagte mit Nachdruck: „Nein, danke. Ich halte ihn gerne selbst." Obwohl der intensive Duft mich regelrecht erschlug.

„Und Sie arbeiten beide in dem Wirtshaus Ihres Vaters?", erkundigte sich Kreygen schließlich.

Ronan überließ es mir, zu antworten. Also nickte ich. „Ja."

„Den ganzen Tag über leckeres Essen kochen, nicht wahr?"

Fast hätte ich wieder absichtlich niesen wollen. „Naja, da gehört noch einiges mehr dazu."

Kreygen lachte leise. „Meine Mutter hat schon angedroht, dass sie ihr gesamtes Küchenwissen mit ihrer künftigen Schwiegertochter teilen will."

„Oh", erwiderte ich und wusste nicht, was ich davon halten sollte. „Reizend."

Irgendwie schaffte es mein eventuell künftiger Ehemann, das Thema vom Kochen auf seine eigene Arbeit in der Telekommunikation umzulenken und erzählte von irgendwelchen gefährlichen Hebdrehwählern, wovon ich kein einziges Wort verstand, und sprang schließlich von einem Tratsch zum nächsten, als hätte er panische Angst davor, dass unser Gespräch abreißen könnte – wobei es eher nur ein Monolog mit zwischenzeitlich eingebauten zustimmenden Lauten meinerseits war.

Ich wollte ihn einfach nur noch loswerden.

8 – Kyra

Völlig ausgelaugt stützte ich am späten Nachmittag das Kinn in die Hände, als ich am Tisch saß und meine Mutter mir und Ronan eine Schale mit Kartoffelsuppe hinstellte – auch wenn sie sich wunderte, dass wir in der Stadt nichts gegessen hatten. Fred und Garron waren in der Schenke beschäftigt, die sich gerade mit Aussicht auf den Abend füllte.

„Wie war es?", fragte meine Mutter leise. Sie war noch immer blass.

Ich seufzte. „Ich wusste nicht, dass mir ein Mensch mit so dämlichem Geschwätz die letzten Nerven rauben kann."

Ronan lächelte zustimmend, während meine Mutter nach einer Erklärung verlangend die Brauen hochzog.

„Er glaubt, dass man irgendein Kraut mit Knoblauch kreuzen kann, indem man es nebeneinandersetzt", sagte mein Bruder.

Ich war erleichtert, als sie auflachte und sich dabei ungläubig an die Stirn fasste. „Meine Güte. Wo treibt dein Vater nur immer diese hilflosen Junggesellen auf?" Sie setzte sich zu uns.

„Das wüsste ich auch gerne", stimmte ich ein.

„Und? Wirst du annehmen?", fragte meine Mutter. Sie und Ronan sahen mich erwartungsvoll an.

Alles in mir wehrte sich dagegen. „Ja." Ich schüttelte mich kaum merklich.

Meine Mutter seufzte und massierte sich die Schläfen.

„Du weißt, dass ich keine Wahl habe."

Sie nickte. „Und das gefällt mir genauso wenig wie dir."

Damit erhob sie sich und ließ uns allein.

Ronan und ich blickten uns ratlos an.

„Irgendetwas stimmt nicht mit ihr“, murmelte er und sah dann zur Tür, durch die sie gerade verschwunden war.

„Tja, du warst nicht da, deshalb hast du sie heute Morgen nicht erlebt“, platzte es vorwurfsvoll aus mir heraus.

„Was war heute Morgen?“

Ich überlegte einen Moment, wie ich es ausdrücken sollte. „Sie hatte wohl einen Nervenzusammenbruch oder so. Ich weiß es nicht genau.“

Sorge schlich sich in seinen Blick. „Wird ihr das hier zu viel?“

„Ich weiß es nicht. Sie spricht nicht darüber.“ Ich seufzte und schob meine leere Schale von mir weg. „Und ehrlich gesagt will ich sie in diesem Zustand nur ungern allein lassen.“

„Heißt das, ansonsten würdest du tatsächlich mitkommen?“

„Vielleicht.“ Ich stieß einen langen Atemzug aus. „Wenn tatsächlich dein Leben auf dem Spiel steht und du mich um Hilfe bittest, kann ich nicht einfach rumsitzen und nichts tun.“

Er stützte sein Kinn in eine Hand und starrte auf die Tischplatte. „Tut mir leid, dass ich dich unter Druck gesetzt habe. Das hätte ich nicht tun sollen.“ Damit erhob er sich. „Na komm. Die Arbeit ruft.“ Zu meiner Überraschung nahm er unsere beiden leeren Schalen und wandte sich dem Waschbecken neben dem Kamin zu, um zu spülen, bevor ich irgendetwas davon erledigen konnte.

Ich griff nach dem Geschirrtuch und wartete neben ihm,

bis er mir die erste Schale auf den Spülstein stellte, und trocknete sie ab. „Wie schaffst du es nur, dabei einen kühlen Kopf zu bewahren?“, fragte ich. „Ich habe das Gefühl, dass ich gleich die Nerven verliere.“

Er schnaubte. „Das liegt bestimmt nur an Arthur.“ Er stellte mir die zweite Schale hin. „Wenn du ihn heiratest, musst du dir sein dummes Geschwätz den ganzen Tag anhören. Bei dieser Aussicht würde ich auch die Nerven verlieren.“

„Besser, als mit vor Sorge verdrehtem Magen im Bett zu liegen und nicht schlafen zu können, weil sich eine gewisse Person in heikle Schwierigkeiten gebracht hat. Mal im Ernst: Fred ist viel erwachsener als du.“ Über einen Seitenblick sah ich, wie er grinsend die Augen verdrehte. Ich nahm beide Schalen und trug sie hinüber in die große Küche, wo sie ihren Platz in einem Schrank fanden.

Doch als ich meine Mutter erblickte, verharrte ich.

Sie stand dort, wie erstarrt. Wie eine Statue, die den Kochlöffel reglos in den Topf hielt, ohne damit zu rühren. Den Kopf gesenkt, den Blick starr ins Leere gerichtet. Die siedende Suppe bewegte sich weitaus mehr als sie. Auf der Anrichte befand sich nichts als Chaos: Kartoffelschalen, Strünke von unzähligen Knollen und schmutzige Küchenmesser, als versuchte sie, zehn Gerichte gleichzeitig zu kochen, obwohl nur ein einziger Topf auf dem Herd stand. Irgendetwas roch verbrannt.

„Mutter! Was ist denn mit dir los?“, fragte ich laut, als müsste ich sie von einem fernen Ort herbeirufen.

Sie drehte nur langsam den Kopf in meine Richtung. Ich eilte auf sie zu. Hinter mir tauchte jetzt auch Ronan in der

Tür auf.

„Hast du etwas anbrennen lassen?“, fragte ich.

Abwesend schüttelte sie den Kopf. „Was?“

„Es riecht verbrannt.“

Da wurden ihre Augen groß. „Die Brote! Oh je!“ Sie bückte sich zum Herd, klappte ihn auf und umfasste mit bloßen Händen die gusseiserne Form, bevor ich sie aufhalten konnte. Mit einem leisen Aufschrei sprang sie zurück.

Sanft griff ich sie an den Schultern, sprach ihr tröstende Worte zu und schob sie zum Waschbecken. Rasch drehte ich den Hahn auf und führte ihre Hände vorsichtig unter den kalten Wasserstrahl. Ich blickte über die Schulter zu Ronan, der gerade – schlauerweise mit Topflappen bewaffnet – die Form aus dem Ofen holte, sie auf die Herdplatte stellte und seufzend den Deckel entfernte. „Das können wir höchstens den Schweinen geben“, murmelte er.

Als hätte er etwas unglaublich Verletzendes gesagt, brach meine Mutter unmittelbar in Tränen aus. Weinend fluchte sie, wie ich sie noch nie fluchen gehört hatte. Manchmal in der Sprache aus unserer Heimat.

Ich hielt sie fest in meinen Armen und auch Ronan kam sofort zu ihrer anderen Seite und legte ihr den Arm um die Schultern. Ratlos sah ich meinen Stiefbruder an. Unsere Blicke trafen sich, doch er zuckte bloß mit den Schultern, ebenso ratlos wie ich.

„Vielleicht solltest du dich im Bett etwas ausruhen“, schlug er dann leise vor und suchte den Augenkontakt zu meiner Mutter.

„Ich bringe sie hoch“, sagte ich und begleitete sie aus der Küche hinaus, wobei sie nur kleine zittrige Schritte machte und auf ihre roten, schmerzverkrampften Hände starrte. Ich konnte die ersten Brandblasen erkennen. Eigentlich müsste sie sie weiter kühlen.

„Ich bringe euch eine Schüssel mit kaltem Wasser hoch“, meinte Ronan noch, als hätte er meine Gedanken gelesen. Ich nickte, führte meine Mutter durch den Flur, die enge Treppe hoch und in das Schlafzimmer, wo sie sich auf die Bettkante setzte. Sie schwieg.

Ronan kam uns eilig hinterher, stellte meiner Mutter behutsam die mit Wasser gefüllte Schüssel in den Schoß und legte ihre Hände hinein, wobei sie scharf die Luft einsog. „Ich gehe schnell die Suppe auf dem Herd retten“, fiel ihm da ein. Er drückte meiner Mutter sanft die Schulter und verschwand.

Einen kurzen Augenblick sah ich ihm hinterher und wünschte mir insgeheim, er würde bleiben. Aber bevor wir noch mehr Essen wegschmeißen und hungrige Gäste warten lassen mussten, war es natürlich notwendig, dass er die Küche so zügig wie möglich übernahm.

„Du musst sie schön kühlen“, sagte ich schließlich, um das Schweigen zu brechen, und sah meine Mutter an. Aber sie hob nicht den Blick. Sie weinte nicht mehr, aber ihre Wangen waren noch immer tränennass.

„Sag mir doch einfach, was los ist.“ Ich küsste sie sanft auf die Schläfe. „Vielleicht kann ich dir helfen.“

Sie schüttelte stumm den Kopf.

„Aber ich mache mir Sorgen um dich!“

Erneut schüttelte sie den Kopf. „Geh runter“, hauchte sie, was ich kaum verstand. Der Sturm um sie tobte so wild, dass ihre eigene Stimme darin erstickte. „Du musst Ronan helfen“, murmelte sie. „Wenn es mir besser geht, komme ich auch wieder runter.“

Jetzt war ich diejenige, die den Kopf schüttelte. „Du nimmst dir am besten den Rest des Abends frei. Wir schaffen das auch zu viert. Ronan ist ja zur Abwechslung mal hier.“ Ich lächelte sie aufmunternd an. „Bleib einfach ruhig im Bett oder setz dich vor den Kamin und lies ein Buch. Wie du magst. Für heute hast du jedenfalls Küchenverbot.“ Ich erhob mich. „Kühl noch schön deine Hände, dann werden die Brandblasen nicht so schlimm.“ Als Medizinfrau wusste sie das natürlich.

Zögerlich trat ich zur Tür und hoffte, dass meine Mutter mich noch um einen Gefallen bat, womit ich ihr irgendwie helfen konnte. Aber sie sagte nichts und starrte mir bloß hinterher.

Mein eigenes Unwohlsein hatte eben durch den gesamten Raum stürmen müssen, als ich meine Mutter so sah. Ich schüttelte mich, nachdem ich die Tür zum Schlafzimmer zugezogen hatte, und ging zurück in die Küche.

„Das Wort *Nervenzusammenbruch* war bei Weitem untertrieben“, kommentierte Ronan, als er mich reinkommen hörte.

„Ich weiß“, murmelte ich. Im selben Moment kam Fred in die Küche hereingestürzt. „Warum …“ Er brach ab, als er feststellte, dass meine Mutter nicht mehr hier war. „Wo ist Kalinda?“, fragte er verwundert.

„Oben“, antwortete Ronan knapp.

„Wir beeilen uns, alles fertigzubekommen“, sagte ich.

„Geht es ihr schon wieder nicht gut?“, fragte Fred leise, als hätte er Angst, dass man ihn von der Schenke aus noch hören konnte.

Wir beide schüttelten den Kopf.

„Ich sage Vater Bescheid.“ Damit huschte er wieder durch die Tür. Keine Minute später kam er zurück und half uns dann, das Chaos zu beseitigen, damit wir schnell die bestellten Gerichte kochen konnten. Ich knetete derweil neuen Brotteig und ließ ihn gehen, damit wir am nächsten Morgen etwas zu frühstücken hatten. Abwechselnd huschten meine beiden Brüder hinaus, um Speisen zu servieren oder ihrem Vater am Tresen zu helfen. Wie gewohnt füllte sich unsere Stube im Laufe der Stunden. Als die warme Küche am späteren Abend für unsere Gäste schloss, begannen dort die ganzen Aufräumarbeiten. Das hieß: Töpfe und Pfannen schrubben, Geschirr und Besteck spülen, Arbeitsplatten säubern – normalerweise auch die Herde ablöschen. Doch den einen musste ich weiter befeuern, damit ich wenigstens noch diesen einen Laib Brot backen konnte.

„Ich verstehe, warum du deine Mutter nicht allein lassen willst“, sagte Ronan plötzlich, als wir zu zweit in der Küche waren.

„Hoffen wir, dass es ihr morgen besser geht.“

„Und dass sie nicht den Verstand verliert.“ Er begann, die Arbeitsplatte zu reinigen. Erst nach einer Weile fragte er: „Hast du dich denn entschieden?“ Er sah mich über die Schulter an. „Mein kleines Problem verschwindet leider nicht so einfach, selbst wenn deine Mutter durchdreht.“

Bei seiner Formulierung musste ich schnauben. Den Eimer mit den Essensresten und dem verbrannten Brot, den ich gleich zu den Schweinen bringen wollte, stellte ich auf den Tisch und blickte meinen Bruder an, bevor ich antwortete: „Wie erklärst du das denn unseren Eltern? Dein Vater wird nicht begeistert sein.“

„Ich habe einen Auftrag und soll etwas nach Cescon liefern und nach einer Änderung wieder abholen. Heißt mit ein paar Tagen Aufenthalt und *ohne* Grenzpassage. Du willst dir doch sicherlich vor deiner Hochzeit noch die Welt ansehen.“ Er lächelte schief.

Cescon war eine große Handelsstadt im Süden, kurz vor der Grenze, nahe den vearanischen Bergen.

Ich verschränkte die Arme vor der Brust. „Und die Arbeit hier in der Wirtschaft? Die macht sich nicht von allein.“

„Ich werde Vater eine Aushilfe bezahlen.“

„Wenn das mal nicht schiefgeht“, seufzte ich.

„Das ist der leichte Teil.“ Kopfschüttelnd machte er sich wieder ans Putzen. „Du brauchst nur mit den Wimpern zu klimpern, dann tut Vater doch alles für dich.“

„Für dich auch, Ronan“, platzte es aus mir heraus. „Du bist nur gerade dabei, dir das zu verscherzen. Mit … was auch immer du tust.“ Seufzend schnappte ich mir den Eimer. „Du arbeitest nicht wirklich bei einer Spedition, oder?“

„Offiziell schon“, sagte er, als nur einen Herzschlag später ein gehetzter Fred in der Tür erschien und irgendetwas murmelte, was ich nicht verstand.

Ich stand dort mit meinem merkwürdig riechenden Eimer und hatte die Luft angehalten, weil ich nicht wusste, ob er uns gehört hatte. Aber er verschwand bloß in der Vorratskammer. „Die saufen uns alles weg!“, kam es noch die Steintreppe zum Keller hochgehallt.

Ronan warf seinen Putzlappen auf die Arbeitsfläche, als er begriff, was sein kleiner Bruder vorhatte. „Fred, warte! Lass mich das Bier tragen!“ Und dann war auch er im Keller verschwunden.

Kopfschüttelnd trat ich hinaus in den kalten Hinterhof zu unserem Stall, um Merry und Berry mit unseren köstlichen Küchenabfällen zu versorgen. Sie waren an ihr Nachtmahl gewöhnt und quiekten bereits freudig, als sie mich hörten. Da ich schon hier im Stall war, schaute ich auch noch einmal bei unserem murmelnden Esel Archy und den dicken Hühnern vorbei. Unser Lieblingshuhn Hennifer hockte brav in ihrem Nest. Am liebsten hätte ich mich hier bei den Tieren ins Heu gelegt und die Ruhe genossen, die sie verströmten, wenn sie gemächlich dösten oder sich an ihrem Futter bedienten.

Noch einen Moment ließ ich die Stille auf mich wirken, bevor ich mich wieder ins Chaos stürzte.

Am nächsten Tag war meine Mutter wie ausgewechselt. Als ich fertig angezogen nach unten in unser kleines Esszimmer kam, stand sie bereits dort, kochte Kaffee und hatte den Tisch schon fertig gedeckt. Ihre linke Hand hatte sie bandagiert und – ich vermutete es – mit einer ihrer selbst zusammengestellten Salben behandelt.

„Guten Morgen“, grüßte sie mich und lächelte, was ich nach dem gestrigen Tag etwas merkwürdig fand. Ihre Stille war tiefer und kälter denn je.

„Guten Morgen“, erwiderte ich. „Fühlst du dich besser?“

„Ja. Ich musste mich nur etwas ausschlafen.“ Sie fasste

sich an die Stirn. „Ich weiß nicht, was in mich gefahren ist."

„Kyra", hörte ich Garrons Stimme, „Ronan hat mir gerade gesagt, dass er dich heute auf eine kleine Reise mitnehmen will. Sehr spontan, muss ich sagen."

Eine kleine Reise! Ich hätte fast losgelacht, riss mich aber zusammen. „Ja." Ich blickte mich nervös um und suchte nach Worten, als ich den skeptischen Blick meiner Mutter sah. „Mal etwas anderes als Moorstock zu sehen, fände ich … erfrischend." Die Überzeugungsarbeit überließ ich wohl besser Ronan.

Überlegend und grummelnd ließ mein Stiefvater sich auf seinem Platz nieder, während Fred hereingeschlurft kam und ihm die Zeitung auf den Schoß warf, dicht gefolgt von seinem großen Bruder.

Als wir – heute endlich wieder zu fünft – am Tisch saßen, ging es um nichts anderes mehr als unsere *kleine Reise*. Mir sträubten sich die Haare, als ich Ronans Lügengeschichten abnicken und in jeglicher Hinsicht begeistert klingen musste. Ich fand weder Gefallen daran, zu lügen, noch war ich besonders gut darin. Unsere Eltern allerdings schienen keinerlei Verdacht zu schöpfen. Ich wusste nicht, ob ich mich darüber freuen oder ärgern sollte.

Der erste Schritt war also getan. Der leichte Schritt.

9 – *Jarren*

Ich schlug die Haube zu und stützte mich für einen Moment darauf, um meine Wut hinunterzuschlucken – was ich seit vorgestern Nacht besonders häufig tat. Unser Wagen war nun fast darauf vorbereitet, über viertausend Kilometer gen Süden zu reisen, auch wenn ich so frustriert war, dass ich am liebsten etwas kaputtgeschlagen hätte. Hier in diesem Schuppen gab es bestimmt so einiges, was ich einfach zertrümmern konnte, ohne dass es uns fehlte.

Dorian klemmte gerade ein gefälschtes Kennzeichen unter dem Fahrersitz fest – vermeintlich aus Shahtuvearan. Nathaniel versteckte ein paar Gegenstände, die uns vielleicht von Nutzen sein könnten, die einem Grenzkontrolleur aber lieber nicht in die Hände fallen sollten (darunter meinen Schlossknacker), in einem kleinen Fach unter dem Boden des Kofferraums. Über dem rechten Radkasten gab es ein weiteres Geheimfach, das nun für die Kyerch vorgesehen war. Man konnte die beiden Fächer nur öffnen, indem man eine schmale Stange von unten an einer bestimmten Stelle durch den Radkasten führte und damit die Klappe anhob. Vom Kofferraum aus war nicht die geringste Spur zu sehen.

„Könnten die gereizten Herrschaften mit dem Ding bitte etwas sanfter umgehen, während ich hier unten bin?“, hörte ich Finns Stimme, nachdem das Scheppern durch das Zuschlagen der Motorhaube verklungen war. Mit einer ausgeschalteten Lampe krabbelte er hustend aus der Senke unter dem Wagen hervor.

„Wieso? Straßenstaub steht dir gut", sagte Dorian.

„Danke, danke. Ich weiß." Finn rappelte sich hoch und rubbelte sich mit der Ellenbeuge graue Flocken aus dem blonden Haar.

„Ist der Boden in Ordnung?", fragte ich, um bei der Sache zu bleiben. Immerhin ging es schon auf die Mittagszeit zu und ich wäre am liebsten gestern schon aufgebrochen. Zwölf Tage noch.

„Ja, ist er."

„Die Bremsleitungen auch?"

„Ja", sagte er gedehnt. „Entspann dich mal, alte Hilde."

Ich widerstand dem Drang, selbst nachzusehen, und versuchte, die Fassung zu wahren. „Ihr kümmert euch um den Kerl im Gefängnis, während wir weg sind, ja? Versucht, so viel rauszufinden wie möglich." Dass sich die Stadtwache mal einen der Siri durch meine Einmischung schnappen würde, hätte ich nie gedacht.

„Wenn du einen Namen für uns hättest, wäre das einfacher", entgegnete Nathaniel, der sich jetzt, da er mit seiner Arbeit fertig war, an einen Tisch voller unsortierter Werkzeuge lehnte.

„Ich hätte liebend gerne einen Namen, damit ich den Typen höchstpersönlich den Hintern versohlen kann", murmelte ich und machte mich daran, den Reifendruck zu prüfen, wobei ich den laut ratternden Kompressor einschalten musste.

„Ich finde den Namen schon noch raus. Wachmänner um den Finger wickeln gehört zu meinen Stärken, weißt du doch", rief Finn laut, damit ich ihn auch nur ja verstand.

„Optimistisch wie immer", sagte ich, ohne Rücksicht

darauf zu nehmen, ob man mich überhaupt hören konnte. Dann fuhr ich etwas lauter fort: „Versucht auch rauszufinden, wer mit der Kyerch in die Luft gesprengt werden soll und wann. Ich hoffe, unser Sträfling kann euch da weiterhelfen."

„Und dann willst du das verhindern?", fragte Nathaniel.

„Das muss ich. Irgendwie. Ich will nicht, dass unsere Leute durch eine Waffe sterben, die ich zu uns geschmuggelt habe."

„Ich wusste gar nicht, dass du ein Gewissen hast", scherzte er.

„Ich will nicht dazu beitragen, dass so ein Desaster wie in Cuttaven wieder passiert." Ich seufzte und kniete mich vor den letzten Reifen. „Obwohl es auch ohne unser Zutun ständig passiert." Ich konnte die Maschine endlich wieder abschalten.

„Glaubst du eigentlich, dass das in Cuttaven die südlichen Widerstandskämpfer waren, die sich bis nach Moorstock geschlichen haben?", fragte Finn.

Ich zuckte mit den Schultern. „Keine Ahnung. Die Beweislage ist mir zu unsicher. Da kann ich mir keine Meinung bilden."

„Andere scheinbar schon", schnaubte er. Dann zog er plötzlich die Brauen hoch. „Deshalb wollen die unbedingt Waffen aus dem Süden haben!", stellte er fest. „Das ist ihr Sündenbock!"

„Blitzmerker."

Zu meiner Erleichterung dauerte es nicht mehr lange, bis ich mit Finn endlich zu unserem Treffpunkt aufbrechen konnte, wo Kyra und Ronan mit gefälschten Papieren hoffentlich schon warteten. Ich wollte keine Minute mehr verschwenden. Ebenso wenig wollte ich überhaupt in den Süden fahren.

Als wir ankamen, erwarteten uns Kyra und Ronan bereits in der Tiefgarage eines unscheinbaren Wohnhauses. Kyra sah genauso begeistert aus, wie ich es erwartet hatte. Sie stand dort, hatte die Arme vor der Brust verschränkt und sprach kein Wort mit ihrem Bruder.

Ich sprang aus dem Wagen und hatte das Gefühl, dass ich mich mindestens hundert Mal bei ihr entschuldigen müsste. „Danke, dass du mitkommst", platzte es stattdessen aus mir heraus und mein Missmut war nicht zu überhören.

„Gerne doch", sagte sie knapp, ohne sich zu regen. „Ronan hat mir schon erklärt, dass euch absolut keine Schuld trifft."

Meinte sie das ironisch?

„Wir sollten die Sachen umladen", schaltete sich ihr Bruder dazwischen, öffnete das Heck des Wagens, mit dem er Kyra abgeholt hatte und griff sich die ersten Taschen. Sie eilte ihm hinterher und ging in die Knie, als sie hinter einem gigantischen Koffer verschwand. Wollte sie bei uns einziehen?

„Kyra, setz dich in den Wagen. Wir machen das schon", sagte Ronan und machte Anstalten, ihr das Gepäck abzunehmen.

„Danke, ich kann meine Sachen selbst tragen!" Mit einem Ruck, bei dem ich schon befürchtete, dass sie stolpern würde, wandte sie sich von ihm ab und trug ihren Koffer zu unserem Wagen, wobei Finn ihr die Tür vom Heck aufhielt.

Ich hörte sogar ein leises Danke über ihre Lippen huschen, als ich Ronan zu helfen begann.

„Wie macht er das nur?", murmelte er und konnte sich wohl ein Lächeln nicht verkneifen.

„Er ist nicht so ein Idiot wie wir beide."

Keine fünf Minuten später rollten wir durch das Tor. Finn würde den zweiten Wagen zurück zu unserem Versteck bringen. Kyra hatte sich mit erneut verschränkten Armen auf die Rückbank gesetzt. Ich konnte gar nicht sagen, wie sehr mich mein schlechtes Gewissen dabei quälte, sie mitzunehmen – gerade jetzt, da sie ihre verständlicherweise üble Laune in keiner Weise zu verstecken versuchte. Und wir wussten noch nicht einmal, was uns in Zhanar erwarten würde.

„Hat bei euch zu Hause alles reibungslos funktioniert?", fragte ich Ronan.

„Unsere Eltern haben keinen Verdacht geschöpft."

„Fred schon", kam es von hinten.

„Höchstens, weil du eine unglaublich schlechte Lügnerin bist", sagte er.

„Ist das jetzt auch noch meine Schuld?", rief sie aus.

Ich atmete einmal tief durch, um nicht zu explodieren, und entspannte meine Finger, die sich um das Lenkrad krallten.

„Nein." Ronan grinste sie über die Schulter an. „Ich habe nur gesagt, dass du eine schlechte Lügnerin bist."

„Wenn man nicht gerade ein Verbrecher ist wie du, muss man darin auch nicht gut sein!"

„Hast du mich gerade einen Verbrecher genannt?"

„Ja, habe ich!" Ihre Stimme hob sich immer weiter in

die Höhe. „Ihr schmuggelt! Und das *ist* ein Verbrechen! Und du wirst dafür früher oder später im Gefängnis landen!“

„Nur, wenn wir erwischt werden“, hielt er dagegen.

„Tja, scheinbar wurdest du erwischt! Sonst wären wir nicht in dieser dämlichen Situation! Aber du hast ja eine nette kleine Schwester, die dir den Hintern rettet!“

Er lachte leise. „Na schön. Ich stehe in deiner Schuld.“

„Du stehst in der Schuld deiner ganzen Familie!“

„Zu Hause weiß niemand etwas davon. Und damit sind sie fein raus.“

„Sind sie nicht! Weil du sie alle angelogen hast! Und ich will gar nicht wissen, wie lange schon!“

„Könnt ihr beide mal die Klappe halten?“, fuhr ich endlich dazwischen, lauter als geplant. Ich holte tief Luft. „Das treibt mich ja in den Wahnsinn“, sagte ich dann ruhiger, als die zwei tatsächlich auf mein Wort hin verstummt waren.

„Tut mir leid, alte Hilde. Ich hab vergessen, dass du so angespannt bist“, sagte Ronan dann, um das kurz dauernde Schweigen zu brechen.

Ich warf ihm einen Seitenblick zu. „Hör auf, mich so zu nennen.“

„Vielleicht solltest du auch etwas angespannter sein, Ronan.“ Kyras Stimme kochte förmlich, aber sie gab sich nun Mühe, ruhiger zu sprechen. „Wir fahren nicht in den Urlaub, auch wenn unsere Eltern das vielleicht glauben.“

„Kyra, aus welchem Land kommst du?“ Ich wollte diesen Geschwisterkrieg beenden, bevor ich einen Nervenzusammenbruch erlitt. Kurz blickte ich über die Schulter zu ihr, doch sie blinzelte mich nur verwirrt an, ob des plötzlichen Themenwechsels. „Sprichst du vearanisch?“, hakte ich nach, während ich uns durch Moorstocks eng verwinkelte Gassen beförderte.

„Äh, ja, schon.“

Als sie weiter nichts sagte, fragte ich noch einmal: „Wo bist du geboren?“

Sie blickte zu ihren Händen. „Weiß ich nicht. Mutter spricht nicht über unsere Heimat.“

Ich war so verblüfft, dass ich meine Wut plötzlich vergessen hatte. „Du weißt nicht, wo du geboren wurdest?“

„Ich weiß nur noch, dass wir mit einem Schiff übers Meer gefahren sind. Also komme ich vermutlich von irgendeiner Insel.“

So etwas hörte man auch nicht alle Tage.

Schließlich passierten wir die Bezirksgrenze nach Hallbrick. Wir waren in Schweigen verfallen – bedrücktes Schweigen. Aber mir und meinen Nerven war das lieber als die Streiterei, also unternahm ich nichts, um das Gespräch wieder anzukurbeln, und sah zu, dass wir Moorstock so schnell wie möglich hinter uns ließen. Ich manövrierte uns durch Hallbrick, was mit dem Auto eine deutlich größere Herausforderung darstellte als mit dem Motorrad, mit dem man sich durch die schmalsten Lücken quetschen konnte.

„Bei den Göttern, können wir nicht etwas langsamer fahren?“, beschwerte sich Kyra, die sich verkrampft festhielt, wo es nur ging, nachdem ich meine zweite Vollbremsung hatte hinlegen müssen, um nicht mit einem aus einer schlecht einsehbaren Ecke schießenden Fahrzeug zusammenzustoßen. Ihre Nerven lagen wohl mindestens genauso blank wie meine.

„Wenn ich langsamer fahre, können wir auch gleich zu Fuß gehen“, sagte ich – vielleicht eine Spur zu bitter.

„Ist ihre erste Autofahrt“, erklärte Ronan und drehte sich dann zu ihr um. „Du wirst ja wohl nicht reisekrank, oder?“

Resolut schüttelte sie den Kopf.

„Wir fahren gleich auf die östliche Handelsroute, da wird es ruhiger“, versprach ich. Ihre erste Autofahrt würde also gleich mehrere Tage dauern. Das wurde ja immer besser.

10 – Kyra

Wir waren schon eine Ewigkeit unterwegs, doch die Mauern, die die engen Gassen von Hallbrick säumten, wollten einfach nicht enden. Wo blieb bloß die versprochene ruhige Handelsstraße? Ich sah aus dem Fenster und folgte mit meinem Blick den Konturen der rasch an uns vorbeiziehenden Gebäude. Verzierte Haustüren, Eingangsstufen, Fußgänger, Schaufenster mit allem möglichen Schnickschnack, Vorgärten, Mülltonnen. Das alles strömte in hoher Geschwindigkeit an mir vorbei und auf mich ein, so unglaublich viele Reize in nur wenigen Sekunden. Auch wenn ich Angst vor der Geschwindigkeit hatte, so faszinierte sie mich doch gleichzeitig. Ich konnte so viel von der Stadt sehen, ohne ewig durch die Gegend laufen zu müssen. Es war vielleicht eine halbe Stunde vergangen, als ein plötzlicher Stich meine Stirn durchzog. Seufzend schloss ich die Augen, als sich die Kopfschmerzen einnisteten, die ich immer bekam, wenn ich zu viele Informationen auf einmal verarbeiten musste. Ich hatte mir soeben das Aussehen hunderter Türen und Fenster und unzähliger unbekannter Gesichter mit zugehöriger Kleidung bis ins kleinste Detail eingeprägt.

Gut zu wissen, dass ich nicht die ganze Zeit aus dem Fenster starren sollte. Die Fahrt würde so allerdings furchtbar langweilig werden – und doch zugleich angespannt. Ich versuchte etwas zu schlafen, damit die Zeit schneller umging. Ich machte es mir so bequem wie möglich, schloss die Augen und ließ mich blind in das Land zurückführen, aus dem ich vor sechzehn Jahren geflüchtet war. Mehrere

Wochen lang hatte nur das nackte Überleben gezählt. Kein Dach überm Kopf, kein Bett, kein Geld, nicht einmal die Mahlzeiten waren meiner Mutter und mir sicher gewesen.

Ein lauter Knall schreckte mich auf. Das Geräusch war lauter gewesen als der Motor unseres Wagens und doch hatte ich es mir in meinem kurzen Alptraum bloß eingebildet. Wieso konnte ich es nicht einfach verdrängen, wie jeder andere Mensch ein solch prägendes, gar verstörendes Erlebnis in dem Alter vielleicht verdrängen würde? Stattdessen hatte ich mir jedes einzelne Detail genau eingeprägt, jeden Blutspritzer, jeden verzweifelten Atemzug – wie die Details der Straßen gerade eben, durch die wir fuhren.

Ein verdammter Fluch.

Ich atmete einmal tief durch und bewegte meine zitternden Finger, um mich zu beruhigen. Ich befahl mir, diese Gedankenkette zu unterbrechen.

Als ich es wagte, noch einmal durchs Fenster zu sehen, erkannte ich metallene Röhren, Tanks und Rauch, überall. Als würde es nichts anderes in der Welt geben. „Wo sind wir?“, platzte es aus mir heraus, weil ich das Gefühl hatte, mich nicht mehr auf der Erde zu befinden. Wieder einmal musste ich aufpassen, dass ich mir nicht alles so genau ansah und mir nicht jeden Winkel der Rohre und Schornsteine einprägte, nicht jede Farbnuance. Schnell wandte ich den Blick ab, obwohl ich dieses faszinierende Gebilde gerne weiter beobachtet hätte – es wäre die beste Ablenkung von miesen Gedanken gewesen.

„Das ist die Raffinerie von Borliq“, erklärte Ronan.

„Wir haben Moorstock gleich hinter uns gelassen“, fügte Jarren hinzu. „Die östliche Handelsroute ist eine der neuesten Straßen. Das wird eine Spazierfahrt.“

Der Verkehr war zwar nicht unbedingt ruhig, aber die Straße war breit, einigermaßen sorgfältig asphaltiert (sodass wir nicht andauernd durchgeschüttelt wurden) und nicht alle paar Meter von engen, unübersichtlichen Kreuzungen gesäumt. Außerdem konnte ich weit und breit keine herumrennenden Fußgänger sehen, die uns vor den Wagen hätten stolpern können. Rasch senkte ich meinen Blick zurück zu meinen Händen, die noch immer zitterten. Immer wieder sah ich für einen Sekundenbruchteil aus dem Fenster, um mich abzulenken. Bloß nicht mehr über den Süden – über Vater nachdenken. ‚*Verdräng es!*‘, befahl ich meinem Kopf bestimmt zum tausendsten Mal und wieder gehorchte er mir nicht.

Es war mir nur recht, dass Jarren und Ronan sich unterhielten und ich ihrem Gespräch lauschen konnte. Auch wenn ich wegen des lauten Motors nicht alles verstand.

Nach einer Weile verschwand die Landschaft aus Rohrleitungen, dafür zogen vereinzelt Häuser an uns vorbei, bis uns irgendwann bloß noch Wälder und Wiesen umgaben. Hier und da tauchte eine kleinere Stadt auf. Das erste Mal seit sechzehn Jahren hatte ich Moorstock verlassen. Und ich hatte vergessen, wie beruhigend eine simple Wiese auf mich wirkte. Keine tosenden Gedanken, keine Hektik. Als könnte ich mich einfach ins Gras legen, den tiefblauen Himmel beobachten und all meine Sorgen vergessen. Ich vermochte nicht einzuschätzen, wie viel Zeit verging, weil ich immer wieder einnickte. Vom ewigen Rumsitzen und Nichtstun hätte ich auch nichts anderes erwartet. Als wir losgefahren waren, hatte die Sonne direkt über uns gestanden. Jetzt befand sie sich rechts von uns auf halbem Weg Richtung Horizont. Mal verdeckt hinter Wolken, mal blendend hell.

„Ach ja, bevor ich es vergesse", sagte Ronan an mich gewandt und riss mich aus meinen Träumereien. „Ich habe in unseren Papieren eintragen lassen, dass wir verheiratet sind. Das solltest du vielleicht wissen."

Ich starrte ihn an, bevor ich meine Sprache wiederfand. „Du bist als Bruder schon schlimm genug. Und jetzt bist du auch noch mein Ehemann?"

Er lachte, sogar Jarren schmunzelte über meine Worte, die eigentlich bitterernst gemeint waren. Ich schüttelte den Kopf, um mein eigenes Grinsen zu unterdrücken, das sich plötzlich auf mein Gesicht geschlichen hatte. Natürlich war ich immer noch wütend auf Ronan und daran würde sich für das restliche Jahr vermutlich nichts ändern. Aber ich sollte mich jetzt lieber auf unsere Zusammenarbeit fokussieren, denn Streit würde uns nicht weiterbringen. Auf dieser Reise mussten wir als Team funktionieren.

„Ich wollte das Risiko nicht eingehen, dass man dich nicht zurück nach Racronia lässt und wir wegen einer dämlichen Formalität an der Grenze hängenbleiben", erklärte Ronan.

„Er hat recht. Das ist sicherer", pflichtete Jarren ihm bei.

„Na gut. Klingt, als wäre das vernünftig." Wenn man denn überhaupt etwas an dieser Aktion als *vernünftig* bezeichnen konnte. „Was machen wir, wenn wir in Zhanar angekommen sind?"

„Wir müssen erst so viel wie möglich über das Netzwerk von Thal herausfinden", erklärte Jarren. Als er meinen fragenden Blick sah, fügte er noch hinzu: „Der Kerl, dem die vielversprechende Firma gehört. Die hintenrum Waffen baut oder weiterverkauft."

„Hoffentlich reicht die Zeit", seufzte Ronan. „Was, glaubst du, passiert, wenn wir zu spät liefern?" Auch wenn er versuchte, es mit Scherzen zu überspielen, er war doch mindestens genauso angespannt wie Jarren und ich. Innerlich zitterte er regelrecht – vor allem, weil er mich mitgenommen hatte.

Jarren sah ihn an. „Lass uns darüber jetzt nicht nachdenken. Erst mal müssen wir überhaupt liefern."

Mir wurde schlecht. Als hätte ich jetzt erst begriffen, dass ihre Leben tatsächlich davon abhingen, wie ich mich anstellte, wenn wir in Shahtuvearan angekommen waren. Und mein eigenes auch, jetzt da ich in die Sache mit verwickelt war.

„Wenn wir da sind, werden wir uns sofort auf die Suche nach dieser Firma begeben", sagte Jarren, die Stimme fest entschlossen.

„Und dann soll ich für euch ein paar Leute ausfragen?", vermutete ich – und wusste überhaupt nicht, wie ich das anstellen sollte.

„Das ist dein Part, ja."

„Aber keine Alleingänge", sagte Ronan erstaunlich streng. „Ich lasse dich bestimmt nicht allein durch eine Stadt laufen, in der wir uns beide nicht auskennen."

„Ihr lasst mich ja nicht mal allein durch die Stadt laufen, in der wir aufgewachsen sind", brummte ich.

„Du weißt genau, warum", hielt er dagegen.

Ich lehnte mich im Sitz zurück und verschränkte wieder

die Arme vor der Brust. „Ja. Damit mich niemand entführt und auf dem Sklavenmarkt verkauft. Obwohl die Sklaverei vor Jahrzehnten verboten wurde.“

Jarren schmunzelte. „Jetzt nennt man das ‚billige Arbeitskräfte‘.“

„Genau. Und die kauft man nicht, die stellt man ein.“

„Na schön. Zwei Dinge.“ Ronan drehte sich zu mir um. „Erstens ist die Sklaverei nicht in allen Ländern verboten. Zweitens kennst du den Schwarzmarkt nicht, der übrigens international arbeitet.“

„Hm. Den kennt ihr wohl nur zu gut.“

Er lächelte kühl. „So ist es.“

„Zu welcher der ganzen Banden gehört ihr überhaupt?“, fragte ich dann. „Ihr macht das mit dem Schmuggel sicherlich nicht auf eigene Faust, oder?“

Jarren lachte. „Da hat aber jemand aufgepasst.“

„Naja, nicht, dass ich jede kleinste Bande aus irgendwelchen Gassen kenne, aber ich bin neugierig.“

„Wir gehören zu den Ascath“, erklärte er.

„Ascath? Wie der Ort, an dem die dunklen Geister wohnen?“, wunderte ich mich.

Jarren und Ronan blickten sich an.

„Ich wüsste nicht, dass irgendwelche Geister für uns arbeiten. Aber ja, der Großvater unseres Bosses hat uns den Namen damals verpasst. Wer weiß, was er der Welt damit sagen wollte“, sagte Jarren dann und grinste auf die Straße.

„Ascath“, sinnierte ich. „Das Schattenreich, das unterhalb der Erde liegt, wo es keine Regeln gibt, wo die Welt andersherum steht. Der Ursprung Racronias im hohen Norden. Aber das mit den Schattenseiten passt durchaus. Und das mit den nicht vorhandenen Regeln auch.“ Ich lächelte mit einer hochgezogenen Braue.

„Tausend Jahre alte Mythen verkaufen sich eben gut“, meinte Ronan und erwiderte mein Lächeln mit einem Grinsen.

Später stieg ich aus dem Wagen aus und hätte mich vor lauter Pudding in den Beinen fast auf den Boden gelegt. Ich hätte nicht gedacht, dass es so anstrengend sein konnte, Mitfahrer zu sein. Für heute war die Etappe jedenfalls geschafft. Aber das meiste lag noch vor uns, hatte Jarren gesagt. Die Sonne war schon vor etlichen Stunden untergegangen. Ich wusste nicht, ob ich lieber direkt in ein Bett fallen oder blitzschnell herumrennen wollte, um die Steifheit aus meinem Körper zu vertreiben. Über zehn Stunden hatte ich am Stück gesessen, mit Ausnahme der vier kurzen Pausen, die wir eingelegt hatten, unter anderem, um den Wagen zu tanken.

Langsam trottete ich den beiden über den kleinen Parkplatz vor der Pension hinterher.

„Glaubt ihr, wir bekommen noch etwas Warmes zu essen?“, fragte ich und schlang meinen Mantel enger um mich, als mich eine kalte Brise erwischte.

„So spät bestimmt nicht mehr“, sagte Ronan. „Bekommt man bei uns auch nicht.“

Ich brummte etwas Unverständliches und folgte ihm in den kleinen Empfangsbereich. Ich hatte nicht wirklich Hunger, da wir auf der Fahrt gegessen hatten. Aber eine warme Mahlzeit fehlte mir irgendwie. Als wäre der Tag ohne sie nicht abgeschlossen. Wie sehr man doch in

Gewohnheiten verfallen konnte. Und wie ungemütlich es wurde, sie zu brechen.

„Und können wir das Auto einfach hier stehen lassen?“, wunderte ich mich, da unsere ganzen Sachen dann unbeaufsichtigt wären.

„Hab einen sehr schrillen Alarm eingebaut“, sagte Jarren und grinste zufrieden. „Da läuft jeder weg und wir werden es hören.“

„Da bin ich ja beruhigt“, murmelte ich müde und folgte den beiden durch die Eingangstür.

Wir mieteten ein Zimmer für die Nacht. Hier gab es doch tatsächlich welche mit drei oder mehr Betten, was für uns billiger war, als ein Zimmer für jeden zu nehmen. Anschließend schleppten wir unser Gepäck drei Etagen über die Treppen nach oben. Stufe für Stufe mühte ich mich mit meinem schweren Koffer ab. Ich hatte wirklich viel zu viel eingepackt. Aber es war meine erste Reise und wir waren mehr oder weniger Hals über Kopf aufgebrochen, sodass ich keine Zeit gehabt hatte, darüber nachzudenken, was ich alles brauchte. Also hatte ich einfach *alles* eingepackt.

„Kyra, lass mich dir doch helfen“, sagte Ronan bestimmt zum dritten Mal. „So kommen wir nie an.“

„Nein!“, beharrte ich, stiefelte weiter und schleifte meinen Koffer äußerst unbeholfen Stufe für Stufe nach oben, was mir sämtliche Reserven meiner physischen Kraft abverlangte. Oben angekommen, wo Ronan und Jarren amüsiert lächelnd auf mich warteten, hatte ich Schulterschmerzen wie noch niemals zuvor. Immerhin konnte ich den blöden Koffer auf dem Flur einfach hinter mir herziehen.

„Du bist wirklich sturer als Archy“, kommentierte

Ronan.

Jarren sah ihn verwundert an. „Wer ist Archy?“

„Unser Esel“, brummte ich.

Er schloss unser Zimmer auf, trat ein und warf die beiden Rucksäcke, die er sich geschultert hatte, einfach in die nächstbeste Ecke. Ronan und ich folgten ihm in einen kleinen Raum mit zwei Sesseln und einem niedrigen Tisch. Drei Türen gingen davon ab.

„Ich will schlafen gehen“, verkündete ich.

„Du hast doch während der Fahrt schon die ganze Zeit geschlafen“, sagte Ronan verblüfft.

Ich stemmte die Hände in die Hüften. „Ja. Und das hat mich müde gemacht.“

Als Jarren plötzlich auflachte, blickten wir beide zu ihm. „Tja, ihr seid wohl wirklich miteinander verheiratet.“ Er stand in der Tür zu einem der anderen Räume und gab uns den Blick auf ein Doppelbett frei.

Ich lächelte schräg. „Schön. Dann könnt ihr beide dort schlafen und ich habe das andere Zimmer für mich.“

Die beiden warfen sich deutlich abgeneigte Blicke zu.

„Das ist ekelhaft. Nichts für ungut“, bestimmte Ronan, marschierte auf das Bett zu und bugsierte Decken und Kissen von der einen auf die andere Seite.

„Was machst du da?“, fragte ich und wollte ihm gerade hinterhereilen. Doch da hatte er schon die Matratze aus dem Rahmen gehoben und hätte mich damit fast umgeworfen, als er sie weghievte und im Wohnraum vor den Sesseln auf den Boden fallen ließ. „So. Ich schlafe hier. Dann habt ihr beide jeweils ein Zimmer für euch.“

„Ich bin beeindruckt“, murmelte ich.

Wieder huschte er zurück und schnappte sich die Decke und ein Kissen, um es achtlos auf sein improvisiertes Bett zu schmeißen. „Wenn ihr noch ein wenig in der Gegend rumstehen wollt, gehe ich zuerst ins Bad.“ Dafür, dass er die letzten drei Stunden Fahrt übernommen hatte – und das im Dunkeln –, wirkte er erstaunlich munter.

Jarren ließ sich in einen der beiden Sessel fallen und rieb sich mit den Händen übers Gesicht. „Mach nur.“ Er wiederum wirkte, als hätte er seit Tagen nicht geschlafen, ähnlich wie ich mich fühlte, nachdem ich zehn Stunden lang immer wieder eingenickt und aufgewacht war.

Ronan verschwand im Bad. Ich war erstaunt. Bei uns in der Wirtschaft hatte nicht jedes Zimmer ein eigenes Bad. Da musste man eben der Erste sein, wenn man im Erdgeschoss die Dusche benutzen wollte. Und die Dusche hatten wir auch erst seit drei Jahren.

Eine Weile schwiegen Jarren und ich uns an. Ich stand noch immer da in dem Durchgang zum Schlafzimmer, mein Koffer direkt hinter mir. Ich wusste nicht, ob ich mich wortlos in meinem Bett verkriechen sollte oder ob ich mit ihm sprechen sollte – ob ich das überhaupt durfte? Immerhin hatte Ronan mich mit ihm allein gelassen. Ob er das überhaupt durfte? An dem heutigen Tag war wohl nichts normal. Ich kannte meinen Alltag und seine Regeln und jetzt hatte ich das Gefühl, dass dieses Gitter, an dem ich mich sonst entlanghangelte, einfach weggebrochen war. Ich wusste nicht, welche Regeln heute für mich galten.

„Alles in Ordnung?“, platzte es aus mir heraus.

Jarren sah mich an. „Ja, ja. Nur gestresst.“ Seufzend stützte er das Kinn in die Hände und senkte den Blick. „Ich wollte nicht, dass du mitkommst."

Ich zuckte mit den Schultern. „Macht nichts."

Er schüttelte den Kopf. „Du badest unsere Fehler aus."

„Wenigstens kann ich dabei ein bisschen was von der Welt sehen."

„Hast du Moorstock wirklich noch nie verlassen, seit du in Garrons Obhut bist?" Gespannt sah er mich an. Und wieder sprang mein Blick kurz zu der schmalen, senkrechten Narbe über seiner linken Braue, wie es mir im Laufe des Tages schon einige Male passiert war. Sie war ein verdammter Blickfang für mich. Aber er schien es nicht zu bemerken.

„Ich habe nicht einmal Allcey verlassen. Eigentlich habe ich kaum mehr zu Gesicht bekommen als den Marktplatz und die umliegenden Geschäftsstraßen."

Einen Moment lang sah er mich bloß verblüfft an. Als er nichts weiter sagte und mir die Stille zu unbehaglich wurde, redete mein Mund einfach drauf los: „Und du?" Auch ich war eindeutig viel zu müde für ein gehaltvolles Gespräch.

Wie ich es erwartet hatte, grinste er mich schief an, als wäre ich das dümmste Wesen auf Erden. „Durchaus."

Ich war froh, als Ronan wieder auftauchte und nutzte die Gelegenheit, um mit meinem Koffer im Schlafzimmer mit dem „halbierten" Doppelbett zu verschwinden. Bevor die beiden sehen konnten, wie mir die Röte in die Wangen schoss, schloss ich die Tür hinter mir. Wie sollte ich mich denn nur in aller Ruhe umziehen, wenn ein fast fremder Mann im selben Apartment saß, der mich aufgrund meiner dämlichen Fragen für eine Idiotin hielt?

Also wühlte ich in meinem Koffer, fand einen langen Umhang, suchte aus einem Täschchen unendlich viele Nadeln und Bänder heraus und steckte mein Haar hoch, damit es nicht nass wurde. Eigentlich war ich viel zu müde und wollte mich nur noch im Bett verkriechen. Aber ich sollte die Gelegenheit nutzen, um mich frisch zu machen.

Es klopfte lautstark an meine Tür, sodass ich hochschreckte. „Kyra! Wir müssen gleich weiter“, hörte ich Ronans Stimme.

„Ich komme schon.“ Seufzend sank ich noch einmal in die Kissen zurück, um den Schreck aus meinem Körper zu verscheuchen. Es war so früh, dass es draußen noch stockdunkel war. Dann fiel mir ein, dass ich vermutlich doppelt so lange brauchen würde, um mich anzuziehen, wie Ronan und Jarren zusammen. Ich befreite mich also rasch aus der Decke, die ich regelrecht um mich geknotet hatte, sprang aus dem Bett und hielt mich auf den Beinen, indem ich daran dachte, dass ich während der Fahrt sowieso wieder den ganzen Tag schlafen würde. Das hoffte ich zumindest. Rasch zog ich ein frisches Unterkleid aus meinem Koffer, band mir die Korsage um die Taille, zog den dunkelroten Rock mit passender wollener Bluse von gestern wieder über und war dann vor dem Spiegel im Bad eine Ewigkeit damit beschäftigt, das Chaos auf meinem Kopf zu zähmen.

Als ich aus dem Badezimmer kam, war die Matratze vor den beiden Sesseln schon verschwunden. Jarren und Ronan standen dort und warteten ungeduldig.

„Ich bin sofort fertig“, sagte ich schnell und rannte noch ein letztes Mal in mein Schlafzimmer, das jetzt wieder ein unauffälliges, normales Doppelbett beinhaltete. Rasch schlüpfte ich in meine Stiefel und warf mir meinen Mantel über. Als ich mich gerade zu meinem Koffer bücken wollte, kam Ronan ohne Vorwarnung ins Zimmer hineinmarschiert, packte den Henkel und hob den Koffer mühelos vom Boden, als wäre er leer.

„Das sehe ich mir nicht nochmal an“, sagte er lächelnd und ging voraus. Er und Jarren trugen unser Gepäck also allein, während ich den beiden nutzlos und mit leeren Händen hinterhertrottete. Auf dem Weg nach unten redete ich mir im Stillen ein, dass es in Ordnung war, meinen Koffer von jemandem tragen zu lassen, der sich deutlich weniger damit abmühte. Immerhin galt es als unhöflich, einer Frau nicht zu helfen, wenn sie sich bei etwas schwertat. Vor allem von meinem „Ehemann“ konnte ich das ja wohl erwarten.

Wir passierten die Tür zum Parkplatz und traten in den eiskalten Nieselregen hinaus. Ich schlang meinen Mantel enger um mich und hatte das Gefühl zu erfrieren, als ich mich auf die kalte Rückbank setzte. Unsere paar Sachen, die wir mit hoch genommen hatten, waren rasch eingeladen und weitere Stunden des Rumsitzens begannen, während ein Wolkenbruch nach dem anderen auf die Erde niederging und die dicken Tropfen nur so auf das Blech trommelten. Ob es in Moorstock wohl auch gerade regnete?

11 – Kyra

Es hörte gar nicht mehr auf zu regnen. Ständig wechselte das Wetter von plötzlichen Wolkenbrüchen zu Nieselregen und wieder zurück, so wie mein Zustand die ganze Zeit zwischen Halbschlaf und Halbwachsein wechselte.

Ich blinzelte, als ich wie so oft heute aus dem Dämmerschlaf erwachte. Merkwürdige Schemen zeichneten sich am Horizont ab. Abermals musste ich blinzeln, weil ich mir nicht zusammenreimen konnte, was ich sah. Das waren keine Wolken, bloß graue Schatten, die den Himmel in der Ferne zierten.

Berge! Ich sah die Berge, die Nord und Süd voneinander trennten. Doch sie waren noch so weit weg, dass sie sich bloß als matte Schattierungen abzeichneten. Der zweite Tag unserer Reise neigte sich dem Ende entgegen und mir tat einfach nur noch der Hintern weh. Ich rieb mir die Stirn und versuchte wachzuwerden.

Doch da schreckte ich plötzlich hoch. Ich drehte mich um, als etwas die Luft durchzuckte und pulsierte. Direkt hinter mir, keinen Meter entfernt. Irgendwo im Kofferraum erspürte ich ein weiteres Bewusstsein, nicht menschlichen Ursprungs. Aber auch kein Tier. Tiere dachten oder fühlten auf eine für mich fremdartige, nicht erklärbare Weise. Aber was ich jetzt spürte, war weder mit Archy, unseren Schweinen, Hühnern oder sonst irgendwelchen Tieren zu vergleichen. Nichts, was ich kannte.

„Suchst du etwas?“, fragte mich Ronan, der sich zu mir umgedreht hatte. Auch Jarren warf mir einen flüchtigen

Blick zu.

Verdattert sah ich meinen Bruder einen Moment lang an. „Nein, ich …“ Ich wusste nicht, was ich ihm sagen sollte. Ich konnte ihm jetzt schlecht erklären, dass hier jemand an Bord war, der weder Mensch noch Tier war. „Ich dachte, ich hätte etwas gehört.“ Plötzlich verspürte ich das Bedürfnis, unser Gepäck zu durchsuchen, um das zu finden, dessen Bewusstsein mich gestreift hatte. Doch da war es schon wieder weg.

„Was hast du gehört?“, wollte er wissen.

Ich zuckte mit den Schultern. „Egal. Ich glaube, es ist nur eine Tasche umgefallen oder so.“ Und obwohl ich nichts mehr vernahm, warf ich doch alle paar Sekunden weitere Blicke über die Schulter auf unser Gepäck. Wenn tatsächlich etwas hier gewesen war, wie hatte es sich so schnell in das fahrende Auto reinschleichen und es dann wieder verlassen können? Wenn es sich noch einmal bemerkbar machte, würde ich dafür sorgen, dass wir die Taschen durchsuchten.

„Sind das da vorne die Berge?“, fragte ich, um mich selbst von dem Thema abzulenken, obwohl ich die Antwort ja bereits kannte.

„Ja. In zwei oder drei Stunden sollten wir eines der Forts erreicht haben. Ab da wird die Fahrt leider etwas ungemütlicher“, erklärte Jarren.

Strenge militärische Bewachungsanlagen der Bergpässe erwarteten uns also. Einmal mehr kroch eine Gänsehaut über meinen Körper, als ich daran dachte, wie viele Regeln ich in den letzten Tagen gebrochen hatte und wie viele ich in den nächsten noch brechen würde. Ich atmete einmal tief durch, um mich darauf vorzubereiten, auf dieser Reise wie eine Kriminelle zu leben. Ich musste mich damit abfinden, es führte kein Weg daran vorbei. Schließlich hatte ich mich dagegen entschieden, mich in meinem Zimmer in unserer Wirtschaft zu verkriechen. Ich hatte mich dafür entschieden, meinem Bruder zu helfen.

„In den Bergen müssen wir wahrscheinlich viele Pausen einlegen, oder?“, fragte Ronan, den Blick auf die Straße gerichtet. Vor etwa einer Stunde hatte er wieder den Fahrdienst angetreten.

„Müssen wir. Ich hatte am Donnerstag erst jemanden in der Werkstatt, der es geschafft hat, seinen Motor einzuschmelzen. Das möchte ich gerne vermeiden.“ Kurz hielt Jarren inne, um sich halbherzig zu strecken. „Auch wenn uns die Zeit davonrennt. Aber wenn wir da oben liegenbleiben ...“ Er schüttelte den Kopf und wollte den Gedanken scheinbar gar nicht erst zu Ende denken. Gestrandet in den Bergen mit den zankenden Geschwistern – beziehungsweise „Eheleuten“.

Die Zeit strich unendlich langsam dahin und obwohl wir in größter Eile waren, war mir so unglaublich langweilig, dass mein Körper schon ganz zappelig wurde und ich mich ständig dabei erwischte, wie ich mit den Knien auf und ab wippte oder nervöse Spielchen mit meinen Fingern vollzog. Hie und da legten wir kleine Pausen ein (vor allem, weil es viel bergauf ging). Die Berge am Horizont verschwanden mal hinter den Gebäuden einer Stadt oder hinter einer Kuppe, wenn wir bergab fuhren, und tauchten anschließend in größerer Gestalt und kräftigerem Grau wieder auf. Die Landschaft verwandelte sich allmählich in die

Vorgebirgszone, die Hügel wurden zu kleinen Bergen. Oft brausten wir durch Täler, wo wir von steilen, bewaldeten Hängen umgeben waren. Die angenehm gerade Handelsroute wurde mehr und mehr von Serpentinen unterbrochen, die sich an Hügeln und Bergen emporschlängelten. Stellenweise war sie gar nicht asphaltiert, das merkte mein ohnehin schon schmerzender Hintern erst recht.

Am späten Nachmittag erreichten wir wie angekündigt ein Fort. Und obwohl wir noch gar nichts Illegales geladen hatten, war ich nervös, als wir in der kurzen Schlange Fahrzeug für Fahrzeug weiter vorgelassen wurden und der Kontrollposten immer näher kam. Und dann würden wir Racronia verlassen. Die gefälschten Dokumente wollten mir nicht aus dem Kopf gehen. Wenn da auch nur eine *winzige* Ungereimtheit auftauchte. Dann wäre mein sicheres und behütetes Leben in der Gastwirtschaft dahin. Dann würde man mich in den Süden verbannen, ganz egal, ob ich dort Familie oder Bekannte hatte oder ob ich ganz auf mich allein gestellt war. Vermutlich würde man mich sogar ins Gefängnis stecken.

Ich schreckte hoch aus den Gedanken, als Ronan plötzlich den Motor abstellte und nach der Aufforderung einer fremden Männerstimme ausstieg. Ich beobachtete, wie er dem Mann unsere Papiere gab. Rasch trocknete ich meine schwitzenden Hände an meinem Rock ab und versuchte unauffällig in eine andere Richtung zu sehen. Mit klopfendem Herzen betrachtete ich die steilen Felshänge, die das Fort einrahmten, und die schweren Betonmauern, die sämtliche Möglichkeiten versperrten, die Kontrollstation zu umgehen.

Nur wenige Sekunden später verkündete Ronan: „Die wollen den Laderaum durchsuchen.“

Jarren legte den Kopf schräg und lächelte müde, wobei seine linke Braue ein Stück hochwanderte und sich die Narbe darüber verzog: „Nur zu.“ Auch er stieg aus, um mit Ronan zu kontrollieren, dass alles, was angefasst und ausgeladen wurde, auch wieder im Inneren des Wagens landete. Ich sprang ebenfalls aus dem Wagen, als ich an meinen Koffer voller Kleider, Blusen und – am allerschlimmsten: *Unterwäsche!* dachte. Der fremde Kontrolleur durfte meinetwegen hineinsehen. Solche Koffer zu durchwühlen, gehörte wohl zu seinem Alltag – ob er daran Gefallen fand oder nicht. Aber Jarren und Ronan ging es nicht die Bohne an, was ich alles mitgenommen hatte, und schon gar nicht, was …

„Junge Dame? Den Koffer, bitte.“ Ich blickte auf mit hochrotem Kopf und hatte mir beim Abladen direkt mein Gepäck gekrallt – da fand ich mich dem Grenzsoldaten gegenüber. Er war groß, breitschultrig und hatte ordentlich zurückgekämmtes Haar, feucht vom ewigen Nieselregen.

Ich winkte ab und lachte. „Ach, da ist nur Frauenzeugs drin.“

„Ich muss einen Blick hineinwerfen“, sagte der Soldat mit kalter Strenge in der Stimme. Er führte nur Befehle aus, rief ich mir ins Gedächtnis – und genauso sah er auch aus. Nicht die kleinste Regung zeigte sich in seiner ausdruckslosen Mimik.

„Kyra“, mahnte Ronan leise, der hinter mir stand, „gib ihm den Koffer.“

Ich tat also, wie verlangt und ließ zu, dass der Fremde

ihn auf den Boden stellte und den Deckel aufklappte. Ich wollte mir gar nicht ansehen, wie er in meinen Sachen wühlte, daher richtete ich den Blick auf die grauen Felshänge und den schmalen Spalt zwischen den Klippen, wo sich ein Stückchen wolkenverhangener Himmel offenbarte.

„Alles in Ordnung." Und da war der Koffer bereits wieder im Wagen verstaut.

„Komm." Mein Bruder fasste mich am Arm und bedeutete mir einzusteigen, damit wir die Fahrt wieder aufnehmen konnten. In unausgesprochener Absprache setzte sich jetzt Jarren ans Steuer, um uns durch die immer enger werdenden Straßen des Gebirgspasses zu manövrieren. Das schlechte Wetter machte mir auf diesen Etappen immer größere Sorgen. Die nasse Straße, auf der sich unsere runden Scheinwerferkegel spiegelten, sah unglaublich glatt aus. Wenn wir hier abrutschten und eine dieser halsbrecherischen Klippen hinunterstürzten ...

Die Regenwolken zogen sich stärker zusammen und mit der fortschreitenden Abenddämmerung nahm der ohnehin schon seltene Gegenverkehr ab, bis wir schließlich so gut wie allein auf der Route unterwegs waren. Es wurde immer dunkler, als die Nacht hereinbrach, wobei sich ab und an ein Schimmern durch die Wolken kämpfte. Wir hatten fast Vollmond. Gegen Mitternacht setzte ein starker Regenguss ein. Ich konnte die Straße nicht mehr sehen, so viel Wasser rann über die Fenster, auch wenn die brillante Erfindung des Scheibenwischers dagegen anzukämpfen versuchte, es war zu viel. Jarren brachte uns noch ein paar Meter voran, wobei er lautstark schimpfte. Aber nach wenigen Minuten gab er es auf und fuhr an die Seite. „Es hat keinen Sinn. Ich kann absolut nichts sehen."

„Dann lass uns warten, bis der Regen nachlässt", sagte Ronan.

„Wir könnten die Zeit für unser Abendbrot nutzen", schlug ich vor und griff über die Rückbank nach unserem Proviant. Eigentlich war es schon unser zweites Abendbrot, aber keiner hatte etwas einzuwenden.

Jarren stellte den Motor ab. „Wenigstens kann das olle Ding abkühlen."

„He, sei nett zu dem Ding. Unser Leben hängt nämlich davon ab", sagte Ronan und blickte dann sorgenvoll aus dem Fenster, hinter dem man nichts erkennen konnte. „Und davon, ob wir hier weggespült werden oder nicht."

Ich hatte mir derweil die Tasche auf den Schoß gebettet, holte Brot und Käse heraus und versuchte, beides ohne Auflagefläche in Scheiben zu schneiden, wobei ich großzügig mit dem Käse umging. Ich wollte ihn endlich aufbrauchen. „Wir hätten Schneidebrettchen mitnehmen sollen", schimpfte ich, als eine Krümelladung nach der anderen auf meinem Rock landete. Ich hatte alles, *wirklich alles* eingepackt. Aber ich hatte nicht damit gerechnet, ohne einen Tisch auskommen zu müssen. Der Regen trommelte unablässig und lautstark auf unser Dach und jetzt, da der Motor abgeschaltet war und die Heizung somit ebenso, kroch sofort die eisige Kälte von draußen herein. Immerhin war der Wagen laut Jarren gerade mal zwei Jahre alt und gehörte zu der ersten Serie, bei der der Motor seine Wärme über Lüftungsschlitze in den Innenraum abgeben konnte. Bei einem älteren Modell hätten wir entweder gefroren oder wir hätten eine separate Gasheizung mitnehmen müssen.

Während wir unsere Brote vertilgten – als ordentlich geschnittene Scheiben wollte ich mein Ergebnis lieber nicht bezeichnen – warf Jarren immer wieder nervöse Blicke aus dem Fenster. „Das hört ja überhaupt nicht mehr auf! Ist ja nicht so, als hätten wir alle Zeit der Welt“, knurrte er.

„Dann machen wir jetzt einfach unsere Nachtpause. Wir sollten versuchen, etwas zu schlafen“, sagte Ronan. „Vielleicht hat sich das Wetter in ein paar Stunden wieder beruhigt.“

„Klingt gut“, stimmte ich zu. Mir brummte der Schädel. Mich irgendwo hinzulegen, meinetwegen sogar auf der Rückbank, käme mir gerade recht.

Jarren nickte unwillig.

„Dann leg ich mich hinten hin, ich kann nicht mehr sitzen“, sagte Ronan und kletterte mit eingeschalteter Taschenlampe über die beiden Sitzbänke, um nur ja keinen Fuß nach draußen zu setzen, bis er hinten bei der Ladefläche angekommen war.

„Ich auch“, murmelte ich gähnend und folgte seinem Beispiel, was gar nicht so einfach war in meinem Kleid, ohne zu viel von mir zu entblößen. Rasch schnappte ich mir meinen Mantel, zog ihn über und wickelte ihn ganz eng um mich. Nach einem gekonnten Sprung saß auch Jarren zwischen uns. Auch die beiden suchten in den Sachen nach ihren Jacken. Geduckt machte sich mein Bruder an einer dicken Tasche zu schaffen, aus der er große wollene Decken herausholte. Er warf eine davon einfach auf mich.

„Danke“, sagte ich grinsend, nachdem ich sie erfolgreich aufgefangen hatte, und wickelte mich in die Decke ein. Aber allein der Boden unter mir war so kalt, dass ich mir Mühe geben musste, nicht arg zu zittern. Dass ich hundemüde war, half mir nicht gerade dabei, warm zu bleiben. Ganz an die Seite gepresst legte Jarren sich hin, den Kopf auf einen Rucksack gebettet. Ich quetschte mich an die andere Seitenwand, wickelte mich möglichst eng in die Decke ein und versuchte, meine Hände mit meinem Atem zu wärmen. Als ich aufblickte, sah ich, dass Ronan mich beobachtete.

„Wenn du willst, kann ich dich wärmen", sagte er leise und hob einladend die Decke.

Die Verlockung nach Wärme war zu groß, als dass ich hätte widerstehen können. Also schluckte ich meinen Stolz hinunter und rutschte ein Stück näher an ihn heran.

„Pass auf, dass Nalia nichts davon erfährt, du verheirateter Lump", kam es stichelnd von der anderen Seite.

Und unmittelbar saß ich kerzengrade da. „Wer ist Nalia?"

Ronan sah mich fassungslos an. Dann wanderte sein fassungsloser Blick bedeutend langsam zur anderen Seite.

Jarren, der den Arm über die Stirn gelegt hatte, bemerkte erst nach einigen Sekunden, dass wir beide ihn anstarrten. Er lugte unter seinem Arm herüber. „Ups." Sein Mund verzog sich zu einem breiten Grinsen. „Du hast es ihr nicht gesagt." Er lachte. „Hey, du kannst mir nichts vorwerfen! Woher soll ich denn wissen, dass du sie immer noch geheim hältst?"

Ronan seufzte niedergeschlagen.

Ich sah ihn mit geneigtem Kopf an. „Und wie lange hältst du diese Nalia schon geheim?"

Er schloss die Augen und griff blind nach dem Schalter der Taschenlampe. „Jetzt wird geschlafen."

„Erst die Erklärung", verlangte ich.

Erneut seufzte er. „Ein paar Jahre."

„Jahre?", platzte es aus mir heraus.

Von Jarren kam ein leises: „Angeber." Er hatte sich wieder den Arm über die Stirn gelegt, aber sein Grinsen war noch nicht verflogen.

„*Ich* bin ein Angeber?" Auch Ronan lächelte jetzt kess. „Nur weil es keine Frau länger als vier Wochen mit dir aushält?"

„Das ist faktisch falsch." Er warf ihm einen letzten Seitenblick zu, dann schloss er die Augen.

„Jetzt leg dich auch schlafen", sagte Ronan zu mir und schaltete unterstreichend das Licht aus. Das ließ ich mir nicht zweimal sagen. Also legte ich mich nah neben ihn, versuchte das Zittern und dic Kälte aus meinem Körper zu verscheuchen und ließ zu, dass er seine Decke über uns beide ausbreitete, um mich zu wärmen. Wenn wir nach der Pause weiterfuhren, würde ich ihn über diese *Nalia* ausfragen.

Das laute Trommeln der dicken Regentropfen klang, als hätten wir unter einem Wasserfall geparkt, und ich hatte Mühe damit, einzuschlafen. Die fremde Situation kam noch erschwerend hinzu. Immer wieder erwischte ich mich dabei, wie ich in dem schwachen Mondlicht zu Jarren spähte, als müsste ich ihn überwachen. Aber er schien zu schlafen und rührte sich nicht. Was hätte er auch machen sollen?

Also versuchte ich, mich so bequem hinzulegen, wie es

mir möglich war, und zwang mich dazu, die Augen zu schließen und den Lärm von draußen aus meinem Geist zu verbannen.

Da war es schon wieder! Dieses merkwürdige Bewusstsein, das ich einfach nicht zuordnen konnte. Ich blickte mich um, doch in der Dunkelheit konnte ich kaum etwas erkennen. Die Temperatur war so stark gesunken, dass ich das Gefühl hatte, es könnte sich jeden Moment Eis an der Innenseite des Autos bilden. Ich stützte mich auf die Ellenbogen und versuchte zu lauschen, wenn ich schon nichts sehen konnte. Bloße Stille.

Stille! Der Regen hatte aufgehört. „Ronan", flüsterte ich und berührte ihn leicht an der Schulter.

Er regte sich und sah mich an: „Was ist?"

„Ich glaube, wir können weiterfahren."

Als wäre alle Müdigkeit verflogen, setzte er sich rasch auf. Dann schnappte er sich eine Tasche und warf sie mit nicht gerade wenig Schwung auf Jarren, der daraufhin fluchend zusammenfuhr. „Gottverdammt, lass den Scheiß!"

„Jetzt sind wir quasi quitt. Vielleicht", sagte Ronan mit einem zufriedenen Lächeln auf den Lippen und knipste wieder das Licht an.

Schlaftrunken rappelte Jarren sich auf: „Du machst den nächsten Fahrdienst, Blödmann."

„Mit Freuden, du Trottel."

Im matten Licht der kleinen Lampe tasteten wir uns durch den Wagen nach vorn, Ronan setzte sich hinters Lenkrad und startete den Motor. Doch als er losfahren wollte und der Motor geradezu aufheulte, bewegten wir uns nur wenige Zentimeter stotternd vorwärts.

„Jarren?“ Ronan warf ihm einen vielsagenden Blick zu. Dieser ließ bloß verärgert stöhnend den Kopf auf das Armaturenbrett fallen. „Das kann doch nicht wahr sein!“

„Ich glaub, wir hängen fest.“ Und mein Bruder schaffte es trotzdem, dabei frech zu grinsen, als hätte er einen Scherz gemacht.

„Ach was!“ Mit schnellen, groben Bewegungen packte Jarren die Taschenlampe, riss die Tür auf und sprang aus dem Wagen.

Ich blickte bloß nervös vom einen zum anderen und begann daran zu zweifeln, ob wir es überhaupt bis nach Zhanar schaffen würden.

Jarren öffnete den Kofferraum, klappte an einer Art Griff einen kleinen Teil des Bodens hoch, worunter ich unendlich viel Werkzeug erkannte, als ich mich über die Lehne zu ihm umdrehte. Er holte zwei längere dicke Bretter hervor, von denen ich überhaupt nicht wusste, dass wir sie dabeihatten. Auch Ronan sprang hinaus ins Freie, ließ den Motor dabei laufen und half Jarren. Ich wollte sie nicht die ganze Zeit wie belämmert anstarren, also blickte ich brav geradeaus zur Straße und ließ sie machen. Ich konnte ihnen ohnehin nicht helfen.

Doch ich schreckte auf, als ich plötzlich das Gefühl hatte, der Wagen kippte nach links. Die beiden konnten doch unmöglich so stark sein, dass sie so ein großes Auto anheben konnten? Ich stieg nun doch aus und hoffte, ihnen damit die Mühe zu erleichtern. Zögerlich trat ich um den Wagen herum und beobachtete, wie Jarren an irgendetwas kurbelte, das auf dem einen Brett stand und den Radkasten immer weiter anhob, und Ronan, der versuchte, das zweite

Brett unter das rechte Vorderrad zu pressen.

„Kann ich helfen?“, fragte ich leise.

„Halt mal“, sagte Jarren und drückte mir die Taschenlampe in die Hand, damit er das Ding unter dem Wagen mit beiden Händen bedienen konnte.

„Du kannst wieder runterlassen.“ Ronan prüfte noch ein letztes Mal den Sitz des Bretts unter dem Reifen, der sich jetzt ein Stück in die Luft gehoben hatte.

Jarren legte einen Hebel um und der ausgefahrene Arm, der das Auto anhob, sank langsam wieder ab. „Wehe, das funktioniert nicht.“

Ich schlang meinen Mantel enger um mich. Im Schein der Taschenlampe sah ich meinen Atem in kleinen Wölkchen aufsteigen.

„Versuch, nochmal loszufahren. Ich schieb an“, sagte Ronan und machte sich bereits daran, eine Stelle zu finden, an der er guten Halt hatte, während Jarren aufsprang, das Brett und das Gerät ein Stück beiseite zog und sich hinters Steuer setzte.

„Und du solltest da weggehen, wenn du keine Ladung Matsch abbekommen willst“, warnte mich Ronan und versuchte in dem Schlamm einen sicheren Stand einzunehmen, wobei seine Stiefel fast bis zu den Knöcheln darin versanken.

Seufzend marschierte ich auf die Straße, um dort in sicherem Abstand, aber dennoch in der Abgaswolke zu warten und mich nutzlos zu fühlen. Der Wagen bewegte sich erneut ein Stück weiter voran und blieb dann jedoch wieder stecken.

„Versuch’s nochmal!“, hörte ich Ronan rufen.

Ich blickte um den Wagen, darauf gefasst, jeden Moment hochgeschleudertem Dreck auszuweichen, und beobachtete, wie Ronan sich mit aller Kraft gegen das Heck stemmte und versuchte, ein tonnenschweres Gefährt anzuschieben, das sich Stückchen für Stückchen vorwärtsbewegte, aber doch auch immer wieder etwas zurückrutschte.

Ich dachte nicht lange nach und kam ihm zu Hilfe. Mit meinem ganzen Gewicht stemmte ich mich neben Ronan gegen den Kofferraum. Ich wusste, dass ich nicht besonders stark war, aber scheinbar war die Kraft, die ich aufbrachte, gerade das letzte Bisschen, das Ronan gefehlt hatte (dass ihm überhaupt einmal die Kraft für etwas fehlte, stellte für mich die Welt auf den Kopf). Unser Auto rollte vorwärts, bis beide Reifen auf einem festeren Stück Straße angelangten.

Rasch luden wir alles ein, wobei Ronan die beiden matschbesudelten Bretter einfach zu unseren Koffern und Taschen im Laderaum warf, wofür ich ihm am liebsten eine Ohrfeige verpasst hätte. Müde und entnervt nahmen wir auf unseren Sitzen Platz.

Als wir endlich weiterfuhren, lehnte ich mich nach vorn und stützte meinen Ellenbogen gegen Ronans Sitz, der wie versprochen Fahrdienst schob. „Also, wer ist Nalia und warum kenne ich sie noch nicht?“, wollte ich nun wissen – da Jarren uns eher mies gelaunt anschwieg, war das für mich ein geeigneter Zeitpunkt.

„Du kennst sie nicht, weil du sie nicht kennengelernt hast.“ Unbeirrt sah Ronan auf die Fahrbahn und steuerte den Wagen zwischen den Felshängen hindurch. Jarren grinste ihn nun doch an, als wäre er unheimlich stolz auf diese entwaffnende Antwort.

„Ah ja.“ Ich schüttelte den Kopf und startete einen zweiten Versuch: „Und warum hast du mir nie gesagt, dass du eine Freundin hast?“

„Du hast nie gefragt.“

Ich zog eine Braue hoch. Typisch. „Doch. Habe ich. Oft sogar. Ich hatte nämlich einen gewissen Verdacht, weil du ständig, ohne was zu sagen, verschwunden bist.“

Er lächelte unschuldig. „Daran kann ich mich nicht erinnern.“

„Glaube ich dir nicht.“

Sein Lächeln wurde breiter. „Dein Problem.“

„Weißt du, manchmal möchte ich dich einfach nur ohrfeigen.“ Ich lächelte kalt zurück. „Na schön. Wo kommt sie her?“

„Aus Moorstock.“

Ich verdrehte die Augen. „Genauer.“

„Warum willst du das wissen? Hast du vor, sie zu besuchen?“

„Sie ist bestimmt etwas redseliger als du“, warf ich ihm vor.

„Nicht, wenn ich sie vorher warne“, drohte er.

Ich wusste nicht, warum ich es tat, aber ich sah hilfesuchend zu Jarren.

Dieser bemerkte meinen Blick sofort. „Die beiden sind ein eingespieltes Team“, bestätigte er Ronans Aussage.

„Kennst du sie?“, fragte ich ihn.

„Naja, sie ist praktisch bei uns eingezogen.“

Ich blickte von Jarren zu meinem Bruder. „Ihr wohnt zusammen?“

„Mehr oder weniger", antwortete dieser. Präziser ging es wohl kaum.

„Also hast du nicht nur eine Freundin, von der ich nichts weiß, du bist auch noch offiziell ausgezogen und hast es uns nicht gesagt?" Es fühlte sich zumindest so an, wenn er sich zu Hause manchmal wochenlang nicht blicken ließ und niemand wusste, wo er steckte.

„Wer hat gesagt, dass ich ausgezogen bin?"

Ich stieß einen langen niedergeschlagenen Seufzer aus und das nicht zu leise. „Warum wohnt sie nicht bei uns in der Wirtschaft, wenn sie ja scheinbar nicht mehr zu Hause bei ihren Eltern sein kann oder will? Wir haben genug Zimmer."

„Darum."

„Wie, darum?"

„Das reicht jetzt", stöhnte er genervt. Auch wenn er sich äußerlich kaum etwas anmerken ließ, ich spürte doch, wie sich Ärger in ihm regte. Und das stellte mich durchaus zufrieden.

„Hm." Süffisant grinsend lehnte ich mich zurück. Er hatte mich schon so oft auf die Palme gebracht. Aber im Gegensatz zu mir war er nahezu unangreifbar, da er niemals irgendetwas von sich preisgab, und er hatte immer eine schlaue (oder eine gewitzt dämliche) Antwort parat, die einem die Sprache verschlug. Aber jetzt hatte ich auch endlich mal etwas, womit ich ihn aufziehen konnte! Was war besser, als geheime Liebschaften aufzudecken?

12 – Jarren

Die Fragen gingen immer weiter: „Aus welchem Stadtbezirk kommt sie?“

„Du nervst“, brummte Ronan.

„Wenn du mir vernünftige Antworten geben würdest, müsste ich dich nicht so nerven.“

Und wie es mich erst nervte.

„Allcey. Zufrieden?“

Sie seufzte und überlegte einen Moment, was sie als Nächstes fragen könnte. „War es wegen ihr, dass du Anfang des Jahres über zwei Monate einfach verschwunden warst?“

„Kann schon sein.“

Ich war froh, dass Ronan wie immer die Fassung bewahrte, obwohl Kyra in einer Wunde herumstocherte, von der sie vermutlich nichts ahnen konnte. Allerdings war ich mir nicht sicher, wie sehr er gerade darum kämpfen musste, nicht in Rage zu geraten. Seine stumpfen, desinteressiert wirkenden Antworten ließen es jedenfalls recht locker erscheinen. Keine Ahnung, was wirklich in ihm vorging.

Kyra ließ sich zurück auf die Sitzbank fallen und verschränkte die Arme vor der Brust, was wohl ihre normale Haltung war, wenn sie mit ihrem Bruder sprach. „Ich versuche doch nur, ein Gespräch mit dir zu führen.“

„Echt?“

Plötzlich schlich sich ein siegessicheres Lächeln auf ihre Lippen. „Du hast sie geschwängert. Deshalb redest du so drumherum.“

Das aus ihrem Mund zu hören, hatte ich nicht erwartet. Trotzdem wurde mir das Thema langsam richtig unangenehm und ich wünschte, ich könnte sie irgendwie zum Schweigen bringen.

„Ach so, ja. Schon das fünfte Mal“, antwortete Ronan bloß trocken und unbekümmert, sodass sich all meine Sorgen diesbezüglich in nichts auflösten.

„Und wie heißen deine ganzen Kinder?“ Sie ließ nicht locker.

„Geht-dich-nichts-an, vergiss-es, du-kannst-mich-mal, Privatsphäre und Halt-die-Klappe.“

Sie dachte nicht einmal daran: „Wie alt ist Nalia?“

„Sag ich dir nicht.“

In mir stieg wohl etwas Mitleid für Kyra auf. Ich drehte mich zu ihr um. „Gib’s auf. Du bekommst keine vernünftigen Antworten, wenn er einmal richtig in Fahrt ist.“ Und ich hoffte, dass sie dieses Gespräch jetzt wirklich ruhen ließ.

„Tja, dann werde ich dir in Zukunft auch nichts mehr erzählen“, beschloss sie an ihren Bruder gewandt.

„Von deinen Liebesgeschichten mit Arthur will ich auch gar nichts wissen.“

„Liebesgeschichten?“ Ihre Stimme entglitt unkontrolliert in die Höhe.

„Wer ist Arthur? Euer zweiter Esel?“, fragte ich.

Kyra kicherte. „Könnte man so sagen. Ein Esel, von dem ich nichts wissen will.“

Ein Kerl also. Liebesgeschichten mit einem Esel wären auch zu viel des Guten gewesen, selbst für mich.

Am Horizont riss die Wolkendecke auf und entblößte

das erste schummrige Licht der Morgendämmerung, während wir weiter dahinbrausten, so schnell es die engen Kurven zuließen. Nach zwei Stunden legten wir unsere nächste längere Pause ein, die wir auf einem Felsvorsprung verbrachten. Hätte sich der morgendliche Nebel bereits verzogen, läge vor uns vermutlich eine atemberaubende Aussicht. Aber bei diesen Wetterverhältnissen starrten wir bloß auf eine graue Wand.

„Ich hatte gedacht, es würde wärmer, wenn wir in den Süden fahren, nicht kälter", beschwerte sich Kyra, die neben mir stand, um noch ein paar tiefe Atemzüge der frischen Bergluft in sich aufnehmen zu können, bevor wir weiterfuhren. Sie schlang ihren Mantel eng um sich. In diesen zwei Tagen hatte sich für mich bereits herausgestellt, dass sie eine außerordentliche Frostbeule war.

„Sag das nicht übereilt", erwiderte ich, den Augenblick des Nicht-Zankens und Nicht-Sitzens genießend. „Es wird bestimmt noch warm genug, wenn wir die Berge einmal hinter uns gelassen haben." Und ich konnte Hitze nicht ausstehen.

Ich sah zu Ronan, der sich an den Wagen lehnte und den Blick gen Boden gerichtet hatte. „Na kommt. Das muss als Pause genügen. Ich übernehme den Fahrdienst", verkündete ich. Doch als ich schließlich hinter dem Steuer saß, merkte ich erst, wie sehr mir der Schädel brummte. So eine gehetzte Tour hatte ich noch nie erlebt. Normalerweise fuhren wir in den Osten nach Centa und planten immer genügend Zeit ein, sodass wir nachts lange Pausen einlegen konnten, ohne dass wir um unsere Leben hätten fürchten müssen.

Fast die Hälfte der Strecke hatten wir geschafft. Mir graute es jetzt schon vor der Rückfahrt, die noch einen Tag mehr in Anspruch nehmen würde, weil wir das Gebirge umfahren mussten. Mit der Kyerch im Gepäck waren die Forts zu riskant. Genau wie meine Müdigkeit. Ich schielte zu Ronan hinüber, der in sich zusammengesunken dasaß und die Augen geschlossen hatte. Er war gut darin, es zu überspielen, aber dieses Unterfangen erschöpfte ihn nicht weniger als mich. Wie er es da noch schaffte, die Energie aufzubringen, Kyra zu veralbern, wunderte mich allerdings.

Rasch blickte ich über die Schulter zu ihr. Auch sie schien zu schlafen, den Kopf gegen das Fenster gelehnt. Was verlangte ich da bloß von ihr?

Ich schüttelte den Kopf, richtete mich auf und versuchte mir einzureden, nicht müde zu sein. Streckenweise war die Straße sogar abschüssig, was meine Sorge um einen überhitzten Motor milderte. Mal bergaufkämpfen, mal bergabrollen, wobei bergauf leider dennoch überwog. Die Wolken verzogen sich allmählich und hie und da klaffte eine weitläufige Steppenlandschaft zwischen den Felsen auf.

Schließlich aber zwang mich der Wagen doch nach einigen Stunden zu einer weiteren Pause, als der Nachmittag langsam in den Abend überging.

Ronan blinzelte mich an, als er merkte, dass ich anhielt.

„Wir müssen tanken“, erklärte ich.

„Tanken?“, kam es aufgeregt von hinten. „Aber hier ist doch weit und breit keine …“

„Nur die Ruhe“, sagte ich und stieg aus. „Wir haben Kanister.“

„Ach so.“ Als hätte ich sie gar nicht geweckt, sank Kyra in die Sitzbank zurück und war auch schon wieder eingeschlafen.

Ronan half mir, indem er mir einen Kanister nach dem anderen reichte, damit ich diese in den Tank leeren konnte.

Bevor es weiterging, warf ich noch einen kurzen Blick in die von Bergspitzen gesäumte Abenddämmerung. Wir waren jetzt hoch genug, dass erste Schneeflecken an den Straßenrändern und auf den Felsen zu erkennen waren. Es war ungewohnt still hier oben, dass es mir unheimlich war. Mit Moorstock war das kein Vergleich. Rasch stiegen wir wieder ein und Ronan setzte sich jetzt hinters Steuer. Je schneller wir die Berge hinter uns ließen umso besser.

Kaum waren wir wieder aufgebrochen, da fielen mir auch schon die Augen zu. Als ich aufwachte, war die Nacht über uns hereingebrochen, zur Abwechslung klar, sodass der volle Mond zu uns herunterschien und die – zu meinem Verdruss – immer höher werdenden Schneedecken leuchten ließ.

Die abschüssigen Strecken mehrten sich und ich wusste, dass wir auf das südliche Vorgebirge zusteuerten. Auch der Schnee hatte zu meiner Erleichterung schlagartig abgenommen. Nach etlichen Stunden hatten wir die Berge hinter uns gelassen und konnten am Mittag in einer Botschaft unser Geld wechseln lassen. Heute war der vierte Tag unserer Reise angebrochen. Ronan und ich tauschten nun ein- bis zweimal die Stunde den Platz am Steuer, während wir über die hügeligen, bewaldeten Ausläufer der Berge fuhren und an einer versteckten Stelle das Kennzeichen austauschten. Unser Wagen war jetzt jedenfalls kein Ausländer mehr.

Hier auf den abgeschiedenen Straßen war das in der aktuellen Lage sicherer. Es würde uns unnötige Kontrollen durch Vearaner ersparen und Räuber würden nicht auf die Idee kommen, unbewanderten Fremden hinterherzuschleichen.

Mit der Zeit verwandelten sich die Wälder in eine öde Steppenlandschaft, die am späten Nachmittag immer trockener wurde. Die Temperaturen waren mild. Die Sonne schien vom wolkenlosen Himmel und zog ihren Bogen über der verlassenen Straße, auf der wir fuhren. Hier gab es absolut nichts außer Gras und ein paar Sträuchern. Bei unseren kleinen Pausen warfen wir immerzu Blicke auf die Karte und versuchten herauszufinden, ob sich in unserer Nähe Städte befanden. Aber in Richtung Zhanar würden wir noch eine ganze Weile durch die Abgeschiedenheit reisen.

Erst am späten Abend – es war schon wieder dunkel – führte uns die Handelsstraße zu einer kleinen Provinz mit niedrigen, schlichten Steinbauten und äußerst engen Gassen, durch die wir mit dem Auto teils kaum durchpassten. Wir hatten Lyta Rhojth erreicht. Die kleine Stadt zog sich länglich am Fluss Tyomar entlang.

„Können wir uns *bitte* eine Unterkunft mit Betten suchen?“, flehte Kyra. „Ich will nicht wieder im Auto schlafen. Und so langsam habe ich auch die Nase voll von Brot, Käse und Dosensuppe.“

„Wenn die Prinzessin das wünscht“, meinte Ronan trocken, der uns durch die Stadt manövrierte.

„Noch eine dumme Bemerkung und ich nehme den Zug zurück nach Hause!“

„Hier gibt es keinen Bahnhof“, merkte ich gedankenverloren an, während ich die Karte im Auge behielt, damit wir uns im Straßengewusel nicht verirrten und die Stadt auch an der richtigen Stelle wieder verließen.

Nach ewigem Hin und Her und Kyras Versuchen, die Straßenschilder zu entziffern, wobei sie im Alter von zwei Jahren die Schrift ihrer Sprache natürlich noch nicht gelernt hatte, parkten wir schließlich unweit von einem Lokal, das warme Mahlzeiten versprach –, auch darum hatte Kyra gebettelt. Zumindest eine warme Mahlzeit in vier Tagen konnte ich ihr nicht verwehren.

Also fanden wir uns an einem Tisch ein und Kyra bestellte für uns das Erstbeste von der übersichtlichen Speisekarte, wobei wir keine Ahnung hatten, was uns erwartete. Ich war beeindruckt. Manche Worte konnte sie lesen, weil sie die Buchstaben in ihrer Heimat schon einmal gesehen hatte. Ich konnte nicht von mir behaupten, dass ich mit zwei Jahren schon etwas mit Buchstaben hätte anfangen können. Außer Sachen kaputtmachen hatten sich bei mir in dem Alter noch keine herausragenden Talente gezeigt, zum Verdruss meiner Eltern.

Ich nutzte den ruhigen Moment, in dem wir uns nicht unterhielten und Kyra und Ronan mal nicht diskutierten, um mich zurückzulehnen, zwang meine Gedanken, einen Gang runterzuschalten, und ließ den Blick durch das Lokal schweifen. Einfach gezimmerte hölzerne Möbel und schummriges Licht. Die gesamte Stadt, wie auch dieser Laden machten auf mich einen ärmlichen Eindruck.

Plötzlich traf sich mein Blick mit dem eines Mannes, der offensichtlich allein hier war und nur wenige Tische von uns entfernt saß. Er schlug die Augen nieder, um etwas in seinen Händen zu betrachten. Ich ergriff die Gelegenheit, da er mich nicht mehr anstarrte, um ihn zu beobachten: Er war wohl selbst ein Reisender, er kam nicht von hier. Das konnte ich an seinen vorsichtigen Bewegungen erkennen, die ich ja selbst an den Tag legte. Ein kantiges Gesicht, mandelförmige dunkle Augen, braune Haut und ein dicker schwarzer, geflochtener Zopf. Ich war zwar erst seit wenigen Minuten in der Stadt, aber bisher hatte ich hier keine Männer gesehen, die ihr Haar so lang trugen. Weder in Shahtuvearan und auch nicht in Racronia. Auch seine Gesichtszüge passten nicht hierher. Noch einmal sah er auf, die Augen auf Kyra gerichtet, die schon wieder mit Ronan zu streiten begonnen hatte. Doch als er nach nur einem Herzschlag bemerkte, dass ich ihn beobachtete, senkte er rasch den Blick.

Ich fuhr zusammen, als eine junge Frau drei Teller mit geschmortem Gemüse, Reis und irgendeiner Soße auf unseren Tisch stellte, begleitet von ein paar Worten, die ich nicht verstand. Ein flüchtiges Lächeln, wobei sie keinem von uns in die Augen sah, dann war sie schon wieder verschwunden. Ich hätte mich fast in gewohnter Hektik auf das Abendessen gestürzt, da bemerkte ich, dass Kyra völlig in das Geschriebene auf der Karte versunken war und sogar aufgehört hatte, mit Ronan zu diskutieren.

„Willst du nicht essen?“, fragte ich.

„Warte kurz“, sagte sie mit abwesender Stimme. Dann blickte sie auf, als hätte sie jetzt erst begriffen, dass ich sie angesprochen hatte. „Ich meine, fangt schon mal an.“ Sie inspizierte ihren Teller und verglich es dann mit den Worten auf der Karte.

Ronan und ich tauschten einen flüchtigen Blick, zuckten mit den Schultern und warteten nicht länger. Es war angenehm, mal etwas anderes zu sehen als die Straße und auch etwas anderes zu essen als pampigen Dosenbohneneintopf. Auch wenn uns die verdammte Zeit im Nacken saß, weshalb ich keine Ruhe fand.

„Reis, Riak!“, rief Kyra plötzlich.

Ich starrte sie verwirrt an.

Sie hielt uns beiden die Karte hin. „Das Symbol für ‚R‘ kannte ich noch, darauf folgen zwei weitere Buchstaben, nämlich ‚ia‘, und der Konsonant ‚k‘.“ Sie zeigte mit dem Finger auf irgendwelche Kringel und Linien der fremdartigen Schrift. „Dieselben Symbole wie im Wort Pekpria, also Paprika. Wobei man da, wo ich herkomme, Perkha sagt. Da ist auch wieder ‚k‘, außerdem ‚P‘, ‚e‘ und das ‚R‘, das ich ja schon kannte. Die Schrift ist hier auch leider etwas anders als in meiner Heimat.“ Sie deutete auf die jeweiligen Buchstaben.

Ronan grinste. „Manche Leute gehen essen, andere studieren die Schrift in der Speisekarte und lernen dadurch eine Sprache.“

„Die Sprache kenne ich ja schon. Zumindest solange ich nicht über Wörter stolpere, die es in meiner Muttersprache überhaupt nicht gibt. Ich habe nur keine Ahnung, was die Schrift angeht.“

Er sah mich an. „Gib ihr zwei Tage, dann hat sie das auch drauf.“

„Wirklich?“, meinte ich an sie gewandt.

Sie zuckte mit den Schultern und lächelte unerwartet

zurückhaltend. „Vielleicht."

„Aber jetzt iss erst. Den Kopf kannst du dir später noch zerbrechen." Zwei Tage? Da war ich aber mal gespannt.

„Ich zerbreche mir vor allem den Kopf darüber, warum die Leute hier uns gegenüber so freundlich sind."

Ich sah sie fragend an.

„Ich dachte, Norden und Süden sind so zerstritten und verfeindet wegen der Kolonien."

Ich schnaubte. „Und du hast dir Sorgen gemacht, weil wir hier mit Blondie unterwegs sind?" Mit einem schielenden Blick deutete ich auf Ronans dunkelblondes Haar.

Der kommentierte: „Sehr einfallsreich."

Aber Kyra nickte ernst. „Ja, ich habe ehrlich gesagt mit Schwierigkeiten gerechnet."

Ich seufzte. „Die werden wir auch noch bekommen, je weiter wir Richtung Südwesten fahren." Denn unsere Besatzungszone zog sich vor allem entlang der Küstenstädte.

„Obwohl es ein und dasselbe Land ist?", wollte sie wissen.

„Wenn Tourismus eine gute Einnahmequelle ist, sollte man seinen Gästen gegenüber freundlich sein, Kolonien hin oder her", erklärte ich. „Mal sehen, ob sich das bald ändert."

Kyra seufzte matt. „Na schön. Also kommen diese *Schwierigkeiten* noch auf uns zu."

„In Zhanar selbst wird es nicht ganz so schlimm sein, weil dort die Militärs anwesend sind. Die Dörfer drumherum jedenfalls sollten wir meiden, wenn wir nicht nachts erdolcht werden wollen", scherzte ich. Innerhalb der Kolonien selbst war die Gefahr geringer als in den umliegenden

Landstrichen, weil sich die Leute vor den Soldaten benehmen mussten. Allerdings war es wiederum das Militär, was unsere Schmuggeltour gefährden könnte.

In derselben Straße fanden wir eine Bleibe für die Nacht – beziehungsweise für die halbe Nacht, worauf ich unseres Zeitdrucks wegen bestand. Irgendwie hatte man es geschafft, in dieses äußerst enge Zimmer fünf Betten hineinzuquetschen, sodass nur noch ein schmaler Gang begehbar war. Der Putz an den Wänden war rissig und ich wollte gar nicht erst wissen, was zwischen den ewig nicht geschliffenen Holzdielen herumkroch. Immerhin hatten wir das Zimmer für uns.

„Ich will mich umziehen“, verkündete Kyra schließlich und saß kerzengrade auf der Bettkante, den Koffer griffbereit zu ihren Füßen.

„Leg dich einfach so schlafen. Machen wir auch“, brummte Ronan, der sich bereits rücklings auf eines der Betten hatte fallen lassen.

„*Ihr* müsst ja auch keine Korsage tragen“, hielt sie dagegen.

„Prinzipiell musst *du* das auch nicht.“

Das durfte doch nicht wahr sein! Ich wollte mich einfach nur noch unter der Decke verkriechen – zumindest für die paar Stunden, die uns gegeben waren – und nicht über Korsagen diskutieren.

„Ich guck nicht hin“, murmelte ich und wollte mir gerade die Stiefel ausziehen.

„Nein, ihr müsst rausgehen“, beharrte sie.

Also erhob ich mich wieder und schleifte Ronan mit mir, bevor der die nächste Diskussion anzetteln konnte.

„Wenn du uns vom Schlafen abhalten willst, musst *du* morgen weiterfahren“, drohte er ihr, ließ sich aber ohne Widerstand von mir auf den Flur verfrachten. In meiner Sehnsucht nach Schlaf fühlten sich die wenigen Minuten des Wartens wie Stunden an. Anschließend fiel ich ins Bett, auch wenn es alt und ungemütlich war, aber dennoch deutlich bequemer als unser Kofferraum.

Ich schreckte hoch, als es an der Tür klopfte; das war unser menschlicher Wecker, den Kyra auf meinen Wunsch hin auf drei Uhr angesetzt hatte. Weiter ging die Reise.

Es dauerte nur wenige Minuten, da hatten wir den Fluss überquert und eine halbe Stunde später die kleine noch tief schlafende Stadt hinter uns gelassen. Je nachdem wie schnell wir nun vorankamen, würden wir am übernächsten Tag Zhanar erreichen.

13 – Finn

Es war nur eine winzige Brotkrümelspur, der Finns Gruppe folgte. Natürlich wussten die Siri hinter sich aufzuräumen. Das wusste jede Gruppierung, die so lange überlebt hatte wie sie. Die Siri hatten über sechzig Jahre Erfahrung darin gesammelt, keine Spuren zu hinterlassen. Wenn allerdings Verletzte zurückgelassen werden mussten, war das eine besondere Herausforderung, selbst für Erfahrene.

„Ich muss mit Bran Trabut sprechen“, verlangte Finn, der dem Mann hinter der Theke bereits seinen falschen Ausweis durch das Viereck zuschob, das wie ein Fenster ohne Glas in dem Gitter eingelassen war.

„Trabut?“, erwiderte der Mann und warf reglos einen flüchtigen Blick auf das kleine Stück Papier vor sich.

„Vor ein paar Tagen inhaftiert. Wegen des Einbruchs bei Mr Bonns.“ Und vermutlich schwer verletzt.

„Einen Moment.“ Der Mann wandte sich rasch ab und durchforstete einen Aktenschrank. Falls alle Stricke rissen, würde Finn wohl selbst an diesen Aktenschrank heranmüssen, nur für diesen einen verdammten Brotkrümel. Er nutzte den Moment, um alles aufzunehmen, was er mit seinen Blicken erhaschen konnte. Hinter dem „Empfang“ arbeiteten noch zwei weitere Männer in grauer Uniform, einer hielt sich ein Telefon ans Ohr, mit der freien Hand notierte er etwas. Der andere hockte an einem Schreibtisch und beschäftigte sich mit irgendwelchen Papieren. Weiter hinten erkannte Finn eine schwere Tür, die vermutlich in irgendein Büro führte – und just in diesem Moment öffnete sich diese Tür. Eine Frau trat mit zielstrebigen Schritten hindurch und legte dem telefonierenden Mann einen gigantischen Papierstapel auf den Tisch. Ihrer goldbraunen Haut zufolge musste sie aus dem Süden stammen. In ihrem Gesicht blitzten eiskalte blaue Augen auf. Prompt richtete sich ihr stechender Blick auf Finn, durchbohrte ihn regelrecht, als könnte sie in dieser einen Sekunde all seine Geheimnisse zutage befördern.

Finn blinzelte. Und da war sie schon wieder verschwunden. Er hörte noch das Türenschlagen, nachdem ihre Schritte schon längst verklungen waren. Seit wann durften Frauen in Gefängnissen arbeiten? Und noch dazu Frauen aus dem Süden?

„Er hat Besuchsverbot“, holte ihn eine Stimme aus seinen Gedanken zurück.

Finn sah den Mann verwirrt an. „Besuchsverbot? Warum?“

Der Mann zuckte mit den Schultern. „Anordnungen.“

Finn erlaubte sich einen letzten flüchtigen Blick auf den Aktenschrank. Was er jetzt wohl alles anstellen müsste, um den Hauch einer Spur aufzudecken.

„Da ist wohl nichts zu machen“, sagte er lächelnd und zog mit den Fingerspitzen seinen Ausweis zu sich zurück, um ihn einzustecken. „Einen schönen Tag noch.“ Er drehte der vergitterten „Rezeption“ den Rücken zu und trat die Hände in den Manteltaschen vergraben über die Zufahrt des Malicrypts. Während er auf die Straße zuhielt, sah er noch einmal über die Schulter zu dem Gefängnis, das hinter ihm wie ein grauer Steinriese aufragte und ihm einen Schauder durchs Mark jagte.

„Das ging schnell“, bemerkte Nathaniel, nachdem Finn sich zu ihm in den Wagen gesetzt hatte.

„Ich bin nicht reingekommen. Ich will mit Glassfelder sprechen, vielleicht hat er mehr Glück.“

„Wie du meinst.“ Nat startete den Motor und sie brausten los, quetschten sich durch den dichten Verkehr von Hallbrick. Auf diesen Straßen wurden oft schwere Güter transportiert, es war schließlich *das* Hauptviertel von Moorstocks Produktionen, Fabriken und großen Firmen. Meterhohe Mauern mit kleinen Fenstern säumten die Straßen. Die Gefängniszellen des Malicrypts waren vermutlich großzügiger als die Wohnungen der dicht an dicht gedrängten Häuser der Arbeitersiedlungen.

Nach vielen, vielen Minuten erreichten sie endlich die Kanzlei „Bernen“. Rasch stieg Finn die paar Stufen zum Bürogebäude hinauf und huschte durch die gläserne Doppeltür. Am Empfang herrschte reger Betrieb. Mit Akten bepackte Bürokraten, die versuchten, ihren Mandanten gerecht zu werden, eilten durch die Flure und schafften es irgendwie, einander nicht anzurempeln. Aber anstatt im Wartebereich seine Zeit zu vertrödeln wie jeder andere, bog Finn rechts ab, stieß die großzügige Tür zum Treppenhaus auf und lief hinauf bis in den zweiten Stock. Der Flur, den er schließlich entlangschritt, war breit und mit einem geräusch- sowie lichtschluckenden Teppich ausgelegt. Links und rechts befanden sich etliche Türen, manche geöffnet, manche geschlossen.

Die Tür zu dem Büro, das Finn betreten wollte, war zu und unverständlich murmelnde Stimmen drangen auf den Flur. Also lehnte er sich gegenüber an die Wand und wartete. Es dauerte nicht lange, bis ein bauchiger kleiner Mann in der Tür erschien, ihn verwirrt anblickte und kopfschüttelnd davonstiefelte. Schnell schlüpfte Finn in das Büro und klopfte noch kurz an der geöffneten Tür, um sich anzukündigen. Der Mann hinter dem Schreibtisch blickte ihn über seine Halbmondgläser hinweg an und ließ seine Schreibfeder sinken.

„Finn?“ Seine runzelige Stirn wurde noch runzliger. Rasch klappte er die vertrauliche Akte zu, an der er gerade gearbeitet hatte. „Komm rein.“

„Guten Tag, Mr Glassfelder.“ Er nickte dem älteren Herrn zu und schloss leise die Tür hinter sich.

„Da du dich unangemeldet einfach hier hochgeschlichen hast, nehme ich an, du hast ein dringendes Anliegen?“ Glassfelder lehnte sich in seinem gepolsterten Drehstuhl zurück und faltete die Hände, die Ellenbögen auf die Lehnen gestützt. „Setz dich.“

Finn, der auf diese Aufforderung gewartet hatte, nahm ihm gegenüber Platz, nachdem er ihm einen Beutel mit einer kleinen Aufwandsentschädigung auf den Schreibtisch gelegt hatte. „Ein ziemlich dringendes Anliegen, ja. Jemand, der wichtige Informationen für mich hat, sitzt im Malicrypt ein. Ich würde ja selbst mit ihm sprechen, aber da niemand zu ihm darf, wird das ohne Ablenkungsmanöver schwierig. Und auf allzu viel Aufmerksamkeit müssen wir im Moment verzichten.“ Vor allem war nicht vorherzusagen, wie viel Zeit ihnen blieb, je nachdem welches Urteil gefällt wurde. Und *wann* es gefällt wurde – das konnte sogar bereits passiert sein.

Der Anwalt sah ihn an. „Und du willst, dass ich

versuche, mit demjenigen zu sprechen?“ Ein verschwörerisches Lächeln hob die Spitzen seines Schnurrbartes an, unter dem seine Mundpartie fast völlig verschwand.

„Und dass Sie vielleicht einen Blick auf seine Akte werfen, wenn das möglich ist.“ Finn erwiderte das Lächeln.

„Na schön. Um wen geht es denn?“

Er beugte sich etwas vor. „Bran Trabut, ein Anhänger der Siri, der wegen uns geschnappt wurde.“

Die buschigen Brauen des Anwalts schossen in die Höhe. „Ihr habt einen der Siri hinter Gitter gebracht?“

„War eher ein Unfall.“

„Hm.“ Glassfelder legte die Fingerspitzen aneinander. „Und was willst du über ihn wissen?“

„Ich brauche Informationen über den Einbruch bei Bonns, für den man ihn weggesperrt hat. Die Siri planen irgendetwas, was uns nicht gefällt.“ Finn erzählte noch von allerlei Details, die Glassfelder wissen sollte. Dass die Siri eine Kyerch einsetzen wollten, behielt er aber lieber für sich. Zwar vertraute er dem Anwalt, was der stetig wiederkehrenden Zusammenarbeit geschuldet war. Aber damit könnte er Rückschlüsse auf Jarrens Verwicklung in die Sache ziehen. Und das wollte der garantiert vermeiden.

„Ich werde sehen, was ich herausfinden kann“, versprach Glassfelder. „Ich lasse dir eine Botschaft zukommen, sobald ich etwas weiß.“

„Perfekt! Danke.“ Finn sprang auf, verabschiedete sich und eilte zur Tür. Keine Minute später machten er und Nathaniel sich auf zum vereinbarten Treffpunkt.

Die beiden traten ein in eine schummrige kleine Bar an einer Straßenecke, die voller nicht hätte sein können:

Balor's Rawski. Finn erspähte Cedric und Dorian – und Nalia; ihr feuerrotes Haar war selbst in der dunkelsten Kneipe nicht zu übersehen, auch wenn sie es wie üblich im Nacken zusammengebunden hatte.

„Was machst du denn hier?“, fragte er sie. Er und Nathaniel setzten sich an den Tisch.

„Keine Ahnung.“ Nalia lächelte ihn an und zuckte mit den Schultern. Obwohl sie schlank war, beanspruchte sie eine gesamte Holzbank für sich – ihr langer, dunkelbrauner Mantel brauchte schließlich auch einen Sitzplatz neben ihr.

„Sie hat uns in Shelvers aufgelauert“, erklärte Dorian. Nalia schlürfte bloß einen Schluck aus ihrem Limonadenglas und sagte nichts weiter.

„Wie ist es im Malicrypt gelaufen?“, fragte er dann an Finn gewandt.

Dieser berichtete nur knapp, dass man ihn nicht durchgelassen und er Glassfelder vorgeschickt habe. „Und bei euch?“

Dorian beugte sich etwas vor, um leise zu antworten: „Die sind in Hout-Town.“

„Was wollen die Siri in Hout-Town?“, fragte Nathaniel mit gesenkter Stimme.

„Wer weiß. Ced ist dazu auch nichts eingefallen.“ Er sah Cedric an, als wollte er sich irgendeine Bestätigung von ihm einholen. Aber der starrte bloß gedankenversunken auf die Tischplatte.

Dorian erklärte weiter: „Die haben da irgendwas mit diesen Orosh-Typen zu tun.“

„Dann müssen wir aufpassen, dass wir nicht auf Ziegenblut ausrutschen“, scherzte Nathaniel, wobei er damit auf einen uralten Skandal anspielte, den diese „Heiligen“ einfach nicht loswurden, obwohl das bestimmt zehn Jahre her war. Da hatte jemand ein paar Riten etwas *zu ernst* genommen.

„Ziegenblut hin oder her. Das Merkwürdige daran ist, dass nicht wenige Menschen, die sich ihnen anvertrauen, durchdrehen und den Verstand verlieren.“

Cedric schmunzelte zustimmend.

Dorian fuhr fort: „Aber vielleicht haben die ja die Siri beauftragt. Und die Siri haben dann Jarren angeheuert, weil er irgendeinen ihrer Pläne durchkreuzt hat. Dank Casta.“

„Vielleicht.“ Finn dachte kurz nach. „Dann müssen wir uns wohl einfach reinschleichen und selbst nachschauen.“ Und dann mussten sie darauf hoffen, dass diese winzigen Anhaltspunkte irgendetwas Sinnvolles ergaben. Das Reinschleichen nach Hout-Town sollte mit ihren gefälschten Papieren kein Problem darstellen. Die Siri dort tatsächlich zu finden, war eine andere Sache. Das Armenviertel war groß und unübersichtlich, wie die meisten Regionen in Moorstock. Zudem gab es noch das Problem, dass man nicht alle Straßen passieren konnte. Zumindest nicht, wenn man nicht abgestochen und ausgeraubt werden wollte.

„Ced, wann bist du das letzte Mal dort gewesen?“, fragte Finn.

„Seit ich abgehauen bin, nie wieder.“

„Also vor fünf Jahren?“

Cedric blickte noch immer nicht von der Tischplatte auf. „Eher sechs oder sieben. Aber ich kann uns da schon irgendwie durchführen.“

„Und wie wahrscheinlich ist es, dass dich jemand

erkennt?“, wollte Dorian wissen.

Ced legte den Kopf schräg, sah aber noch immer nicht auf. „Unwahrscheinlich.“

Falls Finn sich nicht verrechnet hatte, war Cedric also zehn Jahre alt gewesen, als er von dort verschwunden war – wieder einmal war er überrascht, wie jung Ced eigentlich noch war. Aber dann würde ihn wirklich niemand so schnell erkennen. „Wir werden morgen früh aufbrechen, damit wir den ganzen Tag Zeit haben, uns dort umzusehen. Willst du mit?“, fragte er an Nalia gewandt, die das Gespräch mit wachen Blicken hinter ihrem Limonadenglas verfolgt hatte.

„Klar“, sagte sie.

„Dann gehen Nalia, Cedric und ich nach Hout-Town. Zu fünft wäre es zu auffällig.“ Während es wiederum unauffälliger wirkte, wenn eine junge Frau mit der Gruppe reiste. Und Finn wusste, wie sehr sie Rumsitzen und Nichtstun hasste. „Putzt euch morgen nicht allzu sehr heraus.“

14 – Kyra

Jarren hatte nicht gelogen, als er sagte, dass es wärmer werden würde, je weiter wir gen Süden reisten. Strenggenommen reisten wir nach Südwesten. Ich hatte nichts als Wüstensand und Kakteen erwartet, doch wir fuhren weiterhin durch eine gelbe, trockene Landschaft mit dürren Sträuchern und hie und da einem kleinen Wäldchen. Kaum zu glauben, dass wir vor anderthalb Tagen noch durch Schnee gefahren waren. Dass wir vor vier Tagen noch in meiner vertrauten Umgebung, nämlich in Moorstock, gewesen waren. Dort würde es gerade vermutlich wie aus Eimern schütten. Das tat es nämlich ständig im Oktober. An manchen Tagen fiel sogar schon Schnee, der dann nach nur wenigen Stunden zu ekelhafter brauner Matschepampe zerstampft worden war. Aber nicht hier. Hier gab es keine Herbst- oder Winterkälte, die einem dermaßen bis in die Knochen kroch. Das Dumme war, dass es hier auch deutlich weniger Möglichkeiten gab, hinter einem dichten Busch zu verschwinden. Ich vermisste Badezimmer mit abschließbaren Türen schmerzlich.

Seit der Mahlzeit in dem Restaurant hatte ich die Zeit im Auto damit verbracht, die Schrift von der Speisekarte im Kopf wieder und wieder durchzugehen. Ich hielt ein Buch in den Händen, auf dessen ersten Seiten ich vor einiger Zeit ein paar Skizzen gezeichnet hatte. Ich hatte es mitgenommen, um mich während der Fahrt zu beschäftigen, allerdings hatte ich bis jetzt Angst gehabt, reisekrank zu werden. Doch nun war ich ganz vertieft in mein Buch, hatte leere Seiten aufgeschlagen und übte die Schrift meiner Sprache beziehungsweise die der Speisekarte. Immer wieder schrieb ich auf, was das Restaurant angeboten hatte, versuchte unbekannte Buchstaben zu entziffern, bis mir irgendwann das Material in meinem Kopf ausging. Es musste sicherlich noch etliche Symbole und Zeichen geben, die nicht in der Speisekarte gestanden hatten; das, was ich mir eingeprägt hatte, war zu wenig, um ganze Sätze zu bilden. Trotzdem übte ich fleißig weiter, schrieb sämtliche Wörter auf, die mir einfielen, und ließ die Stellen offen, an denen mir die Buchstaben fehlten. Ich fand wirklich Spaß daran. Als ich schließlich keine Ideen mehr hatte, zeichnete ich an den Rand eine Schüssel mit Reis und Bohnen. Wie automatisch blätterte ich eine Seite weiter und skizzierte gleich eine ganze Landschaft, inspiriert von der Landschaft, durch die wir gerade fuhren.

„Kyra!“, hörte ich plötzlich meinen Bruder genervt rufen.

„Hä?“ Ich blickte auf. Ronan saß nicht mehr im Wagen. Ich fuhr herum und bemerkte, dass er neben dem Auto stand und mir die Tür aufhielt.

„Willst du jetzt endlich aussteigen, oder was? Ich such dir keine Klamotten aus, dann bekomme ich eh nur Ärger.“

„Sind wir schon am Markt?“ Wo wir uns mit unauffälliger Kleidung eindecken wollten.

Er grinste und schüttelte den Kopf. „Man könnte dich an den Füßen aufhängen und du würdest es nicht merken, solange du malst.“

Wieder waren wir in irgendeiner Stadt gelandet, die auf sanften Hügeln erbaut war. Weiter hinten konnte ich sogar eine Stadtmauer erkennen. Die Gegend hier wirkte reicher und sauberer als der Ort, wo wir unseren letzten Halt gemacht hatten. Die Handelsstraße führte direkt hindurch.

Wir schlenderten ganz unauffällig durch die Straßen Richtung Marktplatz – wobei wir natürlich der Inbegriff von Auffälligkeit waren. Zwei junge Männer aus Racronia mit einem vearanischen Mädchen, gehüllt in ein hochgeschlossenes Kleid, das es zur aufrechten Körperhaltung zwang. Die Frauen hier waren viel freizügiger gekleidet, als ich es gewohnt war. Ständig blitzten nackte Schultern, nackte Waden, manchmal sogar ein nackter Rücken hervor. Eine Korsage trug hier kaum eine. Mit heißen Wangen stiefelte ich den beiden hinterher und ermahnte mich dazu, sie nicht ständig mit den Ellenbogen zu stoßen, wenn sie einer Frau *unauffällig* hinterherschauten, um sich anschließend anzugrinsen. Das schien irgendeine Art Kommunikation unter Männern zu sein. Manchmal würde ich gerne sehr fest mit meinen Ellenbogen zustoßen.

Die Straße, der wir folgten, war weder asphaltiert noch gepflastert. Sie bestand lediglich aus Erde, die so trocken war, dass meine schwarzen Stiefel nach wenigen Schritten die Farbe des grau-braunen Staubs annahmen. Meine Füße blieben einfach stehen, als ich ein Schild vor einem Lebensmittelgeschäft erblickte. Dort fand ich einige Zeichen, die ich noch nicht kannte. Allerdings hatte ich nicht viel Zeit, es mir genauer anzusehen, da Ronan sofort zu mir zurückkam, mich am Arm fasste, um mich mitzuschleifen. „He!"

„Du kannst nicht einfach stehenbleiben!", rügte er mich. „Wenn wir dich aus den Augen verlieren …"

„Ich wäre schon wieder zu euch gestoßen. Aber ich muss diesen Dialekt lernen.“

Mein Bruder seufzte. „Du kannst dich auf dem Markt mit den Händlern unterhalten. Das musst du sogar.“

„Meinetwegen. Aber müssen wir uns wirklich neue Klamotten besorgen?“ Ich sah mich noch einmal um und war mir nicht sicher, ob ich mich unter so wenig Stoff wohl fühlen würde, auch wenn ich darin vermutlich deutlich weniger schwitzen würde.

„Ja, müssen wir. Je unauffälliger, desto besser.“

„Du bist die Unauffälligkeit in Person.“

Wir hatten Jarren wieder eingeholt, der mit genervtem Blick auf uns wartete.

Als wir den Markt erreichten, staunte ich nicht schlecht. Es war so voll, dass ich Mühe hatte, Verkäufer und Kunden auseinanderzuhalten. Es wurde lautstark gehandelt, manchmal sogar mit Hühnern oder Ziegen und als ich mich einmal umdrehte, starrte ich einer riesigen Kuh in die Augen, die hinter uns an einem Seil durch die Gasse gezogen wurde. Die Märkte in Moorstock konnten ähnlich voll sein, sodass man sich kaum bewegen konnte. Dass wir nicht versucht hatten, uns hier mit dem Auto durchzuquetschen, war eine gute Idee gewesen. Ich kam ja selbst zu Fuß kaum irgendwo durch, ohne jemanden zu berühren. Ich hörte meinen Herzschlag in den Ohren pochen trotz des unaushaltbaren Lärms um mich herum. Immer wieder atmete ich tief durch. Ich hasste laute Menschenmengen mit tausenden Gedanken und Stimmen. Meine Füße wollten losrennen und mich weit weg an einen fernen, einsamen Ort tragen.

Jarrens Ungeduld nach zu urteilen dauerte es viel zu

lange, bis wir uns durch die Marktstände gekämpft hatten und ich für sie die Käufe abgewickelt hatte. Wieder einmal wurde mir klar, dass sich mein Dialekt doch mehr von der hiesigen Sprache unterschied, als ich erwartet hatte.

Seufzend schaute ich an mir runter, als ich in weichen, dunkelroten Stoff gehüllt war. Es war mir doch tatsächlich vergönnt gewesen, meine Lieblingsfarbe auszuwählen. Die einzige Bedingung war, dass es nicht zu leuchtend sein sollte. Das Kleid mit den langen, weiten Ärmeln war tailliert geschnitten und an den Säumen mit Silberfäden mit filigranen Mustern bestickt, die an Blumenranken erinnerten. Es fühlte sich merkwürdig leicht an. Denn es war ungewohnt, einen Luftzug an meinem oberen Rücken zu spüren. Und dass ich viel freier atmen konnte, dass sich keine enge Korsage um meine Rippen zog, unter der sich meine Körperwärme staute. Zwar herrschte hier dank der Jahreszeit keine Affenhitze, aber es war dennoch warm, sodass sogar ich ab und an ins Schwitzen geriet, wenn die Sonne direkt auf uns hinabschien.

„Wir besorgen noch ein paar Vorräte, dann brechen wir auf", sagte Jarren. Er und Ronan hatten in ihrer Kleidung keinen solch großen Wandel vollzogen wie ich. Aber sie hatten ihre Stiefel gegen leichtere Schuhe getauscht und trugen jetzt weite Hosen und helle Leinenhemden. Ich hievte meinen Koffer, in den ich meine viel zu warmen Kleider einsortiert hatte, in den Kofferraum. Dann machten wir uns auf, eine zweite Runde über den Markt zu schlendern.

Ich befand mich an einem Stand und hielt eine silberne Kette zwischen den Fingern. In den silbernen Anhänger waren feine Verzierungen geprägt: Ranken, die eine symmetrische Blüte einrahmten. Die Mitte der Blüte bildete ein smaragdgrüner runder Stein, in dem sich mein Gesicht ganz klein spiegelte. Das Schmuckstück war wunderschön und hatte etwas Antikes.

„Willst du sie haben?“, fragte Ronan.

Ich schreckte hoch und stellte fest, dass mich die Kette regelrecht in ihren Bann gezogen hatte. Rasch legte ich sie zurück, wobei erst dann mein Blick auf das Preisetikett fiel. „Sie ist viel zu teuer“, sagte ich schnell.

Er lächelte mich vielversprechend an. „Ich schulde dir was. Was immer du willst.“

Unsicher warf ich einen zögerlichen Blick auf die Kette.

„Deine Mutter wäre nicht erfreut, wenn du ohne Souvenir nach Hause zurückkämst.“

Also nahm ich sein Angebot an, für zweihundert Pyen, und das war der Preis, den ich heruntergehandelt hatte.

Und nun stand ich da, drehte entzückt das Silberstück zwischen den Fingern und konnte den Blick nicht losreißen von den filigranen Verzierungen, dem grünen Stein, der Blume mit den Blütenblättern aus fein gearbeitetem Silber. Vielleicht sollte ich das Muster mal nachzeichnen?

„Willst du sie denn auch anlegen oder nur anstarren?“, holte mich mein Bruder erneut aus den Gedanken.

Ich sah zu ihm auf. Er grinste, als er feststellte, dass ich einmal mehr in eine ganz andere Welt versunken war. Er hielt mir die offene Hand hin. „Darf ich?“

Es musste daran liegen, dass ich doch eigentlich so unheimlich wütend auf ihn war, aber ich hatte völlig vergessen, wie charmant er lächeln konnte. Ich hätte mir denken können, dass er *seit Jahren* eine Geliebte hatte. Auch wenn das nicht erklärte oder gar entschuldigte, warum er sie die ganze Zeit über vor uns verheimlicht hatte.

Ich drückte ihm also die Kette in die Hand und er trat hinter mich. Das silberne Stück fühlte sich unerwartet warm auf meiner Haut an, während Ronan in meinem Nacken den Verschluss schloss und mein Haar nahm, um es über die Kette zu legen. Es überraschte mich, wie sanft er manchmal sein konnte. Schade, dass er nicht immer so war. Meistens war er ein frecher Grobian, der es liebte, mich zur Weißglut zu treiben. Ich hoffte für diese *Nalia*, dass er mit ihr anders umging.

„Taienaes vancha kal tukonaita paht", hörte ich eine Frauenstimme auf vearanisch sagen und blickte zu der jungen Verkäuferin, die neben dem Mann stand, mit dem ich eben um das Schmuckstück gefeilscht hatte. Aber der war bereits ins nächste Geschäft verwickelt. Die Frau war bestimmt seine Tochter. Ich blinzelte sie an, weil ich nicht sofort verstand, was sie gesagt hatte. Übersetzt hieß das in etwa ‚*Schönheit aus alten Mythen*', eine Redewendung, die ich nicht kannte. Wer wusste schon, was es wirklich bedeutete. Vielleicht war es hierzulande bloß ein einfaches Kompliment.

„Pukya tiakatsia", bedankte ich mich und da befand ich mich auch schon in einem Gespräch mit ihr, das ich gar nicht führen wollte, während Ronan bloß ratlos zwischen uns hin- und herschauen musste.

„Ihr kommt nicht von hier", bemerkte sie auf vearanisch. Sie blickte zu meinem Bruder (der mit dem auffällig blonden Haar).

Ich schüttelte den Kopf und lächelte verhalten. Dass ich nicht jedes einzelne Wort verstand und mir die Lücken aus dem Kontext erschließen musste, machte mich unsicher. Mit Ronan, der absolut kein einziges Wort verstand, wollte ich wirklich nicht tauschen.

„Woher stammst du? Ich kenne deinen Dialekt nicht", fragte die Frau weiter auf vearanisch.

Bevor ich mir eine Lügengeschichte ausdenken konnte, um nicht gestehen zu müssen, dass ich nicht wusste, aus welchem Land ich kam, war Jarren plötzlich zwischen uns getreten: „Ich will euch ja nicht unterbrechen, aber wir müssen weiter." Er sah sich nervös um.

Auf seinen Blick hin setzten wir uns sofort in Bewegung, wobei ich schlechten Gewissens die Frau mit unbeantworteten Fragen einfach dort stehen ließ.

„Was hast du mitgehen lassen?", wollte mein Bruder wissen und grinste bei dem Gedanken an irgendwelche verbotenen Eskapaden.

Jarren hingegen blieb ernst und hielt die Stimme gesenkt: „Nichts. Aber jemand ist uns gefolgt." Er warf einen weiteren nervösen Blick über die Schulter. Ich tat es ihm gleich, aber in dem Gewusel von Menschen, Ziegen und Ochsen war es unmöglich auszumachen, wen er meinte.

„Jemand ist uns gefolgt?", hörte ich mich dämlich nachplappern, weil ich plötzlich unruhig wurde. Waren wir bereits in Gefahr, obwohl wir Zhanar noch gar nicht erreicht hatten?

„Ja, und er scheint sich für dich zu interessieren. Ich will keinen Ärger, bevor der ohnehin unvermeidbare Ärger losgeht. Wir verlassen sofort die Stadt."

Ronan beschleunigte bereits seine Schritte, aber ich – lahm, wie ich manchmal war – benötigte erst einen leichten Stups an der Schulter, damit ich nicht mehr in die Menge hinter uns starrte, um herauszufinden, wer was von mir wollen könnte. Jarren setzte sich ans Steuer, warf die Tasche mit den besorgten Vorräten, die wieder mal aus haltbaren und vor allem hitzeunempfindlichen Nahrungsmitteln bestand, zu mir auf die Rückbank. Ohne weiter zu zögern, brausten wir los, wobei Ronan uns mithilfe der Karten durch die Stadt navigierte.

Als wir den Ort endlich hinter uns gelassen hatten, gelangten wir wieder auf die Handelsstraße, wo man nicht ständig auf Kreuzungen und verborgene Einmündungen oder gar auf unachtsame Passanten aufpassen musste.

„Hast du mit dieser Frau über mich gelästert?“, mutmaßte Ronan und grinste mich wieder an, als könnte ich nichts vor ihm verbergen.

„Nein“, antwortete ich gedehnt.

„Was hat sie gesagt?“

„Sie hat gefragt, woher wir kommen.“

„Und was hast du geantwortet?“, wollte Jarren wissen.

„Nichts. Danach bist du aufgetaucht und hast uns mitgeschleift.“

„Gut so“, seufzte er.

Ich sah ihn fragend an. „Ich hätte mir doch etwas ausgedacht.“

„Erwähne bloß nicht, dass wir aus Racronia kommen.“

„Ich dachte, das ist mit *Blondie* sowieso offensichtlich“, wunderte ich mich.

„Wenn ihr mich noch einmal *Blondie* nennt ...“ Er warf

erst mir, dann Jarren einen vernichtenden Blick zu.

„Racronia ist nicht das einzige Land, wo es *Blondies* gibt“, erklärte der und erwiderte den scharfen Blick mit einem kalten Lächeln.

„Hm!“ Ronan verschränkte die Arme vor der Brust.

Dann wurde Jarren wieder ernst. „Aber dieser Kerl macht mir Sorgen. Vielleicht ist er nur zufällig die gleiche Route gereist wie wir, aber wir müssen trotzdem aufpassen.“ Er sah mich an. „Und das heißt, dass du dich nicht einfach ohne etwas zu sagen vom Acker machst, um irgendwelche Schilder zu studieren.“

„Mein Dialekt ist furchtbar auffällig. Ich muss die Sprache üben“, hielt ich dagegen.

„Das kannst du gerne tun. Aber ohne dich in Luft aufzulösen, bitte.“ Er machte eine kurze Pause. „Beim nächsten Halt besorgen wir dir ein Buch, mit dem du lernen kannst.“

Ich lächelte in begieriger Vorfreude. „Ich sollte euch beibringen, was ich weiß, damit ihr euch wenigstens grob verständigen könnt.“

„Schieß los“, sagte Jarren. Von Ronan hingegen kam bloß ein müder Seufzer. Ich hatte wohl ein paar Kindheitserinnerungen in ihm geweckt. Er war alles andere als dumm, aber es hatte ihn schon immer frustriert, dass ihn seine fünf Jahre jüngere Schwester, die im Gegensatz zu ihm nicht einmal zur Schule gehen konnte, im Auswendiglernen derart in den Schatten stellte.

„Also, im normalen Satzbau kommt zuerst das Objekt, dann das Prädikat und dann erst das Subjekt“, begann ich zu erklären und verfiel in einen ewigen Monolog, nannte einzelne Wörter, die sie nachzusprechen versuchten, um sie sich einzuprägen. Darunter die Grundzahlen und grundlegende Wörter wie einige Alltagsgegenstände, die einfachen Pronomen (davon gab es in meinem Dialekt hunderte verschiedene für hunderte verschiedene Fälle, aber die ließ ich aus) und so weiter. Wir verbrachten bestimmt zwei Stunden damit, bis uns allen dreien die Köpfe rauchten. Mir die Schrift selbst beizubringen, war einfach. Aber den beiden eine Sprache beizubringen, von der sie so gut wie noch nie in ihrem Leben gehört hatten, war unglaublich anstrengend und ermüdend. Zumal ich darauf achten musste, meinen Dialekt möglichst zu unterdrücken. Ich hatte noch nicht ganz den Dreh raus, wie manche Wörter hier ausgesprochen wurden. Und in Zhanar würde vermutlich wieder alles anders klingen.

Die Stunden zogen dahin, die Sonne beschrieb einen Bogen über dem Land, versank dann in der Abenddämmerung und rasch wurde es dunkel. Wir hielten in einem weiteren Ort, wobei mir Ronan irgendeinen Roman in den Schoß warf und wir noch einmal tankten, sowohl den Wagen als auch unsere Kanister. Wir fuhren die ganze Nacht durch. Die kühle Luft strömte durch die geöffneten Fenster zu uns herein und vertrieb die Hitze, die sich über den Tag angestaut hatte, bis es irgendwann eiskalt wurde. Wieder einmal begann mein übliches Einschlafen und Aufwachen. In der Dunkelheit konnte ich mit dem Buch ohnehin nichts anfangen.

Als es hell wurde, konnte ich nicht mehr schlafen. Trotz Kopfschmerzen versuchte ich mich an meinem Roman, während ich spürte, wie die aufsteigende Sonne mehr und mehr Kraft gewann. Nicht ein einziges Wölkchen spendete uns Schatten. Je weiter wir uns nach Südwesten bewegten, umso trockener wurde die Landschaft. Ich konnte kaum glauben, dass wir an einem Tag so unglaublich viele Kilometer zurücklegen würden, dass sich die Wetterverhältnisse derart rapide und deutlich spürbar änderten. Aber die beiden hatten unseren Wagen auch kaum geschont. Nur so viel wie nötig, damit er uns nicht abrauchte. Wir waren oft so zügig unterwegs, dass die Landschaft hinter dem Fenster nur so dahinflog. Und doch kam mir die Geschwindigkeit nach sechs Tagen Dauerreise mittlerweile richtig langsam vor.

Ich schloss kurz die Augen, was immer gegen die Kopfschmerzen half, die ich bekam, wenn ich zu lange auf die Seiten starrte. Das Alphabet hatte ich mir bereits eingeprägt und konnte es schriftlich wiedergeben. Wie das alles im Kontext ausgesprochen wurde, konnte ich bloß über die Buchstaben natürlich nicht lernen. Und das frustrierte mich. Jetzt las ich diesen langweiligen Roman nur deshalb weiter, um mir außergewöhnliche Schreibweisen gewisser Wörter zu merken und auch darin etwaige Muster zu erkennen und vor allem, um Wörter zu lernen, die es in meiner Sprache überhaupt nicht gab. Wobei die schriftliche Sprache auch wieder anders war als die gesprochene, dachte ich verdrossen. Man würde mir also in jedem Fall anmerken, dass ich aus einer ganz anderen Gegend stammte.

Das Kinn in eine Hand gestützt studierte ich weiter die Seiten und kämpfte dagegen an, dass mir die Augen zufielen. Mit Jarren und Ronan war bis in den späten Vormittag kaum etwas anzufangen. Der eine fuhr, der andere schlief und so wechselten sie sich regelmäßig ab.

Plötzlich setzte mein Herz einen Schlag aus. Für eine Sekunde konnte ich nicht atmen. Schon wieder diese fremdartige Präsenz aus dem Kofferraum! Zugleich wurde die Silberkette um meinen Hals herum unvermittelt heiß. Ich griff sofort nach dem Anhänger und wollte sie schon losreißen. Aber bevor ich daran ziehen konnte, war die Hitze abgeklungen und die Kette wieder vertraut warm. Ich holte einmal tief Luft.

„Können wir kurz anhalten?“, platzte es aus mir heraus. Mit einer Hand hielt ich noch immer den blütenförmigen Anhänger, mit der anderen hob ich den Roman auf, der mir im Schreck vom Schoß gerutscht und in den Fußraum gefallen war.

Jarren blickte mich kurz über die Schulter an: „Wir haben doch gerade erst Pause gemacht.“

Dass die beiden das nicht merkten! Manche Menschen waren so stumpfsinnig! Ich holte noch einmal tief Luft. Ich musste jetzt unbedingt das Gepäck durchsuchen. Irgendetwas war da, was dort nicht hingehörte. „Ist ein kleiner Frauennotfall. Ich brauche etwas aus meinem Koffer“, sagte ich schnell, wohlwissend, dass diese Gründe bei Männern *immer* funktionierten.

Seufzend fuhr Jarren rechts ran. Als die Räder gerade stillstanden, sprang ich sogleich aus dem Wagen. Rasch öffnete ich das Heck. Durcheinandergeworfene Rucksäcke und allmöglicher Kleinkram, der aus Taschen gefallen war, lagen wild verstreut auf der Ladefläche, dazwischen mein Koffer. Da ich jetzt nichts mehr spürte, wusste ich nicht, wo ich mit dem Suchen anfangen sollte. Ich begann, die

Taschen mit unseren Vorräten herumzuschieben und darin zu wühlen, suchte zwischen den diversen Jacken und Decken – wobei ich ja nicht einmal wirklich wusste, wonach ich suchte.

Da war nichts. Ich spürte nichts und da war nichts.

Verdrossen biss ich die Zähne zusammen und schloss das Heck. „Wir können weiterfahren“, seufzte ich.

Die Handelsstraße wurde zunehmend löchriger, sodass wir gezwungen waren, das Tempo zu drosseln. Der Verkehr nahm etwas zu und auch das ein oder andere Dorf zog an uns vorbei. Diese merkwürdige Präsenz hielt sich jetzt für den Rest der Fahrt zurück. Ich spürte nichts mehr davon. Das war wirklich eigenartig.

Die Hitze der prallen Sonne, der Staub auf der unebenen Straße und die dürren Sträucher, die an uns vorbeizogen, begleiteten uns beständig. Jetzt, da es sich nur noch um Stunden und nicht mehr um Tage handelte, bis wir Zhanar erreichten, wurde ich nervös.

Wenn irgendetwas schiefging … Wenn uns die Militärs kontrollierten … Wenn uns jemand in den Rücken fiel …

Plötzlich wurde mir deutlich bewusst, warum Jarren die ganze Zeit über so angespannt war und seine schlechte Laune nicht unbedingt zurückhielt. Ich lockerte meine Hände, die sich zu krampfhaften Fäusten geballt hatten. Eigentlich wollte ich mich aufraffen, mich weiter mit dem Buch zu befassen. Aber mein Kopf fühlte sich so überladen an wie ein zu kräftig aufgeblasener Ballon, der zudem viel zu schwer für meinen Hals war. Ich schloss die Augen.

„Tja, wir sind da“, verkündete Jarren irgendwann, der mich

damit aus meinem Halbschlaf weckte.

Ich schreckte hoch, als ich begriff, was diese Worte bedeuteten. Ich befürchtete stark, dass ich in meiner Aufgabe als Dolmetscherin kläglich versagen würde, was zugleich auch unsere Tarnung auffliegen lassen würde. Warum zur Hölle war ich zu faul gewesen, das verdammte Buch weiterzulesen?

Ich sah mich um. Grob verputzte Häuser säumten die Straße. „Und wo ist jetzt diese Firma?“, wollte ich wissen.

Jarren schenkte mir einen flüchtigen und zugleich verzweifelten Blick über die Schulter. „Keine Ahnung.“

„Wir können doch nicht die ganze Stadt absuchen. Dafür fehlt uns die Zeit.“ Mein Herzschlag beschleunigte sich, als ich daran dachte, was Jarren nach meiner Bemerkung verlangen würde.

„Da musst du wohl nach dem Weg fragen.“

Nur nach dem Weg fragen – so harmlos das auch klang, mir rutschte der Magen ein Stück tiefer. An die eigentliche Mission wollte ich gar nicht erst denken.

Ich sagte nichts weiter, nickte bloß mit zusammengebissenen Zähnen. Auf dieser Reise waren drei Fähigkeiten von Belang: astrein vearanisch sprechen, schauspielern und Leute um den Finger wickeln. Keine dieser Fähigkeiten war mir zu eigen. Und meine anderen Fähigkeiten wagte ich nicht einzusetzen. Das konnte nur in einem Schlammassel enden. Warum war ich überhaupt hier?

Ronan hätte noch viel tiefer im Schlammassel gesteckt, wäre ich nicht mitgekommen! Für ihn riskierte ich alles. Wobei ich nicht wusste, womit er sich das verdient hatte.

Wir hielten also am Straßenrand und stiegen aus, um die

Lage auszukundschaften. Ich wollte das nur noch hinter mich bringen. Jarren und Ronan schickten mich vor, hielten sich im Hintergrund und versprachen, mich nicht aus den Augen zu lassen. Also sprach ich den erstbesten Passanten auf vearanisch an und fragte ihn nach Thal Ashki und seiner Fabrik. Ein harmloses Mädchen würde wenig Verdacht erregen, erinnerte ich mich im Stillen. Doch der Mann erklärte mir bloß, dass er keine Ahnung habe, wer das sei.

Ich bekämpfte den Drang, mich hilfesuchend zu meinem Bruder umzudrehen, und wählte den nächsten aus, der immerhin die grobe Richtung kannte. Das war gut genug. Zhanar war groß und eine ungefähre Wegbeschreibung brachte uns unserem Ziel immerhin ein gutes Stück näher – auch wenn ich dort eigentlich überhaupt nicht ankommen wollte.

15 – Jarren

Kyras Wegbeschreibungen folgend manövrierte ich uns durch die Stadt und wir erreichten schließlich ein kleines Industriegebiet. Das hatte ich mir anders vorgestellt. Ich hatte immer gedacht, dass es im Süden schon reinster Luxus war, wenn die Haushalte überhaupt ans Stromnetz angeschlossen waren – ich wusste natürlich, dass das nur in manchen Landstrichen der Fall war. In Racronia sah es genauso aus. Auch dort fand man das ein oder andere abgelegene Dorf, das noch keinen Anschluss ans Stromnetz oder gar eine Kanalisation besaß. Die Fabriken hier erinnerten mich an Moorstock. Auch wenn deutlich größere Lücken zwischen den Gebäuden aufklafften als in den verrauchten Industriegebieten, wo sich Haus an Haus und Halle an Halle drängten. Am schlimmsten war der Bezirk Hallbrick, da hielt man sich in manchen Straßen besser ein Stofftuch vor Mund und Nase, wenn man keine reine Kohle oder giftige Chemikalien einatmen wollte.

Nach wenigen weiteren Beschreibungen von Passanten rollte unser Wagen nun vor die Tore der vielversprechenden Fabrik, ein unscheinbares Gebäude zwischen vielen anderen. Ich hätte darauf gesetzt, dass sie alle in zwielichtige Machenschaften verstrickt waren.

Jetzt, da wir hier standen, wusste ich nicht, wo wir anfangen sollten, was wir uns erlauben konnten, wie unser Notfallplan aussah … Es gab nicht mal einen normalen Plan!

Ronan sah mich erwartungsvoll an. Und doch weigerte

mein Hirn sich, irgendwelche Ideen auszuspucken.

„Ich muss nachdenken“, sagte ich daher, um mir etwas Zeit zu verschaffen. Wobei sich unsere Frist dadurch nicht verlängerte. Ich zwang mich zur Ruhe und Konzentration.

„Also gut. Einen Stadtplan haben wir schon, jetzt brauchen wir nur noch einen Plan von der Firma. Thal wird die Kyerch bestimmt nicht in seinem Büro lagern. Es wird ein Geheimversteck geben, das wir herausfinden müssen. Wer weiß, ob das überhaupt in der Firma liegt.“ Ich hoffte, dass wir nicht noch ein zweites Mal die Stadt durchkämmen müssten. In sechs Tagen musste die Kyerch ja schon in Moorstock abgeliefert werden.

„Und wie sollen wir dieses Geheimversteck finden? Glaubst du, jemand wird es einfach ausplaudern?“, fragte Kyra. „Und wir müssen erst einmal herausfinden, wer von diesem Versteck weiß!“ Abermals durchzuckte mich der Wunsch, wieder nach Moorstock zu fahren, um sie dort abzusetzen und ohne sie weiterzumachen, damit ihr die unschönen Details erspart blieben.

„Thal Ashki wird es wissen. Und wir müssen ihn wohl oder übel zwingen, es auszuplaudern“, presste ich hervor und sah Ronan bedeutungsvoll an. Die Worte wären nicht so schwer über meine Lippen gekommen, wäre Kyra nicht anwesend gewesen. Für mich – für unsere ganze Bande war das Routinearbeit, irgendwelche diebischen Drecksäcke zu bedrohen, die nicht besser waren als wir. Aber Kyra gehörte nun einmal nicht zur Bande. Für sie war das alles andere als Routine. Vermutlich würde sie schreiend davonlaufen, sobald sie unsere schmutzigen Seiten erkannte.

Als ich mich zu ihr umdrehte, sah ich, dass sie diese

Seite jetzt bereits erahnte. „*Zum Reden zwingen* bedeutet wohl erpressen oder quälen." Sie schluckte. „Bestechung wird bestimmt nicht funktionieren, wenn dadurch ein Waffenlager in der eigenen Firma auffliegen könnte."

Ronan grinste. „Ich wusste gar nicht, dass dir diese Methoden so geläufig sind."

Sie dachte mit. Ob sich das für uns als nützlich oder eher hinderlich erweisen würde, konnte ich noch nicht einschätzen. Sie war kein dummes Mädchen, das stumpf irgendwelche Anweisungen befolgen würde, ohne sie zu hinterfragen.

Sie sah auf ihre Hände. „Ich werde mich darum kümmern", verkündete sie schließlich.

„*Du*?" Ich starrte sie an und merkte zu spät, wie abfällig meine Stimme klang. Ich hatte mir früh genug abgewöhnt, Fremden einfach blind zu vertrauen.

„Sie kriegt das hin. Aber nicht allein", bemerkte Ronan.

„Und wie willst du den Firmenboss zum Reden zwingen?", fragte ich skeptisch. „Ich dachte, du wärst ne schlechte Lügnerin."

Kyra lächelte zurückhaltend. „Ich habe meine Tricks. Auch ohne Lügen und Schauspielerei."

„Also mit Ehrlichkeit?", brummte ich, um nicht meine wahren Gedanken auszusprechen, die ich mit dem Wort ‚Tricks' assoziierte. Damit würde sie niemals durchkommen – zumindest nicht hierbei.

„Nein. Also vielleicht muss ich doch ein bisschen schauspielern. Aber ich werde uns die Informationen schon besorgen." Jetzt hob sie das Kinn und sah mich eindringlich an. Sie merkte, wie sehr ich an ihr zweifelte.

„Vertrau ihr einfach", sagte Ronan.

Ich konnte nur noch die Stirn runzeln. „Das wird schiefgehen."

„Nein, wird es nicht", beharrte sie. „Bringt mich zu ihm und ich besorge uns die Informationen." Ihre Stimme klang merkwürdig kühl und entschlossen.

Ich seufzte. „Und was hast du vor, wenn wir dich zu ihm gebracht haben? Willst du ihn mit einer Feder kitzeln, bis er singt?" Als sie mit ihrer Antwort zögerte, fuhr ich fort: „Falls du einen Plan hast, will ich jedes Detail wissen." Natürlich hatte sie keinen.

„Noch habe ich keinen Plan", sagte sie – wie erwartet. „Aber ich kann etwas aushecken, wenn ich ihn einmal gesehen habe. Wir könnten versuchen, herauszufinden, wo er wohnt. Das wäre ein Anfang." Als ich Luft holte, um etwas zu erwidern, fuhr sie schon fort: „Das heißt, *ich* werde es herausfinden, da ihr ja kein Wort vearanisch sprecht."

„Schön, du suchst nach ein paar Informationen über den Kerl. Aber bleib bloß in unserer Nähe und tu, was wir dir sagen." Ich hasste es, wichtige Aufgaben anderen zu überlassen, vor allem irgendeinem Mädchen, das keine Ahnung von der Welt hatte. Und noch schlimmer: Das ich kaum kannte. Und diese Informationen waren für uns verdammt wichtig.

Sie verschränkte die Arme vor der Brust. „Meinetwegen. Also. Ronan und ich gehen rein, tun so, als wollten wir mit ihm verhandeln, und lassen uns zu ihm bringen. Wir müssen ja nicht wirklich mit ihm sprechen. Aber dann können wir uns die Firma zumindest einmal von innen ansehen."

Ich seufzte. Also war doch *sie* diejenige, die den brillanten Plan aushecken wollte. „Was willst du denn rausfinden, wenn du nicht mal mit ihm sprichst?“

„Ich könnte eine Adresse herausfinden, um ihn … ihn eventuell allein abzufangen.“

Ich starrte sie an. Das konnte doch nicht wahr sein.

„Komm, das ist wirklich ein Anfang“, meinte Ronan.

„Wir können aber nicht beliebig oft da reinrennen und um Gespräche bitten. Ganz zu schweigen davon, dass –“

„Wenn Kyra eine Adresse rausfindet –“, unterbrach er mich.

„Und wenn nicht? Was dann?“, unterbrach ich wiederum ihn.

Ronan verstummte und warf Kyra einen Blick zu. „Ein Versuch ist es wert“, sagte er dann.

Sie untermalte seine Aussage mit einem festen Blick. „Ich muss nur einmal kurz in seine Nähe kommen, vielleicht ergibt sich was.“

„Wir müssen eben ein bisschen improvisieren.“

Wieder tauschten sie bedeutungsvolle Blicke aus und mich beschlich irgendwie das Gefühl, dass sie sich längst einig waren, wie sie an die Informationen gelangen würden. Ohne mich einzuweihen! Und Ronan wusste, dass ich es hasste, wenn über meinen Kopf hinweg entschieden wurde.

„*Ich* begleite sie“, forderte ich.

Er holte gerade Luft für eine Erwiderung, doch Kyra kam ihm zuvor: „Warum nicht Ronan?“

Ich sah sie an. „Ich begleite dich“, wiederholte ich nur. An Ronan gewandt fügte ich hinzu: „Du bist mir zu auffällig für den Part.“ Das war kein unwichtiger Grund.

„Weißt du was? Du bist noch sturer als Kyra und Archy zusammen!“, brummte er. Erneut tauschten die beiden einen verschwörerischen Blick. Dann ließ sie sich auf die Sitzbank zurücksinken. „Na schön. Wenn du unbedingt willst.“ Zufrieden schien sie damit nicht und gab sich auch keinerlei Mühe, das zu verstecken.

16 – Kyra

Auf dieser Mission hatte ich mit allem gerechnet, nur nicht hiermit: Ich musste basteln. Ich saß im Schneidersitz auf dem Boden unseres Pensionszimmers und erfand irgendwelche Akten. Ronan saß mir gegenüber und erklärte mir anhand von Vorlagen aus Racronia, was ich schreiben sollte (denn von Bürokratie hatte ich keinerlei Ahnung). Ich übersetzte sein Diktat auf vearanisch. Zwischen uns befand sich ein einziges Chaos aus weißen Blättern. Wir hofften inständig, dass niemand draufschauen würde.

„Kriegst du das hin?“, fragte er mich schließlich, als ich das letzte Deckblatt mit einer schreibmaschinengleichen Schrift versehen hatte.

„Das muss ich. Das ist die einfachste und schnellste Möglichkeit.“ Ob das wirklich so unkompliziert ablaufen würde, wie ich es mir erhoffte, würde sich noch zeigen.

Dann fragte er leise: „Willst du’s ihm sagen? Oder hoffst du einfach, dass alles gut geht?“

Ich sah ihn schief an. „Er wird mich für verrückt erklären und die Sache abblasen.“ Dann senkte ich die Stimme fast zum Flüstern: „Aber warum stellt er sich so quer? Kann er dir nicht einfach vertrauen? Ich dachte, ihr seid Freunde.“

„Er mag es nicht, wenn man Geheimnisse vor ihm hat.“

Ich seufzte bloß. „Also ein Oberkontrolleur.“

„Manchmal, ja. Aber er hat recht. Ihr zwei seid unauffälliger. Versuch nur nicht, in …“

Er verstummte jäh, als Jarren reinkam. In einem Anzug

wirkte er so verändert, dass ich ihn zuerst gar nicht wiedererkannte. So sah er also aus, wenn er ein „ordentliches“ Bild abgeben wollte.

Er half uns, die restlichen Papiere einzusortieren und die gefälschte Aktentasche vorzubereiten. Und dann machten wir uns auch schon auf den Weg.

Bei der Firma angekommen atmete ich einmal tief durch. Es wurde Zeit, verborgene Schauspielkünste in mir zu wecken (falls ich denn welche hatte).

Wie dieser Sturkopf es also unbedingt wollte, marschierten wir zwei geradewegs auf den Haupteingang der Firma zu. Wir kamen dem quaderförmigen Gebäude immer näher, bis wir direkt vor der Tür stehenblieben, die weit offenstand. Ich sammelte mich. Dann betraten wir ein kleines Foyer, in dem es unheimlich laut ratterte. Das mussten die Maschinen der Produktion sein. Und ich dachte, in unserer Wirtschaft wäre es laut.

„Antats seisha. Tusk sona pkan pechak kyukeha ahesha“, erkundigte sich Jarren nicht ganz akzentfrei, aber – ich war erstaunt – fehlerfrei nach dem Geschäftsführer. Und das, obwohl er beim Üben über die scheinbar unmögliche Aussprache geschimpft hatte.

Ich schielte zu ihm. Ich wusste ja, wie angespannt er eigentlich war, aber was ich jetzt sah, war doch nicht wirklich er, oder? Er stand dort, im schicken Anzug, hielt locker die Aktentasche unterm Arm geklemmt und lächelte freundlich. Er sah richtig seriös und vertrauenserweckend aus. So konnte man sich also wandeln, wenn man ein *guter* Schauspieler war (nicht so wie ich).

Der Mann am Empfang, den er angesprochen hatte,

schaute von seinem Papierkram auf und antwortete auf vearanisch: „Er ist gerade nicht im Büro. Bitte warten Sie." Davon verstand Jarren natürlich kein Wort mehr.

„Ist er denn im Haus?", fragte ich ebenfalls auf vearanisch.

Der Mann heftete ein paar Papiere zusammen und beförderte einen Briefumschlag zutage. „Er ist drüben, in der Produktion." Er seufzte. „Soll ich ihn holen?"

„Nicht nötig. Wir warten." Ich sah Jarren an, als hätten wir eine unmissverständliche Übereinkunft. Dabei tippte ich unauffällig auf mein Handgelenk, als hätte ich eine Uhr an und hoffte, er würde verstehen, was ich meinte.

Wir drängten uns also an den Rand des Foyers, um in die Rolle von unauffällig wartenden Personen zu schlüpfen. Jede Sekunde fühlte sich an wie eine Stunde.

Immer wieder huschten unsere Blicke zu dem Mann hinter dem hohen Empfangstresen. Er sortierte Briefe in einen Karton, unterschrieb Dokumente, überlegte, packte wieder einen Stapel Briefe, um sie in eben diesem Karton verschwinden zu lassen. Und plötzlich hob er ihn an und marschierte an uns vorbei nach draußen.

Jarren und ich sahen uns an. Jetzt oder nie! Wir folgten dem ratternden Geräusch über einen großzügigen Flur mit Steinboden und spähten dann durch das mickrige Fenster einer doppelflügligen Stahltür. Ich musste mich auf die Zehenspitzen stellen, um hindurchsehen zu können. Da das Glas sehr matt und beschlagen war, erkannte ich bloß einen umherhuschenden Schatten. Irgendwann verschwand er.

Jarren öffnete die Tür einen Spalt breit. „Keiner da, komm."

Wir zwängten uns hindurch und schoben uns in eine Ecke. Die Produktionshalle war unübersichtlich. Überall bewegte sich irgendetwas, ob eingespannte Lederriemen, stoßende Stangen, sich windende Spulen oder sonst was. Die Luft hier drinnen war jedenfalls ordentlich aufgeheizt. Die hölzernen Maschinen wirkten massiv, zugleich aber auch zerbrechlich und empfindlich. Vor allem mit den ganzen dünnen gespannten Fäden, als könnte ein einziger verknoteter Faden alles zum Erliegen bringen.

„Kannst du Ashki sehen?", fragte ich leise an Jarren gewandt – obwohl ich hätte brüllen können, ohne dass man es zwei Schritte entfernt noch gehört hätte, so laut klackerten die von der Dampfmaschine angetriebenen Webstühle. Die waren gigantisch! So was hatte ich noch nie gesehen!

„Was weiß ich, wie der aussieht. Wir sollten jetzt lieber sein Büro ausfindig machen, bevor uns jemand hier erwischt."

„Nein, warte." Und im selben Moment kam mir eine Idee: „Oder du suchst sein Büro und ich gucke, was ich hier so rausfinden kann."

„Kommt nicht infrage."

„Sturkopf." Ich konnte den Blick kaum von den Maschinen abwenden, die wie von Zauberhand alles erledigten, unter strengem Kontrollieren und stetigem Eingreifen der Arbeiter natürlich. Das größte Objekt in der Mitte – und das war auch das, was uns vor ungewollten Blicken schützte – war ein gigantisch großer Ofen, der knatterte und ratterte und dessen eigentliche Form man kaum noch erahnen konnte vor lauter Riemen und Umlenkrollen. Aber wir waren nicht hier wegen der Maschinen. Ich ließ meine

Blicke über die Arbeiter wandern. Männer wie Frauen huschten hektisch umher, um ihre Aufgaben zu erledigen.

„He, schau mal!“ Ganz hinten sah ich einen Mann, der nicht wie alle anderen einfache Arbeitersachen trug, sondern gekleidet war, wie ein Geschäftsmann.

Ganz kurz tastete ich mich in Gedanken vor – etwas, was ich seit Jahren nicht mehr gemacht hatte. Fürs Erste brauchte ich nur seinen Namen …

„Das ist Thal Ashki“, staunte ich – dass ich das immer noch konnte, war verblüffend.

„Woher willst du das wissen? Hier gibt’s bestimmt ne Menge Schlipsträger“, warf Jarren ein. Und deshalb hatte ich gewollt, dass Ronan mitkommen würde.

„Ich erkenne sein Gesicht. Ich habe ihn in der Stadt mal auf einem Bild gesehen“, log ich.

Er sah mich skeptisch an. Vermutlich, weil Ashki viele, viele Meter von uns entfernt war, das Gesicht kaum mehr als ein grinsender Fleck mit schwarzem Bart und dunklen Augen. Er diskutierte mit irgendwem und gestikulierte wild.

„Fotografisches Gedächtnis“, meinte ich abwesend und befand mich bereits in meiner geistigen Vorbereitung, tiefer in den Mann vorzudringen. Ich ließ ihn nicht aus den Augen, so war es einfacher, sich auf ihn zu konzentrieren. Ich würde das jetzt durchziehen. Ob Jarren mir nun glaubte oder nicht.

Ein weiteres Mal tastete ich mich in Gedanken behutsam vor, jetzt musste es länger dauern und tiefer greifen. Ich musste Acht darauf geben, nicht eingesogen zu werden und *ich* zu bleiben. Ashki sprach voller Euphorie, die mich regelrecht übermannte. Er hatte soeben gute Nachrichten erhalten. Seine Gedanken strömten auf mich ein, aber die interessierten mich nicht. Ich wand mich um sein Bewusstsein herum, drang tiefer bis in sein Unterbewusstsein, wo das verborgen lag, über das er im Augenblick nicht nachdachte. Ich ignorierte den Schauer, der mir über den Rücken prickelte. Ich befand mich in zwei Körpern gleichzeitig, während die Zeit stillzustehen schien. Der Teil, der sich noch in meinem eigenen Körper befand, musste sich ganz und gar auf die Füße konzentrieren, den Kontakt zum Boden wahrnehmen und hoffentlich unauffällig stehen bleiben. Ich musste jetzt schnell und effizient vorgehen.

Bei den Göttern, ich hatte das wirklich lange nicht mehr gemacht! Beziehungsweise war es mir lange nicht mehr passiert. Absichtlich hatte ich das tatsächlich noch nie gemacht.

Ich zwang mich zur Konzentration, suchte nach den Informationen, die ich brauchte. Ich heftete mich an das, was Ashkis Augen sahen: seine Firma. Ich raste durch die Maschinenhalle, folgte den in schmalen Kanälen verschwindenden Lederriemen durch die Decke ins zweite Geschoss, etliche Quadratmeter weite Fläche, auf der sich weitere hölzerne Maschinen befanden, allesamt laut klackernd arbeitend, angetrieben von der Maschine unter mir. Ich verschwand in der Wand, sauste wieder hinab ins Erdgeschoss, befand mich auf einem Kabel. Fenster um Fenster rauschten an mir die goldene Sonne und dann der silberne Mond vorbei. Bei einem Seitenblick erkannte ich einen Hof, wo ein immenses Paket mithilfe von Rollen in einen Transporter geladen wurde – *Wahnsinn, dass wir endlich auf die*

Pferdekutschen verzichten können! Wieder zurück ins Gebäude. Ich raste durch einen breiten Flur, über eine Treppe, ein einziger Wächter – *wo war die Kyerch?!* Ich rannte durch das Labyrinth, hörte, wie jemand meinen Namen rief, flog in Höchstgeschwindigkeit über die Stufen bis ins Kellergeschoss, wieder durch einen Flur, in dem fünf Türen an mir vorbeisausten, allesamt durchsichtig, sodass ich erkennen konnte, was sich dahinter befand. Durch die sechste Tür stürmte ich hindurch, ohne sie zu öffnen. Einen Schrank beiseiteschieben, eine Falltür öffnen, eine abgeschlossene Tür mit einem ungewöhnlichen Schloss, dahinter ein ganzes Arsenal an Waffen, wieder rief jemand meinen Namen, mein kleines Mädchen lief mir entgegen, zurück zum Wächter, ich folgte ihm, wie er im Erdgeschoss patrouillierte, er war mit mir befreundet, noch einmal die Treppe hinunter. Ich hatte ein Detail übersehen! Ich musste zurück zur Tür! Wie öffnete man das Schloss?

Mein Körper stolperte einen Schritt zur Seite, als ich am Arm gepackt wurde. Ein Messerstich bohrte sich mir in die Stirn, sodass es mir für eine Sekunde die Sinne raubte. Noch ein letztes Mal konzentrieren: Abermals raste ich durch den Flur, links Fenster, rechts eine Ziegelwand, ich schob eine Schubkarre vor mir her – *bleib in diesem Keller, verdammt*! Ich war müde, eine sanfte Hand strich über meine Schulter, dann sauste ich erneut die Treppe hinunter in den Keller. Ich musste zu der Tür mit dem besonderen Schloss! Wieder stolperte ich.

Das Gefühl des Fallens breitete sich in meinem Körper aus, ein Kribbeln in meinem Bauch.

Ich sah auf. Jarren hielt mich an beiden Armen gepackt

und zog mich zurück zur Tür. Meine Füße waren gezwungen, ihm irgendwie zu folgen, wobei ich bei jedem Schritt ins Straucheln geriet und um mein Gleichgewicht kämpfen musste.

„Kyra! Bist du blind? Da kommt jemand!“, zischte er leise und hatte mich endlich durch die Tür bugsiert.

Ich starrte ihn einen Moment lang an und hatte noch gar nicht das Gefühl, wieder vollends in meinem Körper angekommen zu sein. Das Bild vor meinen Augen war beängstigend schmal und dunkel.

Versuch nur nicht, in Ohnmacht zu fallen! Das hatte Ronan mir noch sagen wollen, als wir die Aktentasche vorbereitet hatten. Aber er hatte den Satz nicht zu Ende bringen wollen, als Jarren ins Zimmer gekommen war.

Ich schüttelte den Kopf und klammerte mich an die unausgesprochene Worte meines Bruders: *Versuch nur nicht, in Ohnmacht zu fallen!*

Meine Schläfen pochten heftig, als hätte man mir mit einem Schlag den Schädel gespalten. Ich verspürte ein reißendes Verlangen, mich augenblicklich auf den Boden zu legen. Niemand war uns gefolgt. Glück gehabt.

Ich torkelte also einfach voran Richtung Foyer. Ich musste raus aus diesem Gebäude. Jarren hatte keine große Mühe, mir nachzukommen, da ich taumelte wie eine Betrunkene.

„Was ist denn mit dir?“

Ich blickte ihn wehleidig an. „Ich glaube, ich habe die Luft da drin nicht vertragen. Mir ist ganz schwindelig. Ich brauche frische Luft.“

„Wir sind hier noch nicht fertig“, sagte er leise. Aber als

ich ihn noch etwas wehleidiger ansah (das war nicht mal geschauspielert), seufzte er ergeben. „Na schön. Gehen wir.“

Ich musste mich unglaublich stark darauf konzentrieren, einen Fuß vor den anderen zu setzen. Der Mann, der den Schreibtisch im Foyer mit dem Karton voller Briefe verlassen hatte, war noch nicht zurück – wieder Glück gehabt.

Als wir durch die Tür nach draußen traten, rammte ich benommen mit der Schulter den Türrahmen und wäre beinahe der Länge nach hingefallen. Die Sonne blendete mich und die Welt verwandelte sich für einen Augenblick in gleißendes Licht. Fluchend presste ich mir eine Hand an die Stirn und versuchte, mir den stechenden Schmerz wegzumassieren. Ich blinzelte, um die matten Schemen zu erkennen, auf die sich die Welt gerade reduzierte. Da erkannte ich Ronan, der uns bemerkte und aus dem Wagen stieg. Ich fixierte ihn mit dem letzten Rest, der von meinem Sehvermögen gerade noch übriggeblieben war. Ich wollte auf ihn zurennen, wollte mich endlich bei ihm in Sicherheit bringen, doch da begann mein Körper gefährlich zu taumeln. Ich spürte, wie Jarren mich erneut am Arm packte, mich auffing, als ich gänzlich zusammensackte. Das ohnehin schon verschwommene Bild vor meinen Augen wurde schwarz oder auch weiß – ich konnte es nicht genau sagen.

Mein Kopf weigerte sich schlicht, weitere Reize wahrzunehmen, und so verschwand ich in einer unerträglich bewussten Leere, die mich zerquetschen wollte. Ich spürte meinen Körper nicht mehr, war blind und taub und schwerelos.

Jetzt musste ich warten. Darauf hoffen, dass mein Geist

einschlief und später mit meinem Körper zusammen wieder aufwachte. Die Sekunden streckten sich endlos dahin, während die Dunkelheit sich wie eine riesige Faust um mich schloss und mich zu zerdrücken drohte.

„Gib mir was zum Schreiben."

Das war das Erste, was meine Ohren nach der ewigen Dunkelheit an mein Bewusstsein weitergaben. Der leise Klang meiner eigenen Stimme, die sich fremd anhörte, nachdem ich so lange taub und stumm gewesen war.

„Du bist doch verrückt! Ruh dich erst einmal aus." Das war Ronans Stimme, die vor Sorge bebte, doch auch Erleichterung kundtat.

Ich blinzelte ihn an, spürte seine Hände an meinen Schultern und ein weiches Bett unter meinem Rücken. Wir waren wieder in unserem Pensionszimmer, in dem wir vorhin die Aktentasche vorbereitet hatten.

„Gib mir was zu schreiben!", wiederholte ich mit Nachdruck und setzte mich auf.

„Trink zuerst etwas." Sein Blick verriet, dass er nicht diskutieren würde, also ließ ich mir von ihm einen Becher mit kühlem Wasser in die Hände drücken und trank diesen rasch aus.

„Das hast du lange nicht mehr gehabt", murmelte er und nahm mir den leeren Becher ab, um ihn aus einer Flasche erneut zu füllen und mir wiederzugeben.

Wie oft hatte er mich schon vom Boden gepflückt, als ich mich aus Versehen bis zur Besinnungslosigkeit in den Köpfen irgendwelcher Leute verloren hatte. Das war mir nicht mehr passiert, seit ich neun war. Das Abtauchen in fremde Gedanken war nicht das, was mich in Ohnmacht fallen ließ. Es war die überfordernde Vielfalt an Informationen, die mich überfluteten und sich in mein Gedächtnis einbrannten. Ich trank den zweiten Becher leer. Das kühle Wasser half gegen die Kopfschmerzen.

„Kannst du mir jetzt bitte etwas zum Schreiben geben?“, fragte ich erneut und erst jetzt erkannte ich auch Jarren, der in der Tür stand und uns beobachtete, als müsste er gleich jemandem das Leben retten.

„Meine Güte, jetzt mach mal langsam“, sagte Ronan und endlich grinste er wieder wie üblich. „Ich hol dir dein dämliches Buch ja schon.“

Jarren machte ihm Platz im Durchgang, indem er in den Raum trat.

„Dieses Buch ist nicht dämlich! Es ist wichtig!“, rief ich meinem Bruder noch hinterher. Ich lehnte mich mit dem Rücken gegen die Wand und kreuzte die Beine im Schneidersitz. Mein Gehirn war völlig ausgelaugt und verlangte nach unmittelbarem Tiefschlaf. Aber zuerst die Arbeit!

„Bist du in Ordnung?“

Ich blinzelte, als ich fast weggedämmert wäre. Jarren hockte vor meinem Bett, um mir besser in die Augen schauen zu können.

„Wo ist Ronan?“, wollte ich wissen.

Jarren runzelte die Stirn und musterte mich abermals besorgt: „Beim Auto. Er holt doch dein Buch.“

Ich presste mir die Hand auf die schmerzende Stirn und murmelte irgendetwas, was ich selbst nicht verstand. Dann schüttelte ich den Kopf und zwang mich, in der Gegenwart zu bleiben. „Tut mir leid. Bin etwas durch den Wind.“

„Offensichtlich." Er lächelte – das erste Mal auf eine sanfte Art. Und doch stand es ihm ins Gesicht geschrieben, dass er sich die Schuld für meinen Zusammenbruch gab. Vielleicht weil er glaubte, mir zu viel Stress auferlegt zu haben, den ich nicht gewohnt war – seiner Meinung nach.

„Ich muss mich nur ein oder zwei Stunden ausruhen, dann geht es mir wieder besser." Ich schenkte ihm ein besänftigendes Lächeln, um ihm zu zeigen, dass mir nichts fehlte. Es war bloß eine gewöhnliche Reaktion, wenn ich zu viel auf einmal verarbeiten musste. „Als Kind ist mir das ständig passiert. Nichts Schlimmes", beschwichtigte ich ihn, als ich seinen skeptischen Blick sah.

„Ständig?", fragte er. „Ich dachte, Fred wäre derjenige, der keine Luft bekommt und ohnmächtig wird."

Ich winkte abtuend. „Na schön. Ständig ist übertrieben. Eine Zeit lang ist mir das öfters passiert. Aber nicht, weil ich ersticke."

„Weshalb denn dann? Das passiert doch nicht einfach so."

Ich hatte nicht erwartet, dass er so direkt nachfragen würde. Mir fiel nichts Besseres ein, als müde mit den Schultern zu zucken. „Keine Ahnung", log ich.

„Also müssen wir dich nicht zu einem Arzt bringen?"

Meine Wangen wurden warm. Zusammenzubrechen war nicht mein Plan gewesen. Aber dass sich Jarren so um mich sorgte, dass er unsere eigentliche Mission verzögern würde, um mich zu einem Arzt zu bringen, rührte mich. Ich schüttelte den Kopf. „Mir fehlt nichts. Keine Lebensgefahr, kein Grund zur Sorge."

„Wenn du mir darauf dein Wort gibst", sagte er mit

zweifelndem Blick.

„Du hast mein Wort.“ Ich versuchte, breiter und noch beschwichtigender zu lächeln.

Im selben Moment tauchte Ronan wieder auf und warf mir eine unserer Taschen aufs Bett. „Das war doch da drin, oder?“

„Was?“ Verdutzt blinzelte ich ihn an. Bei den Göttern, es wurde Zeit, sich schlafen zu legen! Viel zu spät fiel der Groschen. „Ach, das Buch. Ja. Klar.“ Ich schnappte mir meine Tasche, kramte es heraus und suchte noch nach einem Stift. „Ihr könnt ruhig rübergehen.“ Ich deutete mit einem Kopfnicken auf die Tür. „Ich notiere noch kurz etwas und leg mich dann schlafen.“

„Ich komm aber gleich noch mal nach dir sehen“, meinte Ronan. Und dann ließen er und Jarren mich endlich allein. Ich mochte es nicht, wenn mir jemand beim Zeichnen zusah. Als ich mich vergewissert hatte, dass sie auch wirklich im anderen Raum blieben, schlug ich eine leere Doppelseite auf und begann, den Grundriss von Ashkis Firma zu skizzieren.

17 – Finn

Die Sonne war eigentlich schon vor Stunden aufgegangen, aber dichte Wolken verdeckten den Himmel, sodass eine kältebringende Dunkelheit die Gassen flutete und die Menschen sich tief in ihren Schals, Mützen, langen Mänteln und Kapuzen vergruben.

Den Wagen parkte Finn in der Nähe der Bezirksmauer, die die Slums vor den Augen fremder Besucher verbergen sollte. Die Tore durften von normalen Bürgern nicht mit Fahrzeugen passiert werden – man hätte ja versehentlich blinde Passagiere in Stadtbezirke befördern können, in denen sie nichts zu suchen hatten. Vor allem aber war es dort an den meisten Stellen viel zu eng. Also mussten sie von hier aus zu Fuß weitermachen.

Eng war gar kein Ausdruck. Allein an den Toren war wie üblich eine ganze Menge los.

„Mein Gott, was wollen die alle in Hout-Town?“, brummte Nalia leise und schlang ihren Mantel fester um sich.

Finn, der die Wachposten nicht aus den Augen ließ, antwortete: „Das passiert, wenn man Familien zerpflückt.“

„Warst du schon mal da?“, fragte sie.

„Noch nie. Du?“

Sie schüttelte den Kopf.

„Ihr habt nichts verpasst.“ Cedric trat an ihnen vorbei, als sie endlich den überdachten Kontrollposten erreichten. „Wir wollen zu Marlinda Caysson“, erklärte er dem Wachmann.

„Weist euch aus“, sagte der nur trocken. Wieder einmal machte Finn Gebrauch von seinem gefälschten Ausweis. Sie zeigten ihre Papiere vor und der Mann hielt die Daten der erfundenen Personen sorgfältig auf einer Liste fest. Dann traten die drei durch das Tor hindurch. Finn wunderte sich, dass die Straßen auf dieser Mauerseite genauso aussahen, wie man Moorstock eben kannte. Dicht an dicht gedrängte Häuser, Straßenüberführungen, Gehwege *auf* den Häuserdächern entlang, Brücken aus Beton oder Holz und sehr viel Dreck. Wie es *in* den Häusern aussah und wie viele Köpfe sich tatsächlich so eine Wohnung teilten, konnte man von außen allerdings nur schwer beurteilen.

„Wer ist Marlinda Caysson?“, wollte Finn wissen.

„Eine alte und sehr vergessliche Frau.“

„Ist sie mit dir verwandt?“, fragte Nalia.

Cedric schüttelte den Kopf. „Ich hab ihr Essen gestohlen.“

Und vermutlich wäre er verhungert, hätte er es nicht getan, dachte Finn. „Woher weißt du, ob sie noch lebt?“

Cedric zuckte die Schultern und sah auf zu einem schmalen Holzsteg, der zwei Gebäude miteinander verband. „Spielt das eine Rolle?“

Den Wachmann hatte es jedenfalls nicht interessiert.

„Na schön. Aber zu diesen Orosh-Typen, wie Dorian sie genannt hat. Wo, glaubst du, können wir die finden?“ Dass sie sich wohlmeinend um die Armen kümmerten, war kein Geheimnis. Dass sie allerdings mit den Siri zusammenarbeiteten, beunruhigte Finn.

Cedric beschleunigte seine Schritte. „Nicht hier.“

Er führte sie durch ein verschlungenes Chaos aus

Gassen, die manchmal so schmal waren, dass sie nicht einmal nebeneinander hergehen konnten. Sie quetschen sich an Mülltonnen vorbei, kletterten über Müllsäcke und stiegen über lose verteilten Müll (ganz wie gewohnt). Je tiefer sie zum inneren Teil vordrangen, umso mehr erkannten sie, dass sie sich jetzt *innerhalb* der Mauern von Hout-Town befanden und nicht mehr in Bowmar oder in Allcey mit seinem altertümlichen Charme. Das hier war einfach nur heruntergekommen. Die Häuser waren lieblos gebaut und wirkten wie graue Betonklötze. Das Einzige, was sie „zierte“, waren Restspuren von Vandalismus, die noch nicht beseitigt worden waren: beschmierte Mauern, eingeschlagene Fenster oder abgebrannte Müllcontainer. An den Straßenrändern hockten irgendwelche Gruppen, die den drei finster hinterherstarrten. Finn hatte manchmal Angst, dass sie noch auf die Idee kamen, Messer nach ihnen zu werfen. Natürlich wandelten solche Gestalten auch außerhalb von Hout-Town durch die Straßen, aber nicht in dieser Häufigkeit. Er machte einfach das, was Cedric tat: stur geradeaus schauen und zügig weitergehen. Auch Nalia hatte sich das schleunigst bei ihm abgeguckt und sich dabei die Kapuze über den Kopf gezogen, als könnte sie sich auf diese Weise vor den bösen Blicken schützen.

„Da sind sie“, sagte Cedric schließlich und blieb in einiger Entfernung zu einem länglichen Holzschuppen stehen. Das musste eine alte Scheune gewesen sein, die man nun zu einer Suppenküche umfunktioniert hatte. Das breite Tor stand einladend weit offen, dahinter kamen etliche, nicht zueinanderpassende, gut besetzte Tische zum Vorschein. Vor dem Tor drückten sich ein paar Menschen herum. Manche davon wirkten ganz normal, natürlich schlicht gekleidet. Aber andere sahen aus, als kämen sie gerade aus einer Höhle gekrochen, nachdem sie sich mit einem Bären angelegt hatten. Nicht, dass es hier noch Bären gäbe.

„Am besten betteln wir auch um Essen, damit wir sie aus der Nähe beobachten können“, beschloss Finn und wollte gerade einen weiteren Schritt auf den Schuppen zumachen, aber Cedric fasste ihn am Arm. „Warte!“

Finn sah ihn an. „Was ist?“

Sofort zog Ced die Hand zurück. Seine Augen fixierten irgendetwas auf dem Boden. „Egal. Gehen wir.“ Mit langsamen Schritten trat er voraus.

Finn und Nalia tauschten einen fragenden Blick, bevor sie ihm folgten.

„Wurmt dich was?“, meinte sie an Cedric gerichtet, aber der schüttelte bloß den Kopf. Sie holte ihn ein und hakte nach: „Wenn das Essen da vergiftet ist, solltest du uns das sagen.“

„Ist es nicht.“ Er blieb stehen und beäugte das Gebäude genauestens. Finn und Nalia blieb nichts anderes übrig, als ebenso stehen zu bleiben, während Cedric nach Worten suchte.

„Mein Bruder hat mich vor den Orosh-Anhängern gewarnt, warum auch immer“, presste er hervor. Dann ging er endlich weiter und sie folgten ihm. „Nicht vertrauenswürdig.“

Natürlich musste er ein komisches Gefühl dabei haben, die Warnung seines toten Bruders zu ignorieren. Finn hatte für ihn gehofft, dass er sich nicht allzu vielen schmerzhaften Erinnerungen stellen müsste. Aber für Ced gab es die hier vermutlich an jeder Straßenecke.

Zügig marschierte er gesenkten Kopfes weiter, Finn und Nalia hinter ihm, bis sie das Scheunentor und damit die Schlange vor der Essensausgabe erreichten. Sie sprachen nicht miteinander, während sie warteten.

„Euch kenne ich gar nicht", sagte der Mann hinter der provisorischen Theke mit einer gehobenen buschigen Augenbraue und drückte ihnen jeweils eine Suppenschüssel in die Hände. Er trug eine dunkle schäbige Robe und sein Haar wirkte wie alte, grau gewordene Watte.

Finn setzte ein schräges unsicheres Lächeln auf: „Tja, wir wurden letzte Woche hierherverfrachtet." Wie verlangt gaben sie eine kleine Spende ab. Das machten diejenigen, die noch irgendeinen letzten Rest Geld in der Tasche hatten (das konnte man daran erkennen, dass sie Schuhe trugen), auch wenn Finn nur ungern deren Spendenboxen füllte. Dann fanden sie Platz an einem der Tische.

Finn zögerte, bevor er den ersten Löffel aß. Er ermahnte sich zur Unauffälligkeit. Und das bedeutete, dass er Hunger vortäuschen musste, auch wenn die ganze Situation und die Umgebung wenig appetitlich waren.

Er schielte hinüber zu Cedric, der es bloß schaffte, in der Suppe herumzurühren, sichtlich weitaus mehr um Appetit bemüht. Sich Zeit zu lassen, war aber vielleicht gar nicht verkehrt, dann konnten sie den Laden länger beobachten.

„Alles in Ordnung?", fragte er, unsicher, ob es klug gewesen war, Cedric die Reise in seine ehemalige Heimat zuzumuten.

Zögernd hob der den Blick und nickte stumm.

„ICH HAB‘S GESEHEN!“

Bei dem plötzlichen Aufschrei hätten die drei fast ihre Löffel fallen lassen.

Finn schaute über die Schulter und sah einen in Lumpen gehüllten, spindeldürren Mann hereintorkeln.

„Was hat der denn eingeworfen?“, fragte Nalia flüsternd.

„ICH HAB’S GESEHEN! IHR MÜSST MIR GLAUBEN!“

Ein verrückter Mann! Perfekt! „Wie gerufen.“ Finn warf Cedric einen entschuldigenden Blick zu und sprang auf, bevor jemand anders den Verrückten abfangen konnte. Das war nicht schwer, denn niemand war darum bemüht, auf ihn zuzugehen. Die meisten wandten eher die Blicke ab und beugten sich tiefer über ihre Mahlzeit.

Der Mann schaute Finn an und freute sich unübersehbar darüber, dass jemand auf ihn zugekommen war. „Ich weiß es endlich!“ Er sah ihn eindringlich an.

„Das ist schön“, sagte Finn ruhig und führte ihn zu ihrem Platz. „Aber beruhig dich erstmal. So, schön hinsetzen, dann kannst du uns alles erzählen, was du gesehen hast.“

„Ja, ich habe es wirklich gesehen.“

Das würde bestimmt schwierig werden, dachte Finn. „Schon klar. Aber was denn?“

Der Mann grinste ihn an. „Was?“

Nalia stieß unterdessen mit verdrehten Augen einen Seufzer aus, erhob sich, packte ihre Suppenschüssel und setzte sich an einen anderen Tisch.

„Also“, sammelte sich Finn. „Willst du mir sagen, was

du gesehen hast, oder nicht?"

„Doch, doch", sagte der Mann, beugte sich über den Tisch und begann zu flüstern: „Da war ein Licht."

Finn musste sich anstrengen, um ihn zu verstehen, weil er plötzlich so leise sprach. „Ein Licht? Wo?"

„Weit, weit unter der Erde", hauchte der Kerl erstaunt und riss die Augen so weit auf, dass man Sorge hatte, sie würden ihm gleich aus dem Kopf springen. „Tief ist es."

„Wie tief?", hakte Finn mit ebenso gesenkter Stimme nach.

„Das weiß niemand." Er fing wieder an zu grinsen.

„Auch du nicht?"

Mit immer noch gefährlich weit aufgerissenen Augen starrte er Finn an. „Vielleicht dreiundzwanzig Stufen. Vielleicht aber auch mehr."

Hilfesuchend blickte Finn zu Cedric, der bloß mit verschränkten Armen dasaß und sich nicht rührte.

„Das klingt für mich nicht besonders tief", flüsterte er dann zurück.

„Nein, ist es nicht. Aber es ist weit!"

„Weit?"

„Ja, ja!" Ein erneutes Kichern entfuhr dem Mann.

Der war völlig durchgeknallt, dachte sich Finn. Und das machte es wirklich schwierig, Informationen aus ihm herauszubekommen. Aber wenn verrückte Leute nun einmal eine Informationsquelle waren, wie Dorian es behauptete, dann kam er nicht drumherum.

„Na schön." Finn sammelte sich erneut und konzentrierte sich darauf, die richtigen Fragen zu stellen – welche auch immer das waren. „Ist es jedem möglich, dieses

Licht zu sehen?“

„Siehst du etwa kein Licht?“ Der Kerl starrte Finn fassungslos an.

Dieser ließ kurz seinen Blick zu dem breiten Tor huschen, durch das das Tageslicht hereinfiel. „Naja, falls du die Sonne meinst – das kann ich sehen.“

Daraufhin brach der Mann in so lautes Gelächter aus, dass Finn unwillkürlich den Kopf einzog, auch wenn seine Aussage ein halbherziger Scherz gewesen war.

„Die Sonne singt doch nicht!“, rief er dann aus und schüttelte sich förmlich auf seinem Stuhl. Die Sorge, dass er gleich an seinem eigenen Gelächter ersticken könnte, war eine durchaus berechtigte Sorge.

„Da hast du natürlich recht. Die Sonne habe ich auch noch nie singen gehört. Aber wo hast du denn den Gesang gehört?“

Der Mann blickte verdutzt drein. „Welchen Gesang?“

So langsam beschlich Finn das Gefühl, dass das Ganze nicht wirklich Aufschluss brachte. „Ich dachte, das Licht, das du siehst, würde singen.“

„Nein, nein. Eine Frau, die singt.“

„Eine Frau?“

„Ja, ja!“ Jetzt zeigte sich wieder die Begeisterung in seinen Zügen.

Da kamen sie der Sache schon näher. „Wie sieht diese Frau aus?“, hakte Finn nach.

Er überlegte. „Weiß ich nicht. Sie zeigt ihr Gesicht nicht.“

„Groß? Klein? Dick oder dünn? Welche Farbe hat ihr Haar?“, Finn sprach seine Fragen ganz langsam aus, damit der andere sie auch nur ja verstand.

„Sie ist unsichtbar."

Ratlos zog er die Stirn kraus.

„Wo müssen wir hingehen, um sie zu hören?", schaltete sich plötzlich Cedric dazwischen.

„Na, zum Zug!" Unvermittelt blickte der Mann sich nervös um, stand auf, rannte hinaus und verschwand.

„Na toll. Jetzt hast du ihn verjagt!" Finn seufzte, war aber insgeheim froh, dass der Kerl weg war. Er war sich nicht sicher, ob er überhaupt eine Information aus ihm herausbekommen hätte. Entsprechend war es sinnvoller, sich anderweitig zu erkundigen.

„Ich wusste nicht, dass du dich noch länger mit ihm unterhalten wolltest." Cedric schmunzelte kaum erkennbar und starrte wieder auf die Tischplatte vor sich. Dann stand auch er auf und ließ seine kaum angerührte Suppenschüssel stehen. „Wir gehen auch zu diesem Zug."

„Zu welchem Zug? Hier gibt es kein Schienennetz, wie du wissen solltest."

„Es war aber mal eins geplant."

Nalia, die bemerkte, dass sich die beiden auf den Weg machten, erhob sich rasch, strich sich den Rock glatt und lächelte den Leuten an ihrem Tisch entschuldigend zu. Zu dritt verließen sie die Suppenküche.

„Klär mich auf", verlangte Finn, als die kalte Luft draußen sie empfing.

„Man hatte mal vor, eine unterirdische Bahn zu bauen, um die Tore in den Mauern zu entlasten. Als man dann angefangen hat, den Tunnel zu graben, hat man festgestellt, dass der Boden zu instabil ist, und das Projekt wurde wieder aufgegeben. Die eine Haltestation, die man bereits gebaut hat, ist gar nicht weit von hier."

„Und dann haben sich irgendwelche zwielichtigen Leute in diesen Tunnel zurückgezogen", schlussfolgerte Finn.

Nalia erklärte: „Der Mann, den du netterweise an unseren Tisch geführt hast", sie bedachte ihn mit einem vielsagenden Blick, „kommt fast jeden Tag in diesen Schuppen, um irgendwelche Botschaften zu verkünden – also eigentlich redet er immer nur Schwachsinn und das wird immer schlimmer."

Finn lächelte. „Puh. Ich hatte schon die Befürchtung, dass ich dich mit dem Kerl wirklich von unserem Tisch verjagt habe."

„Hast du auch."

„Wir können nicht selbst da runtergehen. Wir schicken jemanden vor", sagte Cedric.

„Ist das so gefährlich?", fragte Nalia.

„Für uns vielleicht, ja." Er sah sie an. „Nachher fängst du auch an, von irgendeinem Licht zu predigen."

Sie schnaubte und hob abwehrend eine Hand. „Nein, danke."

Nach einer halben Stunde Fußmarsch erreichten sie eine Haustür, die so aussah wie alle anderen hier auch: schäbig.

Finn begriff: „Ach, sieh einer an. Wir besuchen tatsächlich die alte Marlinda Caysson."

Cedric nickte und passte einen Moment ab, da sich niemand auf der engen Straße befand. Innerhalb von wenigen Augenblicken hatte er die abgeschlossene Tür aufgebrochen, während Finn und Nalia ihn zur Sicherheit unauffällig abschirmten.

„Sag mal. Wenn doch abgeschlossen ist, ist diese Dame dann überhaupt zu Hause?“, wollte Finn wissen.

Ohne zu antworten, schlüpfte Cedric in den Hausflur und war verschwunden. Finn wollte ihm gerade folgen, doch er schlug ihm die Tür direkt vor der Nase zu. Das bedeutete dann wohl, dass sie hier draußen warten sollten – wortkarg wie immer. Aber Finn hatte sich abgewöhnt, stichelnde Kommentare dazu abzugeben.

„Er will doch nicht wirklich diese Frau vorschicken, oder?“, fragte Nalia, die nervös von einem Fuß auf den anderen trat.

„Ich hoffe, er hat einen guten Plan.“

Die Minuten verstrichen. Die Tür öffnete sich schließlich und Cedric erschien wieder, dieses Mal mit einer tätschelnden faltigen Hand in seinen dunklen Locken und einem verdrossenen Gesichtsausdruck. Außerdem begleitet von einer kehligen Frauenstimme, die fortwährend sagte: „So ein guter Junge! So nett und hilfsbereit.“ Doch dann blieb sie wie angewurzelt stehen. „Ach, du je!“, rief sie dann plötzlich aus und machte kehrt, bevor sie einen Fuß nach draußen gesetzt hatte. „Ich habe gar keine Einkaufsliste!“

„Schon gut, Mrs Caysson. Die hab ich in der Tasche.“

Prompt tätschelte sie wieder seinen Kopf. „Sehr gut. Guter Junge.“

„Heute sind wir nur von Verrückten umgeben, stimmt's?“, flüsterte Finn unter vorgehaltener Hand Nalia zu, die eifrig nickte.

Cedric und Marlinda Caysson, die in ein

undefinierbares geflicktes Wollkleid gehüllt und schwer auf ihren Stock gestützt war, verließen das Haus.

Die besagte unterirdische Haltestelle war eigentlich nicht besonders weit entfernt und doch brauchten sie eine Ewigkeit, um dorthin zu gelangen. Sobald Mrs Caysson eine Sitzgelegenheit erblickte, stürmte sie förmlich darauf zu, um zu verschnaufen. Vor allem hatte Finn Sorge, dass sie über ihren viel zu langen Rock stolpern würde.

„Das ist ne Scheißidee", flüsterte Nalia, als sie schließlich hinter einer Gebäudeecke warten mussten und der alten Frau dabei zusahen, wie sie sich auf das Loch im Boden zubewegte und euphorisch immer schneller ging. Sie freute sich richtig darauf, die Orosh-Anhänger wiederzusehen.

„Ihr wird nichts passieren", beruhigte Cedric.

„Das will ich für dich hoffen."

Finn beobachtete unterdessen, wie sie die Treppe erreichte und haltsuchend nach dem Geländer griff. Stufe für Stufe mühte sie sich voran, bis sie nicht mehr zu sehen war. „Ich mache mir vielmehr Sorgen darum, dass sie hinfallen und sich einen Knochen brechen könnte."

Daraufhin nickte Cedric langsam und verzog den Mund, als müsste er sich diesen Fehler eingestehen. Und dann warteten sie.

„Bist du sicher, dass die ihr nichts tun werden?", fragte Finn skeptisch, der mit jeder Minute nervöser wurde. „Das dauert zu lange."

„Du hast doch gesehen, wie lahm sie ist", hielt Ced dagegen.

Nalia seufzte. „Hoffen wir mal, dass sie nicht nach zwei

Sekunden alles vergisst, was sie dort mitbekommt.“

„Sie vergisst nur, was länger als ein paar Stunden zurückliegt.“

„Du scheinst sie gut ausspioniert zu haben“, meinte Finn.

Cedric zuckte bloß mit den Schultern. „Da kommt sie. Quicklebendig.“

Sie warteten noch einen Augenblick, damit die Frau etwas mehr Abstand zum Eingang gewonnen hatte und sie nicht so offensichtlich direkt vor der Treppe von Fremden erwartet wurde.

Cedric ging vor und setzte sein liebevollstes Lächeln auf – etwas, das Finn nur selten bei ihm sah. „Mrs Caysson! Wie war's? Haben die sich an Sie erinnert?“

Diese zog eine faltige Schnute. „Die haben mich wieder weggeschickt. Ich darf nichts mehr haben.“

Finn und Nalia hielten sich im Hintergrund, aber in Hörweite und überließen Cedric die Befragung. Der verzog mitleidend das Gesicht. „Was dürfen Sie nicht mehr haben?“, sagte er sanft.

„Na, dieses …“ Sie fuchtelte wild mit der freien Hand herum, die nicht auf ihren Stock gestützt war. „Wie heißt das … Dieses … Zeug halt!“

„Vielleicht gibt es etwas Ähnliches in der Apotheke. Was macht denn dieses *Zeug*?“

Ihr Blick richtete sich gen Boden. „Dass man nicht mehr traurig ist. Und ganz friedlich wird.“

„Wird man davon vielleicht ein bisschen vergesslich?“, fragte er ganz vorsichtig.

Finn musste grinsen.

„Ich bin nicht vergesslich!“, empörte sie sich bestimmt.

„Nein, nein. Ich weiß. Aber dann können Sie mir doch sicherlich sagen, wie es da unten aussieht, oder?“

„Da unten gibt es nur Kerzen und Öllampen. Manche Räume sind ganz dunkel.“

„Und wer läuft da so rum?“

„Männer und Frauen in dunklen Kapuzenroben.“

Erneut setzte er ein Lächeln auf. „Ein Bekannter sagte mir mal, dass er dort unten ein Licht gesehen hätte. Und eine singende Frau hat er auch gehört.“

„Oh, ja. Wenn man dieses … Zeug trinkt, sieht man das manchmal. Und dann wird man …“

Finn trat aus einer Vorahnung heraus einen Schritt auf sie zu.

„Dann wird man ganz schwer und müde …“

Hätten er und Cedric sie nicht in dem Moment an beiden Schultern gepackt, wäre sie einfach nach hinten umgekippt. Aber dann fasste sie sich schnell und schüttelte den Kopf. Sie starrte Finn an. „Oh, hallo. Noch ein hilfsbereiter junger Mann.“ Sie strahlte, während die beiden sie wieder aufrecht hinstellten. „Ich muss schon sagen, ich habe heute äußerst hübsche Gesellschaft.“

„Vielleicht wird es Zeit für den Heimweg, Mrs Caysson“, schlug Finn vor, konnte sich ein weiteres Grinsen aber nicht verkneifen.

Sie führten die Frau also zurück durch das Straßengewusel.

„Wenn man diese Treppe runtergeht, was sieht man dann als Erstes?“, fragte Finn ganz beiläufig. Da die Frau wirklich langsam zu Fuß war, dauerte der Weg eine gefühlte Ewigkeit.

„Da ist eine große Halle mit Säulen“, antwortete Mrs Caysson, die alle Konzentration auf ihre Füße und ihren Stock richten musste, obwohl Cedric sie am Arm stützte.

„Sie waren früher schon einmal dort, nicht wahr?“, fragte der.

Marlinda Caysson blieb stehen und starrte ihn an: „Nein, noch nie.“

An Finn und Nalia gerichtet, sagte Cedric leise: „Doch, war sie. Na, kommen Sie. Es wird schon spät.“ Die dichte Wolkendecke wurde kälter und grauer, was bedeutete, dass die Sonne bereits tiefer wanderte.

„Was gibt es denn noch dort unten? Außer diesen Kapuzengestalten? Gibt es dort Räume?“, fragte Cedric.

Die alte Frau überlegte. „Es gibt einen Raum mit weichen Betten für die Menschen ohne Obdach. Mehr habe ich nicht gesehen.“

Als sie schließlich vor der Haustür standen, wurde diese plötzlich von innen geöffnet. Die drei wichen mit angehaltenem Atem einen Schritt zurück.

„Mutter!“, kam es von innen und ein Mann mit wüster dunkelblonder Frisur erschien in der Tür. „Hast du dich schon wieder aus dem Staub gemacht? Ich wäre fast los, um die ganze Stadt zu durchkämmen!“

Finn lächelte. „Wir haben sie bei dieser unterirdischen Bahnhaltestelle gefunden und nach Hause gebracht.“

„Da hätte ich als Erstes gesucht. Kommen Sie doch rein“, bot der Mann an und trat einen Schritt zurück, um ihnen Platz zu machen.

Sie setzten sich in eine enge Küche an einen äußerst

kleinen Küchentisch, Mrs Caysson Sohn lehnte an der Fensterbank, da es nicht genug Stühle für alle gab, und erklärte: „Ich weiß wirklich nicht, wie sie das ständig macht. Ich schließe schon extra die Tür ab, damit sie nicht rauskann, und trotzdem …" Er blickte seine Mutter vorwurfs- und zugleich sorgenvoll an. „Und dann verläuft sie sich immer."

„Geht sie oft zu den Orosh-Anbetern?", fragte Nalia.

Mr Caysson seufzte. „Ja. Ach! Kann ich irgendetwas anbieten?" Plötzlich huschte er von einem Küchenschrank zum nächsten. „Mutter, hast du schon wieder das Kaffeepulver weggeschmissen? Du weißt doch, dass das teuer ist!"

„Aber das war so dunkel. Das war bestimmt nicht mehr gut", widersprach seine Mutter.

„Ja, Kaffee *ist* dunkel!", seufzte er verärgert. „Ich kauf dir nie wieder welches."

„Wir brauchen nichts, danke", sagte Finn. „Aber vielleicht könnten Sie uns ein paar Dinge über diese unterirdische Bahnhaltestelle sagen? Wir glauben, dass da etwas Merkwürdiges vor sich geht."

„Ach." Er gab die Sucherei in den chaotischen Küchenschränken auf. „Das ist kein Geheimnis."

„Warum geht Ihre Mutter dorthin?", wollte Nalia wissen und lächelte der alten Frau zu, die gespannt hin und her blickte.

Ihr Sohn seufzte. „Als mein Vater gestorben ist, haben die uns davor bewahrt, aus dem Haus geworfen zu werden. Sie ist hingegangen, weil sie dort irgendwie an Geld gekommen ist." Er sah seine Mutter an.

„Die testen Medikamente und entschädigen die Leute mit ein paar Münzen“, schloss Cedric.

Mr Caysson nickte. „Scheint so. Ich glaube, deshalb ist sie … ist sie *so*.“

„Wissen Sie, was das für Medikamente sind?“, fragte Finn.

Er kratzte sich am Hinterkopf. „Sie sagte mal irgendetwas von einem Schlafmittel. Davon schläft man wohl tief und fest, aber danach ist man wie gerädert. Und …“ Wieder warf er seiner Mutter einen Blick zu. „Dieses Medikament macht abhängig. Selbst als ich alt genug war und ein bisschen Geld verdienen konnte, ist sie noch hingegangen. Und wenn nicht, dann war sie todunglücklich. Also, irgendetwas stimmt mit diesen Leuten nicht und ich will nicht wissen, wie viele Tote in deren Kellern liegen. Aber die Stadtwache traut sich hier ja nicht rein, deshalb können sie machen, was sie wollen.“

Einen Moment lang überlegte Finn, ob er die Frage überhaupt stellen sollte, und senkte dann die Stimme: „Es hat sich rumgesprochen, dass die mit den Siri zusammenarbeiten. Wissen Sie etwas darüber?“

Der Mann presste die Lippen aufeinander. „Nein.“

Finn lächelte beschwichtigend, wohlwissend, ein sensibles Thema angesprochen zu haben. „Na gut. Trotzdem vielen Dank.“

Die drei erhoben sich und verließen das Haus.

„Vielleicht müssen wir uns selbst noch einmal auf die Lauer legen und schauen, ob wir die Siri dort sehen“, schlug Finn leise vor, als sie sich auf den Rückweg machten.

„Ich könnte mich währenddessen ein wenig umhören. Wir treffen uns beim Tunnel in zwei Stunden“, sagte Cedric. In stiller Übereinkunft trennte er sich von der Gruppe und war augenblicklich verschwunden, während sich Finn und Nalia in der Nähe der Orosh-Jünger unauffällig auf die Lauer legten und beobachteten, wer die Treppe zum Tunnel hinauf- und hinabstieg. Gleichzeitig taten sie so, als hätten sie sich hoffnungslos festgequatscht – kurze Seitenblicke auf die Treppe werfend natürlich.

Es dauerte eine Ewigkeit, bis die zwei Stunden um waren. Gegen Ende wären ihnen beinahe die Ideen für Gesprächsstoff ausgegangen, da erblickte Nalia Cedric und bedeutete Finn, sich wieder in Bewegung zu setzen.

„Hast du noch was rausgefunden?“, fragte Finn an Ced gerichtet.

„Der Tunnel hat zwei kleine Fluchtwege. Einen konnte ich finden, der andere ist gut versteckt.“

„Perfekt“, sagte Finn.

„Habt ihr denn auch was beobachten können?“, hakte Cedric nach.

„Nö, nur torkelnde Leute“, erwiderte Nalia.

Für heute würden sie sich aus dem Elendsviertel zurückziehen, aber vielleicht müssten sie noch einmal wiederkommen. Das wollte Finn allerdings lieber ohne Nalia bestreiten. Vielleicht fanden sie unter der Erde einiges über die Siri heraus. Und in ein paar Tagen würde sich Glassfelder zurückmelden. Hoffentlich ergab sich ein sinnvolles Puzzle.

Sie hielten auf das Tor zu, folgten den engen Gassen. Mit Einbruch der Dunkelheit setzte ein eiskalter

Nieselregen ein. Es fehlte nicht mehr viel, dann würde es schneien, dachte sich Finn und zog fröstelnd seinen Jackenkragen zurecht, während sie sich durch eine dieser äußerst schmalen Gassen zwängten, deren Mauern man mit beiden Händen links und rechts zugleich berühren konnte. Wieder quetschten sie sich an umgestürzten oder überquellenden Mülltonnen vorbei. Sie konnten bereits die Hauptstraße erkennen, die zum Tor führte. Die matte Straßenbeleuchtung strahlte den Regen an, der aussah, als würde er in der Luft stehenbleiben. Ihr Atem schwebte in kleinen Wölkchen davon.

Eine Gestalt tauchte vor ihnen am Ende der Gasse auf und versperrte ihnen den Weg.

18 – Jarren

Eigentlich war ich viel zu nervös, um still zu bleiben und nichts zu tun. Und doch zwang ich mich dazu, auf dem Sofa zu sitzen, anstatt aufzuspringen und herumzurennen. Ich hatte die Ellenbogen auf die Knie und das Kinn in die Hände gestützt. „Du hättest mir früher sagen können, dass sie krank ist“, warf ich Ronan vor, der alle paar Minuten durch die Tür in Kyras Schlafzimmer spähte, als müsste er sich vergewissern, dass sie noch atmete. Vor etwa einer halben Stunde war sie eingeschlafen.

„Sie ist nicht krank“, meinte er und kam zurück. „Sie hat das ein paar Mal gehabt, als sie klein war.“

„Kann sie heute noch weitermachen? Wenn wir nicht heute Nacht in die Firma einsteigen, wird das wirklich knapp mit der Zeit.“

Ruhig zuckte er mit den Schultern. „Sie ist immer putzmunter, wenn sie sich ausgeruht hat. Du musst dir wirklich keine Sorgen machen.“

Das hoffte ich. Immerhin sollten wir in sechs Tagen zurück in Moorstock sein. Allein die Rückfahrt würde schon sieben Tage in Anspruch nehmen. Das mit den vierzehn Tagen konnten die Siri unmöglich ernst gemeint haben (das redete ich mir zumindest ständig ein, um mich zu beruhigen).

Im Zweifelsfall müsste ich irgendwie selbst an die Informationen über die Kyerch kommen, auch wenn ich nicht den blassesten Schimmer hatte, wie ich das ohne vearanische Sprachkenntnisse anstellen sollte.

„Hol mir ihre Bücher", platzte es aus mir heraus, in der Hoffnung, ein paar weitere Worte lernen zu können. Das war besser, als nichts zu tun.

Seufzend erhob sich Ronan, der sich gerade erst gesetzt hatte. „Man sagt ‚bitte'." Aber ich musste nichts mehr hinzufügen. Leise öffnete er die Tür und betrat das Zimmer, als müsste er sich an einer schlafenden Löwin vorbeischleichen. Mit beiden Büchern unterm Arm kam er wieder zurück und zog die Tür vorsichtig hinter sich zu.

„*Bitteschön*", sagte er gedehnt.

„*Dankeschön*", erwiderte ich im selben Tonfall und nahm ihm die Bücher ab. Den Roman legte ich neben mich, weil ich darin ohnehin kein einziges Wort verstehen würde. Stattdessen schlug ich ihre Notizen auf. Doch auch das waren für mich lediglich Fremdwörter ohne Übersetzung. Wenn Übersetzungen dort geschrieben standen, waren es bloß andere Formulierungen in Kyras Dialekt – vermutete ich zumindest. Ich unterdrückte ein verärgertes Stöhnen, überflog ungeduldig die Seiten und hoffte, auf irgendwelche vearanische Erklärungen oder Bedeutungen zu stoßen, mit denen ich etwas anfangen konnte. Kyras Zeichnungen überblätterte ich schnell, weil es mich vermutlich nichts anging – auch wenn sie mich erstaunten.

Doch als ich auf der nächsten Seite feine Linien mit in winziger Schrift verfassten Textfeldern erkannte, hielt ich inne. Das war ein Grundriss, so sauber gezeichnet wie von einem Architekt – ich erinnerte mich an die Baupläne, die mein Vater mit akribischer Perfektion gezeichnet hatte, er hatte keinen Strich ohne Lineal gezogen. Aber ich wüsste nicht, dass Kyra irgendwelche „Werkzeuge" fürs Zeichnen mitgenommen hätte. Die Texte hatte sie auf racronisch verfasst. Dort stand: *Alarm an Fenstern nur im Erdgeschoss. Tür verriegelt, ebenfalls angeschlossen. Tor zum Hinterhof mit dickem Vorhängeschloss versehen, kein Alarm. Ein Wächter patrouilliert im Erdgeschoss, dann im Keller.*

Dazu passend die Zeichnung, sogar mit Pfeilen, die die Route des Wächters darstellten. Im Treppenhaus verschwanden sie treppab und tauchten dann wieder auf. Ich blätterte um und sah auf einen weiteren Teil des Erdgeschosses.

Im selben Moment erblickte Ronan, was ich in den Händen hielt, und schielte auf die winzigen zahllosen Details. Türen, Fenster, sogar Stromkabel, Schränke, Maschinen mitsamt Bezeichnungen – alles in Miniatur, damit es auf die Seiten passte. Allein das Erdgeschoss nahm mehrere Doppelseiten ein. Darauf folgte das Kellergeschoss, wo sich die Patrouille des Wächters fortsetzte.

„Das ist ja der Wahnsinn“, meinte Ronan, der wie ich aus dem Staunen nicht rauskam und sich neben mich setzte.

„Das hat sie sich doch ausgedacht“, bemerkte ich.

„Gib mal her.“ Er streckte seine Hand aus.

Ich gab ihm das Buch und ließ ihn durch die Seiten blättern.

Fast zwei Stunden saßen wir hier wie auf heißen Kohlen und wussten nicht, ob wir uns eingehender mit dem Grundriss, der vielleicht falsch war, beschäftigen sollten oder nicht. Kyra schlief wie ein Stein und ließ sich von nichts aufwecken.

Ich hatte wieder die Seiten aufgeschlagen und blätterte

nun durch das Kellergeschoss. „Hier soll die Kyerch sein?“, murmelte ich, als ich eine weitere Treppe erblickte. Daneben stand: *unter Schrank.*

„Wir fragen sie gleich einfach, wenn sie aufwacht. Wenn sie sagt, dass es der Realität entspricht, haben wir keinen Grund, daran zu zweifeln. Sie würde uns nicht ins Verderben stürzen. Schließlich steckt sie mit uns zusammen in dieser Sache.“

„Ich weiß nicht“, seufzte ich und starrte auf die beiden Wörter: *Waffenlager, Kyerch.*

„RONAN!“

Ich schreckte hoch bei dem Klang der schrillen Stimme. Doch bevor ich aufspringen konnte, erschien Kyra schon im Türrahmen, die eine Hand in die Hüfte gestemmt. „Hast du einfach meine Bücher genommen?“

Ronan grinste sie an. „Ja? Durfte ich das nicht?“

Sie stürmte in den Raum, von ihrer Müdigkeit war keine Spur mehr zu erkennen. „Nicht, ohne zu fragen!“

„Oh, entschuldige. Aber dafür hätte ich dich wecken müssen und ich hatte keine Lust auf Biss- oder Kratzspuren.“ Er schien sich im Augenblick genau dagegen zu wappnen.

„Ist das dein Ernst? Ich beiße doch überhaupt nicht!“

„Lass mal sehen ...“ Lächelnd lehnte er sich zurück und begann, an den Fingern abzuzählen.

„Ich bin nicht mehr fünf!“, hielt sie dagegen.

„Wer dreht denn hier gerade durch, wenn ich mir mal kurz ein Buch ausleihe?“

Ich versuchte dazwischenzugehen, aber ich kam nicht zu Wort.

„Das ist wie ein Tagebuch!“ Und anstatt es zurückzuverlangen, zeigte sie jetzt aufgebracht mit dem Finger darauf.

„Also bist du doch fünf?“, fragte Ronan.

„*Du* konntest mit fünf jedenfalls noch nicht schreiben!“

„Könnt ihr beide mal die Klappe halten, damit wir planen können?“ Auf mein Wort hin verstummten sie. „Du scheinst spekuliert zu haben, wie die Firma aussehen könnte“, sagte ich zu Kyra, um das Gespräch von ihrem lächerlichen Streit wegzulenken.

Sie blieb mit verschränkten Armen vor mir stehen und sah zu mir herab. „Das *ist* die Firma.“

„Sag ich doch“, kam es von Ronan.

Ich seufzte, klappte das Buch zu und gab es ihr. „Und wie kommst du an einen detailgetreuen Grundriss wie diesen?“

„Hast du den Plan, der auf dem Schreibtisch beim Eingang lag, nicht gesehen?“ Sie lächelte überlegen und tippte sich mit einem Finger an die Schläfe. „Fotografisches Gedächtnis.“

Ich stand auf, sodass sie einen Schritt zurückweichen musste. „Und dass die die Kyerch im Keller verstecken, lag da auch einfach so rum?“

Ihr Lächeln verflog keineswegs. „Ich sagte doch, ich hab meine Tricks.“

Ich konnte sie nur noch anstarren. Darauf fiel mir keine Erwiderung mehr ein.

Sie wandte sich ab. „Du kannst ja gerne die Firma nach Betriebsschluss in Augenschein nehmen, auch wenn das heute Nacht sowieso auf dem Plan steht, denke ich. Dann weißt du, dass ich die Wahrheit sage." Ohne mich weiter zu beachten, ließ sie sich auf einem der dicken Kissen auf dem Boden nieder und schlug das Buch auf. „Im Erdgeschoss kommt ihr nicht rein, ohne den Alarm vorher auszuschalten. Die oberen Stockwerke sind nicht ans Alarmsystem angeschlossen." Sie blickte zu uns auf. „Ihr wisst nicht zufällig, wie man so etwas lahmlegt?"

„Müsste ich mir vorher ansehen. Kommt drauf an, an welchen Stellen man drankommt."

„Das konnte ich leider nicht sehen", gestand sie. „Außerdem müssen wir fast bis Mitternacht warten. Die Firma hat nur kurzweilig Betriebsstopp über Nacht, damit die Öfen über Nacht nicht komplett abkühlen."

„Und wer hat dir das verraten?"

Grinsend zuckte sie mit den Schultern.

Seufzend setzte ich mich neben sie und Ronan uns gegenüber. Wir studierten die feinen Linien des Grundrisses.

„Kommen wir irgendwie an die Fenster zum Obergeschoss?", fragte Ronan.

Ich konnte nicht so recht glauben, dass das, was sie uns da vorhielt, echt war.

Sie blätterte hin und her. „Man könnte versuchen, auf das Dach der Lagerhalle im Hinterhof zu kommen. Aber das ist hoch."

„Wie hoch?", hakte ich nach, obwohl ich auf ihre Antwort nicht vertraute.

„Ich schätze, ungefähr vier oder fünf Meter."

„Und übereck die Fenster vom zweiten Stockwerk", murmelte Ronan und blickte auf die Zeichnung, wo sechs kleinere Räume mit Durchgängen zueinander lagen. „Sind das die Büros?“

Sie nickte.

Dann sah er mich an. „Das kriegen wir irgendwie hin. Wir gehen oben rein.“

Ich erwiderte seinen Blick bloß sprachlos. Ich wusste nicht, was ich von der Sache halten sollte.

„Der Wächter patrouilliert oben nicht. Da ist alles ruhig“, sagte Kyra.

Ein schiefes Lächeln schlich sich auf meine Lippen, als ich mich zurücklehnte. „Und falls doch, bist du schuld, wenn er uns erschießt.“

„Den Wächter sollten wir zumindest vorübergehend ausschalten. Er weiß garantiert von dem Geheimversteck im Keller“, meinte Ronan und blätterte noch ein paar Seiten weiter zum Kellergeschoss, wo die Bewegungslinien der Patrouille der Falltür zur Geheimtreppe gefährlich nahekamen.

„Natürlich weiß er das. Da der Plan ja angeblich einfach auf irgendwelchen Schreibtischen rumliegt.“ Ich sah zu Kyra. „Ich habe keinen Plan gesehen.“

„Und wie schaltet man jemanden vorübergehend aus?“, fragte sie mit besorgter Stimme, meine Äußerung geflissentlich ignorierend.

„Eine kleine Dosis Betäubungsgift sollte das erledigen“, antwortete Ronan.

Unsicher zog sie die Stirn kraus. „Und wo bekommen wir das her?“

„Aus dem Geheimversteck im Wagen“, sagte ich.

Sie seufzte verärgert und ließ sich rücklings gegen die Wand fallen. „Wir sind ernsthaft mit Gift im Gepäck über die Grenze gefahren?“

„Nicht so laut!“, sagte ich und doch schlich sich ob ihrer Naivität ein dezentes Grinsen in mein Gesicht.

Wir besprachen noch allerlei wichtige Details und heckten einen Plan sowie etliche Notfallpläne aus. Kyra wirkte so sicher im Umgang mit ihrer Karte, dass ich an meinem Misstrauen zu zweifeln begann. Und doch weigerte ich mich, ihr das einfach so abzukaufen. Wie genau das alles in ihre Hände geraten war, konnte ich auch später noch herausfinden.

Schließlich mussten wir nur noch warten, bis es Mitternacht wurde. Wir wagten es nicht, unsere Bleibe bis dahin zu verlassen.

„Ich werde auf keinen Fall eine Hose anziehen!“, hörte ich Kyra und sah über die Schulter zu ihr und Ronan. Draußen war es schon lange dunkel.

„Also willst du lieber leuchtend rot gekleidet sein und hoffen, dass dir beim Klettern niemand unter den Rock schaut?“, hielt ihr Bruder dagegen und warf ihr die lockere schwarze Stoffhose mitsamt schwarzem dünnen Pullover einfach an den Kopf. Kyra fing die beiden Kleidungsstücke, die vermutlich Nalia gehörten, aus der Luft ab, nur um sie Ronan unwirsch zurückzugeben. „Wer sagt denn, dass ich klettern muss?“

Ich schaltete mich dazwischen: „Willst du lieber durch den Vordereingang spazieren und den Alarm auslösen?“

Sie verschränkte die Arme vor der Brust. „Kann ich nicht einfach hierbleiben? Irgendwo einzubrechen ist nicht mein Ding.“

„Warum plötzlich der Rückzieher, wo du vorhin noch

alles im Alleingang regeln wolltest?“, fragte ich.

„Ich habe alles geregelt, was zu regeln war – als Dolmetscherin.“

Ronan trat sanft einen Schritt auf sie zu. „Wir können dich hier aber nicht allein lassen.“

„Also willst du mich lieber an die Front mitschleifen?“ Sie blieb ungerührt stehen, die Arme noch immer verschränkt.

„Nein. Ich will, dass du da bist, wo ich dich im Blick habe und dich beschützen kann.“

In einer blitzschnellen Bewegung riss sie ihm die Klamotten aus den Händen und bedachte ihn mit einem vernichtenden Blick. Sie machte auf dem Absatz kehrt und verschwand im Schlafzimmer.

„Zieh deinen Rock einfach drüber. Wir sollten die Pension nicht komplett in schwarz verlassen“, rief er ihr hinterher.

Nachdem wir uns endlich umgezogen hatten, mit unauffälliger Kleidung über den anderen dunklen Sachen, die uns mit der Nacht verschmelzen ließen, und ich unsere Ausrüstung abermals geprüft hatte, ging es los. Ich wollte diesen verfluchten Auftrag endlich hinter mich bringen. Den Siri geben, was sie wollten – und da erinnerte ich mich plötzlich, dass die Mission an dieser Stelle noch lange nicht enden würde. Ich musste auf Finn, Dorian, Cedric und Nathaniel vertrauen, dass sie bereits alle notwendigen Informationen gesammelt hatten, um den Einsatz der Kyerch zu verhindern – am besten ohne Spuren zu hinterlassen.

Wir rollten vor das Tor mit dem dicken Schloss und

schalteten den Motor ab, der vielleicht den Wächter alarmieren konnte. Das Schloss mit dem riesigen Schlüsselloch bedurfte nicht einmal meines Schlossknackers. Ich war aus dem Wagen gestiegen und hatte es binnen weniger Herzschläge mit meinem Dietrich aufgebrochen, während Ronan unsere Ausrüstung aus dem Versteck holte. Wie Kyra es vorhergesagt hatte, löste das Tor keinen Alarm aus. Ich war wirklich gespannt auf ihren Plan.

Auch sie und Ronan waren jetzt ausgestiegen. Bei Ronan war ich die nachtschwarze Kleidung gewöhnt, aber Kyra erkannte ich kaum wieder, nachdem sie das rote Kleid ausgezogen hatte und jetzt in einem langen, weiten Pullover aus dünner Wolle dastand, der alles von ihrer Weiblichkeit versteckte, und einer Hose, die an den Oberschenkeln weit saß und an den Waden immer enger wurde. Ihr ewig langes Haar hatte sie wieder zu einem Zopf geflochten und diesen hochgesteckt. Es war so schwarz, dass sie keine Kapuze brauchen würde. Ich zwang mich, sie nicht anzustarren. Es war ja nicht das erste Mal, dass ich eine Frau in Beinlingen sah. Stattdessen konzentrierte ich mich darauf, das Tor so lautlos wie es nur ging aufzuschieben. Nur ein Spalt breit, sodass wir uns hindurchzwängen konnten. Anschließend zog ich es wieder ein Stück zu, damit es nicht zu offensichtlich war, dass jemand eingetreten war.

Wir befanden uns nun im Hinterhof von Thal Ashkis Firma. Dieser war umgeben von der Lagerhalle und der Verwaltung mit der angrenzenden Maschinenhalle.

Ich grinste, als ich im matten Mondlicht etliche Rampen, Geländer, Kräne und Säulen aus Metallstreben erblickte. Auf das Dach der Lagerhalle zu gelangen, sollte für mich ein Kinderspiel sein.

„Ich geh vor“, sagte ich mit gedämpfter Stimme und sprintete los. Ich hielt auf eine Art Veranda zu, die zwei Rampen verband und ein wunderbares Geländer bot. Ich sprang, griff nach dem Geländer, schwang mich seitlich daran hoch und vollführte eine Vierteldrehung, sodass ich mit beiden Füßen sicher auf dem schmalen Stück Eisen landen konnte. Natürlich hätte ich auch die Treppe nehmen können. Dann rannte ich das kurze Stück über das Geländer bis zur nächsten Säule, die das Dach stützte, und stieß mich ab, um nach den Streben der Säule zu greifen. Das Ding war fast wie ein Klettergerüst. Also hangelte ich daran hoch, fast bis unters Dach, das einen knappen Meter weiter vorstand. Wieder sprang ich ab, ohne meinen Schwung zu verlieren. Meine Hände griffen nach einer metallenen Trägerstange am Dachrand. Ich nutzte meinen Schwung, um mich daran hochzuziehen, und bevor ich mich versah, stand ich aufrecht auf dem gut fünf Meter hohen Dach und blickte noch einmal zu Kyra und Ronan hinunter, die auf dem Boden bedeutend kleiner geworden und in der Dunkelheit kaum zu erkennen waren. Vor allem Kyra mit ihrer goldbraunen Haut war zu einem nahezu unsichtbaren Schatten geworden. Aber ich trödelte nicht weiter herum, sondern rannte jetzt auf den Bürotrakt zu. Die Reflektion von Mond- und Sternenlicht leuchtete in den Fenstern des Gebäudes. Geduckt huschte ich über das Dach. Mein Blick fixierte das Spiegeln des Sternenlichts in meinem auserkorenen Fenster, ich erkannte die Schemen der Fensterbank. Ich beschleunigte meine Schritte, sprang, stemmte die Fußspitzen gegen die Mauer und erwischte dabei jede haltgebende

Fuge zwischen den Steinen, während ich in einem Bogen über die Wand rannte und dabei spürte, wie mein Schwung mich langsam verließ und die sechs Meter Tiefe nach mir riefen.

Meine Hände erwischten die Fensterbank. Abermals stemmte ich die Füße in die Fugen, versuchte, guten Halt zu finden, und verlagerte mein Gewicht so, dass ich einen Arm lösen konnte, um mit der Hand in meine Jackentasche zu greifen. Ich spürte die kühle Messingscheibe schwer in meinen Fingern und zögerte nicht, sie auf den Fensterrahmen zu pressen, um die Seiten abzugehen, wobei ich nur bis zur Hälfte des Fensters kam. Nichts passierte. Ich versuchte es in derselben Höhe auf der anderen Seite und schob den Schlossknacker am hölzernen Rahmen entlang.

„Mach schon!“, fluchte ich leise. Nichts passierte. Ich stemmte mich mit dem Unterarm auf die Fensterbank und kletterte mit den Füßen noch drei oder vier Steinreihen höher und versuchte es erneut. Ich drückte den Schlossknacker an den Fensterrahmen und nur ein Zentimeter über der Stelle, bis zu der ich im vorigen Versuch gelangt war, verhakte sich die Scheibe endlich im Holz und ich hörte es arbeiten, wie sich ratschend die Zahnräder drehten. Die Runen leuchteten in dem vertrauten Blauton auf. Erleichtert stieß ich einen Seufzer aus, während mein Arm, auf den ich mich stützte, zu zittern begann.

Bevor der Schlossknacker vom Fenster ablassen und mit Lärm zu Boden fallen würde, schnappte ich danach, um das kleine Ding aufzufangen, wobei ich sanft das Fenster aufstieß. Kurz lauschte ich auf jedes Geräusch. Kein Alarm. Keine Schritte im Raum. Stille.

Ich ließ mein Werkzeug zurück in die Tasche gleiten, zog mich an der Fensterbank hoch und kletterte ins Innere, wo ich mir ein paar Sekunden Verschnaufpause erlaubte, bevor ich weitermachte. Bis hierhin hatten sich Kyras Aufzeichnungen tatsächlich als echt herausgestellt.

19 – Kyra

Ich konnte nicht anders, als zu dem Fenster zu starren, durch das Jarren gerade verschwunden war – so weit oben, dass es winzig wirkte. Für ihn galten die Gesetze der Schwerkraft wohl nicht. Ich war es ja gewohnt, dass Männer (und auch manche sehr kräftige Damen) schwere Dinge mit Leichtigkeit tragen konnten, die ich auch nur einen Zentimeter zu bewegen nicht imstande war. Aber das hier war eine ganz andere Art von Kraft. Und Furchtlosigkeit. Und vielleicht auch ein bisschen auf Physik pfeifen.

„Komm“, sagte Ronan gedämpft und befreite mich aus meiner Starre. Wir eilten lautlos zur Gebäudemauer. Ein langes Seil baumelte nun aus dem Fenster. Wir hatten den Abend unter anderem damit verbracht, alle halbe Meter Knoten in das Seil zu binden, damit ich mich besser festhalten konnte. Trotzdem wurde mir schwindelig, wenn ich jetzt an diesem Strick nach oben zum Fenster blickte, das ich in der fernen Dunkelheit kaum erkennen konnte.

„Geh du voran“, sagte mein Bruder, der nicht wollte, dass ich allein hier unten zurückblieb.

Ich sah ihn unsicher an. Aber dann dachte ich daran, dass Jarren es sogar ohne Hilfsmittel bis zum Fenster hochgeschafft hatte, und packte mit neuer Zuversicht das Tau.

„Sieh nicht nach unten, ja?“, mahnte Ronan, als ich meine Hände und Füße über den jeweiligen Knoten positionierte.

Bei den Göttern, wie sollte ich es bis da oben hinschaffen?

Ich biss die Zähne zusammen und verbot es mir, nach unten zu blicken. Wenn ich die Höhe nicht sah, würde mir davon vielleicht auch nicht schwindelig werden.

Ich griff über den nächsten Knoten, war froh darum, dass Ronan mir Handschuhe gegeben hatte, und setzte auch meine Füße einen Knoten höher an, dann noch einen und noch einen. Ich merkte, wie das Seil hin und her schaukelte und keuchte leise auf.

„Ich halt's fest", hörte ich Ronans Stimme und spürte, wie sich das Seil mit einem Mal spannte. Nicht zu ihm schauen! Wer wusste schon, wie weit ich schon hochgeklettert war. Aber jetzt war es einfacher. Knoten für Knoten, ich sah hoch zum Fenster, das mir mit jedem Hochziehen entgegenkam und größer wurde. Meine Arme brannten, meine Füße bemühten sich um jeden Halt und ich versuchte, mehr aus den Beinen zu arbeiten, weil meine Arme immer müder wurden. Schließlich schüttelte ich den Kopf und biss erneut die Zähne zusammen. Sobald ich oben wäre, konnten meine Arme sich ausruhen. Bis dahin mussten sie arbeiten. Wieder rief ich mir ins Gedächtnis, wie Jarren in schwindelerregender Höhe ins Nichts gesprungen war, nur mit einer schmalen Fensterbank als Anhaltspunkt und ohne Sicherung. Ich war es ihm schuldig, dass ich ohne Meckerei dieses Seil erklomm. Ein tiefer Atemzug, um neue Kraft zu schöpfen, dann beschleunigte ich mein Tempo. Je schneller ich oben war, umso früher konnten meine Arme sich ausruhen. Wieder zog ich mich um einen weiteren Knoten hoch. Meine Muskeln brannten und spannten sich zum Bersten und mir trat trotz der kühlen Nachtluft der Schweiß auf die Haut. Ich keuchte auf, als meine Hand endlich nach dem

Fensterrahmen greifen konnte, stattdessen aber eine andere Hand packte.

Jarren zog mich ins Innere – ich hätte es ohne seine Hilfe kaum geschafft, so müde waren meine Muskeln. Als ich endlich wieder festen Boden unter den Füßen hatte, drängte ich mich rasch in eine Ecke und fühlte mich dank meiner merkwürdigen Kleidung wie ein Huhn ohne Federn in einem Stall, in dem es nicht sein sollte.

Ich war in ein fremdes Haus eingebrochen!

Ich schüttelte mich. Morgen würden wir nach Hause fahren und ich würde einfach vergessen, was heute noch alles passieren mochte.

Nur wenige Sekunden später tauchte Ronan auf dem Sims auf. Er konnte erst losgeklettert sein, nachdem ich hier oben angelangt war, und doch war so wenig Zeit vergangen, dass er an der Mauer hochgesprungen sein musste. Mühelos schlüpfte er hinein und sprang lautlos in den Raum. Rasch holte er das Seil ein, schloss das Fenster, ging dann alle anderen Fenster ab und zog sämtliche Vorhänge zu. Ich trödelte nicht weiter und half ihm, indem ich das vierte Fenster verdunkelte. Jarren begann unterdessen, in seinem Rucksack zu wühlen. Er holte einen kleinen Gegenstand heraus, den ich im Dunkeln nicht erkennen konnte. Ein leises Klicken und eine Glühbirne erhellte den Raum. Die Taschenlampe übergab er Ronan und beförderte dann eine Ampulle sowie einen kleinen Koffer zutage. Die Flüssigkeit in der Ampulle war vermutlich das Gift. In dem Minikoffer befand sich ein im Licht aufblitzender Gegenstand aus Metall, der mich irgendwie an das erinnerte, was ich mir unter dem Innenleben einer Pistole vorstellte.

Außerdem erkannte ich drei kleine ovale Kapseln, die in der Mitte eine Trennwand hatten. Die eine Hälfte war leer, die andere beinhaltete eine Nadel, so fein, dass man sie kaum erkannte. Jarren öffnete die Ampulle und tauchte eine der Kapseln in die Flüssigkeit, drückte darauf (sie schien aus einer Art Gummi zu bestehen) und als er wieder losließ, füllte sie sich wie eine Pipette mit dem Gift. Die Ampulle verschloss er sorgfältig und ließ sie zurück in die Tasche gleiten. Er zog dann an der Hälfte der Kapsel mit der Nadel. Die Kapsel teilte sich, sodass die Nadel jetzt frei war. Er klemmte den ‚Giftpfeil' in die pistolenartige Konstruktion. Seine Hände bewegten sich dabei rasch, zielsicher und viel zu routiniert.

„Warum habt ihr das nicht im Zimmer schon vorbereitet?", flüsterte ich und trat nervös vom einen Fuß auf den anderen. Wir waren schon viel zu lange hier.

„Weil das Geheimfach nicht bei Tageslicht geöffnet wird", beantwortete Jarren meine Frage und bedachte mich mit einem Blick, der mir riet, keine seiner Handlungen anzuzweifeln. Er erhob sich. „Ich kümmere mich um den Wachmann. Ihr wartet so lange hier." Und damit verschwand er völlig geräuschlos durch die Tür. Ronan betätigte erneut die Taschenlampe, sodass sie erlosch und wir im Dunkeln zurückblieben, und öffnete die Vorhänge, um das Büro wieder in „Normalzustand" zu bringen. Er bedeutete mir, mich neben ihn hinter einen Schreibtisch zu hocken, sodass wir von der Tür aus nicht zu sehen waren – nur für den Fall, dass ich mich geirrt hatte und der Wächter doch auch die Büros abging.

„Das wird schiefgehen", flüsterte ich und hielt den

Atem an.

„Nein, wird es nicht."

„Was, wenn der Wachposten Jarren zuerst entdeckt, bevor er ihn betäuben konnte?"

„Wenn Jarren nicht gesehen werden will, wird er nicht gesehen. Glaub mir."

Ich senkte die Stimme noch weiter, aus Angst, man könnte uns auf dem Flur hören. „Aber er kennt sich hier nicht aus."

„Er hat doch deinen Grundriss."

Ich warf ihm einen zweifelnden Blick durch die Dunkelheit zu.

„Wir wurden noch nie erwischt", versicherte er. „Na gut. Außer beim letzten Mal. Aber nicht vom Wachpersonal."

„Wie oft habt ihr sowas denn schon gemacht?" Meine Stimme brach vor in Flüstern erstickter Entrüstung.

„Keine Ahnung. Eigentlich haben wir damit aufgehört. Mehr oder weniger."

Ich stieß einen unterdrückten Seufzer aus. „Na schön. Jetzt bleiben wir still."

„Du hast mit dem Plaudern angefangen."

„Still jetzt!" Zu sprechen machte mich immer nervöser.

20 – *Finn*

Finn erkannte die Umrisse eines einzelnen Mannes in der Dunkelheit. Eine blitzschnelle Bewegung und etwas sauste über ihre Köpfe hinweg. Nur knapp hinter ihnen schoss eine schwarze Gitterstruktur aus dem kleinen Gegenstand und bohrte sich links und rechts in die Mauern. Der Rückweg durch die Gasse war versperrt.

„Ich sag doch, die sind nicht vertrauenswürdig", zischte Cedric. Er war dicht zu ihm getreten und schob Nalia hinter sich.

„Glaubst du, das ist ein Orosh-Anhänger?", flüsterte Finn zurück. Der Mann vor ihnen trug weder Gewand noch eine lange Robe. Man konnte im Dämmerlicht nicht viel erkennen außer breite Schultern und eine zerschlissene Lederjacke mit Kapuze. Eine Maske über Mund und Nase verdeckte sein halbes Gesicht. Rasch warf er einen zweiten Gegenstand nach ihnen. Finn drängte die beiden zurück und stellte sich mit angehaltenem Atem schützend vor sie.

Wenn das Ding explodierte, würde es sie zerfetzen!

Doch beim ersten Bodenkontakt, zischte bloß weißer Rauch durch die Gasse. Innerhalb weniger Herzschläge waren die Mauern und die Straße darin verschwunden.

„Nicht atmen! Lauft!", rief Finn durch den dichten Nebel, presste sich seinen Ärmel vor Mund und Nase und rannte blind los, bevor ihm das Gas das Bewusstsein rauben konnte. War gar nicht so einfach, ohne einzuatmen zu sprinten. Aus einer Innentasche wollte er gerade sein kleines Messer zücken, um nicht ganz unbewaffnet auf den

Mann loszustürmen. Doch in dem Moment, da die Gasse wieder vor ihm auftauchte, zischte etwas durch die Luft. Wo war der Kerl geblieben? Keinen Herzschlag später schlang sich etwas um seine Arme, nur eine halbe Sekunde später um seine Beine. Ungebremst schlug er auf der Straße auf, sodass es vor seinen Augen aufblitzte. Zwei Wurffesseln hatten ihm die Bewegungsfreiheit genommen. Der Kerl wollte sie lebend gefangen nehmen!

Zähneknirschend und gegen den Schwindel ankämpfend drehte Finn sich auf den Rücken, um einzuschätzen, was als Nächstes passieren würde, und versuchte zugleich, die gefesselten Beine zu einer Hand zu bewegen, damit er das dünne Seil losreißen konnte. Wobei er sich natürlich immer weiter verhedderte. Das Blut rauschte ihm in den Ohren. Sein Puls raste.

Wieder hörte er ein Zischen und sah, wie eine weitere Wurffessel durch die Luft auf Cedric zuschoss – mit je einem blitzenden Gewicht an jedem Ende. Ced aber sprang geschickt zur Seite, sodass die beiden Gewichte klirrend über die Straße schlitterten, und hielt weiter auf den Mann zu, der jetzt endlich aus seinem Versteck hinter einem Müllcontainer getreten war.

„Finn! Ich helfe dir!“ Das war Nalias Stimme. Kaum hatte sie sich neben ihn gekniet, hatte sie die umeinandergeschlungenen Gewichte entknotet und er atmete erleichtert auf, als das Seil endlich von ihm abfiel.

Er blickte auf. Ein Schlag in die Seite schmetterte Cedric zu Boden – Finn wusste, dass Ced sich normalerweise abgerollt hätte, um Abstand zu gewinnen. Aber das Gas lähmte ihn.

Sofort sprintete er los, wobei er dank eines kurzen Schwindels selbst stolperte und fast ein zweites Mal auf die Straße gestürzt wäre. Er hätte keine Sekunde später aufspringen dürfen. Was auch immer der Maskierte vorgehabt hatte, Finn hatte ihn davon abgehalten, indem er ihn mit der Schulter rammte und sie beide gegen die Hauswand prallten.

„Verschwindet! Ich mach das!“, rief er. Im Augenwinkel erkannte er, wie Nalia Cedric vom Boden hochzog und beide auf ein Fenster zueilten, aber dann galt all seine Aufmerksamkeit seinem Gegner, der sich zu wehren begann. Finn hörte Glas klirren und wusste, dass die beiden die Flucht durch ein Wohnhaus wagten.

Ein leises Sirren und plötzlich schwebte etwas neben dem Kopf des Mannes. Finn kniff die Augen zusammen. Halluzinierte er wegen des Gases oder stand dort wirklich eine kleine, blau leuchtende Murmel in der Luft, als würde sie ihn wie ein fliegendes Auge beobachten?

Kaum hatte er geblinzelt, da raste die Kugel auf ihn zu. Er keuchte auf, als sie sich durch Jacke, Hemd, gar in sein Fleisch bohrte. Im nächsten Moment steckte ihm ein viel zu langer Dolch in der Schulter.

In dem kurzen Augenblick, da Finn reglos auf die Waffe starrte, hatte sich der Mann aus seiner Gewalt befreit und packte jetzt den lederumwickelten Griff mit der einen Hand, mit der anderen Finns Kragen. Sein Blick war jetzt auf das eingeschlagene Fenster gerichtet und er stieß Finn rücklings vor die Tür daneben. Der hatte den Atem angehalten und beide Handgelenke seines Gegners eisern umklammert. Jeder Schritt brannte. Jede zuckende Bewegung der Klinge in seinem Fleisch brannte, wenn der Mann ihn am Griff zu einem weiteren Schritt zurückdrängte. Heißes Blut rann seinen Arm hinunter.

Schließlich spürte Finn mit seinem letzten Rückwärtsschritt die Holztür im Rücken. Eine Wolke des Gases wehte zu ihnen herüber. Erneut musste er den Schwindel wegblinzeln. Ihm trat der Schweiß auf die Stirn.

Er stieß einen jähen Schrei aus, als der Mann ihm den Dolch unvermittelt aus der Schulter riss und ihm in derselben Bewegung einen Tritt vor die Brust verpasste, sodass die Tür hinter ihm krachend nachgab und er in einen dunklen Raum stürzte. Finn knallte hart auf den Boden, presste sich die Hand auf die blutige Schulter. Mit einem Mal schossen die Schmerzen wie Flammen durch seinen gesamten Körper.

Er wollte gerade versuchen, irgendwie auf die Beine zu kommen, da sah er plötzlich einen Schatten vorbeihuschen und dem Kerl knickte ein Bein weg, dann krachte etwas gegen dessen Rippen, dann noch etwas gegen seinen Kopf, sodass er Schritt um Schritt zur Seite stolperte. Es musste Cedric sein, der in der Dunkelheit kaum zu erkennen war.

Erleichtert erlaubte sich Finn einen tiefen Atemzug und wollte gerade aufstehen, da knallte es erneut. Der Mann lag auf dem Boden. Auf ihm lag die Eingangstür. Und auf der Tür lag Nalia. Cedric stand schwer atmend daneben und starrte fassungslos auf das Szenario zu seinen Füßen, den Arm um die Rippen geschlungen.

„Hab ich ihn erwischt?“, durchbrach Nalias Stimme den kurzen Moment der Stille.

„Äh …“ Mehr brachte Finn gerade nicht über die

Lippen.

„Ich habe extra auf den Kopf gezielt. Ist er bewusstlos?“, fragte sie aufgeregt.

„Ich denke, ja“, murmelte Cedric und kniete sich hin, um unter die Tür zu spähen. „Mindestens bewusstlos.“

Nalia kletterte vorsichtig von der Tür und hob sie mit Cedrics Hilfe von ihrem Angreifer. Der blieb reglos liegen. Der Schlag hatte gesessen.

„Schaut, ob er noch mehr von diesen merkwürdigen Waffen bei sich trägt“, presste Finn hervor. Er lehnte sich an die Wand und versuchte, seinen Schmerz wegzuatmen. Seine Schulter brannte und pochte dumpf. Den Arm wollte er am liebsten gar nicht bewegen. Jedes Zucken seiner Muskeln war wie ein weiterer Messerstich.

Er blickte zu dem bewusstlosen Mann, während Cedric bereits dessen Taschen durchsuchte. Und da fiel ihm auf, dass der Dolch verschwunden war. Auf den Knien rutschte er ein Stück näher heran, um die Hand des Mannes anzuheben. Zwischen seinen Fingern kam jetzt die kleine Kugel zum Vorschein. Aber sie leuchtete nicht, sie blitzte höchstens einmal im Licht der Straßenlaterne auf.

„Was ist das?“, wollte Nalia wissen, als Finn die Murmel zwischen den Fingern rollte und inspizierte. Sie war leicht oval geformt und mit silbernen filigranen Verzierungen überzogen. Darunter das dunkle Glas, was vorhin blau geleuchtet hatte, bevor es sich in seine Schulter gebohrt hatte.

„Eine Art Dolch, schätze ich“, murmelte Finn. „Hat er sonst noch was?“

„Noch ein paar Wurffesseln. Sonst nichts.“ Cedric hielt

zwei weitere bronzefarbene Kugeln in den Händen, die sie von der Stadtwache kannten. „Nehmen wir ihn mit?“

„Der wird sich vielleicht besser daran erinnern, was in dem Versteck da unten abläuft“, mutmaßte Finn.

„Ihr könnt ihn mit meinen Papieren durchs Tor schleusen“, schlug Cedric vor und machte sich daran, dem Mann die Maske abzunehmen.

„Was wird dann aus dir? Ohne Papiere wird man dich nicht durchs Tor lassen“, gab Finn zu bedenken.

„Es gibt noch andere Wege, von hier abzuhauen. Aber dafür muss man klettern, schwimmen und klein sein.“ Er sah ihn verschwörerisch an. „Ich kann nicht versprechen, dass ich sofort rauskomme. Falls ich es erst einmal nicht schaffe, verbringe ich eben die Nacht hier.“

Plötzlich zuckte der Mann zusammen und griff nach seinem Handgelenk. Cedric reagierte prompt. Er verpasste dem Kerl einen Fußtritt ins Gesicht und setzte sich anschließend auf dessen Rücken. Die Maske hatte er ihm erfolgreich abnehmen können, aber Finn konnte in der Dunkelheit das Gesicht nicht erkennen.

„Du kannst nicht hierbleiben“, beharrte er.

„Eine Nacht werde ich wohl schaffen.“

Er meinte es wirklich ernst. Und wie ernst er es meinte, unterstrich er noch damit, dass er Finn seinen falschen Ausweis hinhielt. „Mach schon! Bevor noch mehr Orosh-Idioten auftauchen!“

Zögerlich nahm Finn das Dokument entgegen. „Aber …“

Wieder versuchte der Mann sich zu rühren, aber Cedric erinnerte ihn daran, dass das eine dumme Idee war.

„Kannst du ihn tragen?“, fragte er.

„Ja, schon. Aber …“ Bevor er weitersprechen konnte, war Cedric schon aufgesprungen und verpasste dem Mann einen weiteren Tritt gegen den Kopf, damit er endlich Ruhe gab. Er schien daraufhin wieder das Bewusstsein verloren zu haben. „Wir sehen uns bei Balor's. Oder auch nicht.“ Damit war er davongeeilt.

Finn seufzte verärgert. „Was für ne tolle Idee, wo uns scheinbar irgendwer hinterhergeschlichen ist“, murmelte er. „Hast du was abgekriegt?“, fragte er dann an Nalia gewandt.

Sie schüttelte den Kopf.

Daraufhin übergab er ihr die Murmel, die sich scheinbar unerklärlicherweise in einen Dolch verwandeln konnte. „Versteck du das lieber, damit er keinen Unfug damit anstellen kann, während ich ihn trage.“

Sie nickte und schob das kleine Ding in ihre Handtasche. Dann half sie ihm, sich den Mann auf seine unverletzte Schulter zu laden. Das war die reinste Tortur, aber es ging irgendwie. Die Fesseln sollten sie aber frühestens dann anlegen, wenn sie außer Sicht vor ungewünschten Blicken waren.

Die Straßenblockade hatte sich derweil in Luft aufgelöst und ein Gegenstand, der wie ein kleiner schwarzer Würfel aussah, lag unscheinbar auf den Pflastersteinen. Nalia hatte ihn zu den drei Wurffesseln und der Dolch-Murmel in ihre Handtasche gestopft, bevor Finn es sich hätte anders überlegen können.

Der Weg zum Tor war zum Glück nicht mehr weit. Finn schnaufte bei jedem Schritt (vorher hatte er noch einmal dafür gesorgt, dass ihre „Geisel“ für die nächsten Minuten auch brav bewusstlos blieb). Der Nieselregen nahm zu und eine feuchte Grabeskälte legte sich über die Gassen.

„Was ist mit dem da?“, fragte der Kontrolleur, nachdem Nalia ihm alle notwendigen Papiere vorgelegt hatte.

„Zu viel gesoffen.“ Fröstelnd zog sie den Mantel enger um sich und zupfte ihren Schal zurecht, um zu signalisieren, dass sie keine Lust darauf hatte, mit ihren dämlichen Freunden allzu lang im Regen zu stehen. „Dann hat der Idiot eine Prügelei angezettelt. Er sollte schleunigst zu einem Arzt.“ Sie beugte sich etwas vor und fügte leiser hinzu: „Aber nicht hier, wo … naja, hygienisch gesehen ist das eine Katastrophe.“

Finn hatte bei einem Wachmann noch nie einen dermaßen gelangweilten Gesichtsausdruck gesehen. Er gab Nalia die Papiere zurück und ließ sie kommentarlos durch.

„Da sieht man mal wieder, wie einfach es ist, vor der Nase der Stadtwache Leute zu entführen“, sagte Finn, als sie außer Hörweite waren. Zumindest waren sie außer Hörweite für normale Gespräche, aber als der Kerl auf seiner Schulter plötzlich zu zappeln und zu brüllen anfing, drehten sich doch ein paar Köpfe nach ihnen um.

„Halt die Klappe!“, zischte Nalia und hatte ihm ihren Schal in den Mund gestopft, bevor er sich irgendwie aus Finns Griffen befreien konnte. Das erschwerte Atmen durch den Knebel (den Nalia geschickt verdeckte, indem sie dicht hinter ihnen herging) machte seine Bewegungen träge. Trotzdem hatte Finn Mühe, das Gleichgewicht zu halten. Es hagelte schmerzhafte Fauststöße in seinen Rücken. Sie beschleunigten ihre Schritte. *Durchgeknallt und betrunken*, tröstete er sich. Das war es, was die Leute dachten und was sie davon abhielt, einzugreifen. Dass das Gesicht des Mannes von Cedrics Fußtritten blutüberströmt war, konnte man in der Dunkelheit nicht besonders gut erkennen, zum Glück.

Der Wächter am Tor war mit den nächsten Passanten beschäftigt und hatte scheinbar keine Lust, seinen Posten zu verlassen. Keine Sekunde später waren sie um die nächste Ecke verschwunden.

Der Mann wehrte sich immer wilder, sodass Finn wirklich Mühe hatte, ihn festzuhalten, und mehrfach ins Straucheln geriet. Also beschloss er, ihm eine Warnung zu verpassen. Er drehte sich so, dass der Kopf des Kerls gegen eine Wand schlug. Der keuchte auf, und als er sich immer noch weiterwehrte, wiederholte Finn die Prozedur, bis er Ruhe gab – einigermaßen. Seine Schulter brannte wie Feuer und er biss die Zähne zusammen. Bei jedem Ruck schien die Wunde weiter aufzureißen. Er seufzte erleichtert, als er ihren Wagen endlich erkennen konnte. Es war goldrichtig gewesen, fernab zu parken.

„Kannst du fahren?“, fragte er an Nalia gewandt.

Sie nickte.

Er setzte den Kerl von seiner Schulter ab – etwas, worauf er sich schon seit sehr vielen Schritten gefreut hatte, und zögerte nicht, sein Messer aus der Innentasche seiner Jacke zu befördern und es ihm an die Kehle zu drücken, damit er sich nur ja nicht davonmachte. Der Mann torkelte einen Schritt zurück, um sich am Wagen anzulehnen, da er sich kaum noch auf den Beinen halten konnte. Die vielen Stöße gegen den Kopf zeigten selbst bei den härtesten

Kerlen irgendwann eine gewisse Wirkung – falls nicht, dann hatten sie kein Gehirn.

„Wenn du fährst, kann ich besser auf ihn aufpassen. Wir müssen es nur zu Balor's schaffen", sagte Finn und warf dann seiner Geisel einen bedeutenden Blick zu. Im matten Licht der Laternen erkannte er plötzlich das Gesicht, obwohl Cedric ihn ordentlich entstellt hatte.

Marlinda Cayssons Sohn!

Finn gab sich Mühe, ihn nicht mit offenem Mund anzustarren. „Du?"

Auch Nalia schien ihn im selben Moment wiederzuerkennen.

„Bist du überhaupt Marlindas Sohn?", fragte Finn.

Der Kerl hatte sich inzwischen von Nalias Schal befreit. Anstatt zu antworten, reckte er bloß trotzig das blutige Kinn, das so schief stand, dass Finn sich sicher war, dass einer von ihnen ihm den Kiefer mindestens ausgerenkt haben musste. Er wagte keine weiteren Bewegungen.

Finn, der sich damit abgefunden hatte, keine Antwort zu bekommen, öffnete die hintere Wagentür. „Rein da", sagte er knapp und hielt den bedeutenden Druck der Klinge die ganze Zeit über aufrecht. Er wünschte sich sehnlichst etwas Betäubungsgift herbei. Das hätte die Sache wirklich vereinfacht.

Ihr Gefangener rührte sich nicht.

„Rein da", wiederholte Finn mit Nachdruck.

„Na los", presste der Mann hervor, ohne großartig die Kiefer zu bewegen – was er vermutlich gar nicht konnte. Kurz zuckte sein Blick hinunter zu dem Messer an seinem Hals. „Schneid mir die Kehle durch."

„Träum weiter.“ Als der Mann noch immer keine Anstalten machte, zu gehorchen, nahm Finn sich einen Augenblick, um sich zu sammeln. „Fessel ihn“, sagte er dann mit gedämpfter Stimme zu Nalia. Das mit dem Fragenstellen musste er auf später verschieben. Jetzt wollte er einfach nur noch verschwinden und sich irgendwo ausruhen.

Langsam trat Nalia einen Schritt zu ihnen, löste eine Wurffessel aus, ohne sie zu werfen, sodass die dünnen Seile über ihre Finger glitten. Während sie ihm die Hände und Arme fesselte, wich Finn mit dem Messer keineswegs zurück.

„Und jetzt rein da“, wiederholte er, als Nalia fertig war, und hoffte, es dabei belassen zu können.

Immer noch keine Reaktion und das trotzig gehobene Kinn. Als wollte er ihm beweisen, dass er besonders viel einstecken konnte.

„Na schön.“ Es widerstrebte Finn, einen gefesselten Mann zu prügeln. Aber irgendwie musste er ihn jetzt in den Wagen verfrachten. Er verpasste ihm einen gezielten Faustschlag aufs Auge und stieß ihn dann gegen die Brust, sodass er schlaff auf die Rückbank kippte, wobei er vorher noch fest mit dem Hinterkopf gegen den Türrahmen knallte. Unbeholfen versuchte Finn, ihn so im Wagen zu verstauen, dass er die Tür schließen konnte, ohne einen Fuß des Mannes einzuklemmen. Nach getaner Arbeit lehnte er sich erschöpft gegen das kühle Blech, hielt sich die verletzte Schulter und erlaubte sich einen tiefen Atemzug.

„Los geht's“, sagte er schließlich und warf Nalia den Schlüssel zu. Bisher schien er seine Verletzung erfolgreich versteckt zu haben, sie hatte wohl nichts bemerkt. Er kletterte von der anderen Seite auf die Rückbank und hielt dem Mann weiterhin das Messer an die Kehle – nur für den Fall, dass er aufwachte. Sie brausten los. Nach nicht mal zwei Minuten öffnete ihr Gefangener die Augen (eher nur ein Auge), blieb aber brav, wenn auch vor Schmerzen schwer atmend liegen, als Finn erneut den Druck seiner Klinge verstärkte und sich darüber ärgerte, dass der Kerl so stur und robust war. Aber der schien sich durchaus im Klaren zu sein, dass seine Verletzungen eine Flucht nahezu unmöglich machten. Diese Geiselnahme war nicht besonders geschmeidig vonstattengegangen, aber wenn so etwas derart spontan passierte, musste man sich eben mit holprigen Abläufen zufriedengeben. Sie konnten froh sein, dass sie nicht diejenigen gewesen waren, die als die Verschleppten endeten.

Trotz der außergewöhnlichen Situation verhielt sich Nalia ausgesprochen ruhig. Anstatt halsbrecherisch durch die Stadt zu rasen, ließ sie Vorsicht walten, um nur ja keinen Unfall zu bauen, während Finn die Sekunden zählte, bis er den Kerl endlich an einen Stuhl fesseln und sich um seine verletzte Schulter kümmern konnte. Er wagte es nicht, den Gefangenen aus den Augen zu lassen. Der könnte jederzeit irgendetwas Dummes, vielleicht auch Gefährliches wagen.

In angespanntes Stillschweigen gehüllt fuhren sie durch die obere Stadtebene von Tresstar.

Endlich angekommen packte Finn den Mann am Jackenkragen und schleifte ihn bis zum Hintereingang zu Balor's grob hinter sich her. Der Kerl schaffte es kaum noch, einen Fuß vor den anderen zu setzen. Hoffentlich musste er nicht ein weiteres Mal geschultert werden. Wenn Marlinda wüsste, was hier mit ihrem Sohn geschah … Falls er denn wirklich ihr Sohn war.

Nalia eilte voraus und hielt Finn mit dem Mann im Schlepptau die Tür auf, Finn zerrte ihn hindurch und sie betraten das kleine Lager. Drei Gestalten, die auf irgendwelchen Kisten hockten, wandten ihre Köpfe zu ihnen.

„Ich brauche einen *Rückzugsort*", sagte Finn mit einem unmissverständlichen Blick auf den Kerl mit dem blutüberströmten Gesicht und packte dessen Kragen noch eine Spur fester, sodass der Mann stolperte.

Eine der drei Gestalten erhob sich und winkte sie durch eine Tür, die nicht zu der lautstarken Bar im vorderen Teil des Gebäudes führte.

„Kannst du schauen, ob Nat und Dorian drüben sind?", fragte Finn an Nalia gerichtet, die daraufhin mit einem knappen Kopfnicken in die entgegengesetzte Richtung verschwand. Er selbst folgte Remsey, war froh über die Verstärkung, die er in ihm fand, und zerrte den Kerl hinter sich her.

Fensterlose Betonwände umschlossen sie, erhellt von einer einzigen Glühbirne, die unter der Decke baumelte. Mit noch immer klopfendem Herzen und verschränkten Armen, um seine verletzte Schulter zu schonen, lehnte Finn sich an die halb auseinanderfallende Kommode und beobachtete, wie Remsey den Mann an einen Stuhl fesselte. Endlich musste er nicht mehr auf jedes Zucken achtgeben, das seinen Tod bedeuten könnte.

„Dafür hast du den Jungen in den Gassen zurückgelassen, ja?", presste der Mann zwischen blutigen Zähnen hervor und deutete auf seine gefesselten Hände.

„Halt dein Maul!“, fuhr Remsey dazwischen.

Finn fiel darauf keine Erwiderung ein. Er starrte den Mann nur finster an und konnte nicht anders, als reumütig mit den Zähnen zu knirschen.

„Die werden ihn finden und abschlachten“, zischte der andere schlangengleich.

„Du sollst dein Maul halten, hab ich gesagt!“

Finn zuckte zusammen und wandte den Blick ab. Ein schallender Schlag ins Gesicht unterstrich Remseys Drohung. Daraufhin kehrte Stille ein.

Als der fertig mit den Fesseln war, trat er an Finn vorbei durch die Tür. „Gern geschehen“, murmelte er im Hinausgehen und ließ ihn allein mit dem Gefangenen.

Nach ein paar endlos langen Sekunden wagte er es, einen weiteren Blick auf den Mann zu werfen. Blut tropfte ihm aus der Nase und rann aus seinen verzerrten Lippen, sein linkes Auge war angeschwollen. Sein dunkelblondes Haar klebte in blutbefleckten Strähnen auf seiner Stirn.

„Zufrieden?“, röchelte er, das Kinn auf der Brust ruhend, und ohne den Blick zu heben.

Nein, dachte sich Finn. „Lautet dein Name auch Cayson?“, fragte er, anstatt zu antworten.

Der Mann verzog den schiefen Mund zu einem grotesken Lächeln und schüttelte den Kopf. Das bedeutete dann wohl, dass er tatsächlich nicht der Sohn der alten Frau war. Oder er log, um seine Mutter zu schützen. War beides gleichermaßen wahrscheinlich.

„Wie lautet dein Name?“, wollte Finn dann wissen.

Der Mann schwieg, noch immer dieses Lächeln im

Gesicht, wobei er die blutverschmierten Zähne entblößte – oder fletschte.

Im selben Moment hörte Finn Schritte und eine beflügelnde Erleichterung keimte in ihm auf, als Nathaniel auftauchte, gefolgt von Nalia und Dorian.

„Er kann uns was über einen gewissen Tunnel erzählen. Kann ich ihn euch anvertrauen?“, fragte Finn und freute sich schon darauf, sich aus dem Staub zu machen.

„Ich kümmere mich drum“, willigte Nat ein, trat einmal um den Mann herum und lächelte Finn zu, die Hand bedrohlich freundschaftlich auf der Schulter des Gefangenen. „Dann bringe ich Nalia nach Hause.“ Er warf ihr einen Blick zu, der keine Widerrede duldete.

Natürlich kam die trotzdem, als Finn zu ihr auf den Flur trat: „Kann ich nicht einfach mit nach Shelvers?“ Sie gingen zurück Richtung Lager und überließen den Gefangenen Dorian und Nathaniel.

„Was willst du denn da? Da ist niemand. Na komm, ich bring dich zurück nach Allcey.“

Sie stellte sich ihm in den Weg. „Oder wir trinken drüben einen. Wenn Nathaniel und Dorian mit dem Kerl fertig sind, musst du ihnen einen ausgeben. Du weißt schon, wegen der Drecksarbeit.“

„Welche Drecksarbeit? Wer von uns hat den denn mitgeschleppt?“ Unwillkürlich führte er seine Hand zu der verletzten Schulter, die jetzt dumpf pochte.

Das entging Nalia dieses Mal nicht. Sie seufzte. „Zeig her!“

Zögerlich schob er seine Jacke zur Seite und betrachtete jetzt zum ersten Mal sein blutdurchtränktes Hemd, mit dem verräterischen Schlitz nahe seines Schlüsselbeins. Sah genauso aus, wie es sich anfühlte. Plötzlich kam der Schwindel zurück.

„Und damit rennst du noch rum?“, fragte sie mit großen Augen. Schleunigst packte sie ihn am unverletzten Arm und bedeutete ihm, sich auf eine der Kisten zu setzen. Müde lehnte er sich an die Wand hinter sich.

„Warte hier. Bin gleich wieder da“, sagte Nalia und war schon durch eine Tür geeilt.

Da blieb er nun allein zurück im verlassenen Lager und starrte in die Richtung, wo der gefesselte Gefangene saß. Bevor Finn sich irgendetwas von dem Verhör anhören musste – welche Geräusche auch immer das sein würden –, sprang er auf und fand sich schließlich in einer Ecke der Kneipe wieder. In den Händen drehte er sein halb gefülltes Glas Rawski und freute sich schon darauf, wenn die betäubende Wirkung einsetzte.

Finn sah auf, als vor seiner Nase eine Flasche unsanft auf den Tisch gestellt wurde. Nalia stand vor ihm und blickte mit einer hochgezogenen roten Braue auf ihn hinab.

„*Warte hier* ist auch nicht so leicht zu verstehen, ich weiß“, meinte sie spitz.

„Du hast mir gleich Nachschub gebracht. Wie nett von dir.“

Sie setzte sich ihm übereck, nahm die Flasche und tränkte einen Stofflappen mit der Flüssigkeit. Mit dem Kinn deutete sie auf seine Schulter: „Runter damit.“

„Doch nicht hier …“ Er konnte den Satz nicht aussprechen, da hatte sie ihm bereits die Jacke von der Schulter gezogen und unterbrach ihn: „Du hättest auch einfach hinten auf mich warten können. Jetzt stell dich nicht so an."

Als er keine Anstalten machte, sich zu regen, vollführte sie bloß eine schnelle Bewegung und der kleine Schnitt in seinem Hemd war bis zum Halsausschnitt aufgerissen.

„Danke dafür", murmelte er bitter.

„Wenn du nicht voranmachst. Du verblutest mir noch, wenn du so trödelst." Ohne Vorwarnung presste sie ihm den in Alkohol getränkten Stoff auf den Schnitt, sodass Finn scharf die Luft einsog und den Kopf in den Nacken fallen ließ. Er schloss die Augen und ließ sie einfach machen.

„Falls wir morgen wieder nach Hout-Town gehen, bleibst du bitte zu Hause", sagte er dann. Sie holte Luft, aber er sprach schnell weiter: „Ohne Widerworte."

„Meinetwegen. Ich muss eh im Laden helfen."

Er öffnete ein Auge und schielte zu ihr. „Wir können dich auf dem Weg zu Hause absetzen."

Wieder zog sie eine Braue hoch. „Auf dem Weg? Das ist einmal durch die halbe Stadt in die falsche Richtung. Ich kann auch morgen früh mit der Straßenbahn fahren." Jetzt sprach sie weiter, bevor Finn Luft holen konnte: „Und ja, das schaffe ich auch allein."

Unzufrieden kippte er den Rest seines Rawskis hinunter und schenkte sich aus der Flasche gleich erneut ein, obwohl er sich nicht sicher war, ob das jetzt wirklich das war, was er brauchte – das war ein seltener Gedanke. Er drehte das abgestellte Glas auf der Tischplatte, als müsste er alles genau inspizieren. „Es reicht mir schon, dass Cedric jetzt auf sich allein gestellt in Hout-Town herumschleichen muss."

Nalia schenkte ihm ein tröstendes Lächeln und machte sich daran, ihm einen Druckverband anzulegen. „Er schafft das schon. Schließlich kennt er sich aus.“

„Es ist Jahre her, seit er das letzte Mal durch diese Straßen gelaufen ist. Ich werde kein Auge zumachen, bevor er nicht zurück ist.“

„Er hat doch selbst gesagt, dass es etwas dauern könnte, bis er sich da rausgeschlichen hat“, beschwichtigte sie. „Wahrscheinlich sitzt er gerade auf einem Dach und wartet auf seine Gelegenheit.“

Finn rümpfte ungläubig die Nase. „Hm.“

Sie lachte und zog ihm das blutige Hemd wieder hoch, nachdem sie ihn fertig verbunden hatte. „Wo ist denn dein üblicher Optimismus geblieben?“

„Der hat für heute seine Grenze erreicht“, murmelte er und starrte noch immer auf sein Glas.

„Du hast uns da einen ordentlichen Brocken angeschleppt“, hörte er plötzlich Dorians Stimme. Der ließ sich ihm gegenüber am Tisch nieder.

„Hat er schon geredet?“

„Ach, Finn! Du hast deinen Optimismus wiedergefunden!“, rief Nalia und grinste ihn an.

„Nein, er hat noch nicht geredet.“ Auch Dorian konnte sich ein Lächeln nicht verkneifen. „Nat bearbeitet ihn gerade mit … Naja, mal sehen, was sich daraus ergibt. Schlaf werden wir ihm jedenfalls nicht erlauben, bis er geredet hat.“

Finn schüttelte die Schauer ab, die ihm über den Rücken rennen wollten, und leerte daraufhin sein Glas erneut – jetzt war es genau das, was er brauchte. Am liebsten hätte er gleich die ganze Flasche runtergekippt. Hoffentlich würde Cedric bald auftauchen, dann hätte er eine Sorge weniger.

21 – Jarren

Der Flur behagte mir nicht, weil ich hier so gut wie keine Möglichkeiten hatte, mich zu verstecken, außer ich stürmte in letzter Sekunde blind in ein Büro, das hoffentlich nicht abgeschlossen war. Also huschte ich so schnell wie möglich hier durch, hielt meine gebastelte Betäubungspistole gesenkt, wobei ich mir mal wieder wünschte, ich hätte ein einfaches Blasrohr zur Hand, aber irgendwie verschwanden die ständig in unserem Chaos. Nur wenn man es gerade nicht brauchte, fand man gleich fünf davon in einer Schublade.

Schließlich gelangte ich zum Treppenhaus. Eine Ewigkeit verbrachte ich damit, an der Tür zu lauschen, die ich einen Spaltbreit geöffnet hatte, um auf ein Geräusch zu warten. Ich wollte, dass der Wächter das Treppenhaus unlängst verlassen hatte, bevor ich mich hinunterwagte. Es dauerte so lange, dass ich daran zu zweifeln begann, ob der Mann überhaupt patrouillierte. Vielleicht hatte er es sich faul auf einem Drehstuhl bequem gemacht und strich sein Geld mit Nichtstun ein. Und dann hätte ich ordentlich Arbeit, ihn zu finden.

Aber ich zwang mich, weiter an der Tür zu warten.

Da hörte ich ein Türenschlagen!

Schritte. Der Wächter trat über die Stufen. Es hallte so sehr, dass ich Mühe damit hatte, zuzuordnen, ob er treppauf oder treppab ging. Dann wieder Türenschlagen. Ich hatte genau vierzig Schritte gezählt, neunundzwanzig davon auf den Stufen, die anderen zu den Türen.

Es war bloß eine vage Vermutung, aber ich hatte das zweite Türenschlagen als lauter und somit näher empfunden. Also war der Wachmann wohl gerade vom Keller ins Erdgeschoss gegangen.

Mit dem Hintergrundgedanken, dass ich mich irren konnte, huschte ich die Stufen hinunter – natürlich ohne dass es im Treppenhaus hallte wie bei dem Wächter. Vorsichtig schob ich die Tür auf, zwängte mich hindurch und ließ sie sanft und lautlos ins Schloss zurückgleiten. Ich sah gerade noch einen Lichtegel um eine Ecke verschwinden. Aber der Route in Kyras Zeichnung zufolge, hatte ich genügend Zeit, um mich unsichtbar auf die Lauer zu legen. Ich folgte dem Wächter bis in den unteren Produktionsraum, konnte stets vorhersagen, wann er links und wann er nach rechts abbiegen würde. Ich hingegen verschwand irgendwann zwischen zwei Maschinen, die vor lauter Fäden kaum zu sehen waren, und wurde eins mit den Schatten. Dann wartete ich darauf, dass der Mann in den Keller zurückpatrouillierte. Würde ich versuchen, ihn einzuholen, könnte die kleinste Abweichung von Kyras Plan mich in üble Schwierigkeiten bringen, daher war das hier die sicherste Lösung. Von Schwierigkeiten hatte ich die Nase voll. Wurde Zeit, dass mal wieder etwas glattlief.

Aufs Neue wurde meine nicht vorhandene Geduld auf die Probe gestellt. Während ich hier saß, ging ich im Kopf mehrere Varianten und Pläne durch, wie ich den Mann überwältigen würde, dachte über jegliche Reaktionen seinerseits nach, überlegte Strategien, um zu vermeiden, dass er die Oberhand gewinnen konnte. Es war ein hinterhältiger Plan, aber es musste sein.

Eine Ewigkeit verging. Ich harrte in meinem Versteck aus, lauschte auf jedes Geräusch. Die schweren Schritte des Wächters blieben ab und an stehen, um dann ihren Marsch fortzusetzen. Ich atmete einmal tief durch, um meinen Herzschlag zu beruhigen, der zwar nicht raste, aber ständig drohte, sich zu beschleunigen. Vor allem, als ich hörte, wie der Wachmann zurückkam.

Geduckt presste ich mich an das Holzgestell der Maschine, gab Acht auf die Antriebsriemen und verschwand hinter einem Vorsprung. Der Lichtkegel des Wächters spülte die Dunkelheit der Nische davon, in der ich mich versteckte, hielt kurz vor meinen Füßen inne, abgefangen von dem Vorsprung, und zog sich dann wieder zurück. Der Mann war an mir vorbeigegangen, scheinbar ohne Notiz von mir zu nehmen. Ich kletterte aus meinem Versteck und sprang ihm hinterher, wobei ich jetzt erst das schwere Gewehr an seinem Rücken erkannte. Ich war froh, dass es nicht auf meine Brust gerichtet war.

Meine Hand schnellte vor und schlang sich um sein Gesicht. Der Mann zuckte zusammen und wollte herumfahren, doch sein Kopf und damit sein gesamter restlicher Körper befanden sich in meiner Gewalt – zumindest vorerst. Ich gab ihm keine Gelegenheit, das Blatt zu wenden. Ich rammte ihm die Giftnadel in den Nacken und drückte ab. Bloß ein leises Klicken und die vergiftete, kaum sichtbare Nadel war unter seiner Haut verschwunden. Dann warf ich meine Betäubungswaffe einfach zu Boden, um beide Hände freizuhaben, während der Wächter seine Öllampe fallen ließ, um nach seiner Pistole an der Hüfte zu greifen. Die Lampe zerschellte am Boden und wir blieben in

Dunkelheit zurück. Mit meinem Bein blockierte ich seines und riss ihn am Kopf rücklings zu Boden, vollführte eine Drehung, sodass er mit dem Gesicht nach unten aufkam. Er wand sich in meiner Fixierung, die eine Hand noch immer am Griff seiner Pistole, aber von mir so verdreht, dass er sie nicht ziehen konnte. Seine andere Hand packte eisernen Griffes mein Handgelenk an seinem Gesicht, so fest, dass mir die Finger einschliefen. Ich hatte mein Knie in seinen Rücken gestemmt und seinen Kopf in den Nacken gezogen, damit er sich nicht aufbäumen konnte, den Arm, an dem er zerrte, noch immer über seinem Mund, um sein Geschrei zu dämpfen. Und so wartete ich darauf, dass die Betäubung einsetzte. Und das tat sie. Seine wehrenden Bewegungen wurden träge, seine erstickte Stimme müde.

Als ich sicher war, dass er schlief, drehte ich ihn um, sodass ich meine Arme unter seinen positionieren konnte, und schleifte ihn durch die Maschinenhalle in einen kleinen Nebenraum, wo ich ihn mit zwei kurzen Seilen an Händen und Füßen fesselte. Ich nahm ihm das Gewehr und die Pistole ab, durchsuchte seine Jacken- und Hosentaschen und fand noch zwei Messer, eins in seinem Stiefel.

Als ich mit ihm fertig war, sprang ich wieder auf die Beine und schloss die Tür. Verriegeln konnte ich sie leider nicht und zum Verbarrikadieren fand ich auf die Schnelle auch nichts, also hielt ich es für schlauer, auf die Wirkung der Betäubung und meine Fesseln zu vertrauen und mich lieber zu beeilen, damit wir dieses verfluchte Land verlassen konnten, bevor er aufwachte.

Seine beiden Messer, das Gewehr und die Pistole hatte ich in irgendeinem Raum in einem Schrank versteckt und eilte dann so leise es in meiner Eile ging zurück zum Bürotrakt, um Ronan und Kyra mitzuteilen, dass wir für die nächsten zwanzig Minuten das Gebäude für uns hatten.

Zwei Stufen auf einmal nehmend hastete ich die Treppen hoch und verlangsamte meine Schritte erst, als ich am Büro ankam, wo sich die beiden versteckten.

„Wir können los“, flüsterte ich durch den Türspalt und ohne weiteres Zögern folgten sie mir durch den Flur, dann durchs Treppenhaus hinunter in den Keller.

Bis auf das Licht der Taschenlampe in meiner Hand war es hier stockdunkel. Ein muffiger Gang aus unverkleidetem Backstein lag vor uns. Wir wagten es nicht, zu sprechen. Als könnten die Mauern uns belauschen und Alarm schlagen.

„Das ist der Raum“, wisperte Kyra schließlich und war vor einer Tür stehen geblieben, hielt aber die Hände hinter dem Rücken, als wollte sie hier bloß nichts anfassen. Ihre Zeichnung stimmte tatsächlich mit allem überein, was wir hier vorfanden. Wenn wir hier fertig waren, musste ich sie ausfragen. Wie hatte sie es geschafft, einen so detailgetreuen Grundriss mit allen Vorgängen und Wächterrouten anzufertigen? Fotografisches Gedächtnis hin oder her. Sie war bei der Informationssuche schließlich nicht von meiner Seite gewichen …

Ich trat an ihr vorbei, drückte die beängstigend lose Türklinke herunter und zuckte zusammen, als die Tür beim Öffnen ein lautes Knarzen von sich gab. Ich rief mir ins Gedächtnis, dass der Wächter friedlich oben in einer Kammer schlummerte, und verscheuchte alle Zweifel aus meinem Kopf. Das hier musste einfach funktionieren. Sonst wären wir erledigt.

Ich betrat den Raum und leuchtete ihn aus, rief mir Kyras Zeichnungen vor Augen und blickte den massiven Schrank an, der auf der Luke zum Versteck stand.

Ronan und ich schoben ihn rasch zur Seite. Und tatsächlich erkannte ich eine breite hölzerne Luke eingelassen im Betonboden. Ich übergab Ronan das Licht, der es direkt an Kyra weiterreichte, steckte zwei Finger in das ovale Loch und zog. Das Ding war schwerer als gedacht und ich war froh, dass Ronan mir auch hierbei zu Hilfe kam. Selbst zu zweit war es immer noch unheimlich mühsam. Schließlich hatten wir die fast mannsgroße Luke hochgeklappt und konnten sie gegen die Wand lehnen. Kyra leuchtete mit der Taschenlampe auf staubige Stufen, die so aussahen, als führten sie geradewegs in eine Gruft. Am Fuß der Treppe befand sich eine robuste Tür aus Metall, die in dem matten Licht gespenstisch aufglomm und uns blendete. Ihre Mitte zierte ein ausladender Kreis mit filigranen Verzierungen und Runen. Eindeutig der Eingang zu einer Grabkammer.

„Na bitte“, sagte ich leise und lockerte meine Schultern. „Nur noch die Tür aufbrechen, dann sind wir hier raus.“

Bevor sich irgendetwas in mir dagegen sträuben konnte, schritt ich zügig die Stufen hinunter zur Metalltür und holte meinen Schlossknacker hervor. Dass sich an der Tür weder Klinke noch Schlüsselloch befanden, fand ich durchaus etwas merkwürdig, doch ich ignorierte es einfach und setzte die Messingscheibe am Rand, wo ich die Verankerung vermutete, an den Rahmen der Tür. Es dauerte nicht lange, da hatte ich die richtige Stelle erwischt. Der Schlossknacker heftete sich daran (auch mit Metall wurde das Teil fertig), sodass ich ihn nicht mehr festhalten musste. Er arbeitete klickend vor sich hin. Die Runen leuchteten auf. Dann erloschen sie wieder. Leuchteten auf. Erloschen wieder. Er hörte nicht auf, zu rattern und zu klicken, die kleinen Zahnrädchen stotterten immer weiter und versuchten wohl, das Schloss irgendwie zu öffnen.

Ich ballte die Hände zu Fäusten, als ich feststellte, dass es viel zu lange dauerte. Länger als normal. Vielleicht war das hier ein komplexeres Schloss? Vielleicht brauchte er einfach etwas länger hierfür. Es musste eine Tür der höchsten Sicherheitsstufe sein, natürlich dauerte es da länger.

„Kyra?" Ich drehte mich zu ihr um. Sie stand dort geduldig neben ihrem Bruder an der obersten Stufe. „Hast du zufällig in den *Plänen* gesehen, wie diese Tür aufgeht?"

Sie schluckte. „Nein."

Naja, sie konnte nicht alles wissen. Das, was sie wusste, war schon erschreckend viel. Ich blickte wieder zu meinem hilflos ackernden Schlossknacker und wartete noch einen Moment. Ob heute wohl der Tag war, an dem mich dieses Ding das erste Mal hängenließ? Schließlich fing ich selbst an, die Tür mit meinen Händen abzutasten. Vielleicht gab es ja eine Klappe, unter der sich ein Schlüsselloch befand, an dem ich mich versuchen könnte. Der Türspalt selbst war viel zu schmal und vom metallenen Rahmen bedeckt, da würde ich mit meinem Dietrich nicht weit kommen.

Ich unterdrückte ein verärgertes Stöhnen und wartete noch zwei bis drei Minuten – für einen Vorgang, der normalerweise keine fünf Sekunden dauerte. Dann legte ich meine Hand auf den Schlossknacker und stellte fest, dass ich keine Ahnung hatte, wie ich ihm sagen konnte, dass er von der Tür wieder ablassen sollte. Ich zog und zerrte an ihm, setzte alle Kraft meiner Finger ein, bis die kleinen Häkchen mit einem scharfen Kreischen aus dem Metall rissen.

„Scheiße!", fluchte ich, ließ den verwirrten Schlossknacker zurück in meine Tasche gleiten und betastete die Oberfläche der Tür. Erstaunlicherweise war sie glatt und unversehrt. Immerhin. Ich eilte die Stufen hoch. „Wir müssen in Ashkis Büro."

Kyra lotste uns zurück durch die Flure und rüttelte schließlich an einer verschlossenen Tür. „Naja, hier ist es." Ihre gesenkte Stimme klang dünn.

Abermals packte mich das schlechte Gewissen, weil ich sie hierher mitgeschleift hatte. Allerdings hatte sie uns einen wirklich guten Dienst erwiesen, das konnte ich nicht abstreiten. Ohne sie wären wir heute nicht in diese Firma eingestiegen. Auch wenn mir das mit der Tür da unten gewaltig auf die Nerven ging.

Ich schnappte mir meinen kleinen Dietrich, weil ich dem Schlossknacker nicht unmittelbar ein weiteres Schloss zumuten wollte und weil mein Vertrauen in ihn für heute stark angeknackst war. Also brach ich das Büro von Hand auf. Sobald die Tür aufschwang, schaltete Ronan die Taschenlampe ab und erst wieder ein, als wir alle Vorhänge zugezogen hatten. Die waren zum Glück recht dicht, vermutlich, um im Sommer die pralle Mittagssonne abzuschirmen. Wie es war, bei diesen heißen Temperaturen in einem stickigen Büro zu hocken oder gar den ganzen Tag im selben Raum mit einer Dampfmaschine zu arbeiten, wollte ich mir gar nicht vorstellen.

Wir drei stürmten durch das Büro, durchsuchten Schubladen, Schränke, kleine Kästchen, die Truhe unter dem Fenster, versuchten, irgendeinen Hinweis zu finden, wie man diese verfluchte Panzertür unten im Keller öffnen konnte.

„Ich schau nochmal nach dem Wächter“, beschloss Ronan und blickte mich an.

Das war keine dumme Idee, die Betäubung könnte in den nächsten Minuten nachlassen. Ich erklärte ihm rasch, wo ich den Mann zurückgelassen hatte, und er verschwand durch die Tür. Ich hingegen hielt auf einen Durchgang zu, der in einen separaten Bereich des Büros führte. Auch hier standen drei weitere Schreibtische und unzählige Aktenschränke. Ich hatte erwartet, dass Kyra mir folgte, aber stattdessen hatte sie ein Bücherregal in Angriff genommen. Mir behagte es nicht, sie dort allein zu lassen.

„Komm“, sagte ich, als ich zurück zum Durchgang gegangen war.

Sie sah auf, nickte erstaunlich gehorsam und folgte mir. Ich suchte weiter, auch wenn ich so langsam die Hoffnung aufgab, hier irgendetwas zu finden. Trotzdem durchwühlte ich weiter die Schubladen der Schreibtische und öffnete dann einen Aktenschrank nach dem anderen. Natürlich versuchte ich, kein Chaos anzurichten.

„Und? Schon was gefunden?“, fragte ich gedankenverloren, mit den Fingerspitzen Akten durchkämmend. Ich bekam keine Antwort.

Rasch blickte ich über die Schulter und mein Körper erstarrte vor Fassungslosigkeit. Kyra war verschwunden. Es war mucksmäuschenstill, kein Rascheln von Papier oder

Schubladen, die in ihren Schienen ratterten. Ich war allein.

Ein ferner Schuss erschütterte das Gebäude. Der Knall kam eindeutig von unten.

Mir sackte das Herz ein Stück tiefer.

Ich sprang auf und rannte los.

22 – *Kyra*

Jarren war in seiner Sucherei so vertieft, dass es für mich ein leichtes Spiel gewesen war, mich aus dem Staub zu machen. Also huschte ich durch den Flur, das Treppenhaus hinunter in den Keller, zurück zu der verschlossenen Metalltür.

Und hier stand ich.

Ich rief mir ins Gedächtnis, was ich gespürt hatte, als Jarren versucht hatte, das Schloss zu öffnen. Zuerst dieselbe Präsenz, die ich im Auto schon gespürt hatte. Dieses Wesen, nicht menschlich und auch kein Tier. Es war an einen einzigen Befehl gebunden: Verriegelungen zu verschieben. Es war in dem kleinen Gegenstand eingesperrt, den Jarren benutzt hatte, um zuerst oben am Büro das Fenster aufzubrechen und vorhin auch bei dieser Tür. Er schien es im Auto versteckt gehabt zu haben.

Doch dann hatte sich noch eine zweite Präsenz eingemischt. Eine eiskalte, alte Präsenz. Undurchdringbar – außer ein Mensch befahl ihr, nachzugeben. Und genau daran wollte ich mich jetzt versuchen, wenn ich es schon nicht auf die Reihe bekommen hatte, Ashkis Kopf nach Informationen über diese Tür zu durchforsten. Aber Jarren hatte mich abgelenkt, bevor ich es in Erfahrung hätte bringen können. Allerdings wären wir aufgeflogen, hätte er mich nicht aus der Produktionshalle gezogen …

Blind in der Dunkelheit trat ich nun die Stufen hinunter. Das Metall, der große, verzierte Kreis und die Runen schimmerten. Ich schloss die Augen und legte meine Hand an die kühle Oberfläche.

Vorsichtshalber zog ich innerlich Schutzmauern hoch, wie meine Mutter es mir gezeigt hatte, wenn ich die ganzen Stimmen aus meiner Umgebung ausblenden musste. Ich hoffte, mich mit diesen Mauern schützen zu können, falls mich das Wesen angriff. Ich wusste schließlich nicht, womit ich es hier zu tun bekäme. Vermutlich war mein Vorhaben unheimlich leichtsinnig.

Also sammelte ich alle Konzentration, atmete einmal tief durch und tastete mich langsam vorwärts. Eine Gitterstruktur ragte vor mir auf, starr und fest in sich selbst verankert. Ich tauchte ein in das Gitter, erkannte, dass es aus winzigen Partikeln bestand, die wie durch unsichtbare Drähte miteinander verbunden waren. Weiterhin hielt ich Ausschau nach dem Wesen. Doch dieses Gitter schirmte mich von allem ab. Um weiterzukommen, musste ich es irgendwie überwinden. Wenn ich diese Tür öffnen wollte, musste ich an dieser Barriere vorbei, das hatte ich schnell erkannt. Probehalber hangelte ich mich daran entlang, nach links, nach rechts, nach oben und unten. Kein Ende in Sicht. Ein Passwort vielleicht?

Um mich erneut zu sammeln, zog ich mich noch einmal zurück, und drang dann wieder vor. Ich stürzte auf das Gitter zu und durchsuchte es nach Gedankenfetzen. Hier und da fand ich etwas, wie Staubflöckchen, die ich allesamt einsammelte, mir einprägte und in verschiedener Reihenfolge zusammenwebte. Es waren keine Worte, die ich mir merkte, sondern undefinierbare Bedeutungen, die ich herumschob, zusammenflickte, wieder trennte und erneut zusammenflickte, ohne etwas davon zu vergessen oder etwas auszulassen.

Und plötzlich hatte ich die Gitterstruktur nicht mehr vor mir, sondern hinter mir. Sie trennte mich von meinem Körper!

Ich zwang mich, Ruhe zu bewahren. Nur durch Ruhe konnte ich einen Weg zurück finden.

Und da tauchte das Wesen vor mir auf, eine fremde Materie, die vor meinem inneren Auge keine Gestalt anzunehmen vermochte. Es gab bloß zwei Eigenschaften, die auf dieses Wesen zutrafen: kalt und hart. Es kannte mich nicht. Ich war ihm fremd. Und es störte sich daran. Hinter mir ragte das undurchdringbare Gitter auf.

Ich musste es zwingen, die Tür zu öffnen und mich freizugeben!

Also legte ich alle Willenskraft in meine Gedanken – Worte verstand es offenbar nicht, deshalb musste ich es anders überzeugen.

Ein Kältestoß wallte über mich, als es verärgert antwortete, sodass mir das Mark in den Knochen gefror. Ich bäumte mich auf, dachte daran, was für ein ungeheurer Dickkopf ich sein konnte – denn genau das brauchte ich jetzt –, und drosch auf das Wesen ein. Schrie es an, ohne meine Stimme zu benutzen, hob mich über es hinweg, drückte es nieder. Mir wurde plötzlich unheimlich heiß.

Ich öffnete die Augen und starrte ins Dunkle. Mein Körper war schweißgebadet und ich musste mich um einen ruhigen Atem bemühen. Die schwere Metalltür stand weit offen.

Ich hatte sie geöffnet!

Allerdings war es so dunkel, dass ich nichts sehen

konnte. Langsam setzte ich einen Fuß vor und wollte den Raum betreten.

Da fegte ein weißer Lichtblitz die Dunkelheit davon. Ich blinzelte und erkannte leere Regalbretter.

Der Raum war leer.

Und über mir brannten alle Lichter! Es waren sicherlich nicht Ronan oder Jarren gewesen, die es eingeschaltet hatten. Ich schluckte.

Hier unten befand ich mich in einer Sackgasse und außerdem an einem Ort, wo man sofort nach Eindringlingen suchen würde!

Mit pochendem Herzen machte ich auf dem Absatz kehrt und rannte die Stufen hoch. Als ich bei der letzten angekommen war, stieß jemand von außen die Tür mir gegenüber auf, sodass sie lautstark gegen die Wand knallte. Im Türrahmen erschien ein riesiger, breitschultriger Mann, offensichtlich ziemlich schlecht gelaunt. Er zögerte nicht, sein Gewehr auf mich zu richten.

Mein Herz setzte ein Schlag aus.

„Wo ist er?“, fragte er auf vearanisch. Er ging wohl davon aus, dass ich genau wusste, wen er meinte: Jarren.

Ich wollte etwas sagen, etwas Schlaues, um ihn um den Finger zu wickeln. Jedoch war meine Kehle ausgetrocknet und starr, sodass die Worte darin steckenblieben. Ich konnte nur noch den Atem anhalten.

Er trat einen Schritt auf mich zu. Ich konnte mich vor Schreck nicht rühren. Er würde mich erschießen!

Im selben Moment tauchte Ronan in der Tür auf und zögerte nicht, auf den Mann loszustürmen.

Der Knall betäubte mir die Ohren. Mir sackten die Knie

weg. Ich stolperte einen Schritt zurück und wäre fast über die Stufen gefallen. Haltsuchend stützte ich mich an der Wand ab.

Aber der erwartete Schmerz blieb aus. Ich war unversehrt. Das glaubte ich zumindest.

„Geh in Deckung, verdammt!“, rief mein Bruder, als ich immer noch erstarrt dastand. Er rang mit dem Wächter, hatte das Gewehr Richtung Decke gerissen, während der Mann abgedrückt hatte.

Eine urplötzliche Energie raste durch meine Glieder und ich sprang die Stufen hinauf, um hinter dem nächstbesten Schrank Schutz zu suchen, jetzt um die Ecke spähend, um meinem Bruder zur Hilfe zu eilen, falls sich die Gelegenheit bot – wie auch immer ich bei dem brutalen Gerangel mithalten könnte.

Er hatte den Mann zu Boden geworfen. Dieser hielt das Gewehr quer über sein Gesicht, um sich zu schützen, während Ronan mit aller Kraft daran zerrte und versuchte, es ihm aus den Händen zu reißen. Nach wenigen Versuchen ließ er mit einer Hand vom Lauf ab, um zum nächsten Schlag auszuholen. Im selben Moment riss der Wächter das Gewehr zur Seite, um Schwung zu holen. Er schmetterte Ronan die Rückseite ins Gesicht. Zugleich hatte Ronan dem Mann wiederum die Faust so heftig in die Kehle gerammt, dass ihm das Atmen unmöglich wurde. Sein Mund öffnete sich zu einem erstickten Schrei – so wie auch meiner. Mir schnürte sich der Hals zu, als hätte Ronan nicht dem Mann am Boden den Hieb verpasst, sondern mir. Mir dröhnte der Kopf, meine Augen tränten. Schmerzen stachen von allen Seiten auf mich ein, mein Gesicht, mein

Hals.

Ich presste mich in die Ecke zwischen Schrank und Wand und kämpfte darum, auf den Beinen zu bleiben, obwohl ich kaum atmen konnte.

Ohne ihm helfen zu können, musste ich zusehen, wie Ronan vom Schlag aufs Gesicht benommen zur Seite wankte und von seinem Gegner abließ, um sich die blutige Nase am Ärmel abzuwischen. Der Wächter rollte sich zur Seite, sodass ich sein schmerzverzerrtes Gesicht erkannte, wie er hustete, würgte – um jeden Atemzug kämpfte und an seiner Waffe festhielt.

Dann hob sich der Lauf seines Gewehrs erneut. Doch bevor er sich auf mich oder Ronan richten konnte, hatte sich mein Bruder abermals auf ihn geworfen und fixierte ihn am Boden. Seine Hände legten sich um sein Gesicht und ich wollte mir die Ohren zuhalten, als mich eine Vorahnung beschlich. Zu langsam. Das Genickt brach, als Ronan ihm den Kopf zurückriss und dabei mit einem Ruck verdrehte. Das Knacken schallte durch den Raum, in meinen Ohren genauso laut und falsch wie der Schuss, der mich hätte treffen sollen.

Ich sah weg, bevor ich mir einprägen konnte, wie das Leben in seinen Augen erlosch, versteckte mich wieder hinter dem Schrank, die zitternden Hände auf mein hämmerndes Herz gepresst.

Sein Bewusstsein entschwand in der Ferne, wurde still und leise, zerfiel zu Staub.

Hätte mein Bruder mich nicht im selben Augenblick in die Arme geschlossen, wäre ich zu Boden geglitten. Mein Körper bebte so sehr, dass ich kaum noch aufrecht stehen konnte. Er sagte irgendwas, aber ich konnte ihn nicht verstehen. Auch seine Arme zitterten, dennoch presste er mich fest an sich, um mir keine Gelegenheit zu bieten, zusammenzuklappen.

Wäre er nicht gewesen, läge ich mit einem Loch in der Brust auf der Treppe.

Er hatte mir das Leben gerettet und in der nächsten Sekunde ein anderes ausgelöscht. Ich wollte mich von ihm lösen, aber mein Körper war noch immer wie gelähmt. Im nächsten Moment stürmte Jarren in den Raum, erblickte die Leiche zu seinen Füßen und musste abrupt abbremsen, um nicht darüber zu stolpern.

Ronan drehte den Kopf weg und ließ noch immer nicht von mir ab. Aber seine Worte waren an Jarren gerichtet: „Warum zur Hölle hatte er noch seine Waffen?“ Seine vorwurfsvolle Stimme zischte vor Entrüstung.

„Keine Ahnung. Ich hab ihm alles abgenommen! Warum hast du ihn nicht oben schon abgefangen? Warum war er überhaupt schon wieder auf den Beinen?“, wetterte er dagegen. Dann richtete sich sein funkelnder Blick auf mich: „Und warum bist du hier unten? Wir haben dir ausdrücklich gesagt, du sollst dich nicht vom Acker machen!“

Mir stiegen die Tränen in die Augen. „Ich hab die Tür geöffnet“, presste ich erbärmlich leise hervor. Wo ich gerade noch gegen ein unmenschliches Wesen gekämpft und darüber gesiegt hatte, stand ich jetzt hier und zitterte vor Angst.

Jarren starrte mich einen Moment lang an, dann schaute er den Treppenabsatz hinunter. Auch Ronan folgte jetzt seinem Blick.

„Ist leer. War alles umsonst." Meine Stimme brach, weil ich so leise sprach.

Trotz meiner Worte trat Jarren die Stufen hinunter, während Ronan bei mir blieb, wachsam, als könnte der tote Wachmann am Boden noch immer versuchen, mich zu erschießen. Ich wollte diesen Raum verlassen, aber die Leiche lag zwischen mir und der Tür und ich wagte mich nicht in ihre Nähe.

Also drehte ich mich weg und bemühte mich, mit tiefen Atemzügen meinen rebellierenden Magen zu beruhigen.

„Der Raum ist tatsächlich leer", konstatierte Jarren, der die Steintreppe hochkam. „Ich finde jedenfalls nichts."

Ich schielte hinüber zu meinem Bruder, der mit hängenden Schultern dastand und immer wieder das nicht enden wollende Nasenbluten mit dem Ärmel zu stillen versuchte. „Und was machen wir mit dem hier?" Er blickte zu dem toten Mann.

Jarren war auf halber Treppenhöhe stehengeblieben, um sich an die Wand zu lehnen, die Augen geschlossen und die Finger am Nasenrücken. Ich konnte förmlich hören, wie sich seine Gedanken im Chaos überschlugen.

Plötzlich sprang er die Stufen wieder hinab und zog die Metalltür zu, wobei sie klickend ins Schloss einrastete. Er prüfte noch etliche Male, ob sie wieder so verriegelt war wie zuvor und gab sich irgendwann mit dem Ergebnis zufrieden. Zwei Stufen auf einmal nehmend eilte er zu uns zurück und klappte mit einem Ächzen die Luke zu. Schließlich legte er die Hände an den Schrank und hielt inne. Er sah zu Ronan. „Hattest du vor, mir zu helfen?", fragte er dann, als mein Bruder nur wie zur Salzsäule erstarrt dastand und nicht einmal atmete, wie es schien. Ein unscheinbares Schütteln fuhr durch seinen Körper und erweckte ihn wieder zum Leben, als Jarren ihn zur Hilfe aufgefordert hatte. Ohne ein weiteres Wort zu verlieren, packte er mit an. Zu zweit schoben sie den Schrank wieder über die Luke, sodass diese vollständig darunter verschwand.

Der tote Wächter lag völlig vergessen und unbeachtet da, so empfand ich es zumindest. Ich zwang mich wegzuschauen, bewegte mich langsam in großem Bogen auf die Tür zum Flur zu, um möglichst viel Abstand zum Geschehenen zu erreichen.

Der Tod schwebte noch immer hier im Raum, unsichtbar und hungrig. Und keiner konnte sagen, ob er nicht noch einmal seine gierige, kalte Hand ausstrecken würde.

In unausgesprochener Übereinkunft hoben die beiden den Wächter an Schultern und Beinen an und trugen ihn aus dem Raum. Jarren hatte die Schultern gepackt und ging rückwärts voraus. Ronan an den Füßen des Mannes bedeutete mir mit einer Kopfbewegung, ihnen zu folgen. Jetzt, da er die Hände nicht frei hatte, versuchte er sich immer wieder fluchend, das aus seiner Nase rinnende Blut an der eigenen Schulter abzuwischen. Hauptsache, es tropfte nicht auf den Boden. Könnte eine gebrochene Nase sein. Die kleine Platzwunde auf dem Nasenrücken sah auch nicht besonders gut aus. Mir schauderte. Ich sah woanders hin und folgte den beiden.

„Geh vor“, sagte Jarren an mich gewandt, als wir im Treppenhaus angekommen waren. Ich gehorchte, weil ich scheinbar vergessen hatte, wie man selbst nachdachte. Im Augenblick war ich einfach nur froh, dass er das

Kommando übernahm.

Also stieg ich langsam die Stufen hinauf, blendete alle Geräusche aus, versuchte meinen Kopf zu leeren und mein hämmerndes Herz zu beruhigen, indem ich mich wie in Zeitlupe bewegte und langsam atmete. Mir rauschte das Blut in den Ohren.

Das war nach hinten losgegangen.

Ich blieb auf halber Treppe stehen, den Blick auf die gemauerte Wand des Treppenhauses gerichtet, weil ich mich nicht zu weit von den beiden entfernen wollte. Wer wusste schon, was hier noch alles auf uns lauerte.

Ich zuckte zusammen, als in meinem Augenwinkel plötzlich eine bewaffnete Gestalt auftauchte. Ich fuhr herum.

Doch das war bloß Jarren. Er trug das Gewehr des Wächters bei sich, was erschreckend gut zu ihm passte, und stieg die Stufen hoch. „Komm!“, sagte er, als ich wieder einmal wie erstarrt dastand. Ronan folgte uns mit etwas Abstand.

Ab hier geschah alles um mich herum blitzschnell, ohne dass ich etwas dazu beitrug. Jarren versteckte das Gewehr an einem Ort, von dem er hoffte, dass es dort so schnell niemand finden würde. Dann holte er die Waffen aus dem Versteck, die er dem Mann während der ersten Begegnung abgenommen hatte, eilte zurück zum Treppenhaus und sprang die Stufen hinunter, wobei wir oben auf ihn warten sollten. Ohne Waffen kam er zurück. Wir eilten in Thals Büro, wo wir uns versicherten, dass wir es zurückließen, wie wir es vorgefunden hatten. Jarren schloss die Tür mit dem Dietrich wieder zu und wir eilten zu dem Büro, durch das wir eingestiegen waren. Er ließ das Seil heraus. Zuerst sollte Ronan hinunterklettern – wie auch immer er es schaffte, seine gebrochene Nase zu ignorieren; mir kamen jedenfalls sofort die Tränen, sobald irgendetwas meine Nase auch nur unsanft anstupste. Anschließend kletterte ich hinaus, hielt dabei den Blick auf meine Arme gerichtet, verbot mir, hinabzusehen, und ließ meinen Körper einfach machen, was er machen musste, damit ich heil unten ankam. Kaum hatte ich Boden unter den Füßen, wurde das Seil hochgezogen und verschwand. Jarren kletterte aus dem Fenster und hing dort in luftiger Höhe ohne Absicherung – das war der Moment, an dem ich mich wegdrehen musste, weil mir beim Zuschauen schwindelig wurde. Als er irgendwann unten bei uns angekommen war, zwängten wir uns durch das Tor auf die Straße und Jarren schloss es hinter uns ab. Dann sahen wir zu, dass wir Land gewannen. Jarren war sichtlich darum bemüht, unauffällig zu fahren, Ronan hatte sich die ganze Zeit über zur Seite abgewandt, als wollte er verstecken, dass er blutüberströmt war.

Ich fragte leise und vorsichtig: „Was machen wir jetzt?“

23 – *Jarren*

Ja, was jetzt?

Im Augenblick war meine größte Sorge, nicht durchzudrehen. Ich wollte meine Wut weder an Ronan noch an Kyra auslassen – erst recht nicht an Kyra. Und ich hatte wirklich Mühe damit, alles einfach so herunterzuschlucken. Dabei nachzudenken und sich auf einen weiteren Notfallplan zu konzentrieren, war mir im Moment schlichtweg unmöglich. Ich hielt den Blick eisern auf die Straße gerichtet, blendete sogar die Häuser links und rechts aus und hoffte, dass mich diese Monotonie aus grauem Staub etwas beruhigte. Ich wollte weder Farben sehen noch irgendwelchen Geräuschen lauschen und schon gar nicht sprechen. Ronan schien es ähnlich zu ergehen. Also blieb Kyras nur zu berechtigte Frage unbeantwortet in der Luft hängen.

Was jetzt?

Mit leeren Händen heimkehren und etwas finden, womit ich die Siri ebenfalls erpressen konnte? Nein, dafür bräuchte ich ein Wunder. Und das Leben hatte mich gelehrt, dass man auf Wunder nicht vertrauen konnte.

Erst einmal mussten wir diese Stadt verlassen – am besten gleich das Land, bevor irgendwelche Spuren aufgedeckt werden konnten. Diese ganze Aktion war völlig umsonst gewesen. Und hatte dazu einen Toten gefordert. Wenn wir wieder in Moorstock wären, würde ich jeden einzelnen Anhänger der Siri ausfindig machen und erwürgen.

Ich bog um die Ecke, um auf der größten der vier

Straßen zu bleiben, die von der Kreuzung abgingen, weil ich vermutete, dass die anderen beiden bloß in irgendwelchen Wohnvierteln endeten. Wenn ich der Karte in meinem Kopf vertrauen konnte, waren wir nicht weit von der Stadtgrenze entfernt. Es sei denn, ich hatte mich durch mein Gedankenchaos total verirrt.

Da hätte ich fast vor Schreck eine Vollbremsung hingelegt und auf der Stelle kehrtgemacht, als uns hinter einer Kurve eine Straßensperrung erwartete. Nicht wie in Moorstock, etwa durch die Stadtwache – nein, vor uns stand das Militär mit fünf gepanzerten Wagen. Und wir waren schon viel zu nah dran, als dass ich hätte unauffällig abdrehen können. Ich hatte auch nicht mehr die Zeit, abzuwägen, ob eine Verfolgungsjagd mit dem Militär in einer fremden Stadt, dazu in einem fremden Land sinnvoller wäre, als sich der Kontrolle zu unterziehen.

„Jarren, dreh um!“, rief Kyra von hinten. Die Panik in ihrer Stimme steckte alle in diesem Wagen an. Und da dachte ich plötzlich daran, dass Ronan mit seiner gebrochenen Nase neben mir saß. Und dass wir alle in Schwarz gekleidet waren. Vor lauter Hektik hatten wir uns noch gar nicht umgezogen. Mein Rucksack mit etlichen verdächtigen Gegenständen wie meinem Schlossknacker, dem Seil und dem Betäubungsgift lag einfach auf der Rückbank, da wir Hals über Kopf die Flucht ergriffen hatten.

Ich wurde mir unserer Lage plötzlich unheimlich bewusst, sodass ich erstarrte und gar die Zeit stillzustehen schien. Mit zusammengepressten Kiefern stoppte ich den Wagen vor der Sperrung und verbot mir, daran zu denken, was jetzt alles passieren konnte. Ich wagte auch nicht, zu

Ronan zu blicken. Ich wollte gar nicht wissen, wie er jetzt auf die Militärs wirkte. Im Augenwinkel sah ich, wie er sich das ganze Blut aus dem Gesicht zu wischen versuchte, während ich bereits durch knappe Handgesten der Männer aufgefordert wurde, auszusteigen. Mein Gott, war mir schlecht. Dass ich die letzten Tage kaum geschlafen hatte, machte die Situation nicht einfacher. Die Müdigkeit machte es mir schwer, einen kühlen Kopf zu bewahren.

Ich fand mich in den Lichtkegeln der grellen Scheinwerfer der gepanzerten Wagen wieder. Da fiel mir auf, dass diese Männer nicht dem südlichen Militär aus Shahtuvearan angehörten. Sie waren aus Racronia. Ich verstand jedes einzelne Wort von dem, was sie sprachen. Drei Männer gingen irgendwelche Seiten aus dicken Büchern durch. Ein vierter blieb bei mir und befahl mir, meine Taschen zu leeren – auch auf racronisch. Sie hatten scheinbar schnell begriffen, dass wir aus demselben Land stammten. Ich tat wie geheißen, gelähmt und fremdgesteuert. Doch mein Blick ließ nicht von unserem Wagen ab, aus dem jetzt auch Ronan und Kyra aussteigen mussten. Ich biss die Zähne zusammen. Ich war viel zu weit weg von den beiden, um ihnen gegebenenfalls zu Hilfe zu kommen.

Peinlich spät stellte ich fest, dass ich im Moment gar nichts bei mir trug. Ich sah hin und her, von Ronan und Kyra zu den Soldaten, die in den Verzeichnissen blätterten.

Ich zuckte zusammen, als wider Erwarten meine Handgelenke gepackt wurden. Mein Körper sprang einen Schritt zurück und riss sich los, ehe ich nachgedacht hatte. Mir hämmerte das Herz gegen die Brust.

„He!“, rief da der Mann, der vor mir stand und mich

anstarrte, „Arme hoch!“

Wollte er mich verhaften? Ich hielt die Luft an. Sich hier zu weigern, würde mich nur noch weiter in Schwierigkeiten bringen. Also hob ich langsam die Arme und kapierte endlich, dass er mich bloß abtasten wollte, was ich mindestens genauso widerlich fand wie verhaftet zu werden. Beides war mit ungewolltem Körperkontakt verbunden.

Ich ballte die Hände zu Fäusten, hielt weiter den Atem an. Ich trug nichts bei mir, er würde nichts finden, also konnte er doch endlich aufhören, mich anzufassen! Aber weiterhin klopfte er meine Brust, Flanken, meinen Rücken und meine Arme ab, anschließend die Beine, auf der Suche nach irgendwelchen Waffen, mit denen ich ihm am liebsten in den Kopf geschossen hätte. Ich zwang mich, still zu bleiben, mich bloß nicht zu regen. Sobald ich auch nur die kleinste Bewegung zuließe, würden meine Fäuste vermutlich auf den Soldaten einschlagen – ohne, dass ich etwas dagegen tun könnte.

Als er endlich fertig mit mir war, stieß ich langsam den Atem aus und kämpfte die Übelkeit nieder, die sich mir bis in den Hals hochgerungen hatte.

Und dann erstarrte alles in meinem Körper, als ich hörte: „Das Kennzeichen ist nicht angemeldet!“

„Mitkommen!“, beharrte der Mann, der mich gerade noch abgetastet hatte – und jetzt fasste er mich schon wieder an! Als er meinen Arm packte, stieß mein Ellenbogen vor in seine Rippen, um sich anschließend loszureißen. Ein Keuchen entwich dem Mann.

„Jarren!“, hörte ich Ronans mahnende Stimme. Doch im selben Moment hatte mich der Soldat schon zu Boden geschleudert. Und zwar so blitzschnell, dass ich den Weg nach unten gar nicht mitbekam. Ein zweiter Mann war dazu gekommen und ich wurde fixiert. Ich schmeckte Blut.

Jetzt sah ich nur noch blitzende Lichter, hörte das Rauschen in meinen Ohren und spürte, wie mein Körper sich gegen alles wehrte, was ihm zu nahe kam. Er schlug und trat, stieß manchmal einen erstickten Schrei aus. Dazwischen immer wieder Ronans Stimme. Er rief nach mir und hoffte wohl, mich zurück zur Besinnung zu geleiten.

„Jarren!“ Wieder Ronans Stimme. „Kommst du wohl endlich wieder zu dir!“

Ich blinzelte und sah ihn an. Er wirkte mitgenommen, die Nase geschwollen und eine kleine Platzwunde zeichnete sich auf seinem Nasenrücken ab, dazu noch letzte Überreste vom Nasenbluten. Aber nichts davon überragte die Sorge in seinem Blick.

Träge wandte ich mich von ihm ab und sah mich um. Ich erkannte nichts als graue Wände, die uns viel zu nahe waren, eine Metalltür, die viel zu verriegelt wirkte, und Kyra, die in einer Ecke unweit von uns kauerte. Als ich feststellte, dass ich auf dem Boden lag, wollte ich mich rasch aufsetzen. Doch die Handschellen an meinen Handgelenken vereitelten meinen Plan. Erst beim zweiten Versuch schaffte ich es. Ronan tat gut daran, reglos neben mir zu sitzen und mir nicht zu helfen. Er wusste, wann er mich berühren durfte und wann er es lieber sein lassen sollte.

„Haben die uns ernsthaft ins Gefängnis geworfen?“, fragte ich und versuchte meine Stimme locker klingen zu lassen, wobei sie dennoch heiser kratzte. Ich schaffte es, mich aufzusetzen und mich an die Wand zu lehnen. In meinen Ohren dröhnte es und mein Schädel fühlte sich an, als könnte er jeden Moment platzen. Jedenfalls hatte ich ein ordentliches Blackout, seit mich der Soldat zu Boden gerungen hatte. Vielleicht hatte man mich mit irgendetwas sediert.

„Allerdings", sagte Ronan. Kurz sah er über die Schulter zu Kyra, die uns mit einem vernichtenden Blick bedachte. Es tat mir weh, sie meinetwegen in Handschellen auf dem Boden kauern zu sehen.

„Was ist mit dem Wagen?", fragte ich.

„Beschlagnahmt."

Ein niedergeschlagener Seufzer entwich mir.

„Soviel dazu: *Es fällt nicht auf, wenn wir mit gefälschten Dokumenten reisen*!", zischte Kyra und ihr Blick wandelte sich von vernichtend zu zerstörerisch tödlich.

„Unsere Ausweise sind auch nicht aufgeflogen", hielt ihr Bruder fast flüsternd dagegen.

„Toll, Ronan! Große Klasse!"

Erschöpft ließ ich den Kopf nach hinten gegen die Wand fallen. Kyra war gerade erst ein wenig aufgetaut – jetzt war sie wieder stocksauer. Und das völlig zurecht. Wir hatten ihr Leben in ein Desaster verwandelt.

„Ist bei dir alles in Ordnung?", fragte Ronan jetzt an mich gewandt.

Ich nickte und versuchte, mich bequemer hinzusetzen, wobei ich feststellte, dass sich mein Nacken in Stein verwandelt hatte. Mein Gesichtsausdruck sprach also vom schmerzhaften Gegenteil. Ich wusste nicht mehr weiter.

Deshalb hasste ich überstürzte Missionen, auf die man

sich nicht vorbereiten konnte. Von der Straßensperrung hätte ich wissen sollen. Ich hätte mir vorher alle Informationen über Zhanar beschaffen müssen. Natürlich musste diese Tour im Gefängnis enden, da ich kaum Zeit gehabt hatte, mich in der Stadt zurechtzufinden. In Moorstock war das etwas anderes. Da kannte ich mich aus. Da hatte ich mein Netzwerk. Und vor allem beherrschte ich dort die Sprache. Ich wusste, was die Stadtwache trieb, wusste, wem ich trauen konnte und wem nicht (wobei ich niemandem blind traute), und woher ich welche Informationen beziehen konnte. Das Gleiche galt für unsere Fahrten nach Centa. Aber von den Abläufen hier in Zhanar hatte ich keine Ahnung.

„Haben die schon irgendein Urteil gefällt?“, wollte ich wissen.

„Noch nicht“, erwiderte Ronan.

„Ich hoffe, du hast einen Plan, wie du uns hier rausholst“, sagte Kyra mit eiserner Strenge in der Stimme.

Hatte ich nicht. Keine Kyerch, kein Auto, keine Waffen, stattdessen Handschellen und eine Gefängniszelle, während unsere Frist weiter ablief. „Mir fällt schon noch was ein“, murmelte ich leise. Aber eigentlich hatte ich einfach nur Kopfschmerzen, die mich am vernünftigen Nachdenken hinderten.

Ich legte beide Hände um meinen Hals (gezwungenermaßen beide) und versuchte, mir unauffällig die verkrampften Stellen am Nacken zu massieren, während ich meine Gedanken zur Ordnung rief. Jetzt war nicht die Zeit für Kopfschmerzen und lächerliche Wehwehchen.

„Sind wir eigentlich noch in Zhanar?“, fragte ich Ronan

leise. Ich hielt die Augen geschlossen und hoffte, dass ich mich so besser konzentrieren konnte.

„Die Fahrt hierher war jedenfalls nicht allzu lang“, antwortete er.

„Weißt du, wo unser Wagen ist?“

„Nein.“

Ich unterdrückte einen weiteren Seufzer. „Weißt du, wer hier der Oberaufseher oder was auch immer ist?“

„Ich bin genauso lange hier wie du. Ich weiß nichts über den Laden.“

Ohne ein weiteres Wort zu verlieren, stand ich auf und ging zur Tür. Kein einziges Fensterchen, nichts, wodurch ich einen flüchtigen Blick in dieses Gefängnis erhaschen konnte.

„Vergiss es, da findest du nichts“, sagte Ronan.

Plump ließ ich mich wieder zu Boden gleiten. „Dann müssen wir warten.“

„Warten?!“ Kyras Stimme schoss vor Entrüstung in die Höhe. Sie starrte mich mit angespannten Gesichtszügen an, die Augen wütend aufgerissen, als hätte ich gerade ihre eigene Hinrichtung verkündet.

Ich hielt ihrem Blick stand, wobei ich lieber nachsichtig mit ihr umgehen sollte. Natürlich wusste sie nicht, wie man sich in so einer Situation am besten verhielt, also erklärte ich ruhig: „Wenn wir jetzt überstürzt handeln, machen wir es nur noch schlimmer. Wir müssen warten und beobachten, ob sich ein Schlupfloch zeigt.“

Sie stieß ein Schnauben aus. „*Du* und nicht überstürzt handeln? Wer von uns ist denn gerade auf den Soldaten losgegangen? Du kannst froh sein, dass sie dich nicht erschossen haben!“ Sie versuchte, die Arme vor der Brust zu verschränken, was ihre Fesseln allerdings nicht zuließen.

„Gerade eben saßen wir auch noch nicht in einer Gefängniszelle“, konterte ich, um den wunden Punkt zu umgehen, den sie nur zu präzise getroffen hatte: Ich hatte die Kontrolle verloren. Ich sprach schnell weiter, um das Thema abzuhaken, und ließ der Ironie in meiner Stimme freien Lauf: „Wenn du uns nochmal einen Grundriss und ein paar Patrouille-Pläne aus dem Nichts herbeizaubern kannst, können wir vielleicht durch den Schornstein rausfliegen. Sofern du die da öffnen kannst.“ Mit dem Kinn deutete ich auf unsere Zellentür.

Sie funkelte mich bitterböse an: „Ich dachte, ihr beide wärt die Spezialisten fürs Schlösserknacken!“

„Schlossknacken bringt uns hier aber nicht weiter“, schaltete Ronan sich dazwischen, an Kyra gewandt. „Und jetzt beruhig dich. Wir finden schon eine Lösung.“ Er sank zurück gegen die Wand und fummelte sich mit seinen gefesselten Händen im Gesicht herum, als müsste er einen gewissen Knochen zurechtrücken.

Ebenso an die Wand gelehnt schloss ich erneut für einen Moment die Augen. Mich zu beruhigen, war tatsächlich auch für mich das Sinnvollste, was ich jetzt tun konnte. Jede Faser in meinem Körper bebte. Und in diesem Zustand konnte ich unmöglich nachdenken oder gar handeln. Ich versuchte unauffällig ein paar tiefe Atemzüge zu nehmen, um meine eingeengte Lunge zu weiten und das Zittern aus meinen Gliedern zu scheuchen. Funktionierte nur halbwegs.

So verging eine Ewigkeit, bis ich vermutete, dass draußen bereits die Sonne aufging. Aber Tageslicht fiel nicht in unsere bescheidene Zelle, die bloß von einer schummrigen Lampe an der Decke erhellt wurde. Ein Fenster gab es nicht. Am liebsten hätte ich etwas gedöst. Aber ich war zu aufgewühlt, als dass mein Körper jetzt in den Schlaf hinübergleiten konnte, was ihn umso verwundbarer machen würde. Stattdessen musste ich mir alle paar Minuten anhören, wie Kyra sich bei Ronan darüber beklagte, dass ihr zu kalt sei, dass der Betonboden zu hart und sie müde sei. Er hörte sich bloß alles schweigend an und setzte sich neben sie, um sie zu wärmen. Irgendwann döste sie mit dem Kopf an seiner Schulter gelehnt ein.

Ich blickte auf meine Hände, die endlich nicht mehr zitterten – wobei ich genau spürte, dass dieses verdammte Zittern noch immer in meinem Körper schlummerte und beim nächsten Reiz wieder hervorbrechen und mich lähmen würde.

Soviel zum nächsten Reiz: Im selben Moment wurde die Tür aufgeschlossen und mit Schwung aufgestoßen. Im Gegenlicht erkannte ich die Silhouette eines Mannes, nicht zu knapp bewaffnet. Kyra schreckte von Ronans Schulter hoch. Der Mann trat einen Schritt in die Zelle auf mich zu, vermutlich weil ich der Tür am nächsten war. Wie vom Blitz getroffen sprang ich auf die Beine, um den Abstand zwischen uns zu vergrößern. Ohne ein Wort zu verlieren, packte er meinen Arm – und da war es wieder: das Beben in meinen Muskeln. Der Mann, den ich jetzt als ‚normalen' Gefängniswärter aus Shahtuvearan erkannte, zog mich aus der Zelle, wobei mein Körper abermals zu rebellieren begann. Ich war wirklich übernächtigt!

Du machst es nur schlimmer, wenn du dich wehrst, sagte ich mir immer wieder im Stillen, klammerte mich regelrecht an diesem Gedanken fest und versuchte, es einfach über mich ergehen zu lassen. Alles andere war zwecklos. Ich zwang mich zu absoluter Ruhe, nichts bewegen, außer die Beine, um dem Wärter zu folgen. Vermutlich wirkte mein Gang unsicher und steif. Ich kam mir vor wie ein Trottel.

Schließlich saß ich auf einem Stuhl; meine Handschellen wurden an dessen Armlehnen fixiert und die Ketten so strammgezogen, dass ich meine Hände nicht höher als bis zur Brust heben konnte. Vor mir stand ein blanker Holztisch. Über mir hing eine grelle Lampe, die mich nach etlichen Stunden in der schummrigen Zelle stechend blendete. Ich nutzte den einsamen Moment, um noch ein paar Mal tief durchzuatmen und mich umzusehen. Der Putz der Mauern war so alt, dass er an manchen Stellen abgeplatzt war und die dunklen Ziegel darunter zum Vorscheinen kamen. Auch dieser Raum war durch eine einzige schwere Tür verschlossen. Und da war mein einsamer Moment auch schon dahin. Ein Mann trat ein. Er trug die dunkle Uniform des racronischen Militärs und wurde von einem Soldaten begleitet, beide aus Racronia. Der Mann konnte nicht viel älter sein als ich. Seine Jacke wirkte aufgeplustert, sodass ich mir sicher war, dass er darunter eine kugelsichere Weste trug. Vermutlich war er irgendein Offizier. Entweder hatte man ihm den Posten durch gute Beziehungen schlicht geschenkt oder er hatte in seinen wenigen Jahren bereits außerordentliche Dienste geleistet.

„Wie lautet dein Name?“, begann der Offizier auf racronisch. Er sprach mit rauer Stimme, die wohl oft brüllte, und blieb vor dem Tisch stehen, um von oben auf mich herabzuschauen. Er kam also direkt zur Sache.

„Thomas Ayllen“, brummte ich. Das stand zumindest so in meinen Papieren. Ich glaubte zwar nicht, dass ich drumherum kommen würde, aber ich hoffte inständig darauf, dass ich nicht noch mehr Fragen beantworten müsste.

Der Offizier fuhr unbeirrt fort: „In dieser Nacht wurden einige Überfälle, Diebstähle und Entführungen gemeldet. Wir haben bestimmt ein Dutzend Fahrzeuge aus dem Verkehr gezogen.“ Er machte eine Pause und sah mich erwartungsvoll an. „Allesamt mit nicht registrierten Kennzeichen.“ Wieder eine Pause, als wartete er darauf, dass ich etwas dazu zu sagen hatte. Doch ich starrte ihn bloß finster an – als ob mir das was bringen würde.

„Es gibt nur einen Unterschied zwischen euch und den anderen. Ihr seid aus Racronia.“ Wieder schwieg er wenige Sekunden und erhoffte sich wohl ein paar Erklärungen von mir. Aber dann spuckte er seine erste direkte Unterstellung aus: „Was haben euch diese Mistkerle bezahlt, damit ihr bei deren Spiel mitmacht?“

Ich biss die Zähne zusammen. Wurde ich gerade in eine politische Sache verstrickt? Auf jeden Fall hatte ich keine Ahnung, wovon er sprach. „Nichts“, antwortete ich, wobei ich seiner eigentlichen Frage auswich.

Er stützte sich mit den Händen auf die Tischplatte, sein Gesicht kam dem meinen immer näher: „Du wirst mir jetzt sagen, bei welchem der Delikte ihr mitgewirkt habt. Mit wem habt ihr gearbeitet?“

Ich hätte jetzt von Ashkis Geheimversteck in der Firma erzählen können; das hätte den Kerl mit Sicherheit friedlich gestimmt. Aber dass es ja bereits ausgeräumt worden war, verdächtigte uns wiederum, einen Waffenhandel betrieben zu haben. Und auf diese Unterstellung hatte ich wirklich gar keine Lust. Außerdem wusste ich nicht, welche Folgen das in diesem Land haben könnte, von dem Versteck zu berichten. Ebenso für uns, denn ich hatte noch immer keine Kyerch. Also musste ein weiterer finsterer Blick, ohne Antwort, ausreichen.

Ich wollte gerade die gefesselten Hände heben (was ich natürlich nicht wirklich konnte), um mich zu schützen, da schlug er mir schon mit der flachen Hand ins Gesicht, sodass es vor meinen Augen aufblitzte. Mein ohnehin schon versteinerter Nacken knackte, sodass mir eine Gänsehaut über den Körper wallte. Sogar mein linkes Ohr war im ersten Moment taub von dem Knall in meinem Kopf.

Egal, wie auffällig das jetzt war, ich brauchte schon wieder einen tiefen Atemzug. Er konnte mich foltern, wenn er wollte. Die Gesetze von Racronia schützten mich hier nicht – das taten sie nirgendwo, wenn man es richtig anstellte. Ich verkrampfte mich bei dem Gedanken. Noch schmerzhafter verkrampfte ich mich jedoch bei der Vorstellung, dass sie Kyra etwas antun könnten, um an Informationen zu gelangen. Warum bloß hatte ich zugestimmt, sie mitzunehmen?

„Letzte Chance: Wo wart ihr in dieser Nacht? Von Sonnuntergang bis zu eurer Verhaftung."

Ich starrte auf die Tischplatte vor mir. Ich wollte lügen, doch ich kannte mich zu schlecht aus in dieser Stadt.

„Ashki“, sagte ich knapp und dachte dabei nur an Kyra und Ronan.

„Genauer.“

Ich hob den Blick und starrte zu dem Soldaten an der Tür, inspizierte dessen Waffen und hoffte auf einen schlauen Einfall. Als der nicht kam, antwortete ich widerwillig: „Eine Firma im westlichen Industrieblock.“ Und das war schon mehr Wahrheit, als ich preisgeben wollte. Vor allem lag dort noch immer der tote Wächter …

„Was wolltet ihr da?“

Da platzte eine Lüge aus mir heraus, die dümmer nicht hätte sein können: „Angeblich hortet Ashki eine Menge Geld, um es zu waschen. Aber wir haben keins gefunden. Wir waren gerade auf dem Rückzug.“ Und doch noch ein Funken Wahrheit: „Wir wollten die Stadt verlassen.“

Er bedachte mich mit einem skeptischen Blick, eine Braue gehoben. „Und wo habt ihr dieses Gerücht aufgeschnappt?“

Ein Knall schnitt mir die Luft ab, bevor ich meine brillante Lügengeschichte fortsetzen konnte. Ich zuckte zusammen. Irgendwo in diesem Gebäude brach gerade eine Schießerei aus. Der Offizier warf mir einen bedeutungsvollen, finsteren Blick zu, der mir verriet, dass er mich umbringen würde, versuchte ich mich zu befreien. Dann stürmte er mit dem Soldaten aus dem Raum und schlug die Tür hinter sich zu.

Und hier saß ich allein an diesen dämlichen Stuhl gefesselt und wusste nicht, ob Ronan und Kyra vielleicht gerade erschossen wurden. Jetzt brach mir erst recht der Schweiß aus.

Rasch hob ich meinen linken Fuß zu meiner rechten Hand und fummelte mit den Fingern an meinem dünnen Schuh herum, den ich für solche Gefechte lieber gegen Stiefel getauscht hätte. Ich bekam das winzige Metallstäbchen zu fassen. Finn hatte mir nach seinen miesen Erfahrungen inständig geraten, so etwas immer dabeizuhaben; im anderen Schuh versteckte ich eine winzige Klinge, falls ein Strick meine Hände fesselte. Mein Gott, das hatte ich bisher nur einmal benutzen müssen, um während der großen Razzia zu fliehen. Das war eine weitaus weniger verstrickte Situation gewesen als heute.

Ich musste mein Handgelenk schmerzhaft verdrehen, als ich versuchte, das Metall über die Zahnraster der rechten Schelle zu führen. Die Schießerei nahm kein Ende. Das Gefecht schien sich durchs gesamte Gebäude zu ziehen. Sogar auf dem Flur, direkt vor meiner Tür, knallte es jetzt, als ginge die Welt unter. Wehe jemand kam hier rein, bevor ich meine Fesseln gelöst hatte! Das Zittern, das noch immer meine Hände befiel, machte es nicht leichter. Wenn ich dieses äußerst wichtige Stäbchen – meine einzige Chance – fallen ließ … Warum musste sich mein Körper nur immer so dämlich anstellen und sich selbst behindern?

Ich hielt eine Sekunde inne, um mit geschlossenen Augen tief durchzuatmen. Dann stocherte ich weiter in der Verankerung meiner Handschelle herum. Ich hielt den Atem an, gab alles daran, nicht bei jedem Knall zusammenzuzucken und den Krach stattdessen auszublenden. Meine Finger waren so verschwitzt, dass ich ständig abrutschte, anstatt das Ding in den Schließmechanismus zu schieben. Durch zusammengebissene Zähne stieß ich einen Fluch nach dem anderen aus. Sogar mein Atem, den ich nicht länger kontrollieren konnte, zischte. Ich glaubte, dass ich noch nie in meinem Leben so nervös gewesen war.

Und dann verhakte es sich endlich. Ich schob den Bogen noch um einen Zahn tiefer in die Arretierung, wobei ich das Gefühl hatte, mir selbst das Handgelenk abzutrennen. Und dann löste sich das Ding endlich. Blitzschnell zog ich die Hand aus dem aufgesprungenen Metallriemen, als wäre es ein Maul voller spitzer Zähne, das jeden Moment wieder zuschnappen konnte. Rasch machte ich mich an die andere Seite. Das schaffte ich schneller, was wohl der deutlich angenehmeren Handhaltung zu verdanken war. Erneut fielen Schüsse – von wo auch immer. Mir jagten prickelnde Schauer durchs Rückenmark.

Ich musste jetzt ruhig und vorsichtig handeln! Sonst würde mich die nächstbeste Kugel durchlöchern.

Ich platzierte das winzige Metallstück wieder in meinem Schuh und hoffte, dass ich es so schnell nicht wieder brauchen würde. Langsam erhob ich mich und legte vorsichtig die Handschellen mit den Ketten auf den Stuhl. Bei dem Lärm da draußen war es unmöglich, dass mich jemand hörte, und doch schlich ich auf leisen Sohlen zur Tür und lauschte. Die Schießerei direkt vor mir auf dem Flur hatte sich allem Anschein nach woandershin verlagert. Ich hörte noch immer Schüsse, aber von weiter her. Wie sehr wünschte ich mir jetzt eine kugelsichere Weste und irgendeine Pistole. Doch ich trug noch immer meine schwarze, leichte Kleidung, die mich mit der Dunkelheit verschmelzen ließ und mir eine lautlose Fortbewegung ermöglichte. Im grellen Licht der Röhrenlampen nutzte sie mir jedoch rein gar nichts.

Ich wagte es, die Tür einen Spalt breit zu öffnen. Doch bevor ich einen Blick hinauswerfen konnte, eilten ein paar Shahtuvearaner in bronzefarbenen Uniformen an mir vorbei, offensichtlich Wärter in diesem Gefängnis. Jäh zog ich mich zurück in meinen Verhörraum und wartete, bis die Schritte im fernen Lärm verklungen waren. Dann wagte ich es erneut, die Tür zu öffnen. Der Geruch von Schießpulver, Verbranntem und Blut schlug mir entgegen. Die dunklen Flecken an den Wänden und die Pfützen zwischen den toten Körpern auf dem Boden wuchsen rasant zu einer schieren Größe heran, bis die rote Farbe alles von meinem Blickfeld einnahm.

Bevor ich einen Fuß über die Schwelle setzen konnte, hatte ich mich abermals im Verhörraum verschanzt. Wie oft war ich heute Nacht schon knapp davor gewesen, mich zu übergeben – aber jetzt, so glaubte mein Körper zumindest, war angeblich der perfekte Zeitpunkt dafür.

Wann war dieser verfluchte Tag endlich vorüber?

Mit einer Hand stützte ich mich an der Wand ab, mit der anderen am Tisch, weil meine schlotternden Beine mich kaum noch halten konnten. Mir schien irgendein schwarzer Strudel die Energie aus dem Körper zu saugen, bis ich bloß noch eine leere Hülle ohne Bewusstsein war.

Den Schwindel wegblinzelnd schüttelte ich den Kopf. Noch ein tiefer Atemzug. Auch wenn meine Brust sich einfach nicht weiten wollte. Ich ließ von Wand und Tisch ab und war erstaunt, dass ich frei stehen konnte.

Du musst da jetzt durch!

Ich schluckte die noch immer nicht vergangene

Übelkeit herunter und stahl mich durch die Tür. Mit vorsichtigen Schritten passierte ich den Gang voller Tod und Rauch. Den Blick hielt ich auf den endlos langen Tunnel gerichtet, der sich in der Ferne verlor – und eigentlich doch nur ein kurzer Flur war.

Ich musste unsere Zelle wiederfinden! Ich blendete alles Grausame und vor allem Rote um mich herum aus und konzentrierte mich darauf, was auf dem Spiel stand. Ich musste Kyra und Ronan finden!

Doch als ich endlich den Mut gefunden hatte, meine Schritte zu beschleunigen, erschütterte ein lauter dumpfer Knall das ganze Gebäude. Staub rieselte von der Decke. Unweit von mir krachte eine Lampe zu Boden. Der Beton in der Decke riss ein. Wie erstarrt stand ich mit angehaltenem Atem da, starrte zu dem klaffenden, schwarzen Riss und hoffte, dass das Gebäude nicht über meinem Kopf zusammenbrechen würde.

Mich durchzuckte ein Energieschub, der alle Zweifel davonjagte, als ich feststellte, dass mir vielleicht nur noch Sekunden blieben, um Kyra und Ronan zu finden, bevor eine weitere Explosion das ganze Haus wegfegte. Unvorsichtig wie sonst was rannte ich den Flur entlang und musste hier und da über einen Toten hinwegspringen. Ich zwang mir eine Art Tunnelblick auf, der nur noch die Route beinhaltete, die mich der Gefängniswächter entlanggeführt hatte. Mir blieb nichts anderes übrig, als zu hoffen, dass ich jetzt niemandem in die Arme lief.

Aber die Flure waren wie ausgestorben – wortwörtlich. Ich erreichte endlich unsere Zelle. Die ins Metall eingravierte Zahl dreihundertzwölf! In diesem Trakt war die

Beleuchtung ausgefallen.

Mir blieb fast das Herz stehen, als ich erkannte, dass die Zellentür merkwürdig verzogen und aufgebrochen war – nicht von innen. Ich zögerte nicht. Ich riss die Tür weiter auf und starrte in den leeren, dunklen Raum.

Von Kyra und Ronan nicht die geringste Spur.

24 – Kyra

Es war einfach nur noch blanke Panik, die mich erschütterte, als ich die ersten Schüsse hörte. Ich konnte meinen Blick nicht mehr von der Tür lösen. Ich erwartete, dass jeden Moment einer hereinstürmte, um meinem Bruder und mir das Leben zu nehmen.

Da packte mich wieder diese Grabeskälte, als ich spürte, wie Menschen starben. Ich presste die Augen zu, versuchte, wegzuhören, mich abzukapseln, und klammerte mich an Ronan fest, während eine Flut aus purem Chaos über uns hinwegstürzte.

„Kyra! Gib mir deine Hände“, hörte ich seine Stimme. Und im selben Moment knallte es lautstark im Gebäude, sodass die Wände erzitterten. Das Licht in unserer Zelle erlosch. Ich starrte durch die Dunkelheit zu der Stelle, an der gerade noch die Lampe geleuchtet hatte.

Als ich nicht weiter reagierte, spürte ich, wie Ronan meine Handgelenke packte und irgendetwas damit veranstaltete. Doch mein Blick konnte nur panisch durch die Finsternis huschen und nach irgendeiner Lichtquelle suchen. Auf dem Flur wurde wieder jemand erschossen. Und keiner unternahm etwas dagegen! Die Wände kamen immer näher und quetschten mir die Lungen ein. Vielleicht stürzte in diesem Moment die Decke ein und ich konnte es nicht sehen. Ich kämpfte um meinen Atem.

Da fielen mir plötzlich die Handschellen von den Handgelenken.

Vermutlich hätte ich Ronan irgendwie helfen sollen,

hier rauszukommen, aber stattdessen schlang ich meine Arme um ihn und klammerte mich wie ein hilfloses Kind an ihn. Ich schloss die Augen, um nicht sehen zu müssen, dass wir hier in der Dunkelheit saßen, und versuchte, tief Luft zu holen.

„Wir hätten dich wirklich nicht mitnehmen sollen“, seufzte er und erwiderte sanft meine unbeholfene Umarmung. Ich konnte förmlich spüren, wie er schuldbewusst lächelte.

Ich schüttelte zustimmend den Kopf.

„Wir kommen hier schon heil raus.“ Er drückte mir einmal die Schultern, dann erhob er sich. Und im selben Augenblick erfüllte ein widerliches Knirschen den Raum, sodass ich glaubte, meine Ohren müssten gleich anfangen zu bluten. Das Geräusch kam aus der Richtung der Tür.

Und da fiel Licht in unsere kleine Zelle!

Ich erkannte die Umrisse von zwei Männern, die hereinstürmten. Schnell sprang ich auf die Beine. Einer von ihnen trug eine Lampe.

„Wer um Keshtas Namen seid ihr?“, rief einer der beiden auf vearanisch an Ronan gerichtet, der bloß hilfesuchend zu mir blickte, da er wohl kein Wort verstanden hatte.

„Wir wurden fälschlicherweise verhaftet. Wir sind nicht aus Zhanar“, erklärte ich ebenfalls auf vearanisch, weil mir nichts Schlaueres eingefallen war.

„Kann der sprechen?“ In einer blitzschnellen Bewegung hatte der eine Mann seine Pistole gezogen und drückte sie Ronan, der keinen Zentimeter zurückwich, gegen die Stirn.

Ich verkrampfte mich. „Kein Vearanisch“, antwortete

ich wahrheitsgemäß. Mir rauschte mein Puls in den Ohren. Ich konnte mir gar nicht ausmalen, was es bedeuten würde, würden sie ihn hier auf der Stelle erschießen.

„Aus Racronia?", hakte der Mann nach. Für einen winzigen Moment schielte Ronan zu mir hinüber. Er sah so aus, als wollte er den Kopf schütteln, das Wort ‚Racronia' musste er verstanden haben.

„Aus Centa", log ich daher, was östlich von Racronia lag. Mich beschlich das ungute Gefühl, dass diese Männer auf unsere wahre Heimat nicht gut zu sprechen waren. Wieder warf Ronan mir einen bedeutenden Blick zu. Er schien verstanden zu haben, was ich gesagt hatte.

Und plötzlich begann der Mann ihn mit Fragen zu bombardieren. Er sprach in einer Sprache, die ich noch nie gehört hatte – vermutlich keralisch, was man in Centa sprach. Mein Magen verkrampfte sich.

Doch Ronan antwortete. Die Pistole noch immer an seinem Kopf lieferte er sich mit dem Mann einen hitzigen Schlagabtausch auf keralisch.

Jetzt wusste ich, was Ronan und Jarren die ganze Zeit durchmachten, wenn sie mein Vearanisch nicht verstanden und nicht wussten, ob sich ein Gespräch in eine gute oder schlechte Richtung entwickelte.

Der Mann senkte schließlich die Waffe. Ich stieß meinen angehaltenen Atem aus.

Panisch fuhr ich herum, als urplötzlich mein Arm gepackt und ich aus der Zelle gezogen wurde. Noch nie hatte mich jemand so grob angefasst! Dafür hätte der Kerl eigentlich eine Ohrfeige verdient! Aber ich wagte es nicht, mich zu wehren. Schließlich wusste ich immer noch nicht, ob dieses Gespräch gut oder schlecht verlaufen war. Das einzig Gute war zumindest, dass Ronan noch lebte. Und ich auch. Unmöglich konnte ich ihn jetzt fragen, worüber sie diskutiert hatten. Wir sollten lieber verheimlichen, dass wir auch racronisch sprachen. Aber das war die einzige Sprache, in der wir uns verständigen konnten. Und so blieb uns nur noch der nonverbale Blickkontakt.

Die andauernde Schießerei schreckte mich noch immer auf, aber unsere ‚Eskorte' wusste, welche Flure im Augenblick sicher waren. Auch wenn manche davon erst wenige Minuten vorher bitteres Schlachtfeld gewesen waren. Das erkannte ich, als wir das erste Mal an einem Mann vorbeikamen, der zusammengesunken und mit leeren, halb geschlossenen Augen an der Wand lehnte. Seine Brust war blutverschmiert. Er war wie ausgehöhlt. Keine Angst, kein Schmerz. Gar nichts.

Mir wurde schlecht und schwindelig. Ich musste mehr und mehr aufpassen, nicht über meine Füße zu stolpern. Irgendwann hatten uns die Männer endlich aus dem Gefängnis geführt. Es war noch dunkel draußen und meine Augen hatten Mühe damit, sich daran zu gewöhnen, nachdem wir durch den Flur voller Lampen geeilt waren. Erst als der kühle klare Nachtwind über mein Gesicht strich, stellte ich fest, wie sehr es im Inneren des Gebäudes nach Tod gestunken hatte. Die Luft hier draußen war im Vergleich unglaublich wohltuend.

Aber ich hatte keine Gelegenheit, um stehen zu bleiben und einen tiefen Atemzug zu nehmen. Der Mann, der meinen Arm mit eisernem Griff packte, sodass ich später vermutlich einen blauen Fleck an der Stelle haben würde, schleifte mich erbarmungslos hinter sich her. Ich konnte mich nicht zu Ronan umdrehen, weil ich mich zu sehr darauf konzentrieren musste, mit ihm Schritt zu halten.

Wir hielten auf einen großen Transporter mit massiver Karosserie zu. Das Heck bestand aus zwei Flügeltüren mit jeweils einem winzigen vergitterten Fenster ohne Glas. Zwei weitere Männer – einer von ihnen ein Gefängniswärter – standen wachsam daneben. Auch sie waren so schwer bewaffnet, dass mir die Knie weich wurden. In meinem ganzen Leben hatte ich noch nicht so viele Waffen gesehen wie in dieser Nacht. Einer der beiden schob den schweren Metallriegel zur Seite und öffnete die rechte der beiden Flügeltüren.

Ich blickte noch ein letztes Mal über die Schulter und stellte mit Entsetzen fest, dass ein ganzer Trakt des Gefängnisses eingestürzt war. Eine Wolke aus Rauch und Staub stob in den Sternenhimmel empor, unten orange flackernd, wo die Flammen aus dem Gebäude züngelten und den Rauch aufleuchten ließen wie ein zügelloser Dämon.

Wo um Himmels Willen war Jarren abgeblieben? Ich könnte jetzt versuchen, in dem ganzen Chaos sein Bewusstsein auszumachen, aber wenn er zu weit weg war, würde ich ihn unmöglich finden.

Ich wurde gedrängt, in den Wagen zu steigen. Mir rutschte das Herz ein Stück tiefer, als ich sah, dass hier bereits drei Männer auf den zwei Bänken an den Seiten saßen, mit angeketteten Händen und Füßen.

Da wurde mir schmerzlich bewusst, dass ich gerade entführt wurde.

Und es gab nichts, was wir dagegen tun konnten, ohne

von den Kugeln einer ganzen Armee durchlöchert zu werden, so wie es schien.

Ich setzte mich wie befohlen auf die Bank und ließ mich anketten. Mir stiegen die Tränen in die Augen, als ich daran dachte, dass ich meine Mutter vielleicht niemals wiedersehen würde. Einzig und allein deshalb, weil ich sie angelogen hatte. Weil ich zugestimmt hatte, mit in den Süden zu reisen – ich hatte mich für Ronan entschieden, nicht für sie, wurde mir klar. Wie hatte ich ihr das nur antun können? Nach allem, was sie mit mir durchgestanden hatte.

Ich versuchte, die Tränen aus den Augen zu blinzeln und den Kloß in meinem Hals hinunterzuschlucken, aber beides war so widerspenstig, dass ich kaum dagegen ankam. Ich griff nach Ronans Hand neben mir, um wenigstens irgendwo etwas Trost und Wärme zu finden. Er erwiderte meinen Druck sanft.

Irgendetwas musste ich doch tun können! Ich könnte in die Gemüter der beiden Männer abtauchen, die den Wagen bewachten. Aber würde mir das überhaupt etwas nützen? Wir waren zu dritt – augenblicklich sogar nur zu zweit, weil ich keine Ahnung hatte, wo Jarren war. Gegen diese Vielzahl von bewaffneten Männern hatten wir keine Chance. Ansonsten hätte Ronan auch nicht widerstandslos zugelassen, dass wir in Ketten abgeführt wurden.

Wir warteten eine Ewigkeit hier auf dieser Bank. Dreimal noch wurde die Tür geöffnet und weitere Gefangene wurden zu uns in den Wagen verfrachtet, allesamt Rakronier, wie ich im schummrigen Licht erkennen konnte. Jedes Mal hoffte ich, dass Jarren es war, der die Türen des Wagens aufstieß, um uns hier rauszuholen. Aber er kam nicht.

Ich wusste nicht einmal, ob er überhaupt noch am Leben war. Von Ronan ging wohl derselbe quälende Gedanke aus, der regelrecht auf mich einschlug. Ich biss die Zähne zusammen und schielte zu ihm hinüber. Er starrte mit verbitterter Miene auf seine Füße. Das erste Mal in meinem Leben erkannte ich Hoffnungslosigkeit in seinem Blick. Er war machtlos. Genauso machtlos wie ich.

Es fielen irgendwann mit langen Abständen fünf Schüsse vor unseren Wagentüren, begleitet von finsteren Worten, denen ich gar nicht zuhören wollte, und dem Johlen der Aufständischen. Mir wurde schlecht. Meine Hand krallte sich fester in Ronans und ich spürte, wie sich mein Körper immer kleiner machte – wo ich doch ohnehin schon die kleinste Person hier drinnen war.

Und dann setzte sich der Wagen in Bewegung. Durch die vergitterten Fenster konnte ich einen hauchzarten Schimmer am Himmel erkennen. Es war wohl kurz vor Sonnenaufgang.

25 – Jarren

Irgendwann wusste ich gar nicht mehr, durch welche Flure ich schon gerannt war und durch welche nicht – von Kyra und Ronan keine Spur. Die Kämpfe zwischen den Shahtuvearanern und den racronischen Soldaten ließen wohl nach; manchmal wurde es gruselig still im Gebäude. Schließlich beschloss ich, draußen nachzusehen. Ohnehin hatte ich die ganze Zeit gehofft, dass ich mich bereits draußen befand, wenn der nächste Teil des Gebäudes in die Luft gejagt wurde. Ich wusste nicht, wer für die Explosion verantwortlich gewesen war, aber es schien, als hätte das racronische Militär das Gefängnis vorerst für sich beansprucht, sodass die vearanischen Wärter zur Mitarbeit gezwungen gewesen waren. Die ganzen Verhaftungen mussten dazu gedient haben, um kampferprobte Vearaner ins Innere zu schleusen, sich dann mit den Gefängniswärtern zu verbünden und das racronische Militär zurückzuschlagen. Es war ein Aufstand gegen unsere Besetzung und dieses Gefängnis war heute das Schlachtfeld. Und wir waren mitten hineingeraten. Die racronischen Soldaten glaubten nun, wir steckten mit dem Aufstand unter einer Decke, und die Aufständischen glaubten, wir seien nur Racronia gegenüber loyal – was uns zum Feind von allen machte. Ich sollte achtgeben, dass man mich nicht entdeckte.

Ich stürmte in einen Raum, der zur Abwechslung keine Zelle war, und blickte durch ein vergittertes Fenster in einen verlassenen Hof. Angestrengt kniff ich die Augen zusammen. In der Dunkelheit war es schwierig, etwas zu erkennen. Im Hof sah ich mehrere glänzende Oberflächen, auf denen sich die zartrosafarbene Dämmerung spiegelte – und ich hatte gedacht, die Sonne wäre längst aufgegangen. Da unten standen Fahrzeuge, unsauber in Reihen geparkt. Vielleicht alle, die beschlagnahmt worden waren. Vielleicht auch unseres! Zwar würde ich nicht wegfahren, bevor ich nicht herausgefunden hatte, wo Kyra und Ronan steckten. Aber ich wusste jetzt immerhin, wo es geparkt sein konnte. Vielleicht war unsere Ausrüstung noch dort drin.

Ich gab mich mit meiner neuen Erkenntnis zufrieden und machte mich daran, irgendjemanden allein zu erwischen, den ich eventuell ausfragen konnte. Ein letztes Mal prüfte ich den Sitz der Pistole an meiner Hüfte und das Messer im Gürtel. Die beiden Waffen hatte ich einem toten Soldaten abgenommen. Mich überkam Ekel, als ich daran dachte, dass ich ihn dafür hatte anfassen müssen. Egal, ich musste weiter. Die Hauptsache war, dass ich mich jetzt besser verteidigen konnte. Also huschte ich weiter, in geduckter Haltung, bevorzugte die Schatten, die mit der zunehmenden Dämmerung und den grellen Lampen an der Decke an manchen Stellen ziemlich dünn wurden.

Und dann hatte ich wohl einfach Glück. Als ich in den nächsten Raum hineinschlich, auf der Suche nach einer Informationsquelle, entdeckte ich einen einsamen, riesigen Sicherungskasten. Rasch blickte ich mich um. Die Luft war rein.

Ich legte alle Schalter um und brach sie dabei ab. Über mir ging unmittelbar die Lampe aus. In manchen Fluren war ohnehin schon das Licht ausgefallen, nachdem die

Bombe hochgegangen war. Aber jetzt waren noch mehr Orte unbeleuchtet, vermutlich der ganze Gebäudeflügel, in dem ich mich befand, was mir nur zugutekam.

Ich trödelte nicht und folgte dem Lärm, der manchmal noch das Gefängnis erschütterte, legte mich im Dunkeln in einem leeren Raum auf die Lauer, während Männer mit Petroleumlampen an mir vorbeirannten. Ich wartete darauf, dass einer so dumm war, allein herumzulaufen. Darauf musste ich gar nicht mal so lange warten.

Ein Gefängniswärter also sollte mein Opfer werden. Ich sprang aus meinem Versteck auf den Flur, jagte ihm die zwei Schritte, die uns trennten, hinterher und presste ihm mein Messer an den Hals. Die andere Hand legte ich über seinen Mund, um ihm zu vermitteln, dass er lieber keinen Mucks von sich geben sollte. Sofort zuckten seine Finger zu seiner Pistole. Aber er war schlau genug, sie nicht zu ziehen. Ich bedeutete ihm mit vielsagendem Druck der Klinge an seiner Kehle, mir im Rückwärtsgang zu folgen. Ich zog ihn in den Raum, in dem ich mich versteckt hatte. Dabei erlaubte ich ihm keineswegs, sich zu mir umzudrehen.

„Was habt ihr mit den Gefangenen gemacht?“, zischte ich leise und betete, dass er mich verstand. Anstatt zu antworten, begann er zu meinem Entsetzen mit mir zu ringen und vollführte dabei einige ruckartige Bewegungen. Vermutlich dachte er, ich sei ein racronischer Soldat. Aber ich ließ nicht locker. Als ich die Klinge fester an seinen Hals drückte, erstarrte er wieder, was mich zufriedenstellte. Ich drückte so fest zu, dass ich mir sicher war, ihn bereits blutig geschnitten zu haben.

„Welche Gefangenen?“, fragte er. Er hatte einen starken Akzent, sodass ich Mühe hatte, seine Worte zu verstehen.

„Die, die nicht zu diesem Aufstand gehören.“

„Die bleiben hier.“

Ich stieß schnaubend den Atem aus und wieder verstärkte sich der Druck meiner Klinge. „Anscheinend nicht. Die Insassen von Zelle dreihundertzwölf. Wo sind sie?“ Ich war erstaunt, dass ich mir trotz meines Zustandes diese Zahl gemerkt hatte.

„Wenn sie nicht zu uns gehören, sind sie noch da.“

„Sind sie nicht!“, zischte ich und rammte den Mann einmal mit kräftigem Schwung gegen die Wand, damit er endlich das ausspuckte, was ich wissen wollte. „Die Tür war von außen aufgebrochen. Wo sind sie?“

„Dann wurden sie vielleicht mitgenommen.“

„Wohin?“

Jetzt presste er nur noch die Lippen aufeinander.

Ich trat ihm ins Knie, sodass ihm das Bein in einem verdrehten Winkel einknickte. Er keuchte auf vor Schmerz.

„Wohin?“, wiederholte ich mit Nachdruck.

Er sprach nicht mehr weiter. Stattdessen beschleunigte sich seine Atmung, vermutlich weil er sich auf Folterqualen einstellte. Zeitverschwendung.

Fluchend packte ich mit meiner freien Hand sein Haar und schmetterte seinen Kopf so hart gegen die Wand, dass er einfach zusammenklappte. Dann ließ ich ihn zurück.

Ich beschloss, meinen Wagen zu finden und irgendeinem von diesen Kerlen zu folgen, die diesen Gefängnisaufstand angezettelt hatten. Irgendjemand würde mich schon noch irgendwohinführen, wenn ich es geschickt anstellte.

Die hatten garantiert eine Art Hauptquartier. Und wenn Kyra und Ronan nicht mehr hier waren, konnten sie nur dort hingebracht worden sein. Sofern es nicht mehrere Standorte gab. Von niemandem gesehen und an die Schatten gebunden flitzte ich aus dem Haus in den Hinterhof, den ich aus dem Fenster beobachtet hatte. Just als ich ins Freie trat, hörte ich einen Schuss, der über die freie Fläche hallte, daraufhin ein Johlen.

Wehe, sie erschießen meine Freunde, dachte ich zähneknirschend. Dann würde ich einen Weg finden, sie alle in die Luft zu jagen. War es richtig, jetzt irgendein Hauptquartier zu suchen? Oder sollte ich mich lieber unter die Menge begeben und nachsehen, ob die beiden nicht doch gefesselt und geknebelt in ihrer Mitte saßen? Meine Güte, die konnten überall sein und sich zu jeder Zeit in Lebensgefahr befinden!

Wieder zischte ein Fluch über meine Lippen, als ich abdrehte und dem großen Parkplatz, wo unser Wagen vermutlich stand, den Rücken zukehrte. Ich rannte mit viel Schwung auf das Gebäude zu, das ich gerade verlassen hatte, sodass ich ein paar Schritte die Wand hochlaufen konnte. Dann sprang ich ab und langte nach dem Sims der Mauer übereck, die die zwei Höfe voneinander trennte. Verborgen hinter der Ecke des Gebäudes und flach an die Wand geschmiegt beobachtete ich das Treiben auf dem Platz. Die Dämmerung hing schwer am Horizont und ließ die Szene in blutrotem Licht aufglimmen; die wenigen Öllampen trugen nicht viel zur Beleuchtung bei. Und tatsächlich knieten dort drei racronische Soldaten, zwei weitere aus der Reihe lagen reglos daneben. Männer aus meiner

Heimat, gefesselt und zum Tode geweiht. Einer der Aufständischen ging mit langsamen Schritten hinter der Reihe vorbei und brüllte irgendetwas auf vearanisch. Dann drückte er ab und der nächste Soldat kippte schlaff nach vorn, nachdem ihm eine Kugel durch den Kopf gejagt worden war. Blut spritzte wie ein Schatten über den sandigen Boden.

Ich presste mich an die Mauer hinter mir, weil mich ein kurzer Schwindel überkam – Schwindel war hier oben lebensgefährlich. Im Laufe der Nacht schien ich immer empfindlicher auf Blut zu reagieren, selbst aus der Entfernung und bei diesen Lichtverhältnissen. Ich stöhnte verärgert, versuchte es dann mit einem tiefen Atemzug und spannte meinen Körper absichtlich an, was gegen den Schwindel half. Dann ließ ich meinen Blick erneut über das Gelände schweifen. Die Menschen standen weit genug auseinander, sodass ich mir eine gute Übersicht über die einzelnen verschaffen konnte. Aber Kyra und Ronan waren nicht da unten.

Zwischen den Leuten standen schwere, große Fahrzeuge geparkt. Wieder ein Schuss und ich zuckte zusammen. Ich sah weg und erkannte nur im Augenwinkel, wie der vierte Mann zu Boden ging. Stattdessen beobachtete ich die wuchtigen Gefährte. Fünf davon ragten hinter der Menge auf. Und da sah ich, wie eines geöffnet wurde, um zwei Rakronier hineinzuverfrachten, ich vermutete Militärs höheren Ranges, die man ordentlich verhören konnte. Im Inneren erkannte ich weitere kauernde Gestalten im Lampenschein, konnte aber keine Gesichter ausmachen. Der letzte Mann aus der Reihe vor der Menge wurde hingerichtet. Ich widerstand dem Drang, dem Drecksack die Waffe abzunehmen und ihm selbst eine Kugel ins Hirn zu jagen.

Stattdessen sollte ich lieber ausklügeln, wie ich geschickt und ungesehen einen Blick in jeden dieser fünf Wagen werfen konnte, um herauszufinden, ob sich Kyra und Ronan unter den Gefangenen befanden.

Doch im selben Moment setzten sich die Fahrzeuge in Bewegung!

Ich fluchte. Mir blieb nichts anderes übrig, als so schnell wie möglich unser Auto zu finden, um ihnen zu folgen.

Ich ließ mich rücklings von der Mauer gleiten, hielt mich mit den Händen kurz an der Krone fest, um den Abstand zwischen mir und Boden möglichst zu verkleinern. Dann stieß ich mich ab, drehte im Sprung der Mauer meinen Rücken zu und musste bei der Landung tief in die Knie gehen, um mich abzufangen. Auf diesem Teil des Hofes befand sich im Augenblick keine Menschenseele, sodass ich ungesehen und geschützt von der Wand um die Autos herumhuschen konnte. Rasch musterte ich alles, bis ich nach wenigen Sekunden tatsächlich unseres gefunden hatte. Doch ich hatte keinen Schlüssel bei mir.

Ich versuchte die Tür zum Fahrersitz zu öffnen. Sie war nicht abgeschlossen. Eine Hürde blieb mir damit erspart. Als man den Wagen bei der Straßensperre beschlagnahmt hatte, hatte ich den Alarm natürlich nicht eingeschaltet – der hätte ansonsten beim Öffnen der Tür eine Menge Aufmerksamkeit erregt. Aber auch da musste ich zum Glück nichts umgehen. Nur den Motor musste ich irgendwie starten. Schon einmal hatte ich das Ding kurzschließen müssen, weil irgendwer (nicht ich) den Schlüssel verschlampt hatte. Heute musste ich es wohl wieder tun.

Kaum hatte ich die Tür geöffnet, mich daneben gekniet und gerade begonnen, mit den Händen unter dem Lenkrad herumzutasten, da hörte ich Stimmen. Ich überlegte nicht länger, kletterte in den Wagen hinein und lehnte die Tür an, als hätte ein gehetzter Soldat sie nach der Durchsuchung nicht richtig geschlossen, was ich während meinem kurzen Rundgang bei den anderen Fahrzeugen auch schon gesehen hatte. Rasch blickte ich nach hinten durch die Heckscheibe und erkannte eine große Gruppe, die sich auf die Wagen zubewegte und sich aufteilte. Fluchend sprang ich auf die Rückbank, wobei ich Acht gab, mich so vorsichtig zu bewegen, dass der Wagen nicht zu schaukeln begann. Ich schnappte mir meinen Rucksack, der zum Glück noch da war, und verschwand anschließend im Kofferraum. Mir klopfte das Herz bis zum Hals. Blitzschnell hatte ich alle unsere Taschen geöffnet und ausgekippt, unsere Decken hervorgeholt und mich darunter versteckt. Irgendwie warf ich das gesamte Gepäck auf mich, um möglichst viel Chaos zu verursachen. Ich wünschte mir, ich hätte in unsere Verstecke unter der Ladefläche gepasst. Aber das hier musste reichen, mehr Möglichkeiten hatte ich auf die Schnelle nicht. Also presste ich mich unter drei zerknautschten Decken und vielen Taschen versteckt an die Rückseite der Rückbank und machte mich so schmal wie ich nur konnte.

Die Fahrertür öffnete sich und es wurden unzählige Schlüssel ausprobiert. Dann hörte ich, wie der Motor aufbrummte – eigentlich ein vertrautes Geräusch, aber von hier hinten aus dem Kofferraum heraus klang es ganz fremd. Der Boden unter mir begann zu vibrieren. Die Stimmen entfernten sich wieder, nur einer schien hinter dem Steuer zurückzubleiben.

Und dann wurde ich in meinem eigenen Auto entführt, ohne dass mein Entführer etwas davon wusste. Ich musste an mich halten, nicht bitter aufzulachen. So viel Chaos in nur einer Nacht! Das hatte ich noch nie erlebt.

Ich war froh, dass ich meinen Rucksack hatte ergattern können. Also streckte ich den Kopf aus meinem Versteck hervor, um etwas sehen zu können und lud meine kleine Betäubungspistole erneut auf, nur für alle Fälle. Auch wenn das mein vorletzter Schuss war und ich mir dann neues Gift besorgen müsste. Aber die war schön leise und weitaus weniger ekelhaft als Messer und Pistole. Im Dämmerlicht und unter dem ständigen Ruckeln des Wagens war das Einsetzen der winzigen Nadelkapsel wirklich nicht leicht. Aber meine Hände hatten sich beruhigt und zitterten nicht mehr. Immerhin. Jetzt hoffte ich nur noch, dass ich Kyra und Ronan irgendwie wiederfand. Worin auch immer wir jetzt verstrickt waren. Vielleicht würde man ja sogar versuchen, uns zu rekrutieren, wenn sie uns nett fanden.

Als ich meine kleine, hinterhältige Waffe bereit gemacht hatte, presste ich sie eng an meine Brust und zog mir wieder die Wolldecken bis über den Kopf, wobei mir darunter viel zu warm wurde. Durch einen Schlitz konnte ich sehen, wie der Wagen von rotem Licht geflutet wurde. Die Sonne war aufgegangen. Und noch eine Nacht hatte ich jetzt durchgemacht. Immerhin verspürte ich keinen Funken Müdigkeit, was ich wohl der Aufregung zu verdanken hatte.

Die Fahrt dauerte eine gefühlte Ewigkeit. Während ich

hier auf dem harten Boden des Kofferraums lag, spürte ich jede Bodenwelle, jedes Steinchen, jedes kleinste Loch in der Straße, die vermutlich gar nicht asphaltiert oder gepflastert war.

Nach einer sehr langen und sehr unbequemen Fahrt hielten wir endlich an. Ich wagte es nicht, mich zu rühren. Der Mann vorne stieg aus.

Ich wappnete mich. Sobald er den Kofferraum öffnen würde, um alles hier zu inspizieren, würde ich aus meinem Versteck springen. Ich hatte bereits meine linke Hand so positioniert, dass ich mir in einem Ruck die Decken vom Körper ziehen konnte. Mit der rechten würde ich ihm die Nadel unter die Haut rammen. Ich würde ihn in den Kofferraum ziehen und ihn so lange unter mir fixieren, bis die Betäubung wirkte. Allerdings hatte ich bisher noch keine Ahnung, von welcher Statur der Mann war. Gegen einen riesigen Berg hätte ich keine Chance. Wo war Ronan, wenn man ihn brauchte?

Die Fahrertür wurde zugeschlagen. Schritte umrundeten den Wagen – schwere Schritte.

Ich hielt den Atem an und fluchte in Gedanken.

Noch mehr Fahrzeuge brausten heran und wurden abgestellt. Auf dem Platz hier war richtig was los. Da wäre mir ein riesiger, dicker, aber einsamer Entführer doch lieber als eine ganze bewaffnete Horde, die ich niemals im Alleingang überwältigen konnte. Wie sollte ich aus diesem verfluchten Wagen kommen?

Den Wagen kurzschließen und alle umfahren? Den Gedanken verwarf ich ganz schnell. Würde nur Verstärkung anlocken.

Im selben Moment wurde der Kofferraum geöffnet. Wer auch immer da stand, starrte geradewegs auf einen Haufen zusammengeknautschter Decken und sehr viele geöffnete und halb ausgeräumte Taschen. Mit angehaltenem Atem umklammerte ich den Griff meiner Betäubungswaffe und hatte meinen Rucksack mit den wirklich wichtigen Dingen eng an mich gepresst.

Um mich herum raschelte es, dann das Klicken von Schnallen, eindeutig von Kyras Koffer, wovon sie sicherlich nicht begeistert wäre. Weiterhin hielt ich den Atem an, während der Fremde weiter unsere Sachen durchsuchte. Ich wagte es nicht, hervorzuspringen. Hier war zu viel los. Wenn der Mann mich entdecken würde …

Dann rief der Mann, der gerade unser Gepäck durchwühlt hatte, etwas auf vearanisch zu irgendwem. Von ferner hörte ich eine Antwort. Bis zu meinem Versteck hier ganz hinten, wofür er in den Kofferraum hätte hineinklettern müssen, kam er gar nicht. Die Klappe wurde zugeschlagen.

Das Chaos, das ich veranstaltet hatte, hatte sich ausgezahlt. Er dachte wohl, die Soldaten hätten bereits alles Wertvolle beschlagnahmt und nur die Kleidung zurückgelassen, die allerdings auch wertvoll sein konnte. Aber scheinbar waren die Männer in Eile. An einem ruhigeren Tag würde man das Ganze vermutlich genauer untersuchen.

Immer wieder drangen die Geräusche von Wagentüren zu mir, die geöffnet und wieder zugeknallt wurden. Aber es dauerte nicht lange, da wurde es mucksmäuschenstill. Ich brauchte einen Augenblick, um das nervöse Kribbeln aus meinen Nerven zu jagen. Dann lüftete ich die Decke einen

Spalt, was allerdings nicht ausreichte, um aus den Fenstern zu sehen. Langsam richtete ich mich auf und achtete auf jedes Geräusch und jeden Schatten. Vorsichtig spähte ich auf den Platz und erkannte ein langes Gebäude, vielleicht eine Lagerhalle. Daneben direkt noch eins von derselben Sorte. Hinter den Gebäuden reckten sich mehrere Hügel oder sogar Berge gen Himmel. Und mitten auf diesem von Fahrzeugen gesäumten Platz ragten zwei fette racronische Panzer auf. Meine Augen wurden groß. Beeindruckend. Das war wohl der stolzeste Fang dieser Leute. Ich wollte gar nicht wissen, wie heftig die Durchschlagskraft ihrer Kanonen war. Ich sollte darauf achten, ihnen keinen Grund zu geben, damit auf mich zu schießen.

Eine Frage tat sich auf: Waren diese Panzer gerade bemannt? Falls ja, würde es schwierig werden, sich daran vorbeizuschleichen. Meine Betäubungspistole kam mir da geradezu merkwürdig winzig vor. Ich war froh, dass ich die erbeuteten Waffen von dem toten Soldaten nicht abgelegt hatte.

Mir blieb nichts anderes übrig, als davon auszugehen, dass man mich aus mindestens einem der beiden Panzer beobachten könnte – ganz zu schweigen von den umherlaufenden Vearanern. Die Sonne stand tief hinter dem Gebäude, sodass der Platz noch im Schatten lag, was bedeutete, dass die Scheiben meines Wagens genug spiegelten, damit man nicht hineinschauen konnte.

Also packte ich mir meinen Rucksack auf den Rücken, kletterte mit bedachten Bewegungen auf die hintere Sitzbank und öffnete so langsam wie noch nie die Tür. Ein schmaler Spalt reichte mir, um mich hindurchzuzwängen und mich wie eine Schlange kopfüber direkt auf den Boden gleiten zu lassen. Geräuschlos lehnte ich die Tür an und lag nun auf dem Bauch im Sand, verborgen zwischen zwei Autos und zog mir mein schwarzes Tuch bis über die Nase hoch, damit ich besser mit den Schatten verschmolz. Ich lugte zwischen den Reifen hindurch und suchte nach umhermarschierenden Stiefeln. Niemand da. Langsam kroch ich unter unseren Wagen und dann etwas vorwärts, um bis zum anderen Ende des Platzes hinter den geparkten Reihen blicken zu können. Drei Männer patrouillierten umher, hielten sich aber überwiegend in der Nähe der Einfahrt auf; den Eingang ließen sie dabei nie aus den Augen und auch die Mauer nicht, die den ganzen Komplex einrahmte. Sie bestand aus Lehm, wobei ich vermutete, dass sie einen zementierten Kern hatte. Sie ragte hoch auf, war von Schießschächten gesäumt und obendrauf noch einmal mit einem schmalen Stück Zaun versehen. Darin eingelassen waren zwei bemannte Wachtürme. Auf der Hofseite hatte man Podeste aus Holz oder auch aus Lehm errichtet, um von erhöhter Position aus zu feuern. Ich wollte mir nicht ausmalen, wie viele Gefechte hier bereits ausgetragen worden waren. Die Männer hier weigerten sich, ihre Heimat einfach so von uns annektieren zu lassen. Diesen Kampf hatte es in Moorstock vor über fünfzig Jahren auch gegeben. Und jetzt hatte sich die racronische Grenze bis ans südliche Gebirge vorgeschoben. Der Krieg war so lange her, dass nicht einmal meine Eltern ihn erlebt hatten – wobei mein Vater ironischerweise pünktlich zur Friedensschließung geboren worden war, er hatte das Gemetzel also ‚nur knapp' verfehlt. Aber Krieg war für mich etwas, worüber lediglich

Geschichten erzählt wurden. Nichts, was mich in der Wirklichkeit bedrohte. Und doch musste ich mich jetzt im Dreck vor irgendwelchen Soldaten verstecken, die sich gegenseitig umbringen wollten. Und mich beschlich das ungute Gefühl, dass die Situation jederzeit eskalieren könnte. Wir mussten darauf hoffen, dass es erst dann so weit kommen würde, wenn wir schon wieder in Racronia waren.

Erneut hörte ich Schritte und Stimmen und schwere Türen, die geöffnet wurden. Aber die Geräusche kamen von weit her.

Ich zog mich zurück, schob mich abermals zwischen die Wagen und begann unter ihnen hindurchzukriechen, um mich der Lagerhalle zu nähern, wo die Geräusche herzukommen schienen. Ich bewegte mich vorsichtig und aufmerksam vorwärts, hielt unter jedem Auto kurz inne, um mich zu vergewissern, dass die Männer an der Einfahrt nicht in meine Richtung blickten, wobei sie mich vermutlich ohnehin nicht sehen könnten. Als ich den Platz halb umrundet hatte, verharrte ich und starrte zu der offenstehenden Eingangstür der Lagerhalle, die natürlich auch bewacht war. Den Vordereingang konnte ich also vergessen. Die Reihe parkender Fahrzeuge endete hier und ich hatte ein ganzes Stück deckungsloser Strecke vor mir. Mittlerweile schien die aufgehende Sonne mitten auf den Platz und warf lange Schatten auf den staubigen Boden. Ich wünschte mir nichts sehnlicher als die Nacht zurück. Verborgen unter dem letzten Fahrzeug liegend sah ich mich abermals um. Zwischen den beiden Lagerhallen erkannte ich mehrere kleinere Häuser, manche so klein, dass ich sie eher als Hütten bezeichnet hätte, eine davon konnte eine

Schmiede sein. Es wirkte wie ein winziges, ausgestorbenes Dorf.

Neben der hinteren Halle standen diese fünf Wagen, in denen vermutlich die Gefangenen saßen. Die Fahrer hatten sich drumherum versammelt und Verstärkung war aus dem Gebäude gekommen. Von zweien der Wagen standen die Türen bereits offen und ich erkannte noch, wie der letzte in Ketten Abgeführte durch eine hintere Tür ins Gebäude gestoßen wurde. Der nächste Wagen wurde geleert. Von Kyra und Ronan keine Spur. Bei den nächsten beiden das gleiche. Ich fluchte. Hatte ich die zwei so gerade verpasst, weil ich so lange gebraucht hatte, hierherzukriechen?

Weitere Motorengeräusche erregten meine Aufmerksamkeit. Eine weitere Kolonne an Fahrzeugen rollte auf den Hof. Aber anstatt sie wie den Rest ordentlich an der Seite abzustellen, parkten sie kreuz und quer, als wären sie in größter Eile. Der Erste, der ausstieg, rief etwas. Manche eilten durch den Vordereingang ins hintere Gebäude, andere blieben bei den Wagen und ich erkannte schnell, dass die Insassen Schwerverletzte, vielleicht Gefolterte waren.

Ich starrte wieder zu den Wagen mit den Gefangenen, die nach und nach ins Gebäude abgeführt wurden. Alles nur Militärs, aber auch drei Gefängniswächter, vermutlich Verräter. Aber keine Kyra und kein Ronan. Ich wünschte, ich könnte diese Gefangenentransporte jetzt ausschließen, aber ich hatte die Menschen aus den ersten Wagen nicht beobachten können. Also blieb mir wohl nichts anderes übrig, als das Gebäude zu durchsuchen und zu hoffen, dass ich sie dort finden würde. Nur wie kam ich in diese verdammte Halle?

Alles, was ich bei mir trug, waren der Schlossknacker, ein Seil, die schwere Taschenlampe, meine Betäubungswaffe und Pistole sowie ein Messer.

Also musste ich wohl einfach schnell genug sein.

26 – Jarren

Ich kroch zurück zu dem vorletzten Wagen aus der Reihe und prüfte, ob er abgeschlossen war – war er nicht. Tief Luft holend bereitete ich mich darauf vor, dass jemand auf mich schießen könnte. Zunächst steckte ich die Betäubungspistole in meinen Gürtel, sodass ich sie jederzeit ziehen konnte. Dann holte ich meinen Schlossknacker aus meinem Rucksack und legte ihn für einen Test an die hintere Seitentür von dem Wagen, den ich auserkoren hatte. Ich musste nicht lange suchen, da ich wusste, wo diese Türen ihre Schlösser hatten. Mein Schlossknacker arbeitete fleißig und anschließend war die Wagentür abgeschlossen. Er funktionierte also wieder einwandfrei. Griffbereit verstaute ich ihn in meiner Hosentasche. Dann öffnete ich die Tür auf der Fahrerseite, die ich nicht abgeschlossen hatte, und tastete mit den Händen unter dem Lenkrad herum, bis ich eine Naht in der Verkleidung fand, die aus sehr dünnem Holz bestand. Ich hatte kaum Mühe, es abzureißen. Ich blickte durch einen Rahmen aus Stahl bis in den Motorblock. Die rechte Hand legte ich auf den Schaltknüppel und führte ihn in den Leerlauf. Ich konnte sehen, wie das Getriebe reagierte.

An der Seite befand sich ein kleines Sicherungskästchen mit den ganzen Kabeln, von denen ich eines, das die Scheinwerfer versorgte, vollständig herauslöste – ich hoffte, dass ich mir dabei keinen Stromschlag einfing. Das Kabel für den Anlasser hatte ich auch schnell identifiziert. Mit dem Messer schälte ich die Isolation ab und presste dann die Drähte aneinander. Der Motor zündete ohne Komplikationen und lief ratternd weiter – und alle konnten es hören. Rasch sprang ich auf den Fahrersitz. Ich hielt das Lenkrad gerade, prüfte noch ein letztes Mal, wohin ich mich manövrieren würde, presste mich möglichst tief in den Sitz, um mich nicht mit dem Kopf zwischen den Fenstern zu befinden, legte den Rückwärtsgang ein und raste blindlings los, sodass vor der Haube eine gigantische Staubwolke aufgewirbelt wurde. Keine drei Sekunden später war ich dort angekommen, wo ich hinwollte: nämlich genau da, wo die jetzt verlassenen Gefangenentransporter standen. Ich kam zum Stehen, indem ich einmal das Lenkrad herumriss und der Wagen eine halbe Drehung vollzog, um möglichst viel Sand in die Luft zu befördern.

Den Motor ließ ich im Leerlauf einfach vor sich hin rattern, nutzte so zudem die Abgaswolke als Deckung und sprang ins Freie. Auch meine Geräusche gingen bei dem Motorenbrummen gänzlich unter. Aber den Pulk, den ich angelockt hatte, konnte ich bereits hören. Ich rannte die paar Schritte zur Hintertür, durch die die Rakronier gerade verschwunden waren, und prüfte, ob ich sie öffnen konnte. Aber wie vermutet war sie abgeschlossen. Also packte ich meinen Schlossknacker ein weiteres Mal und presste ihn gegen die Oberfläche, in der Nähe der Klinke. Er fand sofort seinen Halt, weil ich genau die richtige Stelle erwischt hatte – unter Zeitdruck schien ich irgendwie besser zu arbeiten. Die Männer rannten bestimmt schon in meine Richtung, aber sowohl die Wachen vor dem Haupteingang als auch diejenigen, die an der Einfahrt patrouillierten, hatten einen langen Weg bis zu mir. Der Schlossknacker öffnete mir endlich die Tür, ich huschte hindurch und hielt ihn von innen erneut dagegen, um wieder abzuschließen.

Der Flur, in den ich nun gelangt war, war zum Glück wie ausgestorben. Auf der Suche nach Versteckmöglichkeiten blickte ich mich um, als ich hinter mir hörte, wie man sich am Eingang zu schaffen machte. Über mir erkannte ich ein dickes, metallenes Lüftungsrohr. Da kam ich dran, das war gar nicht so hoch! Hoffentlich würde es mein Gewicht aushalten.

Ich nahm Anlauf, machte einen Sprung auf die unverputzte Wand zu, stieß mich davon ab und klammerte mich an das Rohr, was rutschiger war, als ich gedacht hatte. Schräg unter der Decke hängend musste ich mich mehrfach unbeholfen mit den Füßen an der Wand abstützen. Meine Finger suchten immer wieder neuen Halt. Aber schließlich schaffte ich es mit einem Ruck, mich zwischen Decke und Rohr zu quetschen – das ging gerade so. Gut, dass ich so schlank war. Im selben Moment wurde auch schon die Tür hinter mir aufgestoßen. Ich musste mich mit Armen und Beinen festklammern, um nicht zu einer Seite herunterzurutschen. Aber da die Lampen unterhalb der Rohre befestigt waren, befand ich mich in meinem wie üblich bevorzugten Schatten, das Gegenlicht würde mir zusätzliche Deckung geben. Zwei Männer rannten unter mir entlang. Wenig später kam einer wieder zurück und verschwand nach draußen. Von weiter her hörte ich Türenschlagen. Ich lächelte. Wie ich es liebte, Leute auszutricksen!

Da ich schon einmal hier oben war, konnte ich auch noch weiter auf dem Belüftungsrohr voranrutschen; es war ein guter Beobachtungsposten und es schien mich auszuhalten. Natürlich dauerte es ewig, bis ich hier in dieser winzigen Nische ein Stück vorangekommen war. Aber der Flur war so eng und lang, dass ich ansonsten keine andere Gelegenheit gehabt hätte, mich zu verstecken, und tauchte hier jemand auf, ich hätte keine Möglichkeit zu entwischen. Und ich wollte mir nicht durch Mord die Chance nehmen, mit diesen Leuten zu verhandeln. Wer wusste schon, wie sich das Spiel entwickeln würde.

Nach vielen mühseligen Vorwärtsbewegungen erkannte ich links einen kleinen hinabführenden Treppenabsatz, der an einer schweren Tür endete, bewacht von einem einzigen Wächter, der auf mich recht jung wirkte. Das sah vielversprechend nach Kerker aus.

Wieder eilte jemand unter mir durch den Flur, ohne von mir Notiz zu nehmen. Er rief dem Türsteher im Vorbeilaufen etwas zu und dieser antwortete. Ob er ihn wohl vor mir gewarnt oder nach mir gefragt hatte?

Der Mann war schon wieder verschwunden. Nur noch der Kerl an der Tür und ich. Von hier oben aus konnte ich nichts gegen ihn ausrichten. Mit der Betäubungswaffe würde ich die Entfernung nicht überbrücken – und vermutlich würde die Nadel irgendwo in seiner Kleidung hängenbleiben. Ich könnte ihn erschießen und dann von zwanzig Mann Verstärkung erledigt werden, ich könnte das Messer nach ihm werfen, ihn damit kratzen und dann von ihm erschossen werden. Diese Wahlmöglichkeiten hatten also ein erhöhtes Todesrisiko. Etwas zu hoch für meinen Geschmack. Das bedeutete, dass ich näher an ihn ranmusste, um ihm die Giftnadel unter die Haut zu jagen.

Das Belüftungsrohr hatte zum Treppenabsatz hin eine

angeschweißte Abzweigung, die über der Kerkertür in der Wand verschwand. Darüber könnte ich über ihn gelangen. Und dann müsste ich improvisieren. Vorsichtig rutschte ich zu der Abzweigung, schlängelte mich um die Aufhängung herum und bewegte mich so langsam, dass ich kein Geräusch von mir gab.

Natürlich knackte das Rohr unter mir plötzlich lautstark. Ich klammerte mich mit allen Vieren daran fest, presste mein Gesicht an das kühle Metall, um es zu verstecken, wobei ich kaum genug Platz hatte, den Kopf zu drehen. Ich hielt den Atem an. Vielleicht starrte der Mann unter mir genau in meine Richtung, den Kopf gereckt, mit suchenden, stechenden Augen. Ich war keine zwei Meter von ihm entfernt. Und doch konnte ich nicht sehen, ob er das Geräusch mit einem Schulterzucken abgetan hatte oder ob er sich nun auf die Suche begeben würde.

Nichts passierte.

Kein Schuss, kein Alarm und auch das Rohr krachte nicht zu Boden.

Vor Erleichterung stieß ich unhörbar den Atem aus und schob mich vor bis an die Stelle, wo das Rohr in der Wand über der Tür verschwand, durch die ich wollte. Im Kopf ging ich die ganze Zeit durch, welche Bewegungen meine Arme und Beine vollführen müssten, um das zu vollbringen, was ich vollbringen wollte. In Gedanken plante ich, wie ich möglichst geschickt von diesem Rohr hinunterspringen konnte, ohne den Platz zu haben, mich vorher aufzurichten. Langsam, um nur ja kein Geräusch zu verursachen, zog ich meine Betäubungswaffe aus dem Gürtel und hielt sie fest in der rechten Hand. Ich würde dem Mann in den Rücken springen, ihn dabei umwerfen, sodass er bäuchlings auf der Treppe unter mir lag und ihm dann das Gift verabreichen. Dann musste ich ihn nur noch so lange fixieren, bis es wirkte (vielleicht sollte ich mir doch mal wieder ein neues Blasrohr zulegen). Ein ähnliches Manöver hatte ich heute Nacht ja schon einmal vollbracht.

Ich schwang die Beine seitlich vom Rohr hinunter und musste einen Fluch unterdrücken, als das geklaute Messer irgendwie gegen das Metall schlug und mich im ganzen Flur ankündigte. Aber jetzt konnte ich nicht mehr umkehren. Ich sprang, drehte mich in der Luft und stellte fest, dass der Wächter sich mir zugewandt hatte (natürlich hatte er mich gehört) und einen großen Schritt zurückwich, um sich außerhalb meiner Reichweite zu begeben. Mistkerl!

Als ich Boden unter den Füßen hatte, preschte ich sofort voran, um unseren Abstand wieder zu minimieren. Er hatte seine Pistole gezogen und wollte sie gerade auf mich richten, aber ich bekam sein Handgelenk zu fassen, sodass der Lauf bloß auf die Wand zeigte – obwohl er mit aller Gewalt gegen meinen eisernen Griff vorzugehen versuchte, um nur ja die Kugel durch *mich* durchzujagen, anstatt ins Leere zu schießen. Zu meinem Vorteil verkrampfte er sich völlig. Mit einem kräftigen Ruck stieß ich ihn über die erste Stufe der Treppe, sodass er rücklings fiel, wobei er einen erstickten Laut von sich gab. Ich hatte noch immer sein Handgelenk mit der Pistole umklammert und folgte seinen Bewegungen. Ich nutzte den Schwung seines Sturzes, landete mit einem Knie auf ihm und schmetterte seinen rechten Unterarm auf die Kante einer Stufe. Der Knochen brach mit einem lauten Knacken, der Arm bog sich in die falsche

Richtung und die Hand ließ schlaff von der Pistole ab, bevor er hätte abdrücken können. Der Kerl brüllte auf, sodass ich meine Hand über seinen Mund legen musste. Ich stieß seine Waffe die Stufen hinunter, nahm die Betäubungswaffe mit der anderen Hand, die seinen gebrochenen Arm guten Gewissens loslassen konnte. Blitzschnell rammte ich ihm die Nadel unterhalb des Kiefers in die Haut. Jetzt musste ich ihn nur noch so lange fixieren, bis er einschlief.

Doch da spürte ich etwas an meiner rechten Hüfte und wusste sofort, was er vorhatte. Ich ließ von seinem Gesicht ab und zog den Ellenbogen nach hinten – damit hatte ich gerade so verhindert, dass er mir mein eigenes Messer senkrecht in die Rippen rammte. Mein Oberarm und mein Rücken wurden heiß; ein langer Schnitt brannte sich in mein Fleisch, als die Klinge mich unter dem Rucksack aufschlitzte. Ich unterdrückte ein Stöhnen. Bevor der Schmerz mich lähmen konnte, schlug ich seinen Arm mit dem Messer von mir weg. Der landete schlaff auf den Stufen und da wusste ich, dass die Wirkung des Gifts einsetzte. Seine Augen rollten nach oben und er kämpfte mit flatternden Lidern dagegen an, dass sie sich schlossen. Den Schmerz seines gebrochenen Armes schien er kaum noch wahrzunehmen.

Dann war er nach vielen angestrengten Atemzügen endlich eingeschlafen.

Keuchend rappelte ich mich hoch und zwang mich, nicht meinen Rücken und auch nicht meinen Arm zu betasten. Das würde den Schmerz nur verschlimmern. Stattdessen versuchte, ich ihn wegzuatmen und ihn schlichtweg zu ignorieren, während ich prüfte, ob die Tür, die hoffentlich tatsächlich zum Kerker führte, abgeschlossen war. Natürlich war sie abgeschlossen. Ich steckte meine entladene Betäubungspistole und mein Messer zurück in meinen Gürtel und holte meinen Schlossknacker hervor.

Als ich die Tür entriegelt hatte, musste ich den Kerl von hier wegschaffen und ihn irgendwo verstecken. Ich hob seinen Oberkörper an, packte von hinten seine Arme, versuchte es zu vermeiden, unnötig auf seinem Knochenbruch herumzudrücken, und schleifte ihn im Rückwärtsgang über den Boden. Das Brennen auf meinem Rücken ließ mich aufstöhnen und auch mein rechter Arm protestierte. Ich ignorierte die Warnsignale meines Körpers mit zusammengebissenen Zähnen, spürte aber zugleich, wie mir heiße Tropfen über den Rücken rannen und den Stoff meiner Kleidung tränkten, während ich mich anstrengte, um diesen Wächter von hier wegzuschaffen.

Ich spähte zunächst durch die Tür, die ich soeben aufgebrochen hatte, und erblickte einen weiteren leeren Flur. Die Luft schien rein zu sein. Mit meinem Fuß stieß ich die Tür auf und zog den reglosen Mann weiter hinter mir her. Im Rückwärtsgang und mit dem Kerl in meinen Armen musste ich eine weitere Treppe hinuntersteigen, die sich etwas nach links wand. Ich war noch nie so sehr in Schweiß gebadet gewesen, weil ich ein paar verdammte Stufen hinuntersteigen musste.

Unten angekommen fand ich einen kleinen Raum, an dessen Wänden etliche Seile und Ketten hingen. Das kam wie gerufen – und es bestätigte meine Vermutung, dass ich den Kerker gefunden hatte. Ich fesselte den Mann gründlich mit einem Seil, sodass ihm wohl kaum noch

Bewegungsfreiheit blieb, knebelte ihn mit einem Knoten, setzte ihn in die Ecke hinter der Tür und warf noch zwei dicke aufgerollte Seile auf ihn, damit er besser verdeckt war.

Dann huschte ich durch den Flur und ärgerte mich darüber, dass ich mich nirgends verstecken konnte. Nur zur Sicherheit hielt ich die Pistole fest in den Händen und hoffte, dass ich niemanden erschießen müsste. Die Wände wie auch der Boden hier bestanden aus Lehm und das Licht kam von wenigen brummenden Röhrenlampen, die unter dem Luftabzug befestigt waren. Das Belüftungsrohr hing hier allerdings etwas höher, sodass es schwierig werden würde, hinaufzuspringen. Und da ich nicht daran denken wollte, meinen rechten Arm bis über den Kopf zu heben, geschweige denn meinen aufgeschlitzten Rücken großartig zu beanspruchen, verwarf ich den Gedanken, daran hochzuklettern. Eher würde ich mich bei dem Versuch umbringen.

Ich hielt an, als der Flur einen weiteren kreuzte und ich schwere Schritte hörte. Vorsichtig spähte ich um die Ecke und schien gefunden zu haben, wonach ich suchte. Wehe die beiden waren nicht hier!

Ein grimmiger, riesiger Shahtuvearaner setzte sich gerade an einen Holztisch – dämlicherweise mit dem Blick in meine Richtung, sodass ich nicht weiter voranschleichen konnte. Aber an der Seite hatte ich einen Blick auf mehrere Gitterstangen erhaschen können, leider nicht auf die Menschen dahinter. Aber ich konnte sie hören. Zwar durften oder wollten sie nicht sprechen, doch hier und da scharrte mal ein Fuß über den Boden oder ihre Kleidung raschelte im Takt klirrender Ketten, wenn sie sich bewegten.

Ich zog die Betäubungswaffe aus meinem Gürtel und warf sie einfach in den Flur gegenüber von mir. Sie fiel scheppernd zu Boden. Die Pistole fest in der rechten Hand lauschte ich auf folgende Geräusche. Stuhlbeinscharren, tiefes genervtes Grummeln, dann Stiefelschritte in meine Richtung. Auf dem Boden konnte ich den Schatten erkennen, der sich auf mich zubewegte. Garantiert hatte der Mann seine eigene Pistole gezogen – oder was auch immer er für Waffen bei sich trug. Also musste ich schnell sein.

Ich hörte gerade, wie er einen Fuß aufsetzte; er befand sich jetzt genau an der Ecke, hinter der ich mich versteckte. Mein Arm schnellte vor und ich rammte ihm meinen Pistolengriff gegen die Schläfe. Er torkelte ein paar Schritte von mir weg, bis zur gegenüberliegenden Wand. Dort sank er auf ein Knie. Ich wartete nicht erst darauf, bis er wieder zu sich kommen würde. Also holte ich aus und verpasste ihm einen gezielten Fußtritt gegen den Kopf. Als hätte ich ihn an einem Schalter ausgeknipst, brach er endgültig zusammen. Ich hoffte, ich hatte ihn damit nicht umgebracht (entweder waren Menschen robuster als ich dachte oder starben sofort an einer Kleinigkeit – gar nicht so leicht einzuschätzen). Die Geräusche aus den Gefängniszellen erstarben.

Als der Mann flach atmend, aber ansonsten reglos liegen blieb, holte ich mein Seil aus dem Rucksack und fesselte ihm die Hände. Seine Waffen nahm ich ihm sorgfältig ab und auch einen Schlüsselbund mit einem kleinen und zwei großen Schlüsseln fand ich. Dann sammelte ich meine Betäubungswaffe wieder ein und eilte voran.

Schließlich stand ich vor drei nebeneinanderliegenden

vergitterten Zellen und knapp über ein Dutzend auf dem Boden hockender Männer sah mich hoffnungsvoll an. Unter anderem der Offizier aus dem Gefängnis, der mich vor ein paar Stunden noch geohrfeigt hatte. Und da, in der linken Zelle erkannte ich Kyra und Ronan in ihrer Mitte, ganz eng aneinandergeschmiegt. Unsere Blicke trafen sich. Abgesehen von Ronans geschwollener Nase schienen sie unversehrt. Mir fiel ein Stein vom Herzen. In dieser langen Strähne von Pech hatte ich schon fast damit gerechnet, die beiden hier nicht vorzufinden.

„Kommt", sagte ich leise und machte mich daran, die Gittertür mit dem größten der Schlüssel aufzuschließen.

„Wir sind angekettet", entgegnete Ronan und zeigte mir die dicken Eisenschellen an seinen Handgelenken. Dann musste ich wohl zu ihm kommen. Aber dass uns dadurch die anderen Mitgefangenen, die auch alle angekettet waren, nicht in die Quere kommen konnten, war nicht schlecht.

Der gefesselte Wärter auf dem Boden gab einen ersten erstickten Laut von sich. Ich musste mich beeilen. Ich öffnete das quietschende Gitter und huschte an den Männern vorbei durch den halben Käfig. Die begriffen schnell, dass ich nicht für alle hier war, und starrten mich mit stechenden Augen finster an, als wollten sie mich allein mit ihren Blicken dazu zwingen, sie zu befreien. Aber keiner sagte etwas. Da sie nicht um ihre Befreiung bettelten, nahm ich an, dass sie in ihrem Leben noch keine Folterqualen erlitten hatten. Oder sie waren verdammt stolz.

Rasch kniete ich mich vor Kyra, nachdem Ronan mich mit einem eindeutigen Blick dazu aufgefordert hatte, bei ihr anzufangen. Sie streckte mir ihre Handschellen entgegen. Ich probierte den kleinen Schlüssel aus und er passte! Ich hatte fast vergessen, wie einfach man ein Schloss öffnen konnte, wenn man den passenden Schlüssel dazu hatte. Kyra atmete erleichtert aus, als ihre Handgelenke frei waren. „Danke“, hauchte sie, wagte es aber noch nicht, aufzuspringen, und wartete, bis ich mit demselben Schlüssel auch Ronan entkettet hatte. Hinten hörte ich erneut den Wärter protestieren. Er wehrte sich zunehmend lauter gegen meine Fesseln.

„Hast du etwa keinen Notfall-Dietrich dabei?“, zog ich Ronan auf und lächelte mit zusammengepressten Lippen.

Er schnaubte. „Wenn ich etwas versucht hätte, dann hätte mir der Scheißkerl vermutlich den Kopf abgehackt.“

„Natürlich.“ Ohne nachzudenken, half ich den beiden auf, wobei ein stechender Schmerz durch meinen Rücken jagte und mich keuchen ließ. Mein Hemd war unterhalb des Schnitts bereits vollkommen durchtränkt. Ich dachte nicht weiter nach und warf Ronan meinen Rucksack zu, der ihn kommentarlos schulterte. Ich führte sie aus der Zelle. Natürlich blieb Kyra stehen, den Blick auf die Männer gerichtet, die so elendig am Boden saßen und uns sehnsüchtig wie zugleich finster anstarrten. „Wir können sie nicht hierlassen“, sagte sie leise.

„Doch, können wir“, erwiderte ich trocken. „Ist das Berufsrisiko eines Soldaten.“ Wären sie uns gegenüber im Gefängnis freundlicher gewesen, hätte ich vielleicht anders darüber gedacht.

„Das sind unsere Soldaten! Die werden sie zu Tode foltern!“

Ich starrte sie fassungslos an und wollte nicht glauben,

dass sie mit diesen Gefangenen unsere Zeit verschwenden wollte. „Na schön. Lassen wir sie frei, damit sie weiter *deine* Heimat unterdrücken können." Ich warf einem der Männer den Schlüsselbund zu. „Viel Glück damit." Ohne ein weiteres Wort zu verlieren, verließen wir die Zelle. Wenn die Soldaten sich befreiten, wäre das vielleicht gar kein schlechtes Ablenkungsmanöver.

Kaum hatte ich das Gittertor passiert, da erkannte Ronan, warum ich ihm den Rucksack überlassen hatte. „Jarren, wurdest du abgestochen?", fragte er.

„Fast", sagte ich und blinzelte den Schmerz weg. Jetzt mussten wir uns darauf konzentrieren, hier rauszukommen. Wir folgten dem kurzen Flur zurück bis zu der Kreuzung, wo der gefesselte, sich sträubende Wärter lag.

Im selben Moment hörte ich, wie die Tür aufgestoßen wurde, durch die ich hineingeschlichen war. Die stürmten den Kerker! Vermutlich vermissten sie den Türsteher, der unter Seilen begraben in irgendeinem Raum lag.

Ich bedeutete Kyra und Ronan, mir zu folgen, und eilte den Flur in die entgegengesetzte Richtung entlang. Wo auch immer wir dann landen würden. Wir rannten los, als wir Stimmengewirr hörten. Bei jedem Schritt spürte ich wieder und wieder die Klinge an meinem Rücken, wie sie sich in mein Fleisch gebrannt hatte. Fluchend bog ich erneut um eine Ecke, darauf hoffend, dass wir niemandem in die Arme liefen. Für alle Fälle hielt ich noch immer meine Pistole in der Hand. Ich stürmte voran, damit ich als Erster ins Gefecht geriet, wenn es sich nicht mehr vermeiden ließ.

Als ich bereits erkennen konnte, dass der Gang an einer geschlossenen Tür endete, warf ich Ronan meinen

Schlossknacker zu und verlangsamte meinen Schritt, sodass ich hinter sie zurückfiel. Ich drehte mich um und hielt die Waffe auf den lärmenden Gang gerichtet. Die Männer, die mir bis hierher gefolgt waren, waren vermutlich gerade bei den Gefangenen angelangt und stellten fest, dass eine der drei Zellentüren offen stand und der Wärter, der uns gesehen hatte, gefesselt an der Flurkreuzung auf dem Boden lag. Vielleicht hatten sich ja bereits die ersten Soldaten befreit, die die Männer ein wenig aufhalten konnten. Dass ich ihnen die Schlüssel überlassen hatte, machte ihre Situation vermutlich nur noch schlimmer. Aber Kyra hatte es so gewollt.

Im Nu brach Ronan die Tür auf und vor uns ging es erneut einen kurzen Treppenabsatz hinunter, wo uns kalte Luft entgegenschlug. Als Ronan die Tür hinter uns zumachte und der Schlossknacker sie wieder verriegelte, wurde es stockdunkel. Nur seine Runen schenkten uns einen weiteren Augenblick lang ihr mattes Schimmern.

„Sag mal, suchen die etwa nach dir?“, fragte Ronan an mich gerichtet, während er im Rucksack herumkramte und die Taschenlampe hervorholte, womit er uns die Stufen beleuchtete.

„Gut möglich“, presste ich mit vor Schmerz angehaltener Luft hervor.

„Also hast du dich erwischen lassen?“ Er sah mich herausfordernd an, während wir uns in Bewegung setzten.

„Ging nicht anders.“ Wieder rannte ich voraus und hoffte, dass mein verdammter Rücken nicht gleich explodieren würde. Die Pistole hielt ich auf den Boden gesenkt, Ronan beleuchtete den Gang, der hier breiter war. Links und rechts von uns huschte unser Lichtkegel durch offene Torbogen. Wir befanden uns im Vorratslager. Falls uns die Männer bis hierher folgen würden, könnte man sich hier immerhin verstecken. Zumindest so lange, bis sie anfingen, gründlich zu suchen.

Ich konzentrierte mich darauf, mich in dem Gewusel von Gängen und Räumen zurechtzufinden.

„Woher wissen wir überhaupt, dass dieser Keller einen zweiten Ausgang hat?“, fragte Kyra leise zwischen ihren keuchenden Atemzügen.

„Keine Ahnung“, antwortete Ronan für mich. Ich war froh, nicht sprechen zu müssen. Ich wusste nicht, ob ich es überhaupt noch konnte, so sehr plagten mich die Schmerzen wegen dieses verfluchten Schnitts an meinem Rücken. Und manchmal überkamen mich heftige Schwindelattacken, die mich fast stolpern ließen. Ich hatte wohl bereits eine Menge Blut verloren.

„Wartet“, rief Ronan. Er war stehengeblieben und leuchtete in einen Raum hinein. Als ich innehielt (ich war so froh, um diese Pause), folgte mein Blick dem Lichtschein. Und da befanden sich tatsächlich Stufen.

„Das beantwortet deine Frage“, sagte er und grinste Kyra an. Ich konnte an ihrem Gesicht ablesen, dass ihr absolut nicht zum Grinsen zumute war. Wir huschten in den Raum, als wir hörten, wie die Tür entriegelt wurde, durch die wir hier hineingelangt waren.

Oberhalb der Treppe erkannte ich die Unterseite einer Falltür! Am liebsten hätte ich Ronan eine Kopfnuss mit Glückwünschen verpasst, aber die Eile ließ mich mal wieder voranstürmen. Keuchend vor Schmerz (und vielleicht auch wegen Blutmangel) sprang ich die Stufen hoch, stemmte meine Hände gegen die Falltür und konnte sie tatsächlich ein Stück anheben. Grelles Licht blendete mich. Ich sah mich um und erkannte eine geflieste Wand. Ich glaubte, dass wir in einer Art behelfsmäßiger Küche gelandet waren. Der Raum war verlassen. Ich stieß die Falltür nach oben auf und presste mich dann ganz eng an die Mauer, noch immer auf der Treppe hockend, um Kyra und Ronan durchzulassen. Dann folgte ich ihnen. Ronan klappte die Falltür wieder auf den Boden und schob einen kleinen Schrank darüber, sodass die Männer sie von unten nicht mehr öffnen konnten. Aus dieser Küche führte nur eine einzige Tür hinaus. Ich ging voran, öffnete sie und spähte hindurch. Ein weiterer recht großer Raum erstreckte sich vor uns, vollgestopft mit zusammengewürfelten Stühlen, Bänken und Tischen unterschiedlichster Größenordnung. Gegenüber von uns befand sich eine weitere Tür, gefährlich weit weg. Wenn wir uns gerade in der Küche befanden, dann war das wohl der Raum, wo gegessen wurde. Allerdings nicht, wenn sich der Laden in Alarmbereitschaft befand, wie es schien.

Abermals überkam mich ein kurzer Schwindel und der Raum driftete nach links ab. Ich blinzelte und zwang mich zur Konzentration und ignorierte den kalten Schweiß, der mir inzwischen auf die Haut getreten war.

„Kommt“, wisperte ich und wir betraten den großen Raum. Da erkannte ich links von uns eine weitere Tür. Wenn mein Orientierungssinn mich nicht ganz im Stich ließ, würde uns die eher zum vorderen Teil des Gebäudes führen. Zwar graute es mir, wenn ich an den schwer bewachten Vordereingang dachte, aber wenn wir jetzt nach hinten rannten, wo die ganzen Männer nach mir suchten, war das auch nicht besser. Außerdem wusste ich nicht, wo es überall Ausgänge gab – vermutlich nicht allzu viele. Wir konnten es uns nicht erlauben, hier drin unnötig herumzuirren, um dann vielleicht in einer Sackgasse zu enden.

Geduckt und verdeckt von den ganzen Tischen eilten wir an der Wand entlang nach links. Wieder ging ich voran und prüfte, ob die Luft hinter der Tür rein war, während Ronan unser Schlusslicht bildete. Dann schlichen wir hindurch und gelangten erneut in einen viel zu engen Flur ohne Versteckmöglichkeiten. Er führte in einen weitläufigen, lichtdurchfluteten Raum. Den Geräuschen nach mussten sich dort unheimlich viele Menschen aufhalten. Ich blinzelte und erkannte Pritschen, Laken, herumrennende Leute, Männer wie Frauen und auch Kinder. Das war ein Lazarett. Ich hatte gesehen, wie die Verwundeten von draußen hereingebracht worden waren.

Hinter uns hörte ich, wie unsere Verfolger durch den Raum mit den ganzen Tischen stürmten – mit etwas Verzögerung durch ihren Umweg. Wir waren eingekesselt, was ich irgendwie erwartet hatte.

Als Kyra mir einen hilfesuchenden Blick zuwarf, beschloss ich wohl zeitgleich mit Ronan, weiter ins Lazarett zu laufen. Dort würden die Kerle zumindest nicht wild herumschießen. Gegebenenfalls konnte ich mir jemanden als Geisel schnappen. Falls hier Ärzte herumliefen, waren sie bestimmt wichtig. Vielleicht ließen sie dann mit sich reden.

Zu spät. Als wir gerade das Ende des Flures erreicht hatten und sich das Lazarett vor uns erstreckte und sich uns die ersten erschrockenen Gesichter zuwandten, wurde hinter uns die Tür aufgestoßen und ein Mann brüllte etwas auf vearanisch, was nur Kyra verstehen konnte. Daraufhin stürmten fünf von ihnen los. Zwei Frauen waren unter ihnen, aber mit den ganzen Waffen wirkten sie nicht weniger furchteinflößend und bedrohlich als die Männer. Läufe von Gewehren und Pistolen zeigten auf uns. Ronan und ich schoben zugleich Kyra hinter uns, um sie zu schützen. Sie wiederrum legte ihre Hand an meine Schulter, um mich ein Stück zur Seite zu schieben und die Kämpfer anzublicken. Sie erwiderte ihr Gebrüll mit hitzig schnell ausgesprochenen Worten. Ich vermutete, dass sie versuchte, uns das Leben zu retten.

Und dann kam aus dem Lazarett noch ein Mann dazu und mischte sich in die Diskussion ein. Erst als sie ihre Waffen senkten, wagte ich es, zu ihm zu blicken. Und mir wäre fast der Mund aufgeklappt. Da stand er, der geflochtene Zopf fiel ihm über die Schulter. Er war uns doch tatsächlich seit unserem Halt in Lyra Rhojth gefolgt.

Kyra hinter mir war verstummt. Dann schob sie sich mit ganz langsamen Bewegungen zwischen Ronan und mir hervor. „Tarok?“, wisperte sie. Und da machte sie einen Satz auf ihn zu und fiel ihm um den Hals. Von ihr hatte ich wirklich nicht erwartet, dass sie einen Mann, der doch mindestens doppelt so alt sein musste wie sie, so stürmisch umarmen würde. War sie nicht so gut wie verlobt?

Ich warf Ronan einen erstaunten Blick zu. „Wer ist das?“, fragte ich ihn.

„Ich hab keine Ahnung“, antwortete er, genauso fassungslos wie ich.

Da löste sich Kyra aus der Umarmung, drehte sich mit gestrafften Schultern zu uns um und sagte: „Das ist mein Onkel!“

Ich verstand überhaupt nichts mehr.

27 – *Kyra*

„Was macht dein Onkel hier?“, fragte mich Jarren.

Ich verschränkte die Arme vor der Brust. „Weiß ich nicht. Ich hatte noch keine Zeit, mich mit ihm darüber zu unterhalten.“

„Heißt das, die erschießen uns nicht?“, wollte Ronan wissen.

„Ja“, seufzte ich.

Ich drehte mich um, als Tarok erneut auf vearanisch das Wort an mich richtete: „Ich muss sagen, ich bin erstaunt, dass du dich erinnerst.“

„Ich war immerhin schon zwei!“, erwiderte ich in unserer Muttersprache. Und ich musste nicht einmal auf irgendeinen Dialekt achten. Mit seinen Worten war ich vollkommen vertraut. Er sprach genauso wie ich. Und wie meine Mutter. Ich konnte nicht aufhören zu lächeln. Die ganze bewaffnete Meute ringsum blendete mein Hirn wohl einfach aus. Plötzlich fühlte ich mich leicht und die Gefahr war wie weggeblasen.

„Aber ich frage mich auch: Was machst du hier?“, wunderte ich mich, egal wie sehr ich mich über unser unerwartetes Wiedersehen freute.

„Darüber will ich mit dir allein sprechen.“ Dann deutete er mit dem Kinn auf Ronan und Jarren. „Wer sind die beiden? Können wir denen trauen?“

Wieder seufzte ich. „Ja, können wir.“

Er sah mich eindringlich an. „Die haben dich in Schwierigkeiten gebracht.“ Gut, dass sie nichts von alldem verstanden.

Es gab in unserer Sprache kein Wort für Stiefbruder. „Das sind mein Bruder und sein Freund. Du kannst ihnen vertrauen.“ Das hoffte ich zumindest.

„Dein Bruder? Welcher?“ Abermals sah er zu den beiden. Ich ahnte, wie er versuchte, Ähnlichkeiten zwischen uns zu erfassen und stellte wohl fest, dass ich weder Jarren noch Ronan ähnelte – absolut nicht. Ich hörte ein getuscheltes „Die reden über uns“.

„Ich kann euch verstehen!“, sagte Tarok auf racronisch und mit plötzlicher Festigkeit und Strenge in der Stimme, sodass ich zusammenzuckte. Er hatte zwar einen starken Akzent, den meine Mutter zu Anfang auch gehabt hatte, aber er sprach so selbstsicher, als wäre er mit der racronischen Sprache aufgewachsen.

„Lasst uns woanders hingehen“, sagte er schließlich wieder auf vearanisch an die Männer und Frauen gewandt, die uns vor ein paar Sekunden noch fast erschossen hätten. Einer von ihnen nickte und führte uns in die entgegengesetzte Richtung vom Lazarett (ich war froh, dass wir da nicht durchmussten), durch den Speisesaal, einen weiteren Flur entlang, bis wir einen mittelgroßen Raum erreichten, der an ein Besprechungszimmer erinnerte. Drei von ihnen blieben bei uns, die anderen waren verschwunden.

„Also, welcher der beiden ist nun dein Bruder?“, fragte mein Onkel mit gesenkter Stimme und war wieder in unseren Dialekt aus der Heimat verfallen.

Ich zeigte stumm auf Ronan, der meinen Blick mit einer hochgezogenen Braue erwiderte.

Dass wir auf keinen Fall blutsverwandt waren, hatte

Tarok schnell begriffen. „Ich habe gehört, was deinem Vater widerfahren ist. Temmra sorge für ihn.“ Er blickte in eine leere Ecke des Raums und atmete langsam und kaum hörbar. Dann schlug er die Augen nieder.

Ich schluckte den Kloß in meiner Kehle hinunter. *Temmra*, Göttin der Dunkelheit und der Stille. Mir war, als hätte ich gerade erst erfahren, dass Vater jetzt nicht mehr bei uns war, sondern in ihren Händen.

„Geht es deiner Mutter gut?“, fragte Tarok dann.

Ich nickte. Und im selben Moment stürmte ein weiterer Mann herein – ich vermutete ein Ranghoher dieser ‚Armee‘ – ich war im ersten Augenblick froh über die Ablenkung. Aber dann begann er mit seinen Vorwürfen an seine Mannschaft: „Warum habt ihr sie nicht zurück in den Kerker geworfen?“ Er sprach racronisch, damit wir ihn auf jeden Fall verstanden. Dann richtete sich sein stechender Blick auf Jarren und er trat mit wenigen langen Schritten zu ihm. „Ihr habt zwei unserer Leute verletzt! Und zwar schwer!“

Jarren erwiderte seinen Blick stoisch und verschränkte die Arme vor der Brust. Obwohl er übel blutete, ließ er sich von seiner Verletzung am Rücken nichts anmerken. Nur sein Gesicht war bleich wie Schnee. „Und ihr habt zwei von meinen entführt. Ich habe nur getan, was nötig war, um sie zu befreien.“

„Wir haben ganz bestimmt keine Zivilisten entführt!“, wetterte der Mann dagegen.

Tarok schaltete sich dazwischen: „Wenn ihr sie gehen lasst, kümmere ich mich um die Verletzten. Ich kann noch für ein paar Tage im Lazarett arbeiten.“

Richtig, Tarok war Medizinmann! Wie meine Mutter

Medizinfrau. Sie hatten beide dieselbe Ausbildung. Und ich wusste, dass ihr Wissen das hiesige bei Weitem übertraf – sonst wäre Fred nicht am Leben und ich hätte nur einen Bruder und nicht zwei.

Der Mann schien lange über diesen Vorschlag nachzudenken und entfernte sich etwas von Jarren, ließ aber nicht von ihm ab. „Wenn ich merke, dass ihr Ärger machen wollt, lasse ich euch auf der Stelle erschießen!“, zischte er. Und damit meinte er Jarren, Ronan, mich und auch Tarok. „Bringt sie raus. Der Heiler geht sofort ins Lazarett“, befahl er seinen Leuten auf vearanisch, die immer noch stumm, aber viel zu schwer bewaffnet bei uns standen.

„Wartet!“, rief Tarok dem Mann hinterher, bevor der durch die Tür gewirbelt war. „Ich muss mit meiner Nichte allein sprechen.“

Ein verärgerter Seufzer entrang sich ihm. „Ihr könnt hier sprechen. Die Tür wird bewacht.“ Damit bugsierte man Jarren und Ronan aus dem Raum und Tarok und ich blieben allein zurück. Die Tür wurde zugeschlagen.

Ich nahm einen tiefen Atemzug. Plötzlich fühlte ich mich unheimlich müde. Ich straffte die Schultern und suchte nach einer letzten Energiereserve in meinem Körper. „Warum bist du aufs Festland gekommen?“, fragte ich meinen Onkel, jetzt wieder in unserem Heimatdialekt.

Er lehnte sich rücklings an einen Tisch und überlegte kurz. „Wie viel weißt du noch von zu Hause?“

Ich zuckte die Schultern. „Naja, was man als Kleinkind so mitbekommt.“

„Erinnerst du dich an den Klan deines Vaters, die Jaaturhe?“

Wo ich die ersten zwei Jahre meines Lebens verbracht hatte. „Ja.“ Da meine Mutter den Taara angehörte, war ich eines der vielen Mischlingskinder. Aber das war bei den Klans keine Besonderheit.

Tarok sah mich erstaunt an. „Und an den hohen Rat?“

Ich lächelte. „Mit dem hohen Rat hatte ich in dem Alter wohl nicht allzu viel zu tun.“

„Doch, hattest du.“ Er seufzte. „Und du hast es immer noch. Die wollen, dass du nach Hause kommst.“

Ich zog die Stirn kraus. „Warum?“

Er sah mir eindringlich in die Augen. „Die Jaaturhe gibt es nicht mehr.“

Ich brauchte einen Moment, bis ich seine Worte begriff. „Was ist mit dem Klan passiert?“

„Wissen wir nicht. Ich hatte Angst, dass es euch auch erwischt. Deshalb bin ich in Absprache mit dem hohen Rat aufs Festland gekommen.“

Mir wurde plötzlich eiskalt. „Was erwischt uns?“

„Wissen wir nicht, wie gesagt.“

„Hat sich der Klan über die Jahre aufgelöst?“

Langsam schüttelte Tarok den Kopf und sah mich aus viel zu ernsten Augen an.

Ich zwang mich, die Worte zu glauben, die er nicht ausgesprochen hatte. Der Klan war ausgelöscht. „Wann ist das passiert?“

„Im Sommer. Aber es hat letztes Jahr schon angefangen.“

Meine Hände ballten sich zu Fäusten. „Glaubst du, Vater hat es gewusst? Vielleicht sind wir deshalb nach Racronia geflohen.“

„Ihr seid aus anderen Gründen gegangen.“ Bitterkeit schlich sich in seine Züge. Und da wurde mir klar, dass meine Eltern niemandem gesagt hatten, dass sie das Land verlassen wollten. Nicht einmal der engsten Familie.

„Warum sind wir dann gegangen?“ Mutter hatte es mir nie sagen wollen. Sie hatte immer so verwirrt gewirkt, wenn ich sie danach fragte. Ich hatte nie verstanden, warum wir unsere Heimat aufgeben mussten. Wir hatten in einem wunderschönen kleinen Haus gewohnt und von unserem üppigen Garten aus konnte man in ein tiefes, weitläufiges Tal blicken, aus dem morgens der Nebel hochstieg. Ich erinnerte mich daran, was wir alles angebaut hatten, wie es nach Kräutern und Blumen geduftet hatte, wie Schmetterlinge und Bienen an den Blüten tranken und die Vögel sangen. Das war kein Leben in Gefahr gewesen. Es war friedlich und sorgenfrei. Und doch hatten wir es eingetauscht gegen das überfüllte Wirtshaus mit Garron anstelle meines Vaters. Mit einem dunklen Hinterhof von Mauern eingekesselt in einer dreckigen, gefährlichen Stadt.

„Deine Eltern wollten dich nicht an die Priesterschaft verlieren“, erklärte Tarok.

Ich sah ihn fragend an.

„Das Mal auf deinem Schulterblatt.“

Fast hätte ich versucht, dahinzuschauen, wo sich die faustgroße, blassgraue Spirale auf meinem Schulterblatt abzeichnete. Aber das war eine Stelle, die ich nur mithilfe eines Spiegels begutachten konnte. Und ich trug ja ohnehin einen schwarzen Pullover, der gerade meinen gesamten Rücken verdeckte. Darum vergaß ich auch ständig, dass dieses Mal auf meiner Haut überhaupt existierte.

„Was ist damit?“, fragte ich.

„Das ist das Zeichen, dass du in den Tempel gehörst.“

Ja, ich hatte gehört, wie meine Eltern darüber sprachen. Aber ich konnte jetzt nicht weiterfragen. Denn im nächsten Moment wurde die Tür aufgeschlagen und einer der Männer kam herein. „Die Zeit ist um!“, sagte er auf vearanisch und duldete keine Widerworte.

Tarok und ich blickten uns bedeutungsvoll an.

„Ich muss wohl an die Arbeit“, meinte er missmutig und ging voran. Ich folgte ihm. Im Flur angekommen erkannte ich, dass es Jarren ganz und gar nicht gut ging. Er stand dort, schief und verkrampft an die Wand gelehnt, und starrte müde einen Punkt irgendwo auf dem Boden an, um die Augen offen zu halten. Sein Gesicht war eine ganze Spur weißer geworden als zuvor und sein Atem ging schwer. Blut rann über seine rechte Hand und tropfte zu Boden. Ronan redete leise auf ihn ein. Vermutlich versuchte er, ihn zu überzeugen, ins Lazarett zu gehen. Es war ja nicht so, dass es hier niemanden gab, der solch einen Schnitt verarzten konnte.

„Tarok“, sagte ich leise und sprach weiter auf vearanisch: „Kannst du dich um ihn kümmern?“

Noch bevor er mir antworten konnte, mischte sich die eine Frau ein, die noch bei uns geblieben war: „Er kümmert sich erst um die Schwerverletzten. Das kann jemand anders machen.“ Mit dem Kinn deutete sie dabei auf Jarren, von dem ich dachte, dass er den Kopf heben würde, aber er schien kaum noch etwas mitzubekommen. Ich spürte, wie ihn die Schwerkraft zu Boden zog, wie sehr er dagegen ankämpfen musste, wie müde seine Muskeln waren. Schnell schottete ich mich ab, damit mir nicht auch so schwindelig wurde.

Ronan versuchte, Jarren in die Augen zu blicken. „Ich stütz dich auf dem Weg, ja?“

Jarren nickte, regte sich aber nicht weiter und machte auch keine Anstalten, sich in Bewegung zu setzen.

„Gib mir deinen Arm.“ Ronan wartete gar nicht erst auf eine Reaktion (die ohnehin nicht kam), sondern fasste ihn vorsichtig am unverletzten Arm und zog ihn von der Wand weg, damit wir uns auf den Weg machen konnten. Bei jedem Meter, den wir vorankamen, hatte ich Angst, dass Jarren zusammenklappte. Seine Bewegungen waren ungewohnt schwer und unbeholfen, was mir wahrlich Sorgen bereitete. Wie hatte er es geschafft, vor wenigen Minuten noch so herumzurennen?

Tarok hingegen wurde gedrängt, voranzueilen. Einige im Lazarett schwebten in Lebensgefahr und er sollte am besten alle gleichzeitig behandeln.

Als wir endlich angekommen waren, setzte Ronan Jarren auf einer freien Pritsche ab. Ich zwang mich, mit all meiner Aufmerksamkeit bei den beiden zu bleiben. An welchen Gebrechen die anderen hier litten, wollte ich mir gar nicht ansehen. Sonst konnte ich mich gleich mit Migräne dazulegen.

Aber dann passierte etwas, womit ich nicht gerechnet hatte. Jarren zog sich direkt vor meiner Nase aus und entblößte einen drahtigen, trainierten Oberkörper, der fürs Klettern und Schleichen wie gemacht war.

„Ich hole Wasser“, sagte ich schnell und drehte mich auf dem Absatz um, bevor mir irgendwer meine Verlegenheit hätte ansehen können.

Jetzt allerdings, da ich meinem Ankerpunkt den Rücken zugekehrt hatte, schlugen die Eindrücke des Lazaretts auf mich ein. Wasser! Ich musste mich auf diese Aufgabe konzentrieren. Musste den Schmerz und das Leiden ausblenden!

Ich fragte den Nächstbesten, dem ich über den Weg lief, nach Trinkwasser, folgte mit dem Blick seinem richtungsweisenden Finger zu einem Tisch, an dem zwei Frauen damit beschäftigt waren, Schalen, Flaschen und Becher zu spülen und mit frischem Wasser wieder aufzufüllen. Aus den gebrauchten Schalen, die sich auf dem Tisch stapelten, hingen blutige Laken heraus und das Wasser schimmerte meist rosa, wenn sie es in das Sammelgefäß für Schmutzwasser auskippten. Mir stellten sich die Nackenhaare auf. Ich fummelte mit meinen Händen herum und hielt den Blick darauf gesenkt, konzentrierte mich darauf, wie meine Finger sich bewegten, während meine Füße mich langsam und vorsichtig vorantrugen. Ich musste Acht geben, mit niemandem zusammenzustoßen – denn das konnte bedeuten, dass wertvolle Medizin verschwendet werden würde. Und die Menschen hier waren ohnehin nicht gut auf uns zu sprechen, wie mir schien.

Ich war endlich bei dem Tisch angekommen und fragte mit leiser Stimme nach etwas Trinkwasser, woraufhin mir im Gewusel ein Gefäß aus Ton in die Hand gedrückt wurde. Ich spähte hinein. Klares Wasser. Rasch kehrte ich der überfüllten Stelle den Rücken zu. Auf meinem Rückweg konzentrierte ich mich voll und ganz auf meine Tonkaraffe und vertraute darauf, dass meine Füße mich zurückbrachten.

Zum Glück taten sie das ohne Umwege oder Unfälle. Ronan hatte sich hinter Jarren gesetzt und säuberte den Schnitt. Der ließ das Ganze mit zusammengepressten Lippen über sich ergehen und gab keinen Laut von sich. Er sah mich an, als ich vor ihm stehenblieb.

„Hier“, sagte ich knapp und reichte ihm das Gefäß.

„Danke“, murmelte er, nahm es mit zwei zitternden Händen entgegen und trank einen großen Schluck.

„Das ist tief. Und du sagst, du wurdest nur *fast* abgestochen“, seufzte Ronan.

„Nicht abgestochen, nur geschnitten. Die wichtigste Regel“, antwortete Jarren und grinste ihn über die Schulter an. Das Wasser hatte ihm wohl etwas Lebenskraft zurückgegeben.

Mein Bruder erhob sich und ich erblickte mit Schrecken den blutgetränkten Stofffetzen in seinen Händen. „Das muss genäht werden.“

„Warte.“ Ich fasste ihn am Arm, bevor er irgendwelche Werkzeuge besorgen konnte. „Ich hole meinen Onkel.“

„Dein Onkel ist damit beschäftigt, Terroristen zu retten“, gab er zurück.

„Die sind mir egal. Das hier ist für uns wichtiger. Oder wolltest du allein den Fahrdienst nach Moorstock zurück antreten?“

Jarren sah zu uns auf. „Ronan soll mich einfach zusammenflicken, dann geht das schon.“

„Nein, das geht nicht! Ronan kann nämlich nicht nähen, sonst wäre mir so einiges an Arbeit erspart geblieben.“ Ich warf den beiden einen strengen Blick zu. „Ich gehe Tarok suchen.“ Ich stieß Ronan mit gewisser Festigkeit den

Zeigefinger gegen die Brust, als er zu einer Erwiderung ansetzen wollte. „Und wag es nicht, ihn allein zu lassen!“ Damit wandte ich mich ab, bevor er mich aufhalten konnte.

Ein weiteres Mal musste ich den Blick über unzählige Verletzte huschen lassen, doch ich hatte meinen Onkel schnell gefunden. Ich sah zu ihm und konzentrierte mich auf nichts anderes als ihn. Auch die ganzen Geräusche blendete ich aus, die so grausam von dem Leid zeugten.

Als ich bei ihm ankam, hatte er einem Mann mit einem blutig verbundenen Auge die Hand auf die Stirn gelegt und selbst in höchster Konzentration die Lider geschlossen.

„Tarok?“, sagte ich leise und wartete geduldig. Kopfschmerzen brandeten von innen hinter meine Stirn. Ich atmete einmal tief durch und verdichtete abermals die eisernen Mauern um meinen Geist.

Tarok öffnete die Augen und drehte sich zu mir um. „Was ist los?“, fragte er, jetzt wieder in unserer Sprache.

Plötzlich wurde ich nervös, als ich meinen vielbeschäftigten Onkel, den ich kaum kannte, um einen Gefallen bitten musste. „Kannst du Jarren helfen?“

Er nickte zögerlich. „Gib mir ein paar Minuten.“

Ich stand da, wusste nicht, wohin mit meinen Armen und hatte das Gefühl, nur im Weg zu sein. Also drängte ich mich in eine unscheinbare Ecke in Taroks Nähe und schloss die Augen, um die Gefühle aus meinem Geist zu treiben, die nicht zu mir gehörten, und meinen Verstand zu klären.

„Wo ist er?“

Ich fuhr herum, als Tarok plötzlich neben mir stand und mich anblickte. Aber ich fasste mich schnell und führte ihn zu den beiden.

„Warum seid ihr überhaupt hier in Zhanar? Nicht gerade das sicherste Ausflugsziel“, fragte er, während wir uns zwischen hin und her hetzenden Männern, Frauen und Kindern hindurchschlängelten.

„Das ist kompliziert. Das kann ich dir nicht hier erklären.“ Vor allem hatte ich Angst, dabei belauscht zu werden.

„Schon in Ordnung. Ich bin mir nur nicht sicher, ob du bei den beiden so gut aufgehoben bist.“

„Die passen auf mich auf“, versicherte ich. Und ich wusste, dass ich die Wahrheit sagte. Den Umständen entsprechend zumindest. Letzten Endes hatten sie mich ja nur um Hilfe gebeten und ich hätte ‚nein‘ sagen können. Das hätte mir niemand nachgetragen. Außer ich mir selbst, wenn Ronan dadurch noch mehr in Schwierigkeiten geraten wäre.

Ich beschleunigte meine Schritte, um endlich anzukommen und die Augen für einen Moment schließen zu können. Da sah ich, dass mein Bruder natürlich *nicht* brav dagesessen und gewartet hatte, wie ich ihm gesagt hatte.

„Ronan!“, rief ich.

„Hätte ich etwa warten sollen, bis er verblutet ist?“, meinte er, bevor ich weitersprechen konnte.

„Nein, aber du kannst doch nicht einfach irgendwas machen, wovon du keine Ahnung hast!“

„Ich kann sehr wohl nähen. Also an Menschen zumindest.“

Mein Blick fiel auf Jarrens Rücken, der unter der Menge getrockneten Bluts kaum zu erkennen war. Ein widerlich langer Schnitt zog sich quer über seinen hinteren Oberarm und setzte sich über seinen Rücken fort bis über die

Wirbelsäule. Ich schlang mir selbst den Arm um die Taille als ich das sah. Aber der Schnitt war bereits genäht und Ronan presste ihm immer wieder eine frische Stelle einer Binde darauf, um die Blutung zu stillen, und schaute mich herausfordernd an. Aber ich war bloß verblüfft, wie Jarren es geschafft hatte, damit so lange herumzulaufen. Das musste verdammt schmerzhaft sein.

Tarok trat ohne ein weiteres Wort an mir vorbei. Ronan machte ihm Platz und stand von der Pritsche auf.

„Die Naht ist ordentlich", sagte mein Onkel auf racronisch, woraufhin mein Bruder mir ein arrogantes Lächeln schenkte.

Dann wandte Tarok sich Jarren zu, der ihn die ganze Zeit schon nicht aus den Augen ließ. „Aber es sind Muskeln verletzt."

Das konnte er einfach so sehen? Ich war beeindruckt, obwohl ich das von meiner Mutter ja kannte.

Er setzte sich hinter Jarren, der ihn über die Schulter hinweg ansah. „Darf ich?"

Jarren zögerte einen Moment, dann wappnete er sich mit einem tiefen Atemzug und nickte. Tarok legte ihm eine Hand auf die Verletzung und schloss für einen Moment die Augen. „Das sollte schnell gehen. Leg dich hin."

„Ich kann auch sitzen", hielt Jarren dagegen, stur, wie nur Männer es sein konnten, wenn man ihnen Hilfe anbot.

„Nein. Du wirst gleich einschlafen. Leg dich hin."

Jarren hob eine Augenbraue, sodass sich die Narbe darüber kräuselte. „Es geht mir besser. Ich schlaf schon nicht ein." Seiner Gesichtsfarbe zufolge war das gelogen.

„Das ist Teil der Heilung", erklärte Tarok knapp.

„Tu einfach, was er sagt“, meinte Ronan, der wie ich das ganze Spiel von meiner Mutter gewohnt war.

Jarren warf noch einen letzten prüfenden Blick auf die beiden, dann tat er wie geheißen. Ich sah, wie seine Muskeln sich bei jeder Bewegung verkrampften und wie seine gesamte rechte Rumpfhälfte am liebsten gar nicht arbeiten wollte. „Und wie lange werde ich schlafen?“, fragte er mit unüberhörbarem Misstrauen in der Stimme.

„Vielleicht zwei Stunden“, sagte Tarok. „Holt ihm eine Decke.“

Ronan machte sich sofort auf den Weg.

Abermals legte Tarok Jarren die Hand auf den Schnitt, wobei der vor der Berührung zurückzuckte. Er ließ nicht locker. Stattdessen war er am ganzen Körper angespannt und schielte über die Schulter zu Tarok, um ihn unablässig zu beobachten. Ich seufzte. Das würde vielleicht doch etwas länger dauern.

„Warum hast du dich nicht schon in Lyta Rhojth zu erkennen gegeben?“, fragte Jarren.

„Weil ich nicht wusste, ob ich euch vertrauen kann. Aber jetzt habt ihr mir keine Wahl gelassen.“

Er gab sich mit der Antwort mittelmäßig zufrieden, wobei er nicht aufhörte, Tarok zu beobachten. Im selben Moment kam Ronan mit der Decke zurück und warf sie grob über ihn. „Vertrau ihm. Kalinda kann das auch. Sie arbeitet auf die gleiche Weise und es funktioniert immer“, hörte ich ihn leise sagen, während er sich einfach vor ihm auf den Boden setzte. „Aber sag’s nicht weiter.“

Jarren starrte ihn an. Und dann fielen ihm doch tatsächlich die Augen zu, unmittelbar nachdem Tarok damit angefangen hatte, seinem Körper zu sagen, was er zu tun hatte.

Ich hätte ihm gerne weiter zugesehen, weil er mich mit seiner Arbeit an zu Hause erinnerte. Aber Ronan, der plötzlich neben mir stand, fragte flüsternd: „Könntest du nicht versuchen herauszufinden, ob es hier ein paar Geheimverstecke gibt?"

„Was willst du denn mit Geheimverstecken?", fragte ich, ohne über irgendetwas nachzudenken.

Er legte den Kopf schräg und zog eine Braue hoch. „Warum sind wir nochmal tagelang unterwegs gewesen? Ich glaube, wir wollten irgendwas Wichtiges besorgen."

Empörung stieg in mir auf. „Du willst sie ausrauben? Nachdem sie uns fast erschossen hätten und uns immer noch nicht über den Weg trauen?", zischte ich hoffentlich leise genug.

„Ich finde es nur fair, sie auszurauben, nachdem sie uns fast erschossen hätten", gab er zurück und grinste mich an.

„Das kann doch nicht dein Ernst sein!"

Er sah mich eindringlich an. „Du weißt, dass wir nicht zum Spaß hier sind. Wir haben in Moorstock ein Problem. Und zwar ein großes."

Ich seufzte müde. Dieser Kampf war also noch lange nicht vorbei. „Du machst mich fertig, Ronan. Wenn ich noch einmal höre, dass du dich mit einer riesigen Bande von Auftragsmördern anlegst, dann werde ich zu einem viel größeren Problem."

„Ich weiß", sagte er und lächelte stoisch.

Ich blickte zu Jarren, der plötzlich ganz friedlich wirkte und stumm vor sich hin schlummerte. Ich hätte mir gewünscht, ich könnte mich auch auf so einer Pritsche in eine weiche Decke einkuscheln und schlafen. Die Nacht war nicht gerade erholsam gewesen.

Ich straffte die Schultern und sah Ronan an: „Kann sein, dass ich wieder bewusstlos werde. Wäre nett, wenn du mich dann auffängst.“

Verblüfft starrte er mich an. „Passiert dir das dann *immer*?“

„Nur wenn ich mir zu viel merken muss. Und leider merke ich mir *alles*, was ich in der Person vorfinde.“

„Ah ja, alles klar“, meinte er – er war zwar mit mir aufgewachsen, aber manchmal hielt er mich wohl trotzdem für verrückt. Ich konnte es ihm nicht verübeln. „Keine Angst, dein Schädel ist sicher.“

Noch einmal schaute ich zu Tarok, der vollkommen in seine Arbeit vertieft war, beide Hände an Jarrens Verletzung. „Ich will warten, bis er fertig ist“, beschloss ich dann, um mich nicht einfach aus dem Staub zu machen.

Ronan gab keine Widerworte. Ich setzte mich auf etwas, wovon ich glaubte, dass es ein Hocker war, und wartete. Es dauerte keine fünf Minuten, so schätzte ich zumindest, bis Tarok sich erhob und Jarren die Decke bis über die Schultern zog, sodass nur noch sein blasses Gesicht zu sehen war. Ich wusste, dass man die behandelte Person immer warm einpacken musste, da die Körpertemperatur rapide abfallen konnte. Meine Mutter musste das bei mir zwar noch nie anwenden, aber oft genug hatte ich Fred in fünf oder mehr Decken einwickeln müssen, als er noch klein gewesen war. Kinder kühlten besonders schnell aus.

„Wie sieht es aus?“, wollte Ronan wissen, als Tarok auf

uns zukam.

„Lauft nicht zu viel herum. Dann wird es restlos heilen. Und ihr solltet spätestens heute Abend die Fäden wieder ziehen.“ Er sah mich an. „Ich muss leider wieder zu den anderen.“

„Schon gut. Und pukya tiakatsia“, bedankte ich mich und lächelte. Ich wünschte, ich könnte mich irgendwo mit ihm hinsetzen und mich den ganzen Tag mit ihm unterhalten. Ich wünschte, ich könnte jetzt sofort meiner Mutter berichten, dass er hier war, dass ich mit ihm sprechen konnte. Ich wünschte, ich sähe ihre Reaktion, wenn die beiden sich wiedersahen.

„Du siehst müde aus. Du solltest dich etwas ausruhen“, meinte er in unserer Sprache. Sanft legte er mir die Hand seitlich an den Kopf, wie es bei uns zu Hause die Väter bei ihren Kindern machten, um ihnen zu zeigen, dass sie unter ihrem Schutz standen. Die gleiche Geste, die auch mein Vater mir entgegengebracht hatte.

Mir wurde die Kehle eng, als ich gegen die alte Trauer ankämpfen musste. Tarok schenkte mir noch ein Lächeln und zog dann widerwillig seine Hand zurück. „Ich muss jetzt weitermachen. Wir haben bestimmt bald mehr Zeit. Ich komme nach Moorstock.“

„Du willst nach Moorstock?“, fragte ich erstaunt, um den Gedanken an meinen Vater abzuschütteln.

„Ich wäre schon längst auf dem Weg, wäre ich euch nicht gefolgt. Ich hatte nicht erwartet, dass du hier unten im Süden bist.“ Er warf einen kurzen Blick auf Ronan, der etwas Abstand zu uns genommen hatte, um uns Raum zu geben, obwohl er sowieso nicht verstand, was wir sagten.

„Und es war wohl goldrichtig, euch zu folgen."

„Sonst hättest du in Moorstock nur meine Mutter wiedergefunden", brummte ich bitter und musste daran denken, dass ich ohne ihn erschossen und dann vermutlich irgendwo im Sand verrottet wäre. Ich schüttelte den Kopf. „Wir hatten das hier alles ganz anders geplant. Wir wussten nicht, dass wir mitten in einen Aufstand geraten würden."

Jetzt wäre der Moment gewesen, Tarok in unseren Plan einzuweihen. Und doch zögerte ich. Letzten Endes erwähnte ich unsere Mission mit keinem Wort, aus Angst, er würde wütend werden und versuchen, mich von Ronan und Jarren zu trennen. Auf gar keinen Fall wollte ich jetzt einen Streit mit ihm anfangen. Schwermütig blickte ich ihm hinterher, als er sich wieder ins Getümmel stürzte und sich um die Verletzten kümmerte.

„Worüber habt ihr gesprochen?", fragte Ronan und riss mich damit jäh aus meinen Gedanken.

Ich sah ihn nicht an. „Nichts Wichtiges." Damit marschierte ich voran. „Komm. Wir suchen uns jemanden, den ich ausleuchten kann."

Er zuckte mit den Schultern und folgte mir.

Schließlich wählte ich einen Mann, der gebeugt am Rand einer Pritsche kauerte und mit leerem Blick vor sich hin starrte. Das war einfacher, als in jemandes Geist zu dringen, dem ich die ganze Zeit hinterherlaufen musste. Hinter seinem Rücken setzte ich mich auf eine niedrige Holzbank. Auf meine Geste hin nahm Ronan neben mir Platz und blickte gespannt in die Runde, um mich nicht anzustarren.

Ich atmete einmal tief durch, leerte meinen verwirrten

Kopf und konzentrierte mich ganz und gar auf die inneren Strukturen des Mannes vor mir. Ich tauchte ab, raste durch Labyrinthe und landete natürlich zuerst in einem völlig anderen Gebäude, das mich an ein Rathaus erinnerte. Da war ich falsch abgebogen. Rasch zog ich mich zurück, schüttelte den Kopf und sammelte erneut alle Konzentration – ohne Schlaf war das wirklich kein leichtes Unterfangen. Ein weiterer Versuch.

Ich filterte nach diesem Unterschlupf und fand ihn rasch. Ich raste durch die beiden Lagerhallen, inspizierte die Mauer, den Berg dahinter mit seinen unzähligen Tunneln, von denen einer tief bis in den Brunnen führte. Ich inspizierte den umliegenden Platz, erkannte zwei Panzer. Eiskalte Angst packte mich, dass die racronischen Soldaten anrücken und sich rächen würden. Ich verspürte Panik, dass die eigenen Kinder sterben könnten. Dass meine Brüder und Schwestern sterben könnten.

Mein Herz hämmerte so lautstark und rasend, dass ich Angst hatte, mein Kopf würde gleich platzen. Ich musste mich noch einmal zurückziehen.

Tief durchatmen. Emotionen weglassen. Nur der Lageplan. Wo lagerten sie ihre Waffen?

Ich flog durch die Gebäude, schrie Kinder an, die meinten, sie müssten im Vorratskeller Fangen spielen, und sammelte Tausende von Eindrücken. Der Gang endete in einer schaurigen Landschaft. Sandiger Boden, blutbefleckt, grauer Himmel und rauchende Trümmer eines abgebrannten Dorfes, das nicht umsiedeln wollte. Hunderte Tote. Eisige Trauer umschloss meine Brust so fest, dass mir alle Rippen brachen und ich kaum noch Kraft hatte, zu schreien. Ich wurde so schwer, dass ich im Boden versank.

Abermals konzentrierte ich mich auf die beiden Lagerhallen, raste hindurch, flog durch die Vorratskammer, merkte mir, was dort alles gelagert wurde. Vor meinen Augen explodierte plötzlich etwas, die Druckwelle riss mich von den Füßen, Blut spritzte mir ins Gesicht, noch einmal eilte ich durch den Keller und wurde dann in meinen eigenen Körper zurückgeschleudert. Meine gesamte Stirn war aufgeplatzt, mein Schädel geborsten.

Die letzte Kraft wich aus meinen Muskeln, sodass mein Körper schlaff wurde und ich ins Leere stürzte. Hände packten mich.

Dann zog ich mich zurück in die dunkle, ruhige Stille.

28 – *Finn*

„Das machst du nie wieder!“ Finn konnte nicht wirklich begreifen, was in seinem eigenen Kopf vorging: Es war eine Mischung aus kribbelnder Taubheit dank Schlaflosigkeit und nervenaufreibender Aufregung im chaotischsten Ausmaß, die ihn die Wände hochjagte. „Es ist eine halbe Stunde nach Sonnenaufgang und *jetzt* fällt dir ein, dich endlich mal blicken zu lassen?“

Cedric starrte eingezogenen Kopfes zu Boden und hatte seine Hände in den Jackentaschen vergraben. „Hab doch gesagt, das kann dauern.“ Ohne ihn anzublicken, trat er an ihm vorbei und ließ sich seitlich auf die alte Ledercouch fallen, ein Bein ausgestreckt, das andere noch auf dem Boden. Erschöpft legte er den Kopf über die Seitenlehne.

Finn rieb sich mit beiden Händen übers Gesicht und drehte sich im Kreis, um sich abzureagieren. Am liebsten wäre er in eiskaltes Wasser gesprungen. „Das kann doch nicht wahr sein.“

„Ist was?“, Nalia streckte den Kopf ins Zimmer, die Augen noch nicht ganz geöffnet. Ihr Haar stand wie ein Flammenmeer wirr von ihrem Kopf ab.

Er sah sie an und beneidete sie für einen Moment darum, offensichtlich aus einem weichen Bett gestiegen zu sein und gut geschlafen zu haben. „Nein, alles gut“, sagte er dann.

Ihr Blick wanderte zu Cedric. „Guten Morgen! Hab doch gesagt, der lebt noch.“ Ein siegessicheres Grinsen, dann war sie wieder verschwunden.

Finn brauchte einen tiefen Atemzug. „Ich habe mir *wirklich* Sorgen gemacht“, seufzte er und spürte, wie sich sein Körper endlich eine Spur entspannte.

„In ihrem Tunnel schien es einen Toten gegeben zu haben“, platzte es dann aus Cedric heraus.

Er blinzelte. „Was? Woher weißt du das?“

„Ich hab einen der beiden Fluchtwege beobachtet. Da waren drei Männer, die einen auffällig langen und schweren Sack auf einen Karren geladen haben.“

„Einen Sack?“

„Eindeutig mit Armen und Beinen drin, ja. Ich bin ihnen bis zur Moor gefolgt. Da haben sie das Bündel über die Ufermauer geworfen.“

Finn stieß einen Pfiff aus. „Heiliger! Und du bist sicher, dass dich niemand gesehen hat?“

„Sonst wäre ich nicht hier.“

„Hm. Sondern auch in der Moor.“ Er dachte kurz nach. „Glaubst du, die vermissen ihren Spion bereits?“

Ced zuckte die Schultern.

„Und meinst du, er ist wirklich Marlinda Caysons Sohn?“, überlegte Finn, der sich seit ihrem Kampf den Kopf darüber zerbrach. „Könnte auch gespielt gewesen sein, oder?“

„Sie hat einen Sohn. Keine Ahnung, wie der aussieht.“ Cedric starrte zur Decke und machte eine Pause. Dann sah er Finn an. „Hat er schon geredet?“

„Bisher noch nicht. Ach, übrigens!“, fiel dem dann ein. „Weißt du, was das sein könnte? Oder wie das funktioniert?“ Er legte ihm die Gegenstände auf den Tisch, die sie ihrem Gefangenen abgenommen hatten: Die kleine blaue

Kugel und den Würfel, aus dem das Gitter hervorgebrochen war, um ihnen den Fluchtweg aus der Gasse abzuschneiden. Die Wurffesseln waren nichts Besonderes.

Langsam setzte Cedric sich auf und betrachtete die beiden Gegenstände. „Keinen Schimmer."

„Nalia, Dorian und ich haben das gestern Abend noch untersucht, aber wir haben nichts rausgefunden. Und auch nichts aktivieren können oder so."

Im selben Moment trat Nalia ins Zimmer, dieses Mal mit ordentlich gekämmtem Haar, wie üblich im Nacken zu einem lockeren Knoten gebunden. Als sie die Kuriositäten erblickte, eilte sie mit großen Schritten zu ihnen, sodass sich ihr grauer Rock bauschte. „Habt ihr doch etwas rausfinden können?"

Die beiden schüttelten die Köpfe.

Sie trat vor den Tisch und die Hände in die Hüften gestemmt blickte sie auf die zwei Gegenstände. „Ich könnte im Laden versuchen, sie auseinanderzubauen. Wenn ich den Mechanismus untersuchen kann, finde ich bestimmt raus, was es damit auf sich hat."

„Gut, aber sei vorsichtig. Das sind immerhin Wa-"

„Es sind keine Granaten." Sie lächelte Finn an und steckte sich die Gegenstände in die Handtasche. „Ich mache mich jetzt auf den Weg. Viel Spaß mit eurem Spion."

„Danke."

Zögerlich trat sie auf die Tür zu und vergewisserte sich während der wenigen Schritte bestimmt fünf Mal, ob ihre Handtasche auch wirklich gut verschlossen war. Den Blick auf die Schnallen gerichtet lief sie prompt in Nathaniel hinein, der lautlos in der Tür erschienen war.

„Huch! Tut mir leid. Man sieht sich!“ Damit war Nalia verschwunden, bevor ihr irgendjemand noch hätte antworten können.

„Bitte sag mir, dass ihr mit dem Idioten da unten endlich fertig seid.“ Finn massierte sich die Schläfen gegen die Kopfschmerzen.

„Wenn er versucht, etwas zu sagen, versteht man ihn ganz schlecht. Irgendjemand hat ihm den Kiefer gebrochen.“ Nat bedachte ihn mit einem scherzhaft vorwurfsvollen Blick. „Aber nein. Mehr als Beleidigungen bringt er nicht zustande.“

„Habt ihr es schon mit Tweag probiert?“ Eine Gänsehaut fuhr Finn über den Körper, als er sich an die Wirkung des Metaphobazins erinnerte, die er am eigenen Leib hatte spüren müssen.

„Schon in Auftrag.“

Hinter Nat erschien nun auch Dorian und kam ins Zimmer: „Remsey übernimmt den Vormittag.“

„Perfekt. Ich muss schlafen. Und ich glaube, nicht nur ich.“ Ein Seitenblick auf Cedric bestätigte ihm das. Natürlich hatten auch Dorian und Nathaniel die Nacht durchgemacht. Aber das war die ganze Gruppe gewohnt. Warum nachts schlafen, wenn man die dunklen Stunden wunderbar nutzen konnte, um Dinge zu tun, von denen niemand etwas wissen sollte.

Nur halb ausgeruht zwang Finn sich am Nachmittag erneut durch diese Tür, um sich ihres Gefangenen anzunehmen. Lange Zeit sagte er nichts, lehnte sich an eine Kommode und verschränkte die Arme vor der Brust. Remsey, Dorian und Nat hatten dem Kerl offenbar keine weiteren Verletzungen zugefügt. Zumindest keine sichtbaren. Aber der Schlafentzug hinterließ bereits Spuren, vor allem in Form von hängenden Gesichtszügen und dunklen Ringen unter den Augen. Er sah richtig übel aus. Nase und Mund waren bedeckt von getrocknetem Blut, sein linkes Auge war violett verfärbt und geschwollen. Den Blick hielt er starr auf den Boden gesenkt, selbst als er gehört hatte, dass Finn eintrat. Remsey stand zurückgezogen hinten an die Wand gelehnt und überließ es Finn, das Wort an den Gefangenen zu richten.

„Was habt ihr mit den Siri zu schaffen?", fragte dieser endlich.

Der Mann regte sich nicht und sagte auch nichts. Nicht einmal seinen Namen hatte er ihnen bisher verraten. Einen Ausweis oder etwas Ähnliches hatten sie auch nicht gefunden. Nur die Vermutung, dass er Mrs Caysons Sohn war, blieb ihnen. Aber auch dazu gab er ihnen keinerlei Antworten.

Finn startete einen zweiten Versuch: „Was sind das für Gegenstände, mit denen du uns angegriffen hast?"

Wieder nichts.

Erst als sich Remsey einen Schritt auf ihn zubewegte und ihm träge mit den Händen in den Jackentaschen gegen die Schulter trat, zuckte er wenigstens zusammen. Erneut hob Remsey den Fuß und presste ihm die Sohle seines Stiefels gegen die Wange. „Wenn du redseliger wärst, würden wir viel besser miteinander auskommen", murmelte er und zog sich dann zurück, nachdem er ordentlich Dreck in dessen Gesicht hinterlassen hatte.

Finn seufzte. „Ich muss mich mit den anderen besprechen. Könnt ihr für heute noch weiter auf ihn aufpassen?"

„Wir haben ja nichts Besseres zu tun."

Finn sah ihn fragend an.

Remsey winkte ab. „Schon gut. Machen wir."

Die Besprechung fand also nach ihrem halbherzigen Frühstück statt, das von der Zeit her eigentlich ein Mittagessen gewesen war.

„Bevor wir noch einmal nach Hout-Town gehen, sollten wir warten, bis der Kerl was ausgespuckt hat. Vielleicht erübrigt sich das mit dem zweiten Besuch", sagte Finn. „Wäre ansonsten unnötiges Risiko." Nicht, dass man sie auch noch als eingepacktes Bündel über die Ufermauer in die Moor warf.

Nat lehnte sich zurück und verschränkte die Arme vor der Brust. „Klar ist jedenfalls, dass die Siri einen Anschlag auf wen auch immer planen. Und zwar einen großen. Aber bevor Jarren und Ronan nicht wieder zurück sind, werden die sich bedeckt halten. Und ich glaube nicht, dass unser Freund davon einen Plan hat."

Finn hätte alles dafür gegeben, einfach einen der Siri selbst auszufragen. „Vielleicht nicht, aber ich habe ja auch noch Glassfelder beauftragt. Ich hoffe, er meldet sich bald."

„Wenn die Siri nicht wollen, dass man ihre Leute im Gefängnis besucht, dann besucht man sie auch nicht. Ob es nun Freunde oder Anwälte sind, ist völlig egal", sagte Nat.

„Wie dem auch sei, wir müssen jetzt einfach abwarten", schloss Finn. „Aber in der Zwischenzeit können wir trotzdem in der Stadt ausschwärmen und uns umhören."

„Das können wir übernehmen", schlug Dorian vor. „Willst du derweil bei Nalia im Laden vorbeischauen? Vielleicht hat sie etwas rausgefunden."

Finn nickte. „Und du", er sah Nathaniel an, „kannst dich um das Tweag kümmern."

Der Tag war also geplant. Nach einer kleinen Tour durch die halbe Stadt stand Finn endlich vor dem kleinen Uhrengeschäft und schob die filigran verzierte Glastür auf. Wie immer erschlug ihn die schiere Vielfalt an runden, eckigen, kleinen und großen Uhren, allesamt im Takt schwindelerregend schwingender Pendelgewichte tickend, sodass es aussah, als würde sich der ganze Laden bewegen. Auf verschiedenen glatt polierten Holzarten der Uhren funkelten vergoldete Verzierungen im trüben Sonnenlicht, das durch das Fenster hereinfiel.

Hinter dem Tresen mit eingebautem Schaukasten (ebenfalls mit unheimlich vielen Uhren), erkannte Finn Mrs Fray, Nalias Mutter, eine große schlanke Frau mit hochgestecktem, dunkelblondem Haar und geröteten Wangen. Sie sah aus, als wäre sie heute sehr oft hin und her gerannt. Sie war gerade mit einem Kunden beschäftigt, der sich über irgendetwas beklagte, hatte Finn aber mit einem raschen Blick zur Kenntnis genommen. Der deutete auf die Tür neben der Theke, sie nickte ihm flüchtig zu, ohne den Gesprächsfaden zu verlieren, und da war er auch schon in den von einer matten Lampe beleuchteten Hausflur gehuscht. Es gab hier nur ein schmales Fenster, wo man vielleicht gerade so eine Hand hindurchstrecken konnte, sodass kaum Tageslicht hereinfiel. Er ging an der Tür vorbei, die in die kleine Werkstatt führte, und folgte der Treppe nach oben in den Wohnbereich – für eine eigene Eingangstür war das Reihenhaus zu schmal, daher musste man immer durch den Laden, wenn man die Frays besuchen wollte. Unpraktisch, aber sie mussten damit leben.

Finn klopfte an der Tür zum Wohnzimmer an und hörte, wie Nalia ihn hereinrief. Die Vorhänge waren zugezogen und sie lag dort ausgestreckt auf dem grünen Sofa. Er seufzte, als er den Waschlappen auf ihren Augen erblickte. „Was hast du angestellt?"

„Nichts passiert, mir geht's gut", sagte sie und streckte teilnahmslos den Daumen nach oben.

Er wollte gerade seine nächsten Fragen aussprechen, da unterbrach ihn das Geräusch eines brachial geschwungenen Hammers aus einem der anderen Zimmer.

Die Hand, die gerade den Daumen nach oben gestreckt hatte, wedelte jetzt beschwichtigend in der Luft herum. „Das ist nur mein Vater."

Finn kratzte sich am Kopf. „Und was ist mit dir?"

„Ich weiß, du hast mich gewarnt." Jetzt deutete ein Zeigefinger in die Luft. „Das waren zwar keine Granaten, doch aus irgendeinem Grund ist das blöde Ding trotzdem explodiert."

Finn klappte der Mund auf.

„Aber zum Glück kein Feuer. Hat nur eine ordentliche Druckwelle abgegeben", erklärte sie, bevor er etwas hätte sagen können. „Und jetzt habe ich die Kopfschmerzen meines Lebens."

„Aber du bist nicht erblindet oder Schlimmeres?“

Sie hob den Waschlappen an und linste mit einem geröteten Auge zu ihm. „Nee. Ich kann dich sehen.“

Ein weiterer Seufzer entrang sich ihm. „Ronan wird mich umbringen.“

Sie legte sich wieder den Waschlappen über beide Augen und grinste. „Ich werde ihn bitten, nett zu dir zu sein.“

„Zu freundlich. Hat sich die Explosion wenigstens gelohnt? Hast du was rausgefunden?“

„Es sind Schrauben und Zahnräder durchs Zimmer geflogen und ich habe kein Fenster mehr. Mein Vater ist total begeistert.“ Sie atmete einmal tief durch, als wieder wütendes Gehämmer die Wohnung erschütterte. „Ansonsten bin ich nicht wirklich schlau daraus geworden.“

„Sind beide in die Luft geflogen?“

„Ich hoffe, du verzeihst mir, dass ich die Murmel nicht mehr aufgeschraubt habe, nachdem der blöde Würfel hochgegangen ist.“

„Natürlich. Aber-“

„Junge Frau!“ Eine aufgebrachte Gestalt stampfte ins Wohnzimmer, mit schweißnasser Glatze und roter Haut. „Wenn ich noch *einmal* dein verdammtes Fenster reparieren muss, dann …“ Mr Fray brach ab, als er Finn erblickte, und räusperte sich.

„Dann ziehen wir endlich um?“, vollendete Nalia den Satz ihres Vaters.

Der schaute sie verdutzt an, fasste sich aber schnell. „Für deinen nächsten Umzug ist Ronan zuständig“, konstatierte er leise und sah Finn dann bedeutungsvoll an. „Bitte, sie braucht Ruhe.“

„Ich bin schon weg, Mr Fray.“ Finn nickte Nalia zu, die mit einem roten Auge zu ihm linste. Dann trat er zurück Richtung Treppenhaus.

„Ich komme später zu Balor's“, hörte er Nalia noch sagen, woraufhin eine hitzige Diskussion im Wohnzimmer ausbrach, der er sich liebend gern entzog.

Kaum hatte er das Haus verlassen, huschte ein Schatten an ihm vorbei, sodass er einen Schritt zurückstolperte. Prompt spürte er einen zerknüllten Zettel in seiner Hand, den er intuitiv unauffällig in seiner Manteltasche verschwinden ließ. Belanglos schlenderte er anschließend über den Platz, studierte die dunklen Wolkenformationen am Himmel und verschwand in der nächsten Gasse, wo ihn niemand dabei beobachtete, wie er die spärliche Notiz las;

17 Uhr in meinem Büro.
James Glassfelder

Perfekt! Das ging schneller, als Finn gedacht hätte.

Und wieder einmal erklomm er die Stufen im Treppenhaus der Kanzlei Bernen.

„Guten Tag, Mr Glassfelder“, sagte er, als er erneut das nach Papier riechende Büro betrat.

„Setz dich, Finn.“ Der ältere Herr hatte beide Ellenbogen auf die Armlehnen seines Drehstuhls gelegt und ließ eine Schreibfeder zwischen den Fingern kreisen.

„Konnten Sie im Malicrypt etwas rausfinden?“, kam Finn sofort zur Sache.

Der Anwalt lächelte verbittert auf seinen Schreibtisch und sprach erstaunlich leise: „Nicht wirklich. Ich durfte nicht zu ihm."

Wie Nathaniel vorhergesagt hatte. „Und jetzt?"

Glassfelder sah Finn ernst an. „Jetzt habe ich einen Verfolger."

Als der Anwalt nichts weiter hinzufügte, fragte Finn vorsichtig: „Und konnten Sie in Erfahrung bringen, wer Ihr Verfolger ist?"

„Richard Bonns."

Finn klappte der Mund auf. „Heilige Scheiße."

„Allerdings. Er hat mir irgendeinen Kerl *und* eines seiner Dienstmädchen auf den Hals gehetzt."

„Gleich zwei! Der Mann ist paranoid."

„Da hast du allerdings recht. Ich habe meine beiden Verfolger meinerseits verfolgen lassen. Beide Spuren endeten vor Bonns' Toren. Er hat sein Wachpersonal verfünffacht und die Familie nach Hause einberufen. Er verschanzt sich."

„Logisch." Nach dem, was Jarren berichtet hatte, war das nur zu verständlich. „Mehr Informationen waren Ihnen nicht zugänglich?"

Glassfelder schüttelte den Kopf. „Leider nicht, Finn. Das ist alles, was ich für dich tun kann."

Dass er sich Richard Bonns zum Feind gemacht hatte, war wirklich nicht Finns Absicht gewesen – falls das überhaupt der Fall war. Vielleicht wurde Bonns auch einfach von der Panik gesteuert, gebündelt mit dem Drang, alles zu wissen und sämtliche Abläufe in der Stadt zu erfahren, um sich selbst und seine Industrie zu schützen. Reich zu sein, schloss eine gewisse ständige Lebensgefahr nicht aus. Das vermutete Finn zumindest anhand einiger paranoider

Verhaltensweisen.

Aber dass Bonns Glassfelder beschatten ließ, konnte bedeuten, dass Bonns ebenfalls hinter den Siri her war.

29 – *Jarren*

Puh, hatte man mich in Schnee eingepackt?

Langsam führte ich beide Hände zu meinem Gesicht, um sie mit meinem Atem zu wärmen, und zog mir die viel zu dünne Decke bis zu den Ohren hoch. Doch als ich erkannte, wo ich war, fiel mir wieder ein, dass ich überhaupt keine Zeit hatte, es mir hier gemütlich zu machen.

Rasch setzte ich mich auf und warf die Decke zurück – als mich allerdings der erste Luftzug an den nackten Schultern traf und ich augenblicklich zu zittern begann, überlegte ich es mir anders und wickelte mich darin wie in einen Mantel ein. Seit wann war ich so eine Frostbeule? Mein aufgeschlitzter Rücken hingegen fühlte sich überraschend harmlos an. Nicht schlecht.

Kopfschüttelnd blinzelte ich die Benommenheit weg und blickte mich um, auf der Suche nach Kyra und Ronan. Ronan war zwischen den ganzen schwarzhaarigen und mehr oder weniger dunkelhäutigen Menschen, die hier herumliefen, leicht auszumachen.

Ich ärgerte mich darüber, dass ich mein Oberteil nicht fand, erhob mich dann vorsichtig und ging mit langsamen, bedachten Schritten zu ihm. Die Decke hielt ich eng um meine Schultern geschlungen – ohne sie wäre ich vor lauter Zittern wohl kaum vom Fleck gekommen.

„Na, ist dir kalt?“, begrüßte mich Ronan.

Anstatt auf seine Frage zu antworten, schweifte mein Blick zu Kyra, die neben ihm lag und genau wie ich in eine Decke eingewickelt war. Besorgniserregend war, dass ihr

Gesicht schweißnass – oder vielleicht auch tränennass – war. Ich hatte nicht gedacht, dass ihre dunkle Haut so grau werden konnte. „Schon wieder ein Zusammenbruch?", fragte ich.

Er zuckte mit den Schultern. „Das wird gleich wieder."

„Ich dachte, das hat sie nur ganz selten." Seufzend setzte ich mich neben ihn. „Hat sie Fieber?" Vorsichtig legte ich meine Hand an ihre Stirn – und zog sie im selben Moment erschrocken zurück. „Sie glüht! Hast du schon irgendwem Bescheid gesagt?"

Ronan grinste mich an. „Sie hat kein Fieber. Du hast nur eiskalte Hände."

Da konnte er recht haben. Ich lehnte mich rücklings an die Bank, weil mir selbst das Sitzen zu anstrengend wurde. „Und was machen wir jetzt mit ihr?", wollte ich wissen.

„Wir warten, bis sie aufwacht." Er warf ihr einen sorgenvollen Blick zu und prüfte, ob die Decke auch nur ja alles von ihr abdeckte. „Tarok hat ihr schon irgendwas gegeben. Sie schläft sich nur noch aus, hat er gesagt."

Hoffentlich war sie schnell wieder auf den Beinen. Ich sah sie an. Ihre Gesichtszüge waren nicht gerade entspannt. Sie sah aus, als träumte sie schlecht.

„Warum hast du bloß vorgeschlagen, sie mitzunehmen?", platzte es da aus mir heraus.

Er seufzte. „Sie hat uns wirklich einiges an Mühen erspart, vor allem, was die sprachlichen Barrieren angeht. Und stell dir vor, wir hätten versehentlich einen von denen um Hilfe gebeten." Er deutete auf das rege Treiben um uns herum.

Ich schnaubte. „Dann hätten die uns wohl den Kopf

abgeschlagen.“

„Bringt mich hier raus“, kam es plötzlich kaum hörbar von Kyra. Wir beide blickten zu ihr. Sie lag noch immer dort, reglos, hatte die Augen geschlossen. Immer wieder murmelte sie: „Bringt mich hier raus.“

„Spricht sie im Schlaf?“, fragte ich.

„Nein.“ Ronan sprang auf und lud sie sich mitsamt der Decke auf den Arm. Mit zielstrebigen Schritten trat er auf den Ausgang zu, sodass ich in meinem Zustand Mühe hatte, ihm zu folgen. Die Männer am Ausgang versperrten uns natürlich den Weg.

„Sie braucht frische Luft!“, protestierte Ronan.

„Das Außengelände ist gesperrt“, beharrte einer von ihnen mit starkem Akzent.

„Wir bleiben direkt vor der Tür.“

Erst jetzt regte auch Kyra sich, drehte ihm ganz langsam das Gesicht zu, versuchte die tränenden Augen zu öffnen und hauchte: „Khyuvä.“

Der Wachmann rang mit sich, trat dann aber zur Seite und geleitete uns sogar nach draußen. Wir durften uns aber keine fünf Meter vom Eingang entfernen. Die Sonne war bereits hochgewandert und prallte auf den trockenen Platz. Ronan setzte Kyra vorsichtig an die Wand der Lagerhalle gelehnt am Boden ab und ich zögerte nicht, neben ihr Platz zu nehmen, weil ich kaum stehen konnte.

„Besser?“, fragte er leise, noch immer vor ihr kniend. Sie nickte, hielt die Augen aber noch weiter geschlossen. Also waren wohl weder sie noch ich zu irgendetwas zu gebrauchen. Uns blieb nichts anderes übrig, als abzuwarten, bis wir neue Kräfte gesammelt hatten.

Ich legte den Kopf in den Nacken und genoss die Wärme der Sonnenstrahlen auf meinem Gesicht, was gut gegen die Kälte in meinem Körper half.

„Sie ist im anderen Gebäude, im Keller“, hörte ich auf einmal Kyras wispernde Stimme direkt neben mir.

Ich sah sie verwirrt an. „Was ist da?“

Da öffnete sie die Augen und seufzte. „Was wohl?“

Sie konnte unmöglich die Kyerch meinen. Wer hätte ihr das verraten sollen? Tarok jedenfalls nicht, weil er es selbst nicht wissen konnte.

Ich schaute zu Ronan, der wiederum Kyra mit einem bedeutungsvollen Blick bedachte. Sie nickte ihm kaum sichtbar zu.

„Na schön. Was läuft hier?“, wollte ich wissen.

„Nichts“, brummte sie. „Wir haben was rausgefunden, als du geschlafen hast.“ Kurz schielte sie zu den Wachmännern am Eingang hinüber und flüsterte dann: „In das vordere Gebäude führt ein Tunnel.“

„Ein Geheimgang, klingt doch gut.“ Ronan setzte ein verschwörerisches Lächeln auf.

„Und wie kommen wir da hin?“, fragte ich ihn.

Kyra antwortete: „Am Fluss hinter dem Berg.“

„Wir sollten uns demnächst vom Acker machen, Vorräte besorgen und dann holen wir uns, was wir brauchen“, schlug Ronan vor.

Ich wusste nicht, ob es einfach nur an meiner Müdigkeit lag, aber die beiden hatten mir die Sprache verschlagen. Wie waren sie so schnell an die Information gelangt, wo die Kyerch gelagert war und wie wir ungesehen da rankamen? Ich blinzelte. „Wie lange habe ich nochmal geschlafen?“

Ronan grinste. „Etwa zwei Stunden, wie Tarok gesagt hat."

Mein Blick musste wahre Skepsis kundtun. „Und woher wollt ihr wissen, dass eure Information stimmt? Wer hat euch das verraten?"

„Darüber können wir später noch reden. Nicht hier", befand er.

„Sobald es dunkel ist, führe ich euch hin", wisperte Kyra so leise, dass ich sie kaum verstand. Sie hatte wirklich Schiss, belauscht zu werden.

Ich zog die Stirn kraus. „Also bist du wieder mal auf wundersame Weise an Informationen gekommen?" Wenn irgendetwas nicht stimmte oder sie ein Detail übersehen hatte, konnte uns das wahrlich den Hals brechen. Und wenn gewisse Dinge leicht zu erfahren waren, konnte es sich auch um eine Falle handeln.

„Du kannst doch selbst nachsehen, wenn du mir nicht glaubst! Wie gestern. War alles akkurat."

„Bis auf den leeren Raum", meinte Ronan mit einem bitteren Lächeln. Dann blickte er mich eindringlich an. „Heute Abend sehen wir ja, ob sie recht hat."

„Und wenn sie sich irrt und die wieder versuchen, uns abzuknallen? Ich weiß nicht, ob Tarok uns da ein zweites Mal raushauen kann."

Kyra starrte zum fernen Horizont und zog die Decke enger um sich. „Ich irre mich nicht."

„Wie auch immer. Wir sollten nicht unnötig lange hierbleiben", sprach ich mein Bauchgefühl laut aus. Ich wollte verschwunden sein, bevor das racronische Militär auf die brillante Idee kam, hier alles abzufackeln. Auch wenn ich sicher war, dass sich die Menschen hier genau darauf vorbereiteten und bestimmt einen Plan hatten.

„Ich habe Hunger“, sagte Kyra und holte mich dadurch so sehr auf den Boden der Tatsachen zurück, dass mir selbst der Magen zu knurren begann.

„Wir haben unseren Wagen hier.“ Ich durchforstete mit meinem Blick die Reihe parkender Fahrzeuge und erkannte schließlich unser Auto. „Wenn die unseren restlichen Proviant nicht gestohlen haben, können wir etwas essen, nachdem wir von hier verschwunden sind.“

„Dann los.“ Sie sprang auf und atmete einmal tief durch, als sie taumelte und sich mit einem Rückwärtsschritt fangen musste. „Aber wir müssen Tarok Bescheid sagen.“ Sie wandte sich Richtung Eingangstür. Auch Ronan stand auf und folgte ihr.

Viel zu spät verstand ich, dass auch ich jetzt leider aufstehen musste. Ächzend und stöhnend kämpfte ich mich vom Boden hoch – dabei hatte ich mich doch gerade erst hingesetzt! Mein Körper war unheimlich steif und gehorchte mir kaum, so müde waren meine Muskeln.

Während wir uns durch das Lazarett schlängelten, bewegte Kyra sich merkwürdig langsam und vorsichtig, was wohl ihrem Zustand geschuldet war. Sie fand Tarok und sprach ein paar leise Worte mit ihm. Daraufhin veranlasste er, dass man uns gehen ließ. Auch wenn er dafür unendlich lange diskutieren musste und vermutlich für uns bürgte. Ich hätte zwar gerne alles verstanden, aber das war mir nicht vergönnt. Stattdessen wurde mir netterweise ein leichtes (viel zu leichtes) Leinenhemd gegeben, das ich anziehen sollte – mein aufgeschlitztes war angeblich nicht mehr auffindbar. Die Decke, in die ich mich eingewickelt hatte, war natürlich nicht zu verschenken. Ein Mann begleitete uns bis zu unserem Wagen und zeigte mir etliche Schlüssel, von denen ich unseren rasch erkannte und an mich nahm. Ich musste die ganze Zeit gegen den Drang ankämpfen, mir die Arme um den Leib zu schlingen. Jedes Mal, wenn mich ein sachter Luftzug streifte, fingen meine Muskeln sofort an zu zittern. Verflucht, wann würde mir endlich wieder warm werden?

Wir prüften rasch, ob alle unsere Sachen noch im Wagen waren. Und tatsächlich hatte man wohl noch nicht die Zeit gefunden, unsere Vorräte und Kleidung zu plündern.

Ich wollte mich schon hinters Steuer setzen, da hielt mich Ronan sacht an der Schulter zurück. „Ich fahre lieber“, beschloss er.

„Meinetwegen“, seufzte ich und freute mich dennoch darüber, mich auf dem Beifahrersitz niederzulassen und dort die Augen zu schließen.

In Begleitung eines uns eskortierenden Mannes und im Schritttempo durfte Ronan auf das Tor in der Mauer zurollen. Als wir es passiert hatten, fuhren wir über eine kurvige Straße, die sich zwischen den Hügeln schlängelte.

„Bieg hier rechts ab“, meinte Kyra irgendwann, deren Gesicht mehr Farbe annahm, je weiter wir uns von diesem Lager entfernten. Sie hatte sich mit den Armen an der vorderen Sitzbank abgestützt und beobachtete genauestens, wo Ronan uns hinsteuerte, was mich nervös machte.

„Wieso? Nach Khashen geht es geradeaus“, sagte er, als wir auf die Kreuzung zurollten, die wir eigentlich geradeaus überqueren sollten – so hatte man uns zumindest angewiesen. Khashen war ein kleiner naheliegender Ort, Zhanar selbst wollten wir lieber meiden.

„Aber nach rechts geht es zum Tunnel. Die Hügel werden uns ausreichend schützen. Die werden nicht sehen, wo wir langfahren."

„Aber die werden sehen, wo wir *nicht* langfahren", protestierte Ronan.

Sie lehnte sich zurück und gestand nur widerwillig: „Na gut. Da könntest du recht haben. Dann fahren wir einen Umweg zum Tunnel."

„Wehe wir passen nicht durch diesen Tunnel durch oder er ist verschlossen oder sonst was", brummte ich.

„Natürlich passen da Menschen durch, nur nicht der Wagen. Und ja, er ist verschlossen. Aber dafür habt ihr doch dieses kleine Werkzeug, oder nicht?"

Im selben Moment erschrak ich, weil etwas auf meinem Schoß landete. Und zwar eine unserer zusammengeknautschten Decken.

„Deck dich zu, bevor du uns noch erfrierst", sagte Kyra.

Das kam mir wie gerufen. Ich konnte gar nicht anders, als mich schleunigst in die weiche Wolle einzuwickeln.

„Also, ein einfaches Schloss könnt ihr knacken, oder nicht?"

Ich nickte. „Ja, ja." Wenn es diesen Tunnel denn überhaupt gab. Es war durchaus wahrscheinlich, dass die Anlage irgendeinen Notfallfluchtweg besaß. Und da würden ganz sicher Menschen durchpassen.

Somit fuhren wir fürs Erste zurück Richtung Khashen, wo wir den Wagen volltanken und auch unsere Vorräte für die Rückreise aufstocken konnten. Anschließend navigierte

Kyra uns über eine andere Route zurück, sodass wir einen großen Bogen um das Lager machten.

„Also“, sagte sie. „Ich habe Tarok gesagt, dass wir ihn mitnehmen, sobald wir die Kyerch haben.“

„Ist gut“, sagte ich. Da er zu ihrer Familie gehörte, sich mit meinem aufgeschlitzten Rücken recht ordentlich angestellt hatte (wie auch immer) und außerdem verhindert hatte, dass wir auf der Stelle erschossen worden waren, schuldeten wir ihm wenigstens unsere Loyalität.

„Wir können dort unten zwischen den Bäumen Rast machen und etwas essen“, schlug Kyra vor und deutete nach vorn. Ronan parkte den Wagen zwischen ein paar üppigen Sträuchern vor einem Pinienhain, der Schatten spendete. Dort würden wir die Zeit bis zur Abenddämmerung nutzen, um etwas Schlaf nachzuholen. Wie in den Bergen quetschten wir uns dafür in den Kofferraum. Mir verlangte es danach, mich in alle drei Decken zugleich einzurollen, weil mir immer noch so verdammt kalt war.

Ich schlug irgendwann die Augen auf und stellte fest, dass ich von uns allen am längsten geschlafen hatte. Und zwar tief und fest, obwohl mir die Sonne direkt ins Gesicht schien und den Wagen trotz offen stehender Türen ordentlich aufgeheizt hatte. Kyra und Ronan waren vermutlich genau deshalb ausgestiegen, als sie aufgewacht waren. Zufrieden lächelnd, weil mir endlich wie gewohnt zu warm war und nicht mehr zu kalt, setzte ich mich auf. Probehalber bewegte ich meine rechte Schulter und streckte den Rücken durch. Von dem Messerschnitt merkte ich kaum noch etwas. Höchstens noch ein leichtes Ziehen, aber das war kein Vergleich zu vorher. Was hatte dieser Mann bloß mit mir angestellt? Wie oft ich mich schon geschnitten hatte, vor allem an den Händen, und mich dann tagelang darüber ärgern musste. Noch nie war eine Wunde an meinem Körper so schnell verheilt.

Ich sprang ins Freie, als ich Kyra und Ronan erblickte. Sie saß im Schneidersitz am Stamm einer Pinie und hatte wieder einmal ihr Notizbuch im Schoß liegen, er lehnte sich im Schatten an unseren Wagen.

„Du scheinst wieder auf Betriebstemperatur zu sein", sagte er, als er mich sah.

Ich nickte und stellte mich mit einer Vorahnung so neben Kyra, dass ich ihr über die Schulter blicken konnte. Und meine Vorahnung bestätigte sich: Kyra zeichnete eine Karte.

Verblüfft folgte ich mit meinen Augen den feinen Linien, die sie mit dem Bleistift zog.

„Ist was?", fragte sie, ohne von ihrer Arbeit aufzusehen.

Ich blinzelte verwundert und schaute zu Ronan, der meinen Blick mit einem Schulterzucken abtat und mich angrinste.

„Du zeichnest uns wieder einen Lageplan?", wollte ich wissen und betrachtete weiter ihre Zeichnungen.

„Korrekt."

Im Zweifel mit mir selbst, ob ich ihr jetzt glauben sollte, dass sie alle für uns nötige Informationen beisammenhatte, verfolgte ich weiter die Bewegungen ihres Bleistiftes und hoffte, dass es sie nicht störte, wenn ich ihr zusah. Ich begutachtete jedes Detail, das sie so sorgfältig in die Karte eingearbeitet hatte, und bildete mir ein, prüfen zu können, ob das echt oder ausgedacht war.

„Woher weißt du das alles?“, platzte es aus mir heraus. Ich war es gewohnt, dass ich derjenige war, der anderen rätselhaft erschien, aber sie stellte alles in den Schatten. Und dann kam noch hinzu, dass sie diese Karten *aus dem Kopf* maßstabsgetreu skizzierte. Bei Ashkis Grundriss hatte ich das alles noch einfach hingenommen. Aber jetzt, da ich ihr dabei zusah, wurde mir erst klar, dass sie das wirklich *gezeichnet* hatte und es nicht aus irgendeiner Druckerei stammte oder aus einem Büro gestohlen worden war. Für mich hätte so etwas tagelange, je nach Sicherheit und Größe sogar wochenlange Recherche und Spionage bedeutet.

Sie sah immer noch nicht auf. „Ich weiß es aus verlässlichen Quellen.“

Da ich sie in ihrer Konzentration nicht weiter stören wollte, trat ich neben Ronan in den Schatten. „Wie macht sie das?“

„Das musst du sie fragen.“

Ich lehnte mich ebenso an den Wagen und lauschte der Brise, die durch die Pinien strich, und den leisen Geräuschen von Kyras Stift auf dem Papier. Die Ruhe an diesem Ort erweckte den Anschein, als wäre die Welt heil und friedlich – wobei allein die heutige Nacht bewiesen hatte, dass das nicht stimmte. Ganz und gar nicht.

Da wir ja angeblich erst weiterfahren konnten, wenn es dunkel war, konnten wir noch in aller Ruhe essen, auch wenn ich innerlich zappelte, weil ich endlich handeln wollte, um schnellstmöglich zurück nach Moorstock zu gelangen. Wir würden uns ohnehin verspäten.

„Wo genau liegt der Eingang zum Tunnel?“, wollte ich wissen und ließ mich neben Kyra nieder, die an der Kante des Kofferraums saß und die Beine baumeln ließ. Ihr Notizbuch hatte sie kein einziges Mal beiseitegelegt.

„Wir müssen diesen Hügel runterfahren.“ Ihre Hand deutete am Pinienhain vorbei, wo es bergab ging. „Da gelangen wir zum Flussufer. Dann müssen wir nur noch etwa zwei Kilometer flussaufwärts fahren und sind schon da. Das ist allerdings keine schöne Straße.“

Mit meinem Blick folgte ich ihrer Handgeste, dann schaute ich hinauf zu dem Hügel, der vor uns aufragte. Dahinter, so wusste ich, befand sich die Befestigungsanlage. Gut, dass sie uns hier nicht sehen konnten. Die hohen Pinien und die Sträucher sorgten zusätzlich für gute Deckung. Für uns war es ein ausgezeichnetes Versteck – für mehr als ein Fahrzeug allerdings bot es nicht genug Platz. Viel tiefer hätten wir mit dem Wagen nicht vordringen können.

Und auch dieses Versteck hatte Kyra gekannt und uns sicher hierhergeführt.

„Gib mal her“, murmelte ich und hielt ihr die Hand hin, damit sie mir ihre Notizen geben konnte. Ich blätterte darin. Im Kopf ging ich die ganzen Routen ab, die wir nehmen könnten, spielte durch, wie wir mit etwaigen Wachen umgehen mussten, sortierte unpraktische Wege sofort aus. Durch die Tunnel hinein, hoch bis ins ehemalige Bergwerk. Kyra hatte aufgeschrieben, dass es vor siebzehn Jahren stillgelegt worden sei. Einer der Tunnel führte direkt ins vordere Gebäude. Allerdings war das Ganze ein einziges Labyrinth.

„Beeindruckend“, murmelte ich, als ich daran dachte,

wie gut wir uns auf ihren ersten Plan hatten verlassen können – wo auch immer sie den herhatte.

Ich sah zu Kyra, die ihre baumelnden Füße beobachtete und kaum merklich mit den Schultern zuckte.

„Und du willst mir immer noch nicht verraten, wo du das her hast?“ Vielleicht hatte sie die Information über den Tunnel von Tarok? Ich verstand nur nicht, warum sie mir das nicht sagen wollte. Da war doch nichts Schlimmes dran. Ich mochte es nicht, dass sie mir meine Fragen nicht beantwortete.

Sie schüttelte den Kopf. Weiterhin hielt sie den Blick gesenkt.

„Hier ist Teamarbeit angesagt und keine Geheimniskrämerei.“

Jetzt sah sie zu mir auf. „Ich kenne dich nicht gut genug, um zu wissen, dass meine Geheimnisse bei dir sicher sind.“

„Sind sie.“

Wir sahen uns an und wollten wohl beide ergründen, was in dem anderen vorging, prüften eingehend, ob wir einander vertrauen konnten. In ihren dunklen Augen suchte ich nach einem Zeichen, einem winzigen Hinweis darauf, was sie dachte. Aber sie war mir ein einziges Rätsel.

Ich schaute wieder auf die Seiten und versuchte mir zu erklären, wo sie das herhatte.

„Wie geht es deinem Rücken?“, fragte sie beiläufig und sah wieder nach unten.

„Als wäre nichts gewesen.“ Ich grinste. „Ich wünschte, ich hätte deinen Onkel schon früher getroffen.“ Hätte mir so einiges erspart. Ich konnte gar nicht aufzählen, wie oft ich mich schon irgendwo irgendwie übel verletzt hatte, vor allem bei der Arbeit in der Werkstatt.

„Ronan“, sagte sie plötzlich. „Du musst ihm noch die Fäden entfernen.“

„Jetzt schon?“, wunderte ich mich.

Ronan, der nun an eine Pinie gelehnt auf dem weichen Nadelboden saß und dabei viel entspannter aussah, als unsere Situation es eigentlich hergab, raffte sich mit einem „Ach ja, richtig“ auf und kam zu uns.

„Ja, jetzt schon“, sagte Kyra. „Es sei denn, du willst, dass die für immer da bleiben.“ Damit sprang sie auf die Beine, hielt mir ihre Hand hin und verlangte ihr Notizbuch zurück.

„Übrigens, dein Schlossknacker ist lebendig“, konstatierte sie. Bevor ich etwas erwidern konnte, war sie um den Wagen gehuscht und verschwunden.

Seufzend zog ich das Hemd aus und wappnete mich gegen dezentes Zwicken, auf das ich absolut keine Lust hatte. Ich hätte es am liebsten selbst gemacht, aber da ich an diese Stelle nicht rankam, war das wohl keine Option. Also vertraute ich Ronan. Es war nicht das erste Mal, dass er mich verarztete.

30 – Jarren

Als die Sonne untergegangen war, brausten wir los. Das Dämmerlicht reichte noch gerade so aus, dass wir die Scheinwerfer nicht einschalten mussten. Hoffentlich würde das endlich der letzte Teil unserer Reise sein. Kyra hatte sich zwischen uns nach vorn gebeugt, um Ronan zu sagen, wo er langfahren sollte. Wir folgten der schmalen Straße den Hügel hinab, wo wir das glitzernde Ufer eines Flusses erreichten. Nur noch ein Stück stromaufwärts, so meinte Kyra, dann wären wir da. Und dann würde sich zeigen, ob sie recht behielt.

„Halt hier irgendwo an", sagte sie schließlich. Wir waren von unserem Versteck am Pinienhain keine zehn Minuten gefahren. Ronan drehte, sodass wir im Zweifelsfall rasch verschwinden konnten, und versteckte den Wagen erneut zwischen Sträuchern, die hier überall wucherten. Wir stiegen aus und schnappten uns die Ausrüstung, die ich in Rucksäcken verstaut hatte. Außerdem hatte ich die Betäubungspistole mit der letzten Giftnadel geladen, einen einzigen Betäubungsschuss hatten wir also noch. Ich trug wieder etwas Schwarzes, um besser mit den Schatten zu verschmelzen. Auch Ronan zog sich seine Kapuze tief ins Gesicht und schulterte sich eine leere Tasche für unsere Beute.

Ich sah nach oben und erkannte den felsigen Abhang des Hügels. Wir mussten da hoch, aber dieses Mal von innen.

„Wir müssen zum Ufer", sagte Kyra und marschierte voraus durch das Gestrüpp. „Woanders gibt es keinen Zugang." Zumindest keinen, den man nicht vorher mit einer

Machete hätte freisäbeln müssen. Am Ufer angekommen hob ich noch einmal den Blick und erkannte winzige gelbleuchtende Punkte. Bestimmt waren das die weit entfernten Fenster der Anlage. Mir wurde etwas mulmig, als ich daran dachte, dass eine Wache nur mit einem Fernglas aus einem Fenster spähen musste … Allerdings war es mittlerweile viel zu dunkel und zugewuchert, als dass man etwas hätte erkennen können.

Stillschweigend gingen wir am Kiesstrand den Fluss entlang. Immer wieder warf ich dennoch prüfende Blicke hoch zu den Fenstern, wie auch Ronan.

Wir folgten einem schmalen künstlich angelegten Kanal, der in den Fluss mündete und direkt aus einem gemauerten, breiten Bogen in der Felswand entsprang. Ein Gittertor, das bis ins Wasser reichte, verschloss den Eingang. An den untersten Streben hingen vertrocknete Algen, die davon kündeten, dass das Wasser manchmal etwas höher stand als heute.

Kyra drehte sich mit siegessicherem Gesicht zu uns um. „Habe ich zu viel versprochen?“

Ich seufzte lächelnd. „Du solltest unsere Spionin werden.“

„Bring sie nicht auf dumme Gedanken!“ Ronan ging voran, trat in das Wasser und legte den Schlossknacker an die Verriegelung des Tores. Die kleine Messingscheibe haftete sich daran, arbeitete klickend, leuchtete schwach auf und ließ dann von dem Schloss ab. Angeblich war das Ding also lebendig. Ich schüttelte den Kopf und verwarf den Gedanken. Das war Blödsinn.

Ronan übergab mir den Schlossknacker, sodass ich ihn

im Rucksack verstauen konnte, und stieß vorsichtig das Gitter auf. Auf uns wartete der finsterste und modrigste Schlund, den ich je gesehen hatte. Ich holte unsere Taschenlampe hervor. Und ich war froh, dass wir noch zwei Ersatzbatterien dabeihatten. Ich sprang neben Ronan ins Wasser, das etwa wadenhoch war. Kyra folgte mir rasch und klammerte sich dabei an Ronans Hand fest. Sie war sichtlich darum bemüht, ihren Ekel nicht lauthals zu äußern. Konnte ich gut verstehen. Die Steine unter meinen Schuhsohlen waren glitschig und ich spürte, wie Algen um meine Beine waberten – ich hoffte zumindest, dass es Algen waren. Wir traten in den Tunnel und ich knipste die Taschenlampe an. Das Licht brach sich auf den kleinen Wellen des Wassers und warf eine eigenartige Reflexion an die gemauerte bogenförmige Decke, die gerade hoch genug war, dass wir aufrecht stehen konnten. Wie auch Ronan hatte ich die letzten Stunden damit verbracht, den Grundriss des Tunnelsystems auswendig zu lernen. Ich wusste, dass wir nach einigen Metern Fußweg nach rechts abbiegen und den Kanal verlassen mussten. Eine massive Tür, die sich nur von der anderen Seite aus öffnen ließ, versperrte uns den Weg. Aber für unseren Schlossknacker stellte sie kein Hindernis dar und dahinter erstreckte sich ein enger verschlungener Gang, der gerade breit genug war, dass man zu zweit nebeneinander hergehen konnte. Ich ging voraus, Kyra blieb dicht hinter mir, Ronan folgte uns als Letzter. Je tiefer wir in den Berg vordrangen, umso enger und vor allem steiler wurde der Gang. Sogar so steil, dass man einzelne Stufen in den felsigen Boden geschlagen hatte. Die Luft hier war dick, kalt und feucht. Das Licht unserer

Taschenlampe schimmerte auf den glänzenden, grob gehauenen Steinwänden und die Wölbungen darin bildeten unheimliche Schatten. Abgesehen von unserem Lichtkegel lag der Rest dieser Höhle in völliger Dunkelheit. Das Plätschern des Kanals, das uns zu Anfang noch begleitet hatte, verstummte mehr und mehr, je mehr Kurven wir hinter uns ließen. Irgendwann wurde es ganz still um uns herum. Bloß unsere Schritte und unser angestrengter Atem waren zu hören. Eigentlich hatte ich gedacht, ich hätte eine gute Kondition, aber diese Steigung des ewig langen Tunnels machte mich fertig. Ich hatte das Gefühl, eine Wand hochzulaufen, ohne vorher Anlauf genommen zu haben. Und das schon seit bestimmt einer halben Stunde.

„Warte!"

Ich hatte mich schon gefragt, wann Kyra nach der ersten Pause verlangen würde, um wieder zu Atem zu kommen. Grinsend drehte ich mich um und stellte fest, dass einige Meter zwischen uns lagen – da ich die Taschenlampe hielt, waren sie und vor allem Ronan, der gewissenhaft hinter ihr geblieben war, die ganze Zeit im Halbdunkeln getappt. Um sich abzusichern, hatte sie links und rechts die Hände an die Wände gelegt.

„Bei den Göttern!", schnaufte sie. „Warum … Warum rennst du denn so?"

„Weil wir Zeitdruck haben", entgegnete ich trocken und stellte amüsiert fest, dass sie doch weitaus hastiger nach Luft hechelte als ich. Dann war meine Kondition immerhin nicht schlechter als ihre.

Kyra richtete sich auf, um zwei tiefe Atemzüge zu nehmen. „Schon klar", murmelte sie und setzte sich damit wieder in Bewegung. „Ich wusste nicht …, dass das so … anstrengend wird.“

„Sagt Bescheid, falls ich euch wieder davonlaufe“, neckte ich und setzte dann selbst erneut einen Fuß vor den anderen. Wir kämpften uns weiter den Berg von innen hoch und sprachen nicht weiter, um unsere Kräfte zu schonen. Der modrige Gestank schien immer schlimmer zu werden. Ich wollte gar nicht wissen, in wie vielen dunklen Ecken tote Ratten oder andere Tiere lagen. Nach einer gefühlten Ewigkeit wurde der Anstieg endlich etwas weniger steil – nicht, dass es mal ebenerdig wurde oder gar bergab ging. Der Schein unserer Lampe fiel auf ein breites Holztor, das den Gang verschloss. Ich wollte Ronan gerade bedeuten, mir den Schlossknacker zu übergeben, da trat Kyra zwischen uns.

„Die … ist … nicht abgeschlossen“, keuchte sie, blieb sichtlich erfreut über eine Pause stehen und stemmte die Hände in die Hüften, um wieder zu Atem zu kommen.

„Na gut“, murmelte ich und packte die Klinke. Es war keine richtige Tür und eigentlich auch kein Tor, sondern nur aneinandergenagelte Bretter, die an ein paar rostigen Scharnieren hingen. Ich musste die ‚Tür‘ etwas anheben, um sie über die hölzerne Schwelle zu befördern und ich hatte Angst, dass sie gleich einfach zu Boden krachen würde. Der Gang hier war genauso schmal wie der Aufstieg und unser Lichtkegel ließ merkwürdige längliche, große Flecken an den Wänden aufleuchten, die die Höhle wie gestreift aussehen ließen. Wir bogen um eine Ecke.

„Was steht da?“, wollte Ronan plötzlich wissen. Ich fuhr herum, weil ich nach der Stelle suchte, wo etwas geschrieben stand. Dabei erblickte ich ein Holzschild mit ein paar verblassten Wörtern, anscheinend auf vearanisch.

Ich sah Kyra an, die mit ihrer Antwort zögerte.

„Dass man hier nicht langgehen darf", murmelte sie schließlich.

„Ein Fluchtweg, den man nicht betreten darf. Nicht schlecht. Hoffentlich steht das Schild nicht da, weil die Höhle einsturzgefährdet ist", sagte Ronan.

„Ist sie nicht." Kyra holte tief Luft. „Das steht da, weil das hier eine alte Grabstätte ist. Aus der Zeit, als hier noch im Berg gearbeitet wurde."

Nicht, dass ich Angst vor Friedhöfen hatte, aber jetzt spürte ich die Kälte dieser Höhle umso deutlicher. Vor allem als ich erkannte, dass diese ‚Flecken' an den Wänden vermutlich gestopfte Löcher waren und mir klar wurde, dass dahinter die Toten ruhten. Ich schüttelte mich, als ich daran dachte, dass eines dieser Gräber vielleicht beschädigt sein könnte und man, ohne es zu wollen, einen Blick hineinwerfen musste. Und dann auf uralte oder vielleicht auf gar nicht mal so alte Leichen starren musste. Kein Wunder, dass es hier so übel nach Verwesung stank. Jedes Mal, wenn es unter meinen Füßen knackte, prüfte ich, ob ich nicht versehentlich auf einen menschlichen Knochen getreten war, den ich in der Dunkelheit übersehen hatte.

Immerhin konnten wir die alten Katakomben recht schnell hinter uns lassen und waren nun in einem Labyrinth aus Tunneln des verlassenen Bergbaus angelangt. Und obwohl ich die Karte von Kyra mehr oder weniger auswendig gelernt hatte (wobei manche Tunnel nicht vollständig eingezeichnet waren), hätte ich mich ohne ihre Führung hoffnungslos verlaufen, das musste ich mir eingestehen, aber zum Glück nicht laut aussprechen. Die Bergstollen kreuzten sich, bogen um Ecken, verliefen mal in die Tiefe, mal in die Höhe und ich war froh, nicht mehr durch alte Grabstätten zu marschieren. Wir folgten einem weiteren Tunnel, der vom Bergbau wegführte und direkt im Keller des ersten Gebäudes endete.

„Woher willst du wissen, dass Tarok schon da ist?“, wisperte ich. Jetzt, da wir uns dem Lager näherten, wagten wir es nicht mehr, laut zu sprechen.

„Er wird uns gleich in den Keller lassen. Die Luke ist natürlich von oben verriegelt.“

Je nachdem, *was* die Luke verschloss, war unser Schlossknacker machtlos. Er konnte keine Schränke oder riesige Holzbalken verrücken. Da war es gut, dass wir jemanden im Inneren des Nestes hatten.

„Er wartet ja wohl hoffentlich nicht seit einer halben Stunde an einem Ort auf uns, an dem er sich gar nicht aufhalten darf?“, sprach ich meine Bedenken aus.

„Nein“, antwortete Kyra nur knapp und blieb stehen, als wir eine Sprossenleiter aus Holz erreicht hatten, an der der Tunnel endete. Mein Gott, was für ein Aufstieg. Aber immerhin hatten wir uns kein einziges Mal verirrt. Ihre kartografischen Fähigkeiten übertrafen wohl alles, was ich bisher gekannt hatte. Wobei ich mir noch immer nicht vorstellen konnte, wie sie diese Karten und Lagepläne in die Finger bekommen hatte. Die hatten wohl kaum einfach irgendwo rumgelegen so wie angeblich der Grundriss von Ashkis Firma. In beiden Fällen: höchst sonderbar.

Kyra blickte nach oben zu der Luke über unseren

Köpfen. Just als ich ihrem Blick folgte, hörte ich ein Geräusch und die Luke wurde angehoben. Ich hielt die Lampe gen Boden gerichtet.

„Niemand hier. Kommt“, sagte Tarok leise auf racronisch und bedeutete uns, die Sprossen zu erklimmen.

Ich ließ Kyra und Ronan vorbei und kletterte als Letzter hoch. Die Taschenlampe konnte ich hier ausschalten, da eine kleine Glühbirne von der Decke baumelte und mattes Licht spendete. Wir erreichten einen schmalen, überschaubaren Flur, der laut Kyra nur alle zehn Minuten kontrolliert wurde (woher wusste sie das?!) – vielleicht waren die Intervalle sogar etwas länger, jetzt, da sich einiges an Konzentration auf das Lazarett gerichtet hatte, wo die Menschen versorgt wurden, die aus dem Gefängnis befreit worden waren. Man könnte es natürlich als pures Glück abtun, dass wir mitten in ihren Aufstand geraten und damit direkt in ihr Hauptquartier geführt worden waren, wo sich die Kyerch befand, ohne die wir in ganz Racronia vermutlich auf den Fahndungspapieren gelandet wären. Wie sehr ich mich darauf freute, es den Siri so richtig heimzuzahlen, sobald ich wieder zu Hause war.

Wir huschten über den Flur, wobei ich die Nachhut bildete und die Treppe hinter uns nicht aus den Augen lassen konnte, die hoch zum Gebäude führte und oben von einer Tür verschlossen war.

Tarok öffnete uns eine weitere Tür – ich vermutete, dass er sie vorher schon aufgebrochen hatte. Wir traten hindurch und standen in einem imposanten Waffenlager.

Die Kyerch war nicht schwer zu entdecken: Sie war wohl die einzige Bombe, die nicht von zwei oder mehr

Männern getragen werden musste. Klein, unauffällig und erbarmungslos tödlich. Außerdem war sie die einzige Waffe, von der es keine zweite gab. Sie sah aus wie ein unscheinbarer Koffer mit kupferfarbenen Metallbeschlägen. Was auch immer die Leute hier mit ihr vorhatten, das würden wir jetzt verhindern. Vielleicht nahmen wir ihnen die Chance, Zhanar ein für alle Mal aus den racronischen Klauen zu befreien. Andererseits retteten wir einigen Menschen das Leben – zumindest hier in Shahtuvearan. Aber jetzt war nicht die Zeit für moralische Bedenken.

Ich half Ronan, die Kyerch in der Tasche zu verstauen. Man musste sie vielleicht nicht zu zweit tragen, aber schwer war sie trotzdem. Wie ich es von ihm gewohnt war, lud er sie sich ohne einen Kommentar auf die Schulter und wir verließen rasch den Raum.

„War die Tür abgeschlossen?“, fragte ich Tarok.

Der nickte knapp.

„Dann geht vor“, sagte ich und drückte ihm meine Taschenlampe in die Hände.

Während die anderen schon zur Luke huschten, blieb ich noch an der Tür und wühlte in meinem Rucksack herum.

„Was machst du da?“, wollte Tarok wissen, kurz bevor er die Sprossen hinabkletterte.

Ich holte meinen Schlossknacker heraus und drehte mich so, dass er ihn nicht sehen konnte. „Abschließen.“ Nach verrichteter Arbeit eilte ich ihnen hinterher und zog die Luke über mir zu. Ich versicherte mich, dass die anderen schon vorgingen, und arbeitete auch hier mit dem Schlossknacker, da die Luke nur von einem schmalen

Riegel an der Oberseite verschlossen war. Das sollte er hinkriegen.

Dann ging es zurück durch das Labyrinth im Berg, wobei Kyra uns anführte – wie auch immer sie es schaffte, sich die ganzen Abzweigungen und Kreuzungen, die teilweise aus sechs oder mehr Gängen bestanden, zu merken, ohne ein einziges Mal auf die Karte zu sehen. Ein weiteres Mal mussten wir die alten Katakomben durchqueren bis zu der Holztür, die immer noch so aussah, als würde sie gleich aus den Angeln brechen. Auch sie schloss ich hinter uns wieder zu. Dann ging es den steilen Tunnel hinab bis zum Kanal. Erneut stellte ich fest, dass ewiges Bergabgehen genauso anstrengend sein konnte wie bergauf. Vor allem, wenn der Boden nicht ganz trocken war.

Wir erreichten schließlich den Kanal, wateten durch das Wasser und traten durchs Tor. Auch das schloss ich hinter uns ab und verriegelte es sorgfältig mit dem Schlossknacker. Die einzige Spur, die wir hinterließen, war die fehlende Kyerch im Waffenlager. Das konnte ordentlich lange dauern, bis sie es bemerkten, je nachdem, wann sie vorhatten, sie einzusetzen. Hoffentlich waren wir bis dahin schon über alle Berge – im wahrsten Sinne des Wortes.

Während wir am Flussufer entlanggingen, hielten wir uns dicht am Gestrüpp und vertrauten auf die Dunkelheit. Endlich kamen wir bei unserem Wagen an und ich freute mich darauf, den Rückweg anzutreten.

Ich öffnete die Flügeltüren von unserem Kofferraum und stellte meinen Rucksack ab. „Dreht euch weg“, sagte ich dann an Kyra und vor allem an Tarok gerichtet.

„Was?“ Kyra stemmte die Hände in die Hüften.

Ich seufzte und lächelte matt. Bitte keine Diskussion. „Oder setzt euch rein." Das Betäubungsgift hatte ich zuvor auch aus dem Versteck im Auto genommen, als Kyra auf der Rückbank gesessen hatte und damit beschäftigt gewesen war, ihre neue Kleidung zurechtzuzupfen, bevor wir in Ashkis Firma eingebrochen waren. Ich wollte nicht, dass mir irgendjemand, den ich nicht gut kannte, dabei zusah.

„Traut ihr mir etwa nicht?", fragte Kyra und der vorwurfsvolle Ton in ihrer Stimme war nicht zu überhören.

„Das sagt die Richtige. Aber wenn wir kontrolliert werden und ihr genau *da* hinseht, ist uns nicht geholfen."

„Werde ich nicht", hielt sie dagegen. Aber dann fasste Tarok sie an den Schultern und drehte sie einfach um, worüber ich unheimlich froh war. Ein unkomplizierter Mann, sehr sympathisch.

Ich schnappte mir eine schmale, kleine Eisenstange und führte sie von außen im Radkasten durch, sodass ich den Boden des Kofferraums nach oben stemmen konnte und das versteckte Fach öffnete. Ronan verstaute darin die Kyerch, die Betäubungspistole, den Schlossknacker und noch alle weiteren Waffen, die wir so mit uns rumschleppten.

„Wir können los", sagte ich. Ich zögerte nicht. Als alle im Wagen saßen, startete ich den Motor, ließ vorsichtshalber noch das Licht aus, obwohl ich wirklich nicht viel sehen konnte, und tastete mich Meter für Meter voran. Der Untergrund war äußerst holprig vor lauter Wurzeln und Steinen. Das Mondlicht reichte immerhin aus, damit ich den glitzernden Fluss und grobe Umrisse der Bäume und Büsche erkennen konnte. Erst als ich die Straße erreicht hatte, wagte ich es, das Licht einzuschalten. Und da brausten wir rasch davon. Jetzt mussten wir es nur noch bis nach Moorstock schaffen. Wenn ich schnell genug war und mich geschickt anstellte, könnte ich versuchen, die Kyerch an die Stadtwache zu übergeben, anstatt sie den Siri auszuhändigen – aber nur, wenn ich anschließend imstande war, die Stadtwache dazu zu zwingen, mir die Siri vom Hals zu halten. Dafür müsste ich mir irgendeine Geschichte zurechtbiegen. Leider konnte ich nicht ausschließen, dass die Siri und Stadtwache gemeinsame Sache machten. Beweise gab es dafür keine, aber ein gewisses Risiko bestand bei dermaßen einflussreichen Gruppierungen durchaus. Die mussten sich gegenseitig den Rücken decken: Stadtwache für die öffentlichen Dinge, die Siri für die schmutzigen. Aber ich hatte ja noch ein paar Tage Zeit, um darüber nachzudenken. Auf jeden Fall wäre es ein gefährliches Spiel, das mich das Leben kosten könnte, wenn ich mich den Siri widersetzen wollte. Für diese Intrige musste das Glück auf jeden Fall auf meiner Seite sein.

31 – Kyra

„Das lief ja wie am Schnürchen“, sagte Ronan. „Und wir haben nicht einmal Alarm ausgelöst. Naja, bis auf deine Aktion heute Morgen.“

„Du meinst, als du dich in eine Zelle hast einbuchten lassen?“, stichelte Jarren.

„Und sie uns wegen dir fast erschossen hätten, ja“, erwiderte Ronan.

„Wie hast du uns gefunden?“, fragte ich auf vearanisch an Tarok gerichtet und blendete das Gespräch der beiden aus.

Er schenkte mir ein verschwörerisches Lächeln und antwortete ebenso auf vearanisch: „Ich war auf dem Weg nach Moorstock. Auf dem Weg bin ich durch Lyra Rhojth gereist, wo ich dich direkt erkannt habe. Und dann hat mich der Weg genau hierhergeführt.“

„Obwohl du mich so lange nicht gesehen hast, hast du mich erkannt?“

„Da du das Ebenbild meiner Schwester bist, ja.“

Mir stahl sich ein Lächeln auf die Lippen. Ja, er sah meiner Mutter auch ziemlich ähnlich. Allerdings waren seine Gesichtszüge deutlich kantiger. Aber wir drei hatten dieselben dunkelbraunen, mandelförmigen Augen.

„Sie wird sich freuen, dich zu sehen.“

Er senkte den Blick. „Das hoffe ich.“

Wir schwiegen eine Weile. „Jarren, weißt du überhaupt, wo du langfährst?“, wollte ich schließlich wissen und sprach jetzt auf racronisch.

„Natürlich weiß ich, wo ich langfahre."

„Du hast noch kein einziges Mal auf die Karte gesehen."

„In so einer sternenklaren Nacht brauche ich keine Karte."

Verblüfft ließ ich mich auf die Rückbank zurücksinken. „Kannst du auch nach den Sternen fahren?", fragte ich meinen Bruder.

Der grinste mich an. „Das lernt man recht schnell, wenn man bei einer Spedition arbeitet."

Spedition. Na klar. Ich sah Tarok an. „Du?"

Der zuckte mit den Schultern. „Ein bisschen." Dann blickte er aus dem Fenster und schien konzentriert das Himmelsgewölbe zu inspizieren.

„Fahren wir nach Westen?", fragte Tarok schließlich.

„Jep", sagte Jarren.

„Warum nach Westen? Wir müssen doch nach Norden", stellte ich fest und hatte plötzlich das ungute Gefühl, dass wir uns verfahren würden.

„Ich will die Berge umfahren wegen den Forts", erklärte er.

„Dauert das nicht viel zu lange?" Ich war zwar nicht wirklich von der Lieferfrist betroffen wie Jarren und Ronan, aber irgendwie war ihr Zeitdruck auf mich übergegangen.

„Das dauert etwas länger, ja. Aber an der Küste wird die Grenze nicht so streng kontrolliert wie an den Bergpässen. Du hast ja gesehen, wie eng es da ist."

Hatte er gerade Küste gesagt? Würde ich das Meer sehen können? Plötzlich stieg in mir ungeduldige Vorfreude auf. Trotzdem stellte sich mir eine weitere Frage: „Warum wird an den Küstenstraßen nicht streng kontrolliert?“

Ronan erklärte: „Weil die Häfen dafür umso genauer überwacht werden.“ Was wohl nicht hieß, dass die Straßen gar nicht überwacht wurden.

„Ich will trotzdem wissen, warum ihr diese Waffe unbedingt in euer Land schmuggeln wollt“, fragte Tarok und deutete nach hinten in den Kofferraum. „Das ist keine leichte Fracht.“

„Weil uns jemand erpresst“, sagte Jarren leise.

„Und anstatt denjenigen loszuwerden, schmuggelt ihr lieber eine Kyerch nach Racronia?“

Jarren lachte bitter auf. „Die Siri kann man nicht so einfach loswerden.“

Von denen hatte ja sogar ich schon gehört. Ein riesengroßes verstricktes Netzwerk mit etlichen Untergruppierungen und großem Einfluss, das man seit Jahren zu zerschlagen versuchte – das behauptete man zumindest. Ich wusste nicht, zu welcher Bande Jarren und Ronan gehörten, aber ich vermutete, dass sie sich bedeckt halten mussten, wenn es um Konflikte mit den Siri ging.

„Aber man kann ihnen Steine in den Weg legen.“ Jarrens Stimme klang so fest entschlossen, dass ich ihm sofort glaubte.

„Solange man sich dabei nicht erwischen lässt“, ergänzte Ronan mit seinem üblichen frechen Grinsen, als könnte er es nicht erwarten, Ränke zu schmieden.

„Ihr habt nicht mehr alle Tassen im Schrank“, brummte ich. Irgendwie hatte ich das Gefühl, dass ich jetzt unbedingt schlafen musste, weil es draußen noch immer stockdunkel war, aber ich war so putzmunter, dass daran nicht zu denken war. Mein Tag-Nacht-Rhythmus war nun wohl endgültig verloren. Wir fuhren die ganze Nacht durch und ich konnte nichts dagegen tun, dass ich mich ständig nach hinten umdrehte, um sicherzustellen, dass uns niemand verfolgte. Immer wieder merkte ich, wie irgendwelche Präsenzen mir Schauer über den Rücken jagten. Das war bestimmt nur der Schlossknacker. Warum auch immer.

„Kannst du mir sagen, warum die beiden dich auf diese Reise mitnehmen mussten?“, wollte Tarok schließlich wissen und wechselte wieder in unsere Heimatsprache, damit Jarren und Ronan uns nicht verstehen konnten.

Ich lächelte bitter. „Weil sie kein Wort vearanisch sprechen und niemals innerhalb so kurzer Zeit an vertrauenswürdige Informationen gelangt wären.“

„Also warst du ihre Komplizin?“

„Sozusagen.“

„Du bist in die Köpfe der Leute eingetaucht.“

Ich war verblüfft, dass er das einfach so aussprach. Ich hatte nicht erwartet, dass er das wusste, obwohl ich es mir hätte denken können. „Das war der schnellste Weg“, gestand ich leise.

Er sah mich streng an.

„Normalerweise mache ich das aber nicht“, fügte ich hastig hinzu.

„Du wurdest nicht darin ausgebildet, wie du dich schützen kannst.“

„Meine Mutter hat es mir beigebracht.“

„Kalinda ist Heilerin. Sie weiß das auch nicht so genau.“

Da konnte er recht haben. Immerhin bekam ich

trotzdem ständig diese Kopfschmerzen. Erst recht, wenn ich in jemandes Geist herumwühlte, seine Gefühle auf mich einströmten und ich mir alles einprägte, was es zum Einprägen gab – oder mich in einem Kriegstrauma verirrte, wie es mir scheinbar im Lazarett passiert war. Meine Mutter hatte mir vielleicht beigebracht, wie ich weghören konnte. Aber wie ich mich abgrenzte, während ich ‚zuhörte', wusste ich tatsächlich nicht so genau. Und dann wurde ich regelmäßig bewusstlos, um zu verarbeiten, was ich alles ‚gehört' und ‚gesehen' und ‚gefühlt' hatte.

„Kannst du es mir beibringen?", platzte es da aus mir heraus.

„Ich bin auch Heiler. Ich weiß nicht mehr als deine Mutter."

Ich seufzte und lehnte mich zurück. Wie liebend gern würde ich mal ein Detail ignorieren können, mal irgendetwas vergessen. Aber ich vergaß niemals etwas. Und das war unglaublich anstrengend. Denn es gab genügend Dinge, die ich gerne vergessen hätte.

Tarok deutete mit dem Kinn nach vorn zu Jarren und Ronan. „Wissen die beiden, dass du das kannst?" Wir sprachen noch immer auf vearanisch.

„Mein Bruder weiß es, seit ich klein war. War damals nicht leicht zu verstecken." Ich lächelte schuldbewusst und sah auf meine Hände – bei den Göttern, was hatte ich mir damals alles *mitangehört*!

Er schmunzelte, wurde dann aber wieder ernst. „Versuch, dich bedeckt zu halten. Wenn der hohe Rat erfährt, dass du hier herumgeisterst und jeden Menschen durchforstest, der dir über den Weg läuft, wird er nicht erfreut sein."

Seine Miene verriet mir, dass man es sich mit unserem hohen Rat wohl nicht verscherzen sollte.

„Wie gesagt, normalerweise mache ich das nicht. Das war eine Ausnahme. Das wäre mir viel zu anstrengend.“

„Du solltest wirklich aufpassen. Du kannst krank davon werden. Es muss nur einmal schiefgehen. Ich habe ja heute Morgen gesehen, wie du darauf reagierst.“

Und da war es nicht einmal schiefgegangen.

„Ich weiß. Ich werde es nie wieder tun.“ Da stellte sich mir plötzlich eine Frage: „Hätte ich gelernt, damit umzugehen, wenn ich in den Tempel gegangen wäre?“ So, wie es mir angeblich vorherbestimmt gewesen wäre.

Tarok nickte.

„Und warum sind wir dann gegangen, wenn das doch so wichtig für mich ist?“

„Weil viele Kinder, die diesen Tempel betreten, nicht wieder herauskommen.“

„Also hatten Mutter und Vater Angst, dass sie mich verlieren? Das war es, wovor wir geflohen sind?“

„Manche Kinder werden, wenn sie alt genug sind, in einen künstlichen Schlaf versetzt. Und dass du eines dieser Kinder sein würdest, war deiner Begabung nach sehr wahrscheinlich. Deine Eltern sind mit dir aufs Festland gekommen, weil sie sich der Macht des hohen Rates entziehen wollten. Damit er dich ihnen nicht wegnehmen konnte. Du solltest wie ein ‚normales‘ Mädchen aufwachsen.“

Vater war also gestorben, damit ich nicht in diesen Tempel musste …

Ich schluckte und biss die Zähne zusammen. „Warum versetzt man Kinder in einen künstlichen Schlaf?“ Gut, dass Jarren und Ronan nichts verstanden. Sonst würden sie die Bräuche unserer Heimat für völlig durchgeknallt halten. Ich könnte es ihnen nicht verübeln.

„Darüber kann ich mit dir hier nicht sprechen.“ Unauffällig spähte Tarok nach vorn zu den beiden. „Die Kinder, die wie du mit so einem Mal auf der Haut zur Welt kommen, werden jedenfalls im Alter von drei Jahren in den Tempel geschickt. Im Alter von zehn wird denen, die für dieses Ritual infrage kommen, der Kontakt zu den Eltern untersagt und werden von der Außenwelt isoliert. Darauf folgt jahrelanges geistiges Training, bis sie so weit sind.“

Ich schüttelte mich, als ich daran dachte, dass mich das erwartet hätte, wäre ich zu Hause geblieben. Naja, stattdessen erwartete mich jetzt Arthur Kreygen, wenn wir wieder in Moorstock waren. In einen künstlichen Schlaf versetzt werden oder einen Volltrottel heiraten. Ich war mir wirklich nicht sicher, was ich schlimmer fand.

„Warum hat Mutter mir das nie erzählt?“, wunderte ich mich.

Tarok sah mich an. „Vermutlich weiß sie das nicht mehr.“

Ich war verblüfft. „Wie kann man so etwas vergessen?“

Auf diese Frage bekam ich keine Antwort. Wir brausten weiter durch die Nacht, machten erst nach etlichen Stunden unseren ersten Halt, wobei Ronan das Steuer übernahm, und ich hoffte insgeheim darauf, dass wir die Küste bei Tageslicht entlangfuhren. Wenn ich schon einmal zum Meer reiste, wollte ich es auch sehen können.

Plötzlich stach schon wieder etwas von hinten auf mich ein, sodass ich keine Luft bekam. Abermals fuhr ein

Hitzestoß durch den silbernen Anhänger meiner Kette, sodass ich sie unwillkürlich mit der Hand umschloss. Etwas hämmerte mir mit einem kreischenden Geräusch gegen den Hinterkopf. Nicht physisch. Und kein anderer schien es gehört zu haben. Ich bemerkte gar nicht, dass ich mich zu unserem Gepäck umdrehte. Als ich mich zurück nach vorne wandte und tief Luft holte, streifte mich einmal mehr Taroks Blick.

„Keine leichte Fracht, wie ich gesagt habe", meinte er nur auf vearanisch.

Gänsehaut breitete sich auf meinem gesamten Körper aus. Bei den Göttern, warum musste ich so sensibel sein? Es war doch nur eine Waffe. *Nur* … Naja.

„Unheimlich", brummte ich, ebenso auf vearanisch.

„Die beiden hätten das Ding in diesem Lager lassen sollen."

„Glaub mir, die beiden sehen das genauso. Aber sie werden eben erpresst."

Im selben Moment ereilte mich dieser Fluch gleich ein zweites Mal, als würde mir ein Pfeil durchs Hirn geschossen.

„Du spürst sie?", vermutete Tarok.

Ich nickte und war abermals froh, dass Jarren und mein Bruder nichts von unserem Gespräch verstanden und sich selbst leise unterhielten, als wäre nichts passiert.

„Du?", fragte ich meinen Onkel.

Er schüttelte den Kopf. „Ich sehe nur deine Reaktion."

Wie konnte man das nicht spüren? Entweder waren diese drei Männer plumpe, emotionslose Betonklötze oder ich war ein solches Sensibelchen, dass mir vom kleinsten

Funken Merkwürdigkeit speiübel wurde.

Ich schloss die Augen, atmete tief ein und langsam wieder aus. Die Welt sauste an uns vorbei, der Sternenhimmel über uns schien dagegen stillzustehen.

Ich wusste nicht, was ich damit anrichten würde, aber ich sandte einen Gedanken aus: *Ich helfe dir*. Meine Kette kühlte wieder etwas ab.

Als Antwort musste ich plötzlich gegen einen dunklen Strudel kämpfen. Es war eine Art Sprache, die ich nicht begriff. *Geballter Zorn, Fesseln, Bewegungsunfähigkeit, ein glühendes Verlangen, sich auszudehnen, Bestrafung!* Es wollte, dass mir eiskalt wurde. Und so schienen mir die Knochen zu gefrieren. Es wollte, dass ich niemals wieder froh wurde, um auf meine Weise das durchzustehen, was es *auf seine Weise* durchstand.

Ich schloss die Augen und atmete unauffällig tief durch. Das war nur eine Empfindung, kein physischer Prozess. Ich konzentrierte mich auf Wärme. Und ich schickte Wärme aus. Geborgenheit. Ruhe.

Eine Weile lang tat sich rein gar nichts und wir waren beide im Stillstand gefangen und kämpften. Ich konzentrierte mich weiter auf *Wärme, Geborgenheit und Ruhe*, versuchte das Wort *Kämpfen* aus meinem Geist zu verbannen.

Endlich ließ das Ziehen in meinem Geist etwas nach und ich konnte erleichtert aufatmen.

Ein blutroter Sonnenaufgang kündigte sich glitzernd am Horizont an. Und da erkannte ich es: Das Meer, wie es sich schier bis ins Unendliche ausdehnte. Still und tief. Und gigantisch groß. Es gab viele Dinge, die einfach unbegreifbar waren. Das Meer gehörte ebenso dazu wie die Welten, die ich nicht sehen, sondern bloß spüren konnte. Die Stimmen und Strömungen der anderen. Tief und unergründlich. So waren sie eben, die *Gefühle*. Ob menschlich, nicht menschlich oder gar meine eigenen.

32 – Finn

„Und was meinst du?“, fragte Nathaniel. „Fliegen wir in ein paar Tagen alle in die Luft?“ Da die Siri es ihnen wahrlich nicht leicht machten, irgendetwas herauszufinden, war das kein abwegiger Gedanke.

Finn lehnte sich im Sitz zurück und ließ den Blick nicht vom Rückspiegel ab, in dem das große schmiedeeiserne Tor zu Bonns' Hof prangte. Bisher war es an diesem Morgen nicht ein Mal geöffnet worden. „Wenn wir uns geschickt anstellen, dann nicht“, antwortete er und studierte den Wachmann, der neben dem Tor postiert war.

Nat warf hingegen einen Blick aus dem Fenster Richtung Himmel. „Sieht schon wieder nach Regen aus.“

Er seufzte. „Dann werden wir eben ein bisschen nass.“

„Bleibt nur die Frage, ob das Dienstpersonal trotzdem in die Stadt ausgeschickt wird.“ Nathaniel trommelte mit den Fingern auf dem Lenkrad herum.

Finn grinste. „Wenn Bonns hungrig wird, muss irgendwer das Haus verlassen. Wahrscheinlich würde er sonst seine eigenen Leute fressen.“

„Was du so alles glaubst. Der Wahnsinn.“

„Aha! Siehst du?“ Das Tor öffnete sich und eine kleine, junge Frau mit dickem Mantel, Kapuze und geflochtenem Korb trat heraus. „Sie hat Angst, gefressen zu werden. Ich werde mich ihr an die Fersen heften.“

„Ja, ja. Und ich bleibe hier und genieße die Langeweile.“

„Ich tu dir nur einen Gefallen.“ Finn öffnete die Tür und

stieg aus. „Ich weiß, wie sehr du Langeweile liebst.“ Das Mädchen huschte über die Straße, um die Ecke und war schon verschwunden.

In sicherer Entfernung trat Finn in dieselbe Richtung und entdeckte sie wieder, als er selbst um die Ecke bog. Sie hatte ein ordentliches Tempo, während er selbst besonders langsam ging, wenn er an irgendwelchen Vorsprüngen vorbeikam, hinter denen man sich vor ihren Blicken schützen konnte, und auf ungedeckter Strecke zügig weitermarschierte. Die Straßen waren breit, nur mäßig befahren und für Moorstocks Verhältnisse gepflegt. Er hörte ihre Schuhe klackern, bis sie irgendwann stehenblieb, um auf die Straßenbahn zu warten.

Finn blieb ebenfalls in einiger Entfernung stehen, zog sich die Kapuze über den Kopf und tat so, als würde er frieren. Kalt genug war es jedenfalls, denn es hatte sich über Nacht Eis an den Rändern der Pfützen gebildet. Mit Anbruch des Novembers war jetzt auch der Winter da. Die dunklen Wolken am Himmel konnten also eisigen Regen oder sogar bereits Schnee bedeuten.

Er starrte geradeaus und stellte sich ans andere Ende der Haltestelle, sodass er das Mädchen so gerade im Augenwinkel betrachten konnte. Er musterte sie – zumindest, soweit er sie hinter dem Rand seiner Kapuze erkennen konnte.

Zwei dicke, kastanienbraune Strähnen fielen ihr über die Schultern, das restliche Haar schien unter ihrer Haube ordentlich zurückgesteckt zu sein. Sie hatte ein elegantes Profil mit einer schmalen Nase. Ihre vollen Lippen waren aufeinandergepresst.

Beide stiegen sie in den nächsten Zug ein, der sich mit jeder Haltestelle mehr und mehr füllte. Immer, wenn sie an einer dunklen Häuserfassade vorbeisausten, verwandelten sich die Fenster in Spiegel, sodass Finn das Mädchen weiterhin im Blick behalten konnte. Das war keine unangenehme Aufgabe, sie war wirklich bildhübsch. Ein herzförmiges, sommersprossiges Gesicht und wache blaue Augen. Ihre Blicke sprangen auf unendlich viele Punkte, als ahnte sie, dass man sie verfolgte. Finn musste sich bedeckt halten, denn ihre Alarmglocken schienen bereits alleroberste Stufe zu läuten. Die Fahrt dauerte eine Ewigkeit. Es war fraglich, warum sie nicht in Hallbrick ihre Einkäufe erledigte, sondern bis nach Bowmar fuhr.

Einmal mehr hielt der Zug und da sprang sie plötzlich von ihrem Platz auf. Finn, der in sicherer Entfernung die Fahrt an ein Fenster direkt neben der Tür gelehnt verbracht hatte, warf ihr einen Seitenblick zu. Sie beide stiegen durch unterschiedliche Türen aus und warfen sich ins Getümmel eines Marktplatzes in Bowmar. Die vielen Menschen hier gaben Finn gute Deckung, erschwerten es ihm aber auch zugleich, das Dienstmädchen im Auge zu behalten. Sie war so klein, dass sie in der Menschenmenge regelrecht unterging. Ein kalter Nieselregen setzte ein. Sie verschwand in einer dunklen Gasse, Finn folgte ihr mit Abstand. Plötzlich – so urplötzlich, dass er keine Chance gehabt hätte, sich unauffällig davonzumachen, drehte sie sich um und sah ihn an. Sich jetzt die Schuhe zuzubinden oder sich an eine Mauer zu lehnen, wäre viel auffälliger, als einfach weiterzugehen, als wäre nichts, dachte er sich mit klopfendem Herzen. Hoffentlich würde sie ihn nicht in die Irre führen.

Sie beschleunigte ihre Schritte. Ihre Alarmglocken schrillten jetzt wohl so laut, dass er glaubte, sie hören zu können. Aber sie schien eindeutig das Mädchen zu sein, dass auch Glassfelder ausspioniert hatte. Die Beschreibung, die er von dem Anwalt erhalten hatte, passte wie die Faust aufs Auge. Er fragte sich, wohin sie ihn jetzt führen würde. Zur Kanzlei wäre diese Route ein ewiger Umweg. Heute musste sie ein anderes Ziel haben.

Finn erblickte seine Rettung: eine Feuertreppe. Er sprang in die Nische, spurtete die Stufen hoch, während die junge Frau zügig ihres Weges ging. Er hatte es jetzt zwar nicht mehr im Blick, aber wenn er einmal auf die Dächer der Gebäude gelangte, die die Gasse einrahmten, konnte er sie wunderbar verfolgen, ohne dass sie ihn sehen würde. An der vierten und obersten Etage angekommen, musste er klettern. Er schwang sich auf das Geländer, das die oberste Plattform sicherte und sprang auf die Mauer zu, sodass er die Kante zum Flachdach erwischte. Nur noch hochziehen, dann war er schon oben – wobei die verletzte Schulter das Ganze erschwerte. Er konnte seinen linken Arm kaum belasten. Die Verletzung war zwar schon ein paar Tage alt, aber schmerzhaft war sie trotzdem noch. Ihm trat der Schweiß auf die Stirn. Entschlossen schüttelte er den Schmerz ab. Geduckt huschte Finn einige Meter voran und tastete sich dann noch einmal zum Rand vor. Unter ihm reichte die Hausfassade mehrere Meter in die Tiefe. Und ganz am anderen Ende der Gasse: das Dienstmädchen. Finn musste sich beeilen, denn in diesem Moment bog es um die Ecke.

Er eilte los, hielt den linken Arm eng an den Körper

gepresst, um die verletzte Schulter zu schonen. Auf das Gebäude mit dem flachen Dach folgte eines mit steilem Giebel, aber er war es gewohnt, in höchster Geschwindigkeit über die Dachfirste zu huschen – auch wenn seine Verletzung ihm das ganz und gar nicht dankte. Bei jeder Bewegung musste er einen Fluch unterdrücken. Finn rannte weiter und blickte am Ende der Gasse angekommen auf eine gut belebte Straße. Hier wurden Karren gezogen und Radfahrer, Fußgänger sowie einige Automobile tummelten sich dort unten im tosenden Lärm. Diese Straße kannte er gut. Weiter hinten an der Ecke befand sich ihr kleiner Unterschlupf bei Balor's Rawski. Er musste ein paar Mal die Blicke schweifen lassen, damit er das Mädchen wiederfand, dann nahm er erneut die Verfolgung auf. Minuten lang zog sich das Spielchen in die Länge. Finn hatte den Vorteil, dass sie die Straßen beschritt, die er so gut kannte wie seine Westentasche. Außerdem wurden die Dächer der Häuser abgelöst durch die obere Stadtebene, die hier endlich begann. Er konnte also Überführungen benutzen, anstatt über die Gassen zu springen. Das wäre mit seiner Verletzung bestimmt nicht gutgegangen.

Und da verschwand die junge Frau plötzlich in einem unauffälligen Hintereingang. Finn blieb verdattert vor einer Balustrade stehen und starrte zu der Tür, durch die sie getreten war. Sie hatte doch tatsächlich Castas Hauptquartier hinter dem Kasino, dem Amethyst, betreten. Spionierte sie der ganzen Bande hinterher?

Er sah zu, dass er die nächste Treppe erwischte, die hinunterführte. Dann trat er ebenso durch die Hintertür.

Als er über den Flur ging, war das Mädchen natürlich

schon in irgendeinem der Zimmer verschwunden. Also fragte er sich den Weg durch, wer sie gesehen hatte. Erneut ertappte er sich dabei, wie er wieder einmal verdattert dreinblickte, als er erfuhr, dass sie wohl Castas Büro betreten hatte. Ganz und gar sichtbar für alle Anwesenden im Haus. Finn eilte die Stufen dorthin hinauf, doch wie üblich herrschte in diesem Haus Hochbetrieb, was das unauffällige Lauschen an der Tür unmöglich machte. Also wieder treppab. Und dann wartete er und presste sich die Hand auf die verletzte Schulter, die durch die Verfolgung dumpf zu pochen angefangen hatte.

Die Minuten verstrichen – hoffentlich war sie nicht durch irgendein Fenster geklettert, um das Haus zu verlassen. Finn lehnte sich an einen Pfosten des Treppengeländers, während immer wieder ein paar Grüppchen an ihm vorbeihuschten, mal hinauf ins Obergeschoss, mal hinab. Das Amethyst nebenan war um diese Zeit stiller als abends, man hörte bloß gedämpft murmelnde Stimmen, die durch die Wände zu ihm durchdrangen. Von draußen vernahm er einen lärmenden Wolkenbruch, der gegen die Fenster trommelte.

Erneut huschten zwei Gestalten an ihm vorbei – doch diese Konstellation gefiel ihm ganz und gar nicht. „He!“, rief er und packte Remsey am Ellenbogen. Ihm gefiel vor allem seine Begleitung nicht.

Remsey und Edith blieben wie angewurzelt stehen. „Was machst du denn hier?“, platzte es in ähnlichen Wortlauten aus beiden gleichzeitig heraus.

„Nein, was macht *ihr* hier?“ Finn sah Remsey an. „*Du* solltest doch bei Balor's sein und aufpassen.“

„Nic kümmert sich drum!“, hielt Remsey sofort dagegen.

Finn schüttelte bloß knapp den Kopf und blickte dann eindringlich seine jüngere Schwester an, die bereits vorausahnend das Kinn gehoben hatte.

„Und *du* hast in diesem Haus nichts verloren! Ich dachte, das hätten wir dir ausdrücklich klargemacht“, sagte Finn und bedachte sie mit einem strengen Blick.

Edith zuckte bloß die Schultern. „Nicht klar genug, wie es scheint.“

Jetzt ging das schon wieder los! Doch bevor er Luft holen konnte, fuhr sie bestimmt fort: „Weißt du, manchmal brauche ich eben auch ein bisschen Geld. Und wie du weißt, gibt es hier Arbeit zu erledigen.“ Sie hatte sich bereits abgewendet. „Ich hoffe, du passt gut auf diese Treppe auf!“ Damit zog sie sich die Kapuze über den Kopf und eilte zur Tür.

„Arbeit, die dich nichts angeht! Hast du die Kleinen etwa allein gelassen?“

„Mutter ist doch zu Hause.“

Finn starrte sie fassungslos an. „Mutter? Ist sie überhaupt schon aufgestanden?“

Doch anstatt weiter darauf einzugehen, grinste sie ihn bloß über die Schulter an, ihre grünen Augen blitzten regelrecht und damit waren sie und Remsey verschwunden. Und ja – Finn musste sich weiter damit begnügen, die Treppe zu bewachen. So eigensinnig, wie sie war, konnte er ohnehin nichts ausrichten. Er könnte sie am Arm packen, sie mitschleifen und zu Hause absetzen. Aber sobald er ihr den Rücken zugekehrt hätte, würde sie wieder tun, was immer sie wollte – das hatte er schon sehr oft versucht. Das hatten all seine Geschwister nun einmal so an sich. Musste an einer gewissen Veranlagung liegen. Und er konnte schlecht auf alle gleichzeitig aufpassen.

Brummend verschränkte er die Arme vor der Brust und lehnte sich erneut an den Pfosten. Wie sehr ein einziger Mensch einem die Stimmung vermiesen konnte. Was auch immer sie jetzt mit Remsey zu schaffen hatte – die Kombination war neu.

Finn schüttelte den Kopf und zwang sich, mit seinen Gedanken bei der Sache zu bleiben. Das Dienstmädchen war endlich oben an der ersten Stufe erschienen und sah sich nervös um, bevor es langsam die Treppe hinabstieg. Da Finn auf der rechten Seite stand, quetschte sie sich an der anderen Seite entlang. Und da er sie nun eindringlich anstarrte, senkte sie den Blick auf ihre Schuhspitzen.

Im Geist drängte er seine jüngere Schwester (was auch immer sie im Schilde führte) und seine auf sich allein gestellten jüngeren Geschwister in eine weit entfernte Ecke, begrub sämtliche Sorgen und setzte ein charmantes Lächeln auf. Dann trat er dem Mädchen in den Weg, als es die letzte Stufe erreicht hatte.

„Weiß dein Hausherr, wo du dich herumtreibst?“ Er erntete einen fassungslosen, gar panischen Blick aus großen blauen Augen. Unbeirrt fuhr er fort: „Nein? Dann sollten wir uns unterhalten, damit das auch so bleibt. Und zwar ohne Zuhörer. Darf ich?“ Noch immer lächelnd bot er ihr den Arm an. Nur, weil sie lieb und wehrlos aussah, hieß das nicht, dass sie nicht vor bösen Tricks zurückschreckte. Vor allem nicht, wenn sie aus Castas Büro herausgetreten war.

Einen kurzen Augenblick lang starrte sie ihn aus großen Augen an und ergriff dann zögerlich seinen Arm. Er führte sie etwas abseits in eines der vielen Hinterzimmer des Kasinos. Sie begleitete ihn, ohne etwas zu sagen, und schaute sich ununterbrochen in alle Richtungen um, als suchte sie den Flur nach etwaigen Fluchtmöglichkeiten oder ungewünschten Beobachtern ab, die nun bezeugen konnten, wie sie allein mit einem Mann durch eine Tür verschwand – und das in *diesem* Laden. Finn bat sie gar nicht erst, sich zu setzen, da er das Gefühl hatte, das wäre das Erste, das sie verweigern würde. Also schloss er bloß die Tür hinter ihnen, lehnte sich dagegen und verschränkte die Arme vor der Brust. „Wie heißt du?“, begann er mit der ersten Frage.

Sie schluckte, hob dann aber das Kinn und straffte die Schultern. „Serena.“

„Nur Serena?“

„Nur Serena.“ In ihrem Gesicht zeigte sich keine Regung. Aber Finn sah, wie ihre Finger sich um den Henkel ihres noch immer nicht mit Einkäufen gefüllten Korbes klammerten. „Und mit wem habe ich die Ehre?“

Er musste schmunzeln. Sie wusste, was sie tat. „Nur Finn“, ahmte er sie nach. Da ihn sein Familienname, Krelly, ohnehin nicht besonders mit Stolz erfüllte, war es für ihn umso leichter, ihn nicht zu erwähnen. Aber er wollte schnell zur Sache kommen. „Was also mag eine junge Dienstmagd hierherverschlagen?“

„Meine Angelegenheiten gehen Sie nichts an.“ Immer schön höflich.

„Ich kann auch noch länger an dieser Tür stehen und dich nicht durchlassen.“

„Und ich kann warten.“

Mutig. „Und Mr Bonns wäre sicherlich erfreut zu hören, wo sein Personal abgeblieben ist.“ Jetzt ging er um sie herum. „Treibt sich in irgendwelchen Hinterzimmern irgendwelcher Spielhallen rum.“ Sie wagte keinen Schritt. „Spionierst du ihn aus? Und überbringst Casta Nachrichten über ihn? Unterrichtest ihn über die Schwachstellen unserer Großkonzerne?“

Anstatt zu antworten, sah sie zu ihm auf, schaute ihm direkt in die Augen und erdolchte ihn förmlich mit ihrem Blick, als er wieder vor sie trat.

„Oder bist du aus einem anderen Grund hier?“, bohrte er weiter.

Als sie weiterhin nichts sagte, entfuhr ihm ein entnervter Seufzer. Das war jetzt schon die zweite Person, die er verhören musste und die schon wieder dichthielt. Wie er das hasste!

„Es könnte sein, dass wir sogar auf derselben Seite sind. Du müsstest mir nur meine Fragen beantworten.“

„Wir sind auf derselben Seite, solange ich nichts Falsches sage, ja?“

„Hast du Casta die Informationen über diese vermeintliche Akte geliefert, auf die die Siri so scharf waren?“

Sie nickte.

„Aha. War doch gar nicht so schlimm. Und weißt du, wie die Siri an eben jene Information gelangt sind?“

„Mit den Siri habe ich nichts zu tun.“

„Aber du wusstest, dass sie eine Kyerch nach Racronia bringen wollen?“

„Ich hatte gehofft, Casta kann das verhindern.“

Ihm stahl sich ein breites Lächeln aufs Gesicht. „Ich hab doch gewusst, wir sind auf derselben Seite!"

Sie wich einen Schritt zurück.

„Was sagt Bonns zu dem Plan der Siri?"

„Er hat versucht, sich ihnen zu widersetzen."

„Hat nicht geklappt, oder?"

Sie schüttelte den Kopf.

„Aber er ist den Auftrag mit der Kyerch losgeworden?"

Sie nickte, die wachsamen blauen Augen wandten sich niemals von ihm ab.

Er lehnte sich erneut an die Tür. „Tja, ich weiß leider aus zuverlässiger Quelle, dass die Siri jemand anderen ‚angeheuert' haben, um diese Waffe zu liefern." Jarren würde den Kopf gegen die Wand schlagen, wenn er zuhörte, dachte Finn.

Ihre vollen Lippen wurden eine Spur schmaler. „Und was hat das mit mir zu tun?"

Er lächelte ihr aufmunternd zu. „*Du* solltest die nächsten Tage lieber nicht aus dem Haus gehen, bis es Entwarnung gibt. Aber vielleicht könntest du mich mit deinem Hausherrn bekanntmachen."

„Mein Hausherr ist ein vielbeschäftigter Mann", meinte sie nur.

„Ich dachte, er ist hinter den Siri her? Ich bin mir sicher, dass meine Informationen diesbezüglich sehr wertvoll für ihn sein könnten."

Kurz senkte sie den Blick, dann sah sie ihn wieder an. „Ich werde sehen, was ich tun kann."

Finn legte den Kopf schräg. „Ich meinte, jetzt sofort." Die Zeit drängte, da Jarren und Ronan bereits auf der

Rückreise sein mussten. Die zwei Wochen waren schließlich um.

„Na schön“, seufzte sie. „Aber wir haben uns auf dem Markt in Hallbrick getroffen, nicht hier!“

„Ich kenne den Laden hier gar nicht.“ Ein zufriedenes Lächeln schlich sich auf seine Lippen. Er öffnete die Tür. „Nach dir.“

Unsicher trat sie an ihm vorbei und ließ ihn nicht aus den Augen.

In ihre Mäntel und Kapuzen gehüllt verließen sie das Haus. Immerhin hatte der Regen etwas nachgelassen. Dennoch war das Wetter kalt und nass.

„Aus welchem Stadtbezirk kommst du? Bist du in Hallbrick aufgewachsen?“, fragte er Serena, damit sie nicht völlig gesprächslos nebeneinander herliefen.

„Ich werde nichts über mich verraten“, hielt sie dagegen.

„Na gut. Dann mache ich den Anfang. Ich bin in Allcey geboren und irgendwann nach Bowmar gezogen.“

Sie warf ihm einen flüchtigen Seitenblick zu.

„Hast du Geschwister?“

Es folgte ein weiterer Seitenblick.

„Ich hab sieben. Ist nicht leicht, glaub mir.“

Und noch ein stummer Seitenblick.

„Ach, komm. Jetzt fange ich schon von meiner Familie an und du erzählst mir rein gar nichts.“ Geduldig wartete Finn einen weiteren Seitenblick ab. „Wie lange arbeitest du schon für Casta?“

„Ich habe doch gesagt, dass ich nichts über mich erzähle“, wiederholte sie.

„Du kannst ja doch noch sprechen. Ich dachte schon, ich hätte dir die Sprache verschlagen."

Wieder ein Seitenblick, dieses Mal eine Spur funkelnder.

„Was würde eigentlich passieren, wenn Bonns erfährt, dass du dich mit Casta getroffen hast? Würde er dich feuern?"

Die unterschwellige Drohung entging ihr nicht. „Eher würde er mich im Keller hinrichten lassen."

Finn sah sie an. „Ist er jemand, der über Leichen geht?" Natürlich war Bonns jemand, der über Leichen ging.

Sie schaute stur geradeaus. „Das tun alle hier in Racronia."

„Du etwa auch?" Ein Grinsen schlich sich auf sein Gesicht.

„Dank meiner Informationen sind in unserem Haus zwei der Eindringlinge unschädlich gemacht worden."

„War das denn deine Absicht?"

„Sagen wir es mal so: Ich fand es nicht besonders tragisch."

„Wusstest du denn, dass die anrücken würden?"

Verneinend schüttelte sie den Kopf. Jetzt waren sie wieder bei der Straßenbahn angelangt und mussten auf den nächsten Zug warten.

„Wie hast du von der Waffe erfahren?", fragte er leise.

„An Türen gelauscht."

Finn schnaubte anerkennend. „Und wo?"

Ein lautes Rattern und Bimmeln kündigte die Bahn an. Eine Antwort auf seine Frage bekam er nicht. Sie traten also die Rückreise nach Hallbrick an.

„Wie ist Bonns darauf gekommen, Glassfelder beschatten zu lassen?“

„Er hat einen Mann im Malicrypt bestochen, der ihn alarmieren sollte, falls irgendwer zu dem verhafteten Siri-Mitglied wollte.“

„Schlau.“ Finn verschränkte die Arme vor der Brust und lehnte sich zurück. Gut, dass er selbst dort unter falschem Namen angerückt war. „Und dann hat er sein Dienstmädchen auf ihn angesetzt?“

Ein Lächeln zupfte an ihrem Mundwinkel. „Nein.“

Er legte den Kopf schräg. „Sag nicht, du hast dich ohne Erlaubnis auf Erkundungstour begeben.“

Sie zuckte abtuend die Schultern und wechselte dann prompt das Thema: „Wenn wir gleich da sind, kein Wort über Casta, verstanden?“

„Entspann dich mal. Das hast du mir schon gesagt.“ Er lächelte beschwichtigend. „Ich bringe dich schon nicht in Schwierigkeiten.“

Für einen Moment senkte sie den Blick, dann sah sie ihn wieder an. „Du hast mich am Markt in Hallbrick angetroffen, wiedererkannt und mich um den Kontakt zu meinem Herrn gebeten.“

„Was immer die Lady verlangt.“ Ihre Gereiztheit, gepaart mit dieser steifen Höflichkeit amüsierte ihn. Als sie weiter nichts sagte, fragte er: „Wie lange bist du schon in Bonns Haus tätig?“

Sie lächelte bloß stumm und schüttelte den Kopf. Da erinnerte er sich an ihre Worte: ‚Ich werde nichts über mich verraten.‘

„Weißt du, Geheimnisse machen eine junge Frau noch

viel interessanter.“ Er unterstrich seine Aussage mit einem charmanten Lächeln.

Wie er es erwartet hatte, schoss ihr augenblicklich die Röte in die Wangen und sie wandte den Blick gen Fenster. Dieses Mädchen war wirklich höchst amüsant.

„Da du noch immer nichts sagst, nehme ich an, du hast gerne Geheimnisse?“

„Meine Geheimnisse werden nicht helfen, die Siri zu stellen.“

„Und wenn es mir nicht nur um die Siri geht?“

Darauf fiel ihr keine Antwort ein – jetzt hatte er ihr wirklich die Sprache verschlagen.

„Tut mir leid, ich bin nur neugierig.“

Trotz errötetem Gesicht hob sie jetzt das Kinn. „Und ich bin vorsichtig.“

„Vorsicht ist das oberste Gebot, wenn man überleben will“, bestätigte er.

„Kann man wohl sagen.“

„Auch wenn sich mir nicht ganz erschließt, wie dir jemand aus meiner Frage einen Strick drehen könnte.“

„Demjenigen würde schon etwas einfallen.“

„Und wer ist derjenige?“

Sie seufzte. „Wer weiß. Vielleicht sitzt er mir ja gerade gegenüber.“

„Wie kannst du mir solche Vorwürfe machen?“ Er fasste sich gespielt pikiert an die Brust. „Du bist viel zu voreingenommen. Im Grunde bin ich sehr nett.“

„Voreingenommen? Einem Mann gegenüber, der mich in einem Kasino in ein Hinterzimmer schleift und mich über mich und meinen Herrn ausfragt?“

„*Du* bist in das Kasino reingegangen! Ich bin dir nur gefolgt. Ich hätte dich auch sehr gerne an einem anderen Ort abgefangen."

Sie lächelte stoisch. „Verfolgung ist auch nicht besser."

„Na schön. Tut mir leid, dass ich dich verfolgt und in ein Hinterzimmer geschleift und *nur* mit dir geredet habe. Frieden?" Finn hielt ihr die Hand hin. „Ich halte dicht über alles, was du mir gesagt hast", fügte er hinzu, als sie zögerte.

Schließlich ergriff sie seine Hand, bedachte ihn dabei aber mit einem strengen Blick.

So verlief die lange Fahrt in der Straßenbahn recht kurzweilig. Die Geräuschkulisse von murmelnden Stimmen und dem Rattern der Straßenbahn hüllte sie ein. Schließlich stiegen sie aus, aber anstatt den üblichen Weg zurück zu gehen, schlug Serena eine ganz andere Richtung ein.

„Ich dachte, wir …"

Sie unterbrach ihn unwirsch: „Ich kann nicht unverrichteter Dinge ins Haus zurückkehren."

Also machten sie Halt bei einem Blumengeschäft, das ganz schön überteuert war. Sie füllte den Korb mit in Papier eingewickelten Sträußen und sah ihn schließlich eindringlich an: „Seine Tochter will immer alles mit Blumen dekorieren. Kannst du den Korb mal halten?"

Finn grinste. „Solange man sich nicht selbst drum kümmern muss, ist das sicherlich nett." Er nahm ihr den Korb ab und zuckte zusammen, als sich erneut seine verletzte Schulter meldete.

„Hm, für die Tafel brauche ich noch etwas. Und die Tulpen …" So ging das bestimmt zehn Minuten weiter, bis sie das Geschäft endlich verließen und sich auf den Weg zu Bonns' Hauptsitz machten. Alle drei Schritte musste Finn einen Fluch unterdrücken. Ihm brannte die Schulter, er konnte seine eigenen Füße nicht mehr sehen und erblickte Serena im Augenwinkel, die zufrieden grinste, weil sie ihm eins ausgewischt hatte: Aus ihrem einen Korb waren plötzlich drei geworden. Sie hatte nur gemeint: „Wenn mich schon ein junger Mann begleitet, kann ich ja *etwas* mehr kaufen.“ Dann hatte sie alles auf Finn abgeladen. Wer wäre er gewesen, sich zu weigern, die Einkäufe eines hübschen jungen Mädchens zu tragen? Zerstochene Schulter hin oder her.

Als sie endlich vor dem schmiedeeisernen Tor angekommen waren, staunte Finn erneut über die schiere Größe dieses Hauses. Es war sicherlich nicht das erste Mal, dass er ein solches Anwesen betrat, aber dieses hier war von einer ganz anderen Dimension. Das Gebäude erreichte bestimmt die Größe von fünf oder sechs Reihenhäusern – und das war nur das, was man von der Front aus erkennen konnte. Der ‚Garten‘ war ein gigantischer Park, mit Sträuchern und Obstbäumen gespickt. Es sah alles pingelig gepflegt aus. Dass hier vor über zwei Wochen eine kleine „Schlacht“ gewütet hatte, konnte man nicht einmal mehr erahnen.

Rasch blickte Finn sich um und stellte fest, dass Nathaniel inzwischen mit dem Wagen davongefahren war. Vielleicht hatte er sich auch jemandem an die Fersen heften können. Finn war froh darüber, dass Nathaniel nicht beobachten konnte, wie er sich hier für ein Mädchen zum Narren machte.

Der Wachmann am Tor wandte sich ihnen zu und fragte: „Miss Salt. Wer ist das?“

Serena Salt also. Falls das denn wirklich ihr Name war.

Sie antwortete, bevor Finn etwas sagen konnte: „Er hat sich bereit erklärt, meine Einkäufe zu tragen.“

Der Mann seufzte und wandte sich Finn zu: „Ich muss Sie leider abtasten, bevor ich Sie durchlassen kann“, erklärte er.

„Ich kann Ihnen versichern, dass ich nicht bewaffnet bin“, meinte Finn und war froh darüber, auf seine Intuition gehört zu haben. Er stellte die ganzen Körbe auf dem Gehweg ab und positionierte sich so, dass der Wachmann seine Arbeit erledigen konnte.

„Ist nur ein Befehl von oben. Der Chef ist … *etwas* vorsichtiger als sonst.“

Als die Wache sich mit dem Ergebnis zufriedengegeben hatte, öffnete er ihnen schließlich das Tor und sie schritten über einen langen gepflasterten Weg auf eine breite Marmortreppe zu. Der Regen wurde stärker und Finn war erleichtert, als ein weiterer Wachmann, der vor der Eingangstür positioniert war, ihnen diese öffnete und sie einließ.

„Einen Moment, bitte, ich spreche mit meinem Herrn.“ Ein letzter flüchtiger Blick, dann war Serena davongewirbelt, ohne Finn zu erklären, was er mit den ganzen Einkäufen nun machen sollte. Das gehörte bestimmt auch zur Revanche.

Also stellte Finn die Körbe einfach an der Seite ab und nutzte den Augenblick, um sich zu orientieren. Er trat ein paar Schritte vor und starrte auf eine imposante Treppe, die zu einer Empore des oberen Stockwerks führte. Von dort mussten weitere Flure abgehen. Finn stand gerade genau da, wo sich Jarren vor zwei Wochen im Dunkeln durchgeschlichen hatte. Er erinnerte sich an die Details. Sie hatten oft Abende lang über den Karten gesessen, weil Jarren sich die Wege hatte einprägen müssen, um sich blind im Haus zurechtzufinden. Und die Karten waren allem Anschein nach Serenas Werk. Ehrfurcht ergriff Finn. Wenn der Einbruch nicht schiefgegangen wäre … Kurz überlegte er, ob es nicht klüger gewesen wäre, hätten sie die Schmuggelfahrt nach Centa verschoben und wären hier mit der ganzen Mannschaft angerückt. Aber letzten Endes hätte das wohl kaum einen Unterschied gemacht. Es wäre höchstens noch auffälliger gewesen.

Sehr viele langgezogene Minuten später tauchte Serena wieder auf und winkte ihn durch einen Korridor. Er folgte ihr, wobei ihre Schritte hell von den hohen gewölbten Decken widerhallten. Sie führte ihn durch eine Tür hindurch und er stand nun inmitten gigantischer Sofas, auf die man sich kaum zu setzen traute, aus Angst, den samtgrünen Stoff zu zerknittern.

Serena selbst blieb an der Tür stehen, die Hände vor ihrem Schoß gefaltet. „Hab bitte einen Moment Geduld.“ Damit war sie wieder verschwunden.

Um die Zeit zu überbrücken, sah Finn sich um. Im Kamin loderte ein Feuer, das einen die ungemütliche Kälte, die draußen herrschte, vergessen ließ. Dennoch rannen die Regentropfen unablässig am Fensterglas hinunter und Wasserspeier erschufen schmale senkrechte Bäche, die draußen vor den Fenstern wie kleine Wasserfälle zu Boden plätscherten.

So verstrichen die Minuten. Der vielbeschäftigte Mr Bonns ließ sich wirklich Zeit. Mehrmals wanderte Finn im Raum nun auf und ab. Als er nach bestimmt einer halben Stunde erneut vor die Fenster trat, um in den verregneten Garten zu starren, hörte er endlich die Tür und drehte sich um.

Mit schweren Schritten zeigte sich der berühmte Richard Bonns, gefolgt von einem Wachmann. Bonns schien in der Tat *etwas vorsichtiger* zu sein, dass er sich in seinem eigenen Haus von Wachen begleiten ließ. Und Finn vermutete, dass er sie so gut bezahlte, dass eine Bestechung nicht infrage kam. Als Konzernchef der Borliq Company konnte er es sich eben leisten – so war das, wenn man ein Monopol besaß. Und er war wirklich so dick, wie er auf all den Zeitungsfotos aussah. Auf seinem glänzenden Schädel befand sich nur noch ein zarter Kranz angegrauter dunkler Haare.

„Danke für Ihre Geduld", sagte Mr Bonns und streckte Finn die fleischige Hand entgegen. Dieser zögerte einen Moment, als er sich bewusst wurde, dass er jetzt *Richard Bonns*, dem Besitzer von Borliq Company, die Hand schütteln würde.

„Wie war Ihr Name noch gleich?", fragte Bonns, als er festen Griffes die Hand zum Gruß ergriff.

„Finn Stark", stellte sich ebenjener vor. Damit folgte er seinem Gefühl, seinen echten Familiennamen lieber nicht zu nennen; die bekannte Verbindung zu Casta könnte ihm schaden, wenn Bonns das herausfand. Wer wusste, was er schon alles herausgefunden hatte.

„Angenehm. Bitte, setzen Sie sich!" Er deutete

einladend auf eines der samtgrünen Sofas, während er es sich selbst in einem breiten Sessel ihm gegenüber bequem machte und sich sogleich eine Zigarre anzündete – Nervennahrung für einen frisch überfallenen Mann. Im selben Moment trat Serena in den Raum, mit einem Tablett voller Erfrischungen. Als Dienstmädchen musste sie bei jedem Fingerschnippen springen.

Mr Bonns ließ das unkommentiert geschehen und kam direkt zur Sache: „Wie sind Sie auf mein Dienstmädchen aufmerksam geworden?“

Finn winkte ab. „Ich habe schon länger gegrübelt, wie ich es schaffen könnte, mit Ihnen in Kontakt zu treten. Und da habe ich heute zufällig Miss Salt auf dem Markt wiedererkannt und angesprochen.“ Er warf ihr einen flüchtigen Blick zu, aber Serena sah geflissentlich woanders hin.

„Wiedererkannt?“

„Ich bin öfters in der Gegend und habe sie ein paar Mal an Ihren Toren und auch auf dem Markt gesehen.“

Halb zufrieden zog Bonns an seiner Zigarre. „Sie haben Informationen für mich?“

„Über die Siri. Es waren doch die Siri, die erst kürzlich hier in Ihren Hauptsitz eingebrochen sind, richtig?“

Bonns' Gesichtszüge erstarrten für einen Moment. „Allerdings.“ Mit einem Blick bedeutete er Serena und dem Wachmann an der Tür, dass das Gespräch nichts für ihre Ohren war. Rasch verließen die beiden den Raum.

„Wie sind Sie mit den Siri ins Geschäft gekommen?“, fragte Finn schließlich. Das Thema war heikel, aber er schaffte es, nicht in Schweiß auszubrechen. Bonns schaffte das weniger gut, aber das lag nicht am Gespräch.

Wieder zog er an seiner Zigarre, bevor er antwortete: „Ich dachte, *Sie* hätten Informationen für *mich*?"

„Habe ich. Meine Bewegung versucht, etwas gegen die Siri auszurichten, aber dafür benötigen wir auch ein paar Informationen von Ihnen."

Bonns lehnte sich in seinem Sessel zurück, die Arme auf die Lehnen gelegt. „Wer ist *wir*?"

„Ich spreche im Namen der Ascath, falls Ihnen das etwas sagt."

„Die Ascath." Er überlegte kurz. „Was springt denn für die Ascath dabei heraus?"

„Ich traue Ihnen zu, dass sie über gewisse interne Angelegenheiten informiert sind. Unser Boss hat persönliche Gründe dafür, den Einfluss der Siri zu schwächen." Finn musste jetzt hoffen, dass Casta über diese unautorisierte Informationsweitergabe großzügig hinwegsehen würde. Aber der Zweck heiligte gewisse Mittel.

„Die Siri und die Ascath. Ja, man erzählt sich so Einiges."

„Dann wissen Sie auch, dass wir Verbündete in dieser Sache sind."

Bonns zog eine Augenbraue hoch. „Welche Garantie habe ich?"

„Keine. Sie müssen mir einfach vertrauen."

Noch immer lässig zurückgelehnt nahm Bonns einen tiefen Zug an seiner Zigarre und stieß langsam den Rauch aus. Sein Blick durchbohrte Finn regelrecht, sodass sich sein Herzschlag beschleunigte. Obwohl ihm vor Aufregung das Blut durch die Adern rauschte, lehnte auch er sich zurück und ertrug den prüfenden Blick seines Gegenübers.

„Nicht ich war es, der den Kontakt zu den Siri gesucht hat, falls Sie darauf hinauswollten“, meinte Bonns schließlich und kam damit auf die ursprüngliche Frage zurück.

Finn senkte ebenfalls die Stimme: „Sie sollten eine Waffe aus dem Süden nach Racronia schmuggeln, richtig? Mit der Eisenbahn, über die Sie das Rohöl aus den vearanischen Ländern herbringen lassen.“

„Ich habe mich natürlich geweigert und jetzt lassen die mich in Ruhe.“

Und trotzdem verbarrikadierte er sich?

„Die Kyerch“, als Finn dieses Wort aussprach, verzogen sich Bonns Lippen, „wird in den nächsten Tagen hier in Moorstock sein, vielleicht schon heute. Sie sind sicherlich nicht erpicht darauf, dass Racronia sich von Shahtuvearan bedroht fühlt und die Grenzen vielleicht dichtmacht.“

Bonns schmunzelte. „Aus dem Grund habe ich mich geweigert, diese verfluchte Waffe zu liefern. Aber ich habe geahnt, dass die Bastarde es nicht dabei belassen würden.“

„Natürlich nicht.“ Finn sah ihn ernst an. „Wissen Sie, was die Siri mit der Kyerch vorhaben?“

„Die haben mich leider nicht in ihre Pläne eingeweiht.“

„Haben Sie eine Vermutung?“

Bonns schnaubte. „Dass sie damit jemanden umbringen wollen oder am besten gleich einen ganzen Haufen, liegt auf der Hand.“

„Bleibt die Frage, wer ihr Ziel ist“, überlegte Finn laut. Und um Bonns doch noch wie versprochen ein paar Informationen zu übermitteln, fuhr er fort: „Jedenfalls wird die Kyerch aus Zhanar gestohlen. Dort gibt es eine Firma, die Waffen für Widerstandskämpfer lagert. Das ist bestimmt auch Ihre Adresse gewesen, oder?“

Bonns zögerte mit seiner Antwort. „Da es im Moment nur eine einzige verfügbare Kyerch gibt, ja.“

Nur eine einzige Kyerch? Und die war im Süden hergestellt worden? Und dann würde sie in oder um Moorstock gezündet werden? Natürlich würde man anschließend einen Schuldigen suchen; und zwar südlich der Berge, nicht hier in Racronia. Finn hatte es schon vermutet, aber jetzt wurde ihm erst klar, was das eigentlich bedeutete.

Das war heikel! Heikler, als er gedacht hatte.

„Sie können Ihrem Boss sagen, dass eine Terrorwarnung ausgesprochen wird und alle Veranstaltungen abgesagt werden, bis die Kyerch vom Sicherheitsdienst ausfindig gemacht wurde“, beschloss Bonns.

„Klingt nach einem guten Plan. Ich halte Sie auf dem Laufenden.“

33 – Kyra

Abermals knallte ein Schuss durch die Luft. Ich griff nach meinem Rock und hob ihn an, um besser rennen zu können. Ein Kreischen ertönte, als Metall auf Metall rieb. Der Güterzug, auf den wir zuhielten, hatte sich in Bewegung gesetzt – immerhin träge und langsam, sodass wir ihn einholen konnten. Ganz vorne, wo sich die Lok befinden musste, stob schwarzer Rauch auf. Unser Wagen war hin. Von Kugeln durchlöchert. Also war das unser letzter Ausweg, um von hier wegzukommen.

Ich sah über die Schulter und zuckte zusammen, als es direkt neben mir erneut krachte. Einer unserer Verfolger ging zu Boden, Jarren hatte einen Schuss abgegeben. Die anderen beachteten ihren Verlust gar nicht und richteten erneut ihre Waffen auf uns.

Endlich hatten wir den Zug erreicht. Ronan eilte voraus, sprang auf eine Sprosse und brach uns die Schiebetür auf. Mit einer Hand hielt er sich fest, die andere reichte er mir. Ohne anzuhalten, umfasste ich sein Handgelenk und er zog mich geschickt hoch, sodass ich gar nicht anders konnte, als zwischen die Kisten im Wagon zu landen. Doch noch bevor er mich losgelassen hatte, knallte es erneut. Seine Finger glitten von meiner Hand.

Mit angehaltenem Atem wollte ich mich zurück zur Schiebetür vorwagen, um hinauszuspähen. Doch im selben Moment ging ein Ruck durch den Zug und die Tür schlug vor meiner Nase zu.

Und ich blieb allein im Dunkeln zurück, hörte bloß das Rattern der Wagons. Einmal noch schlug eine Pistolenkugel gegen das Metall, sodass mein ganzer Körper zusammenzuckte.

An einer Holzkiste glitt ich zu Boden und betastete mein Gesicht. Ich spürte, dass Blut meine Wange benetzte. Entsetzen packte mein Herz und drohte, mich zu ersticken. Die Panik vor der einsamen Finsternis presste mir die Luft aus den Lungen.

Ich durfte nicht allein sein! Allein würde ich niemals überleben!

Plötzlich saß ich kerzengerade im Bett und starrte in die Dunkelheit. Ich lauschte auf verdächtige Geräusche, doch ich hörte lediglich, wie der Regen gegen das Fenster prasselte. Ansonsten war alles still. Blinzelnd rieb ich mir mit beiden Händen übers Gesicht. Meine Haut war feucht, aber zum Glück war das Blut an meiner Wange bloß Teil des Traums gewesen. Ich schüttelte mich. Niemand war tot und niemand schoss auf uns – den Göttern sei Dank.

Rasch sprang ich aus dem Bett, um das Deckenlicht anzuknipsen, und setzte mich dann wieder auf die warme Matratze. Rücklings lehnte ich mich an die Wand, deckte meine Beine zu und knetete zur Beruhigung die Decke mit meinen Händen. Ich wollte nicht mehr einschlafen, bevor wir losfuhren, auch wenn ich keine Ahnung hatte, wie viele Stunden ich darauf warten musste. Um mich weiter zu beruhigen, nahm ich ein paar tiefe Atemzüge, konzentrierte mich auf das Regengeräusch und redete mir ein, ich wäre nicht in Gefahr. Ich schnappte mir mein Zeichenbuch vom Nachttisch und den danebenliegenden Bleistift und begann zu kritzeln. Zeichnen war wirklich die beste Ablenkung, noch besser als irgendwelche Atemübungen.

Ich wollte etwas Neutrales skizzieren, also begann ich mit einem Baum. Irgendwie hatte ich eine Vorliebe für Bäume. Vor allem für die ganz alten mit den dicken Wurzeln, den knorrigen Ästen und einem kräftigen, von zahllosen überlebten Stürmen gebogenen Stamm. Und dann verlor ich mich in meinen heißgeliebten Details, vergaß die reale Welt, zeichnete jedes Blatt mit seinen Adern, jede Maserung im Holz. Ich spürte die warme Wiese, auf der er stand. Der Duft des Laubes hüllte mich ein und ich hörte das sanfte Rauschen des Windes.

Plötzlich bewegte sich etwas vor meinen Augen, sodass ich zurückschrak und mit dem Hinterkopf gegen die Wand stieß. Ein lautes „Hallo!?“ holte mich endgültig ins Pensionszimmer zurück.

Blinzelnd hob ich den Kopf. „Was?“

Ronan hörte endlich damit auf, mit der Hand direkt vor meiner Nase herumzuwinken – anders hätte ich gar nicht mitbekommen, dass er hier war. Und wäre er von diesem Unterfangen nicht so geschlaucht, hätte er mich hemmungslos ausgelacht. Er trat schon wieder Richtung Tür. „Zieh dich an. Wir müssen weiter“, murmelte er.

Ich blickte zum Fenster und erkannte nichts als nächtliche Schwärze dahinter. Die Pension hatten wir um Mitternacht erreicht und ich wusste, dass wir bis vier Uhr am Morgen Zeit hatten, um etwas Schlaf zu erhaschen. Die Hinreise hatte Jarren und Ronan schon völlig ausgelaugt; die Rückfahrt schien den beiden endgültig die letzten

Kraftreserven zu rauben. Wenn Ronan wortkarg wurde, musste das etwas bedeuten.

Im Regen verließen wir die Pension. Fröstelnd schlang ich den Mantel enger um mich und ärgerte mich im Stillen darüber, dass mein Strumpf nass wurde, als ich versehentlich in eine Pfütze trat. Merkwürdigerweise vermisste ich Shahtuvearan – allerdings nur das Wetter, auf die bewaffneten Männer konnte ich gut verzichten.

Wir hatten abseits des Gebäudes geparkt und Tarok wartete bereits im Wagen auf uns. Er hatte die paar Stunden dort verbracht, der racronischen Kälte trotzend, um auf unsere *heikle Fracht* aufzupassen. Zwar hatte Jarren den Wagen mit einem Alarm versehen, aber bei einer Kyerch im Gepäck konnte man nicht vorsichtig genug sein. Als ich endlich im Auto saß, zog ich meinen Mantel aus, um ihn wie eine Decke über mich zu breiten und versuchte, mich irgendwie in die Ecke zwischen Rückbank und Tür zu kuscheln. Aber das Leder der Bank und das Blech der Tür waren so eiskalt, dass ich Mühe hatte, mein Zittern zu unterdrücken. Jarren setzte sich lustlos seufzend hinters Steuer und startete den Motor. Ronan auf dem Beifahrersitz schien schon wieder eingeschlafen zu sein, noch bevor wir losgefahren waren. Ob die beiden überhaupt noch fahrtauglich waren … Ich dachte lieber nicht darüber nach.

Ich zuckte zusammen, als mich irgendetwas berührte. Tarok hatte mir noch seine Jacke über die Schultern gelegt – es war wohl recht offensichtlich, dass ich fror.

„Danke“, sagte ich leise, um nur ja Ronan nicht zu wecken.

„Versuch, auch noch etwas zu schlafen. Du siehst nicht ausgeruht aus“, entgegnete Tarok ebenso leise.

Ich nickte, widerstand dem Drang, mich über irgendwelche Alpträume zu beklagen, kuschelte mich in Jacke und Mantel ein und schloss die Augen. Vor drei Tagen hatten wir die Grenze nach Racronia passiert – tatsächlich ohne Komplikationen. Nach der Grenzpassage hatten Jarren und Ronan ein Telegraphenamt aufgesucht, um eine Botschaft nach Moorstock zu schicken, damit der Rest ihrer Gruppe wusste, dass wir uns verspäten würden. Die Fahrt war ansonsten so unspektakulär verlaufen, dass ich schon voller Furcht auf den nächsten Sturm wartete. Immerhin hatte ich einen Blick auf das Meer werfen können. Zwar nur im Vorbeifahren aus dem Fenster, was mich irgendwie etwas enttäuscht hatte, aber besser als gar nichts.

Um nicht weiter zu grübeln, flüchtete ich mich zu meinem Baum zurück, den ich in der Nacht in meiner Fantasiewelt erschaffen hatte. Die Regentropfen, die vom Fahrtwind über die Fensterscheiben getrieben wurden, nahm ich gar nicht mehr war. Genauso wie die Kälte. Stattdessen rief ich mir Wärme und Geborgenheit in Erinnerung: Meine Mutter stand neben dem Baum, in ein naturfarbenes, weites Leinenkleid gehüllt, das sich dank eines mit Holzspiralen versehenen Gürtels betont um ihre Taille schmiegte. Ihr Haar wehte lang und glatt in der Brise, sie trug es offen. Ihr verlorenes Lieblingsschmuckstück zierte ihre Schultern: eine lange Kette aus Leder mit an Knoten befestigten Türkissteinen. Sie wartete auf mich und lächelte mir vertrauensvoll zu. Ich konnte es kaum erwarten, sie wiederzusehen. Sobald die Sonne aufgegangen war, würde sie einen

Platz neben dem Baum auf der Zeichnung erhalten. Vielleicht wäre sie dadurch schon ein ganzes Stückchen näher bei mir. Ich hoffte, dass es ihr gut ging. Als ich daran dachte, in welcher Verfassung ich sie zurückgelassen hatte, begann ich auf meiner Lippe herumzukauen.

Ich konnte nicht einschlafen, döste müde vor mich hin und hoffte, dass die Stunden schnell vergehen würden. Angeblich war das der letzte Tag unserer Reise, wenn wir gut vorankamen. In Gedanken war ich natürlich schon vor Ewigkeiten im Wirtshaus angekommen und ins Bett geplumpst – an die Arbeit in der Küche wollte ich im Augenblick lieber nicht denken. Und an Arthur Kreygen erst recht nicht.

Da fuhr es mir einmal mehr eiskalt den Rücken herunter. Und obwohl ich in der Dunkelheit nichts erkennen konnte, drehte ich mich nach hinten um. Ich schloss die Augen, als die Kopfschmerzen wieder über mich hereinbrachen. Wie so oft schon auf dieser ermüdenden Reise versuchte ich, mit Ruhe zu antworten, ohne mich auf einen Kampf einzulassen. Wieder wurde die Kette auf meiner Brust heiß, sodass ich sie mit der Faust umschlang. Mittlerweile beschlich mich das Gefühl, dass mich dieses Schmuckstück nicht zufällig derartig in seinen Bann gezogen hatte.

Es war eingesperrt!

Ich atmete einmal tief durch, stützte das Kinn auf die Hände und versuchte, meinem Körper zu befehlen, einzuschlafen, um meinem völlig überforderten und reizüberfluteten Geist eine Auszeit zu erlauben. Nur noch einen Tag durchhalten! Dann war ich zu Hause.

Ich blickte auf, als der Wagen zum Stehen kam. Im morgendlichen Dämmerlicht sah ich, dass Jarren die Stirn aufs Lenkrad gelegt hatte.

„Alles in Ordnung?“, fragte ich leise, weil mir der beunruhigende Gedanke kam, dass er beim Fahren eingeschlafen war.

„Muss nur kurz die Augen ausruhen“, murmelte er. „Gibt's noch Kaffee?“

„Lass doch Ronan fahren.“ Auch wenn dieser nicht viel munterer wirkte. Die beiden hatten gleichermaßen dunkle Augenringe. Sogar *ich* hatte Augenringe, obwohl ich nicht einmal hinter dem Steuer gesessen hatte.

Jarren stieß ein müdes Seufzen aus. „Der schläft wie ein Baby, ich kann-“

„Der schläft überhaupt nicht wie ein Baby“, kam es von Ronan. Ohne Widerworte zu dulden, stieg er aus. „Weg da.“

Nach dem Fahrerwechsel, wie sie mittlerweile fast stündlich stattfanden, ließen wir die Kilometer hinter uns. Nur um die Mittagszeit herum, erlaubten wir uns eine längere Pause von zwei Stunden. Lieber zu spät ankommen als gar nicht, hatte Ronan gemeint. Ich hatte derweil meine Zeichnung fertiggestellt, war am Nachmittag noch einmal eingeschlafen (in einer äußerst ungünstigen Position, sodass mich danach Rücken- und Nackenschmerzen plagten) und pünktlich zur Abenddämmerung dank innerer Unruhe wieder aufgewacht. Ich bezweifelte, ob ich jemals meinen nun gänzlich verlorenen Schlafrhythmus wiederfinden würde.

Von hinten aus dem Kofferraum meldete sich immer wieder Grabeskälte. Dass wir den ganzen Ärger in Zhanar überlebt hatten, grenzte an ein Wunder.

34 – Finn

Da es draußen wie aus Eimern schüttete, war Finn froh, als er endlich den Eingang zu Balor's erreichte und sich schleunigst ins Warme begeben konnte. Da erblickte er auch schon seine Gruppe: Nalia, Cedric, Nathaniel und Dorian. Er selbst war natürlich viel später dran, als verabredet. Aber so lief das bei der Spionage eben manchmal. Nalia schien sich von ihrem Zwischenfall mit dem schiefgelaufenen Experiment erholt zu haben. Finn erinnerte sich, wie blass sie gewesen war, nachdem ihr die Waffe des Attentäters aus Hout-Town um die Ohren geflogen waren. Aber jetzt saß sie munter wie eh und je am Tisch, was ihn beruhigte.

„Ihr werdet nicht glauben, in welches Haus es mich vorhin verschlagen hat!“, platzte es aus Finn heraus, während er sich einen Stuhl heranzog.

Nathaniel konterte mit siegessicherem Blick: „Und du wirst nicht glauben, wohin es *mich* verschlagen hat.“

„Na gut.“ Das machte ihn neugierig. „Du zuerst.“

Nat hob gelangweilt eine Braue und da wurde Finn klar, dass sein Konter sarkastisch gemeint war. „Zu Glassfelder natürlich. War ziemlich überraschend.“

„Naja. Sonst gibt es nichts Neues?“

„Wir haben eine Nachricht von Jarren und Ronan erhalten. Also eigentlich ist das Telegramm schon vorgestern eingetroffen, aber jemand, der nicht Dorian heißt, hat vergessen, nachzusehen.“ Nathaniel blickte bedeutend zu

Dorian hinüber und fuhr dann fort: „Jedenfalls kommen die beiden voraussichtlich heute Nacht zurück."

Das bedeutete Zeitdruck. Aber viel mehr Verspätung hätten sich die beiden sowieso nicht leisten können. Jeder Tag wurde gefährlicher für sie. „Hat unser Freund schon geredet?"

„Nein, noch immer nichts. Nicht einmal das Tweag hat funktioniert. Da hat er nur noch Blödsinn über Orosh von sich gegeben", meinte Dorian. Als darauf niemand etwas erwiderte, fragte er an Finn gewandt: „Aber wohin hat es dich verschlagen?"

Finn hörte auf, auf seiner Unterlippe herumzukauen, und beugte sich mit einem dezenten Lächeln auf den Lippen vor: „In Richard Bonns' großes Haus. Und nicht nur in den Vorgarten." Er hielt die Stimme gesenkt, denn dieser Name sollte niemanden hellhörig werden lassen bis auf seine engsten Vertrauten am Tisch.

Nathaniel schnaubte. „Ich habe schon gedacht, es ginge dir nur um das Mädchen."

„Und hast du mit ihm gesprochen?", wollte Nalia wissen, die Finn aus großen Augen ansah und sich ebenso weit über den Tisch gebeugt hatte. Mit dem Finger tippte sie ungeduldig auf ihrem Glas herum.

Finn berichtete knapp von dem Gespräch.

„Eine Terrorwarnung. Gar nicht verkehrt. Die werden glauben, er hat Panik und der Verdacht fällt nicht sofort auf uns. Aber wird das was bringen?", überlegte Dorian und vermied es, irgendwelche Namen auszusprechen.

„Das werden wir noch sehen. Es ist schon mal besser, als nichts zu tun", meinte Nathaniel. „Mit so einer Waffe tötet man keine Einzelperson. Sämtliche Veranstaltungen absagen zu lassen, würde die Chance, ihren Plan zu durchkreuzen, auf jeden Fall steigern."

„Gibt es diese Kyerch wirklich nur *einmal*?", fragte Nalia so leise, dass selbst Finn sie kaum verstand – allerdings saß er ihr auch gegenüber und war damit am Weitesten von ihr entfernt.

„Das hat er zumindest so gesagt. Ob das stimmt, weiß ich nicht."

Plötzlich vernahm Finn ein lautes „He!" direkt hinter sich und blickte über die Schulter. Er erkannte einige breitschultrige Männer, die Unbehagen in ihm auslösten.

Die sahen nach Ärger aus.

Und sie marschierten geradewegs auf ihn zu. Er zwang sich, ruhig sitzen zu bleiben, um sein Unbehagen nur ja nicht zu zeigen. Die anderen am Tisch taten es ihm gleich.

„Haben wir da jemanden, der sich in anderleuts Geschäfte einmischt?" Einer aus deren Gruppe, eindeutig ihr Anführer, stemmte sich mit beiden Händen auf den Tisch und schaute von oben auf die Runde herab, wobei seine Augen schließlich an Finn hängenblieben. Tratsch konnte sich in Moorstock wie ein Lauffeuer verbreiten, dachte der missmutig und bedachte den Kerl mit einem stechenden Blick.

„Gibt so einige Geschäfte in der Stadt", entgegnete Finn ausweichend, obwohl er wusste, dass er damit höchstens Zeit schindete.

Der Mann legte den Kopf schräg und lächelte kalt. „Einige, das stimmt."

Der Rest seiner Gruppe hatte den Tisch bereits umstellt. In der Kneipe war es ungemütlich still geworden. Cedric und Dorian beobachteten genauestens, was vor sich ging, und saßen still da, aber zum Kämpfen bereit – wie auf Sprungfedern. Nalia war wie zur Salzsäule erstarrt, die Hände um ihr Glas gekrallt. Nathaniel hingegen betrachtete die Situation lässig und hatte seine gemütlich zurückgelehnte Position nicht verändert, die Arme locker vor der Brust verschränkt.

„Wir können die Sache natürlich vereinfachen", schlug der Kerl vor, der neben Finn stand, und klopfte ihm halb kumpelhaft, halb provozierend auf die verletzte Schulter, sodass Finn zusammenzuckte. Dann trat der Kerl langsam um den Tisch herum, bis er bei Nalia angekommen war. Finn sah, sie zu zittern begann und ihr Körper zum Zerreißen angespannt war. Er befürchtete schon, dass sie ihr Glas in den Händen zersplittern würde, als der Kerl mit einer ihrer kupferfarbenen Haarsträhnen zu spielen anfing.

„Die Kleine hier hat euch doch begleitet, oder? Eine Nacht mit ihr könnte uns vielleicht versöhnlich stimmen, was meint ihr?" Er sah seine Leute an, die in zustimmendes Gelächter ausbrachen.

Noch bevor Finn oder irgendjemand etwas hätte sagen können, war Nalia aufgesprungen. Glas splitterte und der Mann neben ihr brüllte auf. Sie hatte ihm ihr Glas ins Gesicht geschmettert, sodass die Scherben nur so durch die Luft schossen. Mit ihr war die ganze Gruppe auf den Beinen.

„Verdammte Hure!" Ein Schlag und Nalia wurde auf den Tisch geschleudert.

Finn stieß einen Fluch aus und machte einen Sprung auf sie zu, während Dorian sich bereits auf den Mann mit dem aufgeschnittenen Gesicht geworfen hatte. In dem Durcheinander schaffte Finn es, Nalia an den Schultern zu fassen und ihr aufzuhelfen. Prompt schüttelte sie seine Hände ab und war im selben Moment verschwunden – wohin auch immer. Er hatte keine Zeit, darüber nachzudenken, da musste er schon zur Seite ausweichen, als etwas auf seinen Kopf zuraste und hinter ihm auf die Tischplatte krachte. Noch im selben Schwung holte der Mann erneut aus und zielte auf Finns Rippen ab. Blitzschnell streckte der die Hand aus und schaffte es, damit den Hieb abzublocken. Da stellte er erst fest, dass sein Gegner mit einem eisernen Schlagstock bewaffnet war. Das hätte ein gebrochenes Handgelenk bedeuten können. Oder mehr.

Finn zog den Kerl an seiner Waffe zu sich, um ihm dann einen Tritt in die Rippen zu verpassen. Den Knüppel ließen sie beide nicht los. Als Finn versuchte, ihn seinem Gegenüber zu entreißen, musste er im selben Augenblick loslassen, um einen Hieb ins Gesicht zu verhindern. Die Schläger waren in der Überzahl, sodass er gleich mit zweien ringen musste. Wo zur Hölle war Nalia abgeblieben? Er hörte bloß noch wildes Toben, manche Menschen waren aus der Kneipe geflüchtet, andere hatten sich in den Kampf miteingemischt. Glas splitterte und Holz krachte. Das reinste Chaos war ausgebrochen. Finn kämpfte sich durch einen Hagel aus Schlägen mit Fäusten und Knüppeln, manchmal auch mit Überresten von Stühlen, und er musste sich die ganze Zeit vorstellen, dass Nalia irgendwo hier drin hockte.

Er hielt sich nicht zurück, als er selbst zahllose Hiebe austeilte.

Im Augenwinkel sah er plötzlich, wie Cedric von einem Kerl, der doppelt so groß war wie er, gegen die Wand geschleudert und gewürgt wurde. An dem durch mehrere Schnittwunden verunstalteten Gesicht erkannte er dann, dass es der Boss der Gruppe war, der Nalia zu nahe gekommen war. Fluchend hastete Finn in seine Richtung, wobei er über einen Tisch gelangen musste, und wollte Ced irgendwie zu Hilfe kommen, doch ein Schlag gegen seine Seite presste ihm die Luft aus den Lungen und lähmte ihn für einen Augenblick. Der Augenblick reichte gerade so aus, um beobachten zu können, wie Cedric es dank seiner Kunst des Verrenkens schaffte, sich von seinem Gegenüber zu befreien und ihm anschließend mit einem Fußtritt ins Gesicht die Nase zu brechen.

Finn hatte nicht mehr die Zeit, dies weiter zu verfolgen, weil er schon den nächsten Schlag abblocken musste, der auf seinen Kopf abzielte. Seine Arme glühten und pochten regelrecht. Das Atmen fiel ihm schwer und seine rechte Flanke war völlig verkrampft, was ihn in seiner Beweglichkeit einschränkte.

Ohne nachzudenken, machte er einen Satz nach vorn und warf sich gegen den Anführer, der sich gerade wieder auf Cedric stürzen wollte, der jedoch erst noch zu Atem kommen musste. Finn hoffte, seinem Freund damit einen Augenblick Zeit zu verschaffen. Er und das Narbengesicht krachten gegen die Wand. Irgendetwas traf Finn jetzt doch am Kopf, sodass er kurz benommen blinzeln musste.

Ein beherzter Zug an seinem rechten Arm und er stand vor Dorian wieder auf den Beinen. Da ging der Kampf auch schon weiter. Der Riese, den er gerade vor die Wand geschleudert hatte, war jetzt auf ihn fixiert und Finn war froh darum, dass Dorian ihm in stiller Übereinkunft den Rücken deckte. Er zwang sich zu einem tiefen Atemzug, ignorierte das Blut auf seinen Lippen und den Schmerz in seiner rechten Seite und wollte sich gerade auf den Angriff vorbereiten, aber der Kerl vor ihm war schneller. Der holte mit der Faust aus – Finn erkannte erst im letzten Moment den Schlagring an dessen Knöcheln. Er leitete den Hieb mit dem Handgelenk ab und wand sich zur Seite weg. Zugleich holte er selbst mit der anderen Hand aus und schmetterte ihm den Handballen unter die bereits gebrochene Nase. Finn spürte ein widerliches Knacken im Gesicht seines Gegners. Der torkelte tatsächlich einen Schritt zurück, schaffte es aber vor seinem vorläufigen Rückzug, Finn einmal seinen Schlagring über die Wange zu schrammen. Wenigstens kein frontaler Schlag, aber Finn spürte, wie das Blut aus der aufgeschürften Stelle rann. Zu spät bemerkte er, dass der Mann sich schon wieder bewegte. Erneut steckte er einen Tritt in seine rechte Seite weg und das Einatmen wurde ihm schlicht unmöglich. Wie auch das Bewegen. Blinzelnd erkannte er bloß noch, wie die Faust auf sein Gesicht zuraste. Und er konnte schlicht nichts tun.

Es wurde schwarz vor seinen Augen.

Er zuckte zusammen, als ein lauter Knall seinen Körper erschütterte. Und dann wurde es urplötzlich ganz still. Blinzelnd erkannte Finn das Licht der schaukelnden Lampe über ihm. Er brauchte einen Moment, um einzuordnen, wo er war und was passiert war. Und als er an die Schlägerei dachte, wusste er, dass es ein Pistolenschuss gewesen war, der ihn aus der Benommenheit geweckt hatte.

Irgendwer hatte irgendwen erschossen!

Hastig und nach Luft schnappend setzte Finn sich auf und da merkte er erst, dass Dorian ihn die ganze Zeit an den Schultern gerüttelt und versucht hatte, ihn anzusprechen.

Betäubt, wie er war, ignorierte er ihn und sah sich um. Ihn umgab das reinste Trümmerfeld. Zerschlagene Möbel, Blutspritzer und Scherben lagen auf dem Steinboden verteilt. Ganz am hintersten Ende der Stube stand Nathaniel. Sein Gesichtsausdruck zeugte von der eisigsten Kaltblütigkeit. Er hielt eine schwere Pistole in der Hand, aus deren Schaft es qualmte. Er musste es gewesen sein, der den Schuss abgegeben hatte. Ein Warnschuss wie es schien, denn zu Finns Erleichterung lag kein Toter in den Trümmern. Stattdessen erkannte er, wie ein paar andere Gäste sich aufrappelten oder sich aus ihren Verstecken vorwagten. Die Schläger waren verschwunden.

„Bist du in Ordnung?“, drangen endlich Dorians Worte zu Finn durch.

„Ja, ja“, murmelte er und zuckte im selben Moment zusammen, als ihn der Schmerz zurück in die Gegenwart holte. Alles tat einfach nur noch weh. Vor allem das Atmen. Sein Kopf dröhnte und sein Gesicht fühlte sich heiß an. Aus der Innenseite seiner Wange strömte ihm das Blut auf die Zunge, sodass er es ausspucken musste.

„Kannst du aufstehen?“, fragte Dorian und Finn sah ihn jetzt zum ersten Mal an. Er sah nicht weniger mitgenommen aus. Aus einer kleinen Platzwunde an seiner linken Braue lief ihm das Blut übers Gesicht.

„Hilf mir mal“, sagte Finn und ergriff Dorians Arm, damit er ihn auf die Beine ziehen konnte.

In der Zwischenzeit war auch Nathaniel zu ihnen getreten. „Du kannst dich glücklich schätzen. Der Kerl hat mit links zugeschlagen“, scherzte er und grinste Finn schief an. Immerhin bedeutete das, dass er nicht mit voller Wucht vom Schlagring getroffen worden war – auch wenn sein Gesicht sich entsprechend anfühlte.

„Ah. Und du hast von da hinten aus zugeschaut.“ Finn musterte Nathaniel, weil ihm etwas komisch vorkam. Und dann stellte er fest: Nat hatte nicht einen Kratzer abbekommen.

„Nein. Ich habe sie verjagt, wie dir vielleicht aufgefallen ist.“ Er drehte die Pistole in seiner Hand und steckte sie dann in die Jackentasche, wobei die Hälfte herausragte. Da erkannte Finn, dass Nats Knöchel nicht weniger blutverschmiert waren. Er hatte nur etwas besser auf sein Gesicht aufgepasst als die anderen. Und eigentlich war er das von Nathaniel gewöhnt. Finn konnte sich nicht daran erinnern, ihn jemals mit einem blauen Auge oder Nasenbluten gesehen zu haben.

„Du hättest sie ein bisschen früher verjagen können, oder nicht?“, murmelte Finn gereizt.

Mit einem Kopfnicken deutete Nathaniel auf die Waffe. „Ich hatte die versteckt. War in dem Gerangel gar nicht so leicht, die herauszukramen, zu entriegeln und darauf zu achten, niemandem aus Versehen in den Kopf zu schießen.“

„Schon gut. Aber wo ist Nalia?“, platzte es da aus Finn heraus.

„Cedric sucht sie“, meinte Dorian.

„Wie lange war ich denn weg?“ Mit einer zittrigen Hand fuhr Finn sich durchs Haar und zuckte zusammen, als ein stechender Kopfschmerz sich Bahn brach. Auch seine Schulter protestierte, die sich noch immer nicht von dem Messerstich aus Hout-Town erholt hatte.

„In ein paar Sekunden kann viel passieren. Komm, wir schauen hinten nach“, sagte Nathaniel und geleitete ihn und Dorian durch die Tür zum Flur hinter dem Lokal.

„Oh Scheiße“, fluchte Dorian urplötzlich, eilte humpelnd davon und bog dann um die Ecke. Finn, der keine Ahnung hatte, was los war, blieb lieber bei seinen langsamen Schritten, weil sein Körper ihm kaum gehorchte. Jeder Atemzug schmerzte in seiner rechten Seite. Vielleicht hatte er sich eine Rippe gebrochen. Vielleicht hatte er sich auch alle Rippen gebrochen.

Stumm seufzend schüttelte er den Kopf; er wollte jetzt nicht über seinen Körper nachdenken. Nicht, bevor Nalia wieder aufgetaucht war.

Die Suche fand ein schnelles Ende, als er eine halb offenstehende Tür erblickte. Nathaniel blieb hinter ihm zurück, als Finn in die kleine Besenkammer spähte. Cedric und Nalia kauerten einander gegenüber auf dem Boden, beide die Knie angezogen und im Halbdunkeln verborgen. Sie hatte die Hände zu Fäusten geballt und zitterte von Kopf bis Fuß. Ihre tränenden Augen starrten ins Leere, sie kämpfte um jeden Atemzug. Finn tat es weh, sie so zu sehen. Er musste sich am Türrahmen festhalten, um sich neben sie knien zu können.

„Nalia?“ Er sah sie eindringlich an. Es dauerte einen Moment, bis sie ihm weiter zitternd den Kopf zuwandte und seinen Blick erwiderte. Da sah er, dass ihre Lippen aufgeplatzt und blutverschmiert waren.

Er unterdrückte einen Fluch. „Na komm. Wir fahren nach Shelvers. Da passiert uns nichts.“

Es kam nicht viel an Reaktion. Sie guckte ihn bloß an, als hätte sie gar nicht verstanden, was er gesagt hatte. Sein Anblick konnte nach der Prügelei auch nicht allzu besänftigend wirken. Finn startete einen zweiten Versuch, zu ihr durchzudringen, ohne sie dabei zu bedrängen, und hielt ihr seine Hand hin. Lange starrte sie auf seine Finger, rührte sich aber nicht. Vielleicht dauerte es sogar eine ganze Minute, in der sich niemand regte, aber dann sprang ihr Blick zurück zu ihren eigenen Händen. Langsam drehte Nalia ihre rechte Hand und öffnete zitternd die Finger. Sie presste die Lippen aufeinander, als ein tiefer, stark blutender Schnitt quer über ihrer Handfläche zum Vorschein kam. Rasch legte Finn seine Hände um ihre und bedeutete ihr sanft, die Hand wieder zur Faust zu schließen. Kurz sah er über die Schulter und erkannte, dass Nathaniel ihm zunickte und bereits verschwunden war, bevor Finn seine Bitte hätte laut aussprechen können.

„Schon in Ordnung“, sagte er leise und sah Nalia an. „Wir fahren jetzt nach Shelvers und da kannst du auf Ronan warten. Er wird heute zurückkommen.“

Nalia nickte und schaffte es endlich, tief Luft zu holen. Erschöpft ließ sie den Kopf gegen die Wand fallen und schloss für einen Moment die Augen – das musste wohl bedeuten, dass sie sich nun einigermaßen sicher fühlte.

Es dauerte keine Minute, da kam Nathaniel zurück. Er drückte Finn ein sauberes Stofftuch in die Hand, der es dann direkt an Nalia weitergab. Sie wickelte es um ihre verletzte Hand und er half ihr, es über dem Schnitt zuzuknoten.

„Schlechte Nachrichten“, hörte er Dorians Stimme, der mit hängenden Schultern auf sie zukam. „Der Kerl aus Hout-Town ist weg!“

„Verdammter Mist“, murmelte Finn. Natürlich war die Schlägerei bloß ein Ablenkungsmanöver gewesen! „Wo ist Remsey?“ Er biss die Zähne zusammen, als der Ärger in ihm die Oberhand gewinnen wollte.

Dorian zuckte mit den Schultern. „Keine Ahnung.“

„Remsey kann warten. Lasst uns erst einmal nach Shelvers fahren“, beschloss Nathaniel.

„Hast recht“, seufzte Finn und kämpfte sich vom Boden auf, wobei er unwillkürlich die Hand auf seine schmerzenden Rippen pressen musste.

Sie trödelten also nicht weiter herum und machten sich unmittelbar auf den Weg. Was sollten sie jetzt auch noch hierbleiben? Aufräumen konnte man genauso gut morgen.

Müde starrte Finn zur Decke, nachdem er sich endlich auf eines der drei Sofas hatte fallen lassen, umgeben von ihrem gewohnten Chaos, wo aber doch irgendwie alles seinen Platz hatte. Niemand bequemte sich, ein Feuer im Kamin anzuzünden. Immer wieder hörte er das Geräusch von scharf eingesogener Luft. Er schielte hinüber zu Nalia, die Nathaniel ihre Hand hinhielt, damit er den Schnitt nähen konnte. Ohne Betäubung immer wieder eine Nadel in die Handfläche gestochen zu bekommen, musste wirklich schmerzhaft sein. Er wusste, dass sie tapfer war, und doch staunte er jedes Mal, wenn sie es erneut bewies. Aber er wusste auch, dass sie nicht mehr dieselbe war, seit die zwei Räuber Anfang des Jahres über sie hergefallen waren, in ihrem eigenen Haus. Finn presste die Zähme zusammen, als er sich erinnerte, wie er sie damals mit Jarren und Ronan vorgefunden hatte, eine zerbrochene Seele in einem zerbrochenen, blutüberströmten Körper. Ronan hatte die Männer ohne zu zögern ins Jenseits befördert. Mit bloßen Händen.

Finn ärgerte sich über sich selbst, dass er jüngst bei Balor's nicht früher aufgesprungen war, um den Mistkerl von Nalia wegzustoßen. Jetzt, da er sie so sah, wurde ihm erneut bewusst, dass sie noch immer innerlich zerbrochen war. Zwar hatte sie ein Gerüst um ihre Wunde herum aufgebaut, aber es war noch instabil und konnte bereits bei der leichtesten Erschütterung einstürzen.

„Hat uns das Ganze denn jetzt überhaupt etwas genützt?“, fragte Dorian in die stille Runde. „Wir haben überhaupt nichts rausgefunden.“

„Geht so“, murmelte Finn, der froh war, aus seinen trüben Gedanken gerissen worden zu sein. Er schloss die Augen, weil eine weitere Welle von Kopfschmerz über ihn hereinbrach und ihm übel war. Sie hatten spärlich Informationen gesammelt, hier und dort ein paar Krümel, die er schlecht oder noch gar nicht kombinieren konnte.

„Das heißt“, fuhr Dorian fort, „dass wir höchstens Ärger gestiftet haben.“

Finn hörte, wie er im Raum auf und ab ging, wagte es aber nicht, die Augen zu öffnen. „Besser, als gar nichts zu erreichen“, erwiderte er. Im selben Moment klatschte ein nasser Lappen auf seine Stirn und er konnte nicht anders, als dankend zu seufzen. Die angenehme Kälte half hervorragend gegen die Schmerzen.

„Hört jetzt auf, euch den Kopf zu zerbrechen“, meinte Nathaniel. „Wir ruhen uns aus und besprechen das morgen in aller Frische. Bis dahin sind auch Jarren und Ronan wieder da.“

„Astreiner Plan, Nat“, sagte Finn und wünschte sich, bereits eingeschlafen zu sein.

„Ich will auf die beiden warten.“ Das war das Erste, was Nalia, seit sie in Shelvers waren, über die Lippen brachte.

„Dann wartest du vielleicht die ganze Nacht lang. Leg dich lieber oben schlafen“, hielt Nathaniel dagegen.

„Ich warte.“ Ihre Stimme hatte wieder an Festigkeit gewonnen.

„Schon gut, ich warte mit dir“, bot Finn an.

„Also wollt ihr echt jetzt die Nacht durchmachen?“

„Jep.“

35 – Jarren

Müde blinzelnd versuchte ich zu erkennen, ob wir Moorstock endlich erreicht hatten, als Ronan vom Gas ging. Und dann blinzelte ich erneut, weil ich nicht glauben konnte, was ich da wieder einmal vor mir sah.

„Ich hab wirklich die Schnauze voll von Straßensperrungen!“, brummte ich und erhielt von Ronan ein ebenso wenig erfreutes, zustimmendes Geräusch. Unwillkürlich wappnete ich mich schon dagegen, erneut ins Gefängnis geworfen zu werden. Und das so kurz vorm Ziel. Moorstock ragte direkt vor uns auf, die künstlichen Lichter der Stadt strahlten in den dunklen Nachthimmel. Die Raffinerie von Borliq Company verfinsterte die Umgebung, zeichnete sich als schwarzer Schatten ab, durchbrochen von einzelnen Lichtern – es war derselbe Weg, über den wir die Stadt auch verlassen hatten. Eine dumme Wahl, wie ich feststellen musste. Aber das mit den schlauen Entscheidungen war so eine Sache, wenn man zwei Wochen lang nicht richtig geschlafen hatte.

„Was machen wir jetzt?“, hörte ich Kyra hinter mir, offensichtlich in Panik versetzt.

„Was die Stadtwache verlangt.“ Wenigstens war es dieses Mal keine militärische Angelegenheit, auch wenn mich diese blauen Uniformen nicht weniger mit Argwohn erfüllten.

Ronan hielt den Wagen an, als uns ein Wachmann in den Weg trat und auf einen schmalen Pfad zu unserer Linken deutete. Ein dort abgestelltes Fahrzeug setzte sich in

Bewegung. Es war offensichtlich, dass wir dem folgen sollten. Nachdem wir nicht einmal durchsucht worden waren, beschlich mich ein ganz mieses Gefühl. Und als sich dann ein weiterer Wagen als Schlusslicht an unseren kleinen Konvoi hängte, verstärkte sich dieses Gefühl. Mein ganzer Körper spannte sich in Alarmbereitschaft an und meine Erschöpfung war auf einmal wie verflogen.

Ich vermutete schon, dass es die Siri waren, die uns jetzt in einer versteckten Ecke stellen würden. Und dann gäbe es drei Möglichkeiten: Entweder würden sie uns gefangen nehmen, bis ihre Arbeit erledigt war. Sie könnten uns aber auch auf der Stelle umlegen, unsere Leichen verschwinden lassen und sich die Kyerch krallen. Oder sie würden uns laufen lassen, weil sie sich nicht mit Casta anlegen wollten – da sie mit der Kyerch offensichtlich etwas Großes vorhatten, konnte ich mir gut vorstellen, dass sie sich im Augenblick keinen Bandenkrieg leisten konnten oder wollten. Und ein Bandenkrieg wäre mit Sicherheit die Antwort auf unser Verschwinden gewesen.

Wir holperten über einen engen und mit Pfützen gespickten Weg, gesäumt von Industriezäunen, bis uns eine graue Betonmauer die Weiterfahrt verwehrte. Der Weg wurde hier etwas breiter und der Wagen vor uns hielt an. Drei Männer stiegen aus.

Auch ich stieg aus mit den Worten: „Ich dachte, wir wollten uns in den Ruinen in Cuttaven treffen?“ In Anbetracht meiner Laune war ich eigentlich viel zu höflich. „War sicher teuer, die Stadtwache diese Sperre nur für uns errichten zu lassen.“ Das war allerdings nichts Neues. Die Siri nutzten gerne mal die Sperren der Stadtwache, um zum

Beispiel irgendwelche Händler abzufangen. Und die Ascath wussten sie normalerweise zu umgehen. „Habt ihr die ganze Stadt damit bestücken lassen?“

Die drei Männer kamen auf uns zu, während der vorderste lächelnd meinte: „Dafür war eure Route zu durchschaubar. Ihr habt euch ordentlich Zeit gelassen.“

Es lief mir eiskalt den Rücken runter, aber ich äußerte mich nicht dazu. Eigentlich konnte ich ja froh sein, dass wir noch am Leben waren.

In der Zwischenzeit waren auch Ronan, Tarok und Kyra ausgestiegen – dass Kyra hier ihr Gesicht zeigte, gefiel mir nicht. Ich hätte ihr sagen sollen, dass sie sitzen bleiben sollte. Weder sie noch Tarok wussten, was vor sich ging.

Die Siri allerdings schienen ähnlich irritiert. „Wer ist das?“, richtete der Vorderste erneut das Wort an mich und deutete auf die beiden.

„Nur Dolmetscher für die Spionage“, erklärte ich knapp. Wehe, die drehten uns einen Strick daraus! „Die sind von hier, keine Sorge.“ Was Tarok betraf, war das wohl nicht ganz zutreffend, aber ich hatte keine Lust, genauer ins Detail zu gehen.

Zwei weitere Männer aus dem hinteren Wagen unserer *Eskorte* gesellten sich jetzt ebenfalls zu uns und blockierten den Rückweg aus dieser Sackgasse. Und sie würden den Weg nicht freigeben, bis der Handel über die Bühne gegangen war – falls man das denn als Handel bezeichnen konnte.

Der Kerl, der mittlerweile vor mich getreten war, musterte unseren Trupp skeptisch, kam dann aber endlich zur Sache: „Zeig sie mir!“

Ich schüttelte mich innerlich bei seinem befehlenden Tonfall, schluckte meinen Stolz hinunter und öffnete ihm den Kofferraum. Große Klasse, dass ich das Geheimversteck im Wagen bis jetzt vehement nicht vor Kyras und Taroks Augen hatte öffnen wollen, aber jetzt würden sie dann doch beide zusehen – sowie zu allem Überfluss auch noch fünf Fremde, die den Siri angehörten und mir vielleicht aus finstersten Rachegedanken den Tod wünschten.

Also griff ich nach der Eisenstange, widerstand dem Drang, jemanden damit zu erschlagen, und fädelte sie durch die versteckte Öffnung im Radkasten, um den Boden unter der Ladefläche anzuheben. Ronan packte mit an und öffnete anschließend die Tasche. Und da hatten wir die verfluchte Waffe auch schon entblößt. Schneller, als mir lieb war. Sie lag dort wie ein kleiner unscheinbarer Koffer aus bronzefarbenem Metall und sah eigentlich ganz harmlos aus – das würde ich zumindest denken, hätte ich nicht die hinterlassene Verwüstung ihrer Vorgängerin mit eigenen Augen gesehen.

Auf die nächste Aufforderung hin hob Ronan sie mitsamt der braunen Tasche aus dem Fach heraus und ich war froh darüber, die Kyerch nicht anfassen zu müssen.

Ich hatte kaum geblinzelt, da hatte man ihm das Ding bereits abgenommen und in einem der Wagen verstaut – da war die Bombe auch schon wieder verschwunden. Eine merkwürdige Erleichterung erfüllte mich, weil ich sie endlich los war. Und doch wuchs das Unbehagen. Während ich an die Razzia nach dem Anschlag in Cuttaven dachte, fragte ich mich, ob man mir die Mithilfe beim Schmuggel irgendwie nachweisen würde. Natürlich hatte ich tunlichst dafür gesorgt, keine Spuren zu hinterlassen, aber nur im Rahmen meiner Möglichkeiten, die dieses Mal recht begrenzt gewesen waren. Ob das ausreichte?

Aber ein weiteres Problem türmte sich jetzt vor uns auf: Jedes Gebäude, das wir fortan betreten würden, könnte im selben Moment in die Luft gesprengt werden. Einen „normalen“ Anschlag konnte man überleben. Nicht aber die Kyerch. Und wir wussten weder *wo* noch *wann* es passieren würde. Ich hoffte inständig darauf, dass Finn und die anderen in der Zwischenzeit etwas Nützliches herausgefunden hatten – sodass wir zumindest das Schlimmste verhindern könnten. Und wenn das bloß bedeutete, ein paar Freunde vor dem zu bewahren, was die Siri vorhatten.

Meine Vermutung, dass die Siri sich nicht mit uns anlegen wollten, bestätigte sich zum Glück und sie ließen uns laufen.

Auf dem Rückweg hatte ich die Finger so heftig ums Lenkrad geschlungen, dass mir die Hände schmerzten. Die Mistkerle hätten uns erschießen, erdolchen oder erwürgen können, um uns dann anschließend zu verscharren oder uns irgendwo im Gebüsch zurückzulassen.

Ich atmete ruhig, um mich zu beruhigen, und versuchte, die Spannungen in meinem Körper zu lösen. Wir waren die Kyerch losgeworden. Für den Augenblick waren wir in Sicherheit. Leise stieß ich den Atem aus und streckte abwechselnd die Finger aus.

„Fährst du direkt nach Allcey durch und setzt uns beim Turm ab?“, brach Ronan schließlich unser bedrücktes Schweigen, während ich uns durch die Straßen der Arbeitersiedlungen steuerte.

„Nein, wir fahren zuerst nach Shelvers. Das ist näher. Ich will mit den anderen sprechen, bevor wir uns durch die Stadt wagen.“ Die Straßen waren in dem Moment tödlich gefährlich geworden, da wir den Siri die Kyerch ausgehändigt hatten – gefährlich war es auch vorher schon gewesen, aber eine derartige innere Unruhe hatte ich noch nie verspürt. Je nachdem, was Finn mir nun berichten würde, würde ich dann entscheiden, wie es weiterging. Wenn es jetzt noch einen sicheren Ort gab, dann war es unser Versteck in Shelvers. Zumal es mitten in der Nacht war und ich keine Lust hatte, noch stundenlang durch Moorstock zu fahren.

„Ihr könnt mich gleich hier absetzen“, sagte Tarok völlig unvermittelt.

Natürlich verfiel Kyra sofort in ihre Panik zurück: „Das ist viel zu gefährlich!“

„Wenn es noch eine letzte sichere Minute gibt, dann jetzt. Ich komme morgen zu euch in die Gastwirtschaft.“ Seine Stimme klang sicher und ruhig. „Halt hier bitte an.“

Ich gab einen unsicher zustimmenden Laut von mir und hielt am Straßenrand. Wenn er darauf bestand, jetzt hier umherzuwandern, dann war das seine Sache.

„Ich hoffe, sie ist bei euch in guten Händen, bis sie zu Hause ist.“ Der mahnende, aber zugleich vertrauensvolle Unterton entging mir nicht. Ebenso wenig wie der strenge Blick, mit dem er vor allem Ronan bedachte.

„Wir passen auf sie auf“, entgegnete der.

„Danke für deine Hilfe“, sagte ich.

Tarok nickte mir knapp zu und wandte sich dann an Kyra, um sich auf vearanisch von ihr zu verabschieden. Ich verstand natürlich kein Wort. Dann war er auch schon ausgestiegen und in einer der Gassen von Bowmar verschwunden.

Wir fuhren weiter.

„Was wohl so wichtig ist, dass er dich *jetzt* in *unserer* Obhut zurücklässt?“, sprach Ronan meine Gedanken aus, während ich an einer Kreuzung warten musste, bis eine vollkommen passagierlose und unendlich langsame Straßenbahn den Weg freigab. Ich sah Kyra erwartungsvoll an.

„Was guckst du so? Er hat mir nichts erzählt.“

Fast hätte ich ein patziges ‚*Wie redest du mit mir?*‘ ausgespuckt, aber ich fasste mich und erwiderte stattdessen (nicht weniger patzig): „Ihr habt die ganze Zeit auf vearanisch getuschelt. Dachte, er hätte dir was gesagt.“

„Wenn es für eure Ohren bestimmt gewesen wäre, hätten wir auf racronisch gesprochen.“

Ich schüttelte den Kopf, um meinen Ärger runterzuschlucken. „Da ist aber jemand gereizt.“

„Wenn du das sagst.“

Ich vermutete, wir waren alle übermüdet und nicht mehr in der Lage, ein anständiges Gespräch zu führen, ohne uns gegenseitig anzuzicken – da schloss ich mich selbst nicht aus. Nach etwa zwanzig schweigsamen Minuten erkannte ich endlich unser schiefes, verrostetes Tor. Im Haus brannte Licht und ich war froh, nicht noch auf die anderen warten zu müssen. Vor allem hoffte ich, dass die *ganze* Gruppe im Versteck war, weil es hier jetzt am sichersten war.

In stummer Absprache stieg Ronan aus, um uns das Tor zu öffnen. Ich konnte nur noch an mein Bett denken und hätte fast nicht aufgepasst, als ich den Wagen durch die enge Einfahrt auf unseren Hof manövrieren musste, wobei ich wirklich andere Sorgen hatte, als weitere Schrammen neu zu lackieren.

Ich steuerte auf unseren Schuppen zu und auch hier öffnete mir Ronan das Tor. Als ich schließlich den Motor abstellte, war es plötzlich so still, dass ich glaubte, meinen eigenen Blutfluss hören zu können, obwohl mich zur Abwechslung mal kein Herzrasen plagte. Ich rieb mir mit den Händen übers Gesicht; ich war fix und fertig. Aber ich war wieder zuhause. Eine Nacht hatte ich Zeit, um mich auszuruhen. Morgen würde die Arbeit weitergehen.

Kaum war ich ausgestiegen, da erkannte ich auch schon Nalia in der Tür. Doch als ich die Platzwunde an ihrer Unterlippe und ihren verstörten Ausdruck im Gesicht sah, erstarrte ich. Was zur Hölle war denn mit ihr passiert?

Dasselbe fragte sich Ronan wohl auch, denn er zögerte nicht, auf sie zuzugehen. „Nalia, was ist mit deinem Gesicht?"

Anstatt zu antworten, kam sie ihm entgegen und warf sich ihm in die Arme. Ihre Hände zitterten, die eine war bandagiert.

„Du siehst auch doof aus", murmelte sie in seine Schulter, womit sie offensichtlich auf seine gebrochene Nase anspielte. Ich musste schmunzeln. Die beiden hatten wirklich ein Händchen für romantische Augenblicke.

Sachte stupste ich Kyra an der Schulter an und bedeutete ihr, mir zu folgen.

„Lasst euch Zeit", sagte ich leise, während wir an ihnen vorbeitraten. Ronan warf mir einen dankenden Blick zu.

Wir ließen die beiden allein und ich führte Kyra in den Hof, dann die wenigen Stufen zur offen stehenden Eingangstür hinauf.

„Nalia ist ja völlig fertig“, flüsterte sie mir zu. „Was glaubst du, ist mit ihr passiert?“

„Keine Ahnung“, antwortete ich ebenso leise. Jetzt hatte sie Nalia doch tatsächlich kennengelernt und dann ausgerechnet in diesem Zustand. Das schien kein guter Tag gewesen zu sein.

Ich trat durch die Tür ins Wohnzimmer und fand genau das vor, was ich erwartet hatte. „Na schön. Warum habt ihr euch geprügelt und warum hat Nalia eins abgekriegt?“, sagte ich zur Begrüßung und grinste die mitgenommen wirkende Gruppe an. Dafür erntete ich vier mehr oder weniger überraschte Blicke.

Dorian antwortete: „Erstens ging das alles ganz schön schnell und zweitens hat Nalia angefangen.“

Ich schüttelte den Kopf. „Da lässt man euch mal zwei Wochen aus den Augen … Ach ja.“ Mit einem Blick bedeutete ich Kyra, auch in den Raum zu treten. „Das ist Kyra. Setz dich ruhig irgendwohin.“

Sie stand dort und lächelte schüchtern. Ich zögerte nicht weiter und ließ mich erschöpft neben Dorian auf die Couch fallen, während Kyra sich mit geradem Rücken auf die vordere Kante eines Sessels setzte, die Hände im Schoß gefaltet.

„Und?“, fragte ich und starrte auf einen Punkt am Boden. Ich hoffte, mich dann besser konzentrieren zu können. Ich brauchte wirklich dringend Schlaf.

„Wir haben nur Bruchstücke rausfinden können“, meinte Nathaniel.

Klang nicht besonders vielversprechend. „Die da wären?“

Finn übernahm die weitere Erklärung: „Dass in Hout-Town komische Dinge bei den Orosh-Anhängern laufen und Menschen verschwinden. Die Siri haben da allem Anschein nach die Finger im Spiel.“

„Aber mit der Kyerch hat das nicht viel zu tun“, gab ich zu bedenken.

„Die haben uns nicht besonders viele Anhaltspunkte gegeben. Wir sind dem gefolgt, was sie hinterlassen haben“, erklärte Nat.

„Und der Kerl im Gefängnis?“

„Besuchsverbot“, brummte Finn. Er hielt die Augen geschlossen; sein Gesicht sah wirklich nicht gut aus. „Aber als wir versucht haben, ihn zu besuchen, hat uns Bonns Spione auf den Hals gehetzt.“

„Wieso das denn?“, fragte ich verblüfft.

„Er versucht, auch mitzumischen. Hatte jemanden im Gefängnis bestochen, damit er von allen die Kontaktdaten erhält, die zu dem Inhaftierten wollten“, meinte Dorian. „Finn hat dann Kontakt zu Bonns aufgenommen.“

Erstaunt zog ich die Brauen hoch. „Er spricht mit dem Fußvolk. Interessant. Noch was?“

„Die Orosh-Sekte besitzt äußerst merkwürdige Waffen“, murmelte Finn und rieb sich die Stirn, als müsste er sich starke Kopfschmerzen wegmassieren.

„Waffen? Was für welche?“

„Wir konnten zwei davon stehlen“, erklärte Nathaniel. „Aber als Nalia versucht hat, eine zu untersuchen, ist sie ihr um die Ohren geflogen.“

„Ist sie deshalb so verstört?“, vermutete ich.

„Nein. Das war die Schlägerei“, antwortete Dorian.

„Wann ist das passiert? Und wer hat sie angezettelt.“

„Vor ein paar Stunden“, sagte Nathaniel. „Wir wissen nicht, wer es war. Aber Finn hatte einen der Orosh-Anhänger zum Verhör zu Balor's verschleppt. Der war danach verschwunden.“

Ich seufzte. Ja, das klang ganz nach unserer Gang. Chaos wie immer. „Das heißt, ihr habt keinen einzigen Hinweis gefunden, was die Siri mit der Kyerch vorhaben?“, fragte ich niedergeschlagen.

„Nö.“

„Aber Mr Bonns sagte, er würde die Veranstaltungen der nächsten Tage absagen lassen“, meinte Finn.

„Wenigstens etwas.“

„Du könntest ja Lizzy mal einen Besuch abstatten, damit Vincent für ein paar warnende Zeilen sorgen kann“, schlug er noch vor.

„Das kann ich morgen machen“, überlegte ich. Ich hatte mich ohnehin schon viel zu lange nicht mehr bei meiner Schwester blicken lassen.

„Was stand denn in der Stadt überhaupt an?“, überlegte Dorian laut. Aber die ganze Runde schien zu müde, um jetzt darüber nachzugrübeln.

Ich gab mir einen Ruck und erhob mich. „Na, kommt. Haut euch aufs Ohr. Wir sehen morgen weiter.“ Dann schaute ich Kyra an. „Sollen wir dich noch nach Hause bringen?“

Sie überlegte kurz. „Die sind bestimmt schon alle im Bett. Auf die eine Nacht kommt es jetzt auch nicht mehr an, denke ich. Solange ich nicht im Auto schlafen muss.“

Da die oberen beiden Etagen aus vielen winzigen Schlafkammern bestanden, war es kein Problem, sie dort unterzubringen. Dafür war dieses Haus ja gedacht.

„Ich hoffe, das geht für dich in Ordnung“, sagte ich, als ich Kyra in ein Zimmer im Dachgeschoss geführt hatte, und stellte ihren Koffer neben dem Bett ab. Es war staubiger, als ich es in Erinnerung hatte. Besonders häufig war ich hier oben nicht. Wenigstens war es einigermaßen aufgeräumt – wenn man von der Rumpelecke hinter der Tür einmal absah.

„Das geht schon, danke.“

Ich wollte mich schon umdrehen und ihr eine gute Nacht wünschen, doch ein Gedanke ließ mich innerhalten. Ich zögerte, weil ich mir nicht sicher war, ob ich mit Worten das ausdrücken konnte, was ich sagen wollte. „Tut mir leid, dass ich dich in Gefahr gebracht habe.“ Das war bei Weitem untertrieben.

Sie schüttelte den Kopf. „Schon gut. Ich bin ja freiwillig mitgekommen, weil ich euch helfen wollte.“

Ich trat von einem Fuß auf den anderen und seufzte. „So hätte das nicht laufen sollen.“

Lächelnd hob sie das Kinn. „Wie hätte es denn sonst laufen sollen? Glatt?“

„Naja, es …“

„Ich hab mir schon gedacht, dass das kein Spaziergang wird.“ Kurz senkte sie den Blick und schaute mich dann wieder an. „Danke, dass du uns aus dem Kerker rausgeholt hast.“

„Nein, ich danke dir. Du warst die beste Dolmetscherin, die wir hätten finden können. Du hast das wirklich gut gemacht.“ Und wie sie in so knapper Zeit an dermaßen wertvolle Informationen gelangt war, das war der Wahnsinn!

In meiner ganzen überschwänglichen Dankbarkeit hatte ich gar nicht bemerkt, dass ich ihr beide Hände auf die Schultern gelegt hatte und sie nur noch ansah, völlig verloren in ihrem zurückhaltenden Lächeln. Mein Gott, ich war wirklich müde!

Zögerlich ließ ich von ihr ab und trat einen Schritt zurück. „Dann gute Nacht“, sagte ich leise.

„Gute Nacht“, erwiderte sie ebenso leise.

Ich verließ das Zimmer und schloss die Tür hinter mir. Einen Moment hielt ich inne und ging dann kopfschüttelnd die Treppe hinunter. Es wurde Zeit, sich schlafen zu legen – und zwar für mehr als nur drei Stunden.

36 – Jarren

Ich blinzelte, als mich ein heller Sonnenstrahl mitten ins Gesicht traf. Ohne jegliches Zeitgefühl setzte ich mich auf und blickte mich um. Tatsächlich lag ich weder in irgendeinem Kerker, noch musste ich im Auto schlafen oder in einer ranzigen Pension. Das hier war mein äußerst chaotisches Zimmer in unserem Versteck in Shelvers. Ich war mir nicht sicher, ob ich mich wirklich ausgeruht fühlte – aber allemal besser als die letzten Tage. Ich hatte bestimmt den gesamten Vormittag verpennt. Dem Sonnenstand zu urteilen, passte meine Einschätzung. Ein paar Mal war ich am Morgen aufgewacht, hatte aufstehen wollen, mich aber stattdessen noch einmal umgedreht und war wieder eingeschlafen. Jetzt wurde es allerdings Zeit, die Lage auszukundschaften. Ich schnappte mir ein paar frische Sachen, huschte die Treppe hinunter, um eine belebende kalte Dusche zu nehmen, und zog mich anschließend an.

Als ich das Wohnzimmer betrat, war ich überrascht, dass alles so leer war. Nur Kyra saß einsam mit einer dampfenden Teetasse im Sessel und schaute aus dem Fenster. Als ich eintrat, sah sie mich an und grinste. „Oho, ein Lebenszeichen."

Ich seufzte leise und machte ein paar Schritte in den Raum. „Ist sonst noch niemand runtergekommen?"

Sie trank einen Schluck Tee. „Ich glaube, irgendwer ist vorhin weggefahren. Aber sonst nichts."

Bestimmt Nathaniel. Der Rest musste sich vermutlich noch ausschlafen. „Und wie lange sitzt du schon hier?"

Sie zuckte die Schultern. „Zwei oder drei Stunden vielleicht.“

„Wartest du darauf, dass Ronan runterkommt, um dich zu fahren?“

„Ja. Aber ich kann verstehen, dass er noch Ruhe braucht. Die Fahrt war ziemlich anstrengend für euch. Ich kann noch ein bisschen warten.“

„Willst du in der Zwischenzeit was frühstücken?“ Ich selbst verspürte absolut keinen Hunger.

„Ehrlich gesagt, habe ich mich vorhin schon selbst bedient. Da keiner hier war …“

„Schon gut. Fühl dich wie zu Hause.“ Ich ließ mich auf der Couch nieder und merkte, dass mir doch noch immer der Schädel brummte. Das hatte ich dem zweiwöchigen Schlafmangel zu verdanken. Ich rieb mir die Augen und versuchte, irgendwie wachzuwerden.

Da fiel mir die perfekte Lösung ein, um wachzuwerden: „Ich werde mal den Wagen ausräumen.“ Da war ich auch schon wieder auf den Beinen.

„Ich helfe dir“, verkündete Kyra und stellte ihre leere Tasse auf dem Tisch ab.

„Du wolltest gleich doch auch noch einmal in die Stadt, oder?“, fragte sie mich, als ich den Kofferraum öffnete und mir das Chaos unseres durcheinandergeworfenen Gepäcks förmlich entgegensprang.

„Ja, aber nach Crossgaten.“

Sie blinzelte mich verwirrt an. „Was willst du denn in Crossgaten?“

„Ich muss mit meiner Schwester sprechen.“ Dass Bonns Veranstaltungen absagen lassen wollte, war schon gut, aber eine zweite Absicherung über ein paar Zeitungsberichte wäre nicht verkehrt, um vor einer potenziellen Bedrohung zu warnen. Ich hoffte, dass Lizzy mir da helfen konnte.

„Stammst du ursprünglich aus Crossgaten?“, fragte Kyra erstaunt.

Ich grinste. „Ja, wieso?“

Sie schüttelte den Kopf. „Ich dachte, da wohnen nur reiche Leute.“

„Was soll das denn heißen?“ Ich lud ihr unsere drei Decken auf einmal in die Arme und grinste sie weiter an.

„Naja, ich habe irgendwie nicht damit gerechnet, dass du aus einer reichen Familie stammst“, murmelte sie und sah mich im nächsten Augenblick entschuldigend an.

„Und was soll *das* jetzt heißen?“ Mein Grinsen wurde breiter, als ich sah, dass ich sie in Verlegenheit gebracht hatte – oder viel mehr: sie sich selbst.

„Naja“, wiederholte sie und starrte auf die Decken, während ich ein paar Dosen aus dem Kofferraum zusammensammelte. „Ach, keine Ahnung. 'Tschuldige.“

Um sie nicht weiter im Unklaren zu lassen, erzählte ich: „Ich bin in einem ganz normalen Haus aufgewachsen und wir hatten auch kein Dienstpersonal.“

„Also gibt es auch ‚normale‘ Häuser in Crossgaten? Nicht nur Villen?“, fragte sie erstaunt.

„Ach ja. Du hast Allcey noch nie verlassen“, erinnerte ich mich. „Und ja: Da stehen auch ganz normale Häuser. Bringst du die schon mal in den Flur?“ Ich deutete auf die Decken in ihrem Arm und stellte mir eine Kiste hin, in die ich unsere übergebliebenen Lebensmittel warf. Es konnte keine Stunde gedauert haben, da waren wir fertig und nur noch Kyras Koffer lag im Auto, bereit zur Abfahrt.

Also startete ich einen dritten Versuch, mir wieder etwas Lebenskraft einzuhauchen: Ich lümmelte mich mit einer Tasse Kaffee auf die Couch, während Kyra ihre zweite Tasse Tee schlürfte.

„Hattest du deinen Onkel das letzte Mal gesehen, als du noch im Süden gelebt hast?“, fragte ich, damit wir uns nicht weiter anschwiegen.

„Ja.“ Sie lächelte melancholisch in ihre Tasse, als würde sie Bilder der Erinnerung darin erkennen. „Ist schon ewig her.“

„Hat er dir wenigstens sagen können, wo du geboren wurdest, wenn es dir deine Mutter schon nicht sagen kann?“

Jetzt wurde ihr Lächeln zu einem Grinsen. „Hab vergessen, zu fragen.“

Ich lachte leise und schüttelte den Kopf. Dann überlegte ich kurz und fasste einen organisatorischen Entschluss: „Wenn Ronan in der nächsten halben Stunde nicht auftaucht, werde ich jedenfalls nach Crossgaten fahren. Wenn du willst, nehme ich dich mit und setze dich bei dir zu Hause ab.“

Sie zögerte mit ihrer Antwort. „Vielleicht kannst du mich eine Straße weiter absetzen. Nicht direkt vor der Haustür“, sagte sie unsicher.

Ich grinste sie an. „Angst vor Klatsch und Tratsch?“

„Ich bin schließlich so gut wie verlobt“, hielt sie dagegen.

„Ach ja, mit dem Esel“, scherzte ich.

Sie unterdrückte ein Lachen. „Kann man so sagen."

Ich sah sie an. „Du hast echt keinen Bock auf den Kerl, kann das sein?"

Seufzend lehnte sie sich im Sessel zurück. „Nein."

„*Musst* du ihn heiraten?"

Abermals entfuhr ihr ein Seufzer. „Ja, muss ich."

„Und wenn du dich weigern würdest?"

Wieder starrte sie auf ihre Teetasse. „Wer weiß, wie sich die politische Situation entwickelt. Ich bin keine Rakronierin."

Es war glasklar, worauf sie anspielte. Sie steckte in einer fiesen Zwickmühle. Und das dank ihrer ausländischen Abstammung.

„Man sucht sich seinen Geburtsort nicht aus." Ich schenkte ihr ein aufmunterndes Lächeln, das sie erwiderte.

„Genauso wenig wie die Umstände, in die man hineingeboren wird", ergänzte sie.

„Und die Familie auch nicht", setzte ich fort.

Erneut lächelte sie in ihre Teetasse hinein. „Für meine Familie bin ich unendlich dankbar. Ich hätte mir keine bessere wünschen können."

„Naja, ich kenne nur deinen Bruder. Aber auf ihn ist Verlass."

„Auf Ronan? So halbwegs", sagte sie mit einem bitteren Lächeln. Sie meinte wohl doch eher die anderen aus ihrer Familie.

Abwehrend hob ich die Hand. „Er jongliert mit vielen Pflichten", verteidigte ich ihn. Und das stimmte. Ich beneidete ihn um die Fähigkeit, endlos viel Stress einstecken zu können, ohne sich etwas anmerken zu lassen.

„Ja, ja. Das sagt er auch immer.“ Sie grinste. „Und? Wann hast du deine Schwester das letzte Mal gesehen?“

Ich seufzte ertappt. „Ist schon drei oder vier Monate her. Aber sie wohnt nicht gerade um die Ecke.“

„Sie wohnt in derselben Stadt wie du“, hielt sie dagegen.

„Weißt du, wie lange es dauert, diese Stadt zu durchqueren? Das lässt sich nicht immer mit meinem Zeitplan vereinbaren.“

„Natürlich.“ Sie lächelte. „Hast du noch mehr Geschwister, für die du keine Zeit hast?“

„Noch einen kleinen Halbbruder. Aber den habe ich das letzte Mal gesehen, da konnte er noch nicht mal sprechen.“

„Du scheinst ähnlich viel Zeit mit deiner Familie zu verbringen wie Ronan mit seiner. Ihr seid euch gar nicht so unähnlich.“

Was für eine Scheiße wir schon zusammen durchgestanden haben, zuckte mir der Gedanke durch den Kopf. So lange wie wir uns schon kannten, war es selbstverständlich, dass wir uns das ein oder andere voneinander „abgeguckt“ hatten.

Doch bevor ich etwas erwidern konnte, wandte ich den Kopf, als ich die Tür hörte. Wenn man vom Teufel sprach. Ronan trat ein, ohne etwas zu sagen. Erschöpft ließ er sich aufs Sofa mir gegenüber fallen.

„So schlimm?“, fragte ich leise.

Als Antwort stieß er bloß den Atem aus und starrte zu Boden.

„Was ist denn los?“, erkundigte Kyra sich vorsichtig.

Er schüttelte nur den Kopf. „Nichts.“

Hilfesuchend sah sie zu mir, aber ich schwieg.

Ronan schloss für einen Moment die Augen, als suchte er nach irgendwelchen letzten Konzentrationsreserven in seinem Körper. „Jarren, kannst du Kyra nach Hause bringen? Kyra, wäre das für dich in Ordnung? Ich kann jetzt nicht weg." So langsam, wie er sprach, schien er die Nacht kaum ein Auge zugetan zu haben. Genau das Richtige nach dieser Höllentour.

„Kein Problem", sagte ich.

Kyra warf ihm einen sorgenvollen Blick zu, bevor sie sanft antwortete: „Du siehst so aus, als solltest du dich dringendst wieder ins Bett legen."

Für einen Moment ließ er den Kopf gegen die Lehne zurücksinken, bevor er sich einen Ruck gab und sich hochkämpfte. „Ich komm nach, sobald ich kann", murmelte er und da war er auch schon verschwunden.

Kyra sah mich einen Moment lang an, bevor sie ihre Sprache wiederfand: „So habe ich ihn aber lange nicht mehr erlebt."

„Tja." Auch ich raffte mich auf und erhob mich. „Wollen wir los?"

Wir ließen Shelvers hinter uns.

„Ich hoffe, er ist nicht immer so drauf, wenn er mit Nalia zusammen ist", murmelte Kyra, das Kinn seitlich in die Hand gestützt.

„Ronan? Nein", antwortete ich ruhig. „Ihm geht's mies, weil es ihr mies geht."

„Was hat sie denn?"

„Frag ihn selbst."

„Er wird es mir eh nicht sagen“, beschwerte sie sich.

„Dann geht es dich vielleicht einfach nichts an.“

„Ronan weiß auch alles über mich!“

„Glaub mir, es ist besser, manche Sachen nicht zu wissen“, seufzte ich.

„Das macht es nicht besser! Jetzt will ich umso dringender wissen, was los ist.“

Ich lächelte dezent. „Naja, du hast ja auch Geheimnisse vor mir.“

Sie sah mich empört an. „Das ist was anderes!“

„Inwiefern?“

„Du bist nicht mein Bruder.“

Mein Lächeln wurde breiter. „Das ist mir bewusst.“

Darauf erwiderte sie nichts. Mit einem raschen Seitenblick erkannte ich, dass sie auf ihre Hände sah. Es war wohl gar nicht schwer, sie in Verlegenheit zu bringen, stellte ich belustigt fest, obwohl das nicht einmal meine Absicht gewesen war.

„Jetzt hab dich nicht so. Gleich kannst du dich wieder mit deinem Esel befassen und ihm deine Geheimnisse verraten.“ Wenn sie sie schon nicht mir verriet.

Der finstere Blick, den ich mir darauf einfing, erheiterte mich ungemein. „Was ist denn?“, fragte ich gespielt betroffen.

Aber sie ging nicht weiter darauf ein. Stattdessen setzte sie sich plötzlich auf und suchte die Umgebung mit wachsamen großen Augen ab.

„Bieg hier links ab“, sagte sie dann.

Ich blinzelte sie an. „Zum Turm geht es hier lang.“

„Nein! Bieg ab! Bitte!“

Abermals blinzelte ich sie an. Aber ihre Augen huschten von einer Ecke der Straße zur nächsten, als suchte sie nach irgendetwas an den Mauern der Häuser. Sie war auf einmal ganz nervös.

„Jetzt bist du vorbeigefahren! Dreh um!“

Ich verlangsamte das Tempo. „Warum?“

„Ich …“ Jetzt sah sie mich an. „Ich hab vergessen, dass ich noch etwas erledigen wollte.“

„Wenn du meinst“, seufzte ich zögerlich, machte auf der Straße kehrt, sobald es mir der Verkehr erlaubte, und bog ab, wo sie es wünschte. Es war eine schmale, kurvige Gasse von Unterführungen gesäumt. Und dann war ich gezwungen anzuhalten. Ich warf ihr einen Blick zu. „Da hast du’s. Sackgasse.“ Zumindest mit dem Auto kam ich hier nicht weiter.

Doch anstatt zu antworten, sprang sie aus dem Wagen.

„Kyra?“ Ich stieß die Tür auf und setzte ihr nach. „He, was hast du vor?“, rief ich, als sie zwischen den beiden Pollern hindurcheilte, die mich von der Weiterfahrt abgehalten hatten. Und die uns von einer großen Menschenmenge auf dem Platz dahinter trennten. Ein mulmiges Gefühl überkam mich.

„Kyra!“, rief ich erneut. Sie ignorierte mich.

Da riss mich eine Druckwelle von den Füßen. Ein Donnerschlag, der die Welt erzittern ließ, betäubte meine Ohren und ich hörte bloß noch ein leises Pfeifen. Das Gefühl der Schwerelosigkeit packte mich, der Boden war wie aufgerissen. Ich wusste erst wieder, wo ich war, als ich mit der Seite gegen die Motorhaube vom Wagen krachte.

Ich musste Kyra von hier wegschaffen! Und zwar

schnell!

Den Staub aus den Augen blinzelnd versuchte ich, mich zu orientieren. Der Platz war in eine graue Wolke eingehüllt. Ich rappelte mich hoch und erkannte Kyras Umrisse. Wie ich war sie von dieser unsichtbaren Kraft zu Boden geschleudert worden. Blitzschnell sprang sie wieder auf die Füße und eilte weiter.

Meine Augen wurden groß, als mir klar wurde, was gerade geschehen war. „Kyra!“ Ich zog mich am Wagen hoch und folgte ihr. „Kyra!“ Ich rannte so schnell ich konnte, aber irgendwie konnte ich sie nicht einholen. Sie rannte an der postierten Stadtwache vorbei, die selbst noch damit beschäftigt war, sich aufzurappeln und zu begreifen, was vor sich ging. Als ich zwei Sekunden später bei den Männern ankam, hatten sie sich allerdings so weit gesammelt, dass einer von ihnen mich aufzuhalten versuchte. Ich stieß ihn mit aller Kraft von mir, sodass er rücklings gegen seinen Kollegen torkelte. Sie trauten sich nicht, mir nachzulaufen, als ich in den seltsamen Schatten drang, der sich über den Platz ausbreitete und die Welt ihrer Farben beraubte. „Kyra! Das wird dich umbringen!“, rief ich, wobei sich meine eigene Stimme merkwürdig fremd anhörte. Immer wieder schrie ich ihren Namen, in der Hoffnung, dass sie umkehrte, aber sie hängte mich ab, verschwand in den grauen Rauchschwaden, die schwer durch die Luft zogen. Dazwischen das orangefarbene Flackern eines Feuers.

Meine Beine wurden schwer. Meine Schritte langsamer. Mein Herzschlag pochte mir in den Ohren. Mein Körper wollte nicht weiter. Ich musste umkehren! Kaum hatte ich den Gedanken gefasst, da stürzte ich auf die Knie, keine

Sekunde später musste ich mich auf alle Viere stützen, bevor ich mich hätte in Sicherheit bringen können. Ein letztes Mal hob ich den Blick. Erkannte ihren fernen Schatten, fast unsichtbar im Rauch, der wie wild um sich zu peitschen begann. „Kyra …"

So fühlte es sich also an, wenn einem die Kyerch das Leben aus dem Körper saugte.

Noch immer fixierte ich Kyra, aber ich konnte ihre Umrisse kaum noch ausmachen. Das Pfeifen in meinen Ohren wurde lauter, der Rauch immer dunkler, meine Stimme, die noch immer versuchte, nach ihr zu rufen, murmelte bloß noch verwaschen. Ich ging zu Boden, die Hand an meine Brust gekrallt, weil ich befürchtete, mein Herz bliebe gleich stehen – mein Puls war schlagartig viel zu langsam geworden. Todesangst ergriff meinen Körper, verpuffte aber in der nächsten Sekunde wieder. Ich hatte keine Kraft, um noch irgendetwas zu spüren, konnte kaum noch atmen.

Dieses leere Gefühl kannte ich gut. Der kurze Moment zwischen Todesangst und Bewusstlosigkeit. Wenn alles leer und gleichgültig wurde. Und ich nur noch die Augen schließen konnte.

Plötzlich schnappte ich nach Luft – da wurde mir klar, dass ich viel zu lange nicht geatmet hatte. Mein Herzschlag raste. Da war sie wieder: die Todesangst.

Um Luft ringend krampfte sich mein Körper zusammen. Ich kämpfte gegen den Schwindel.

Wo war Kyra? Und warum war ich noch am Leben? Das Gewicht, das mich vor ein paar Sekunden noch zu Boden gepresst hatte, war urplötzlich verschwunden.

Suchend sah ich mich um, wobei ich meinen Kopf kaum

bewegen konnte. Gewiss war ich nicht der Einzige, der hier am Boden lag. Und Kyra stand dort, aufrecht, als wäre nichts, in der Mitte des Geschehens. Der dunkle Rauch, der sie eben noch verdeckt hatte, hatte sich gelichtet. Sie sah über die Schulter und unsere Blicke trafen sich. Ihre Augen wurden groß und sie rannte auf mich zu.

„Jarren! Verdammt, warum läufst du mir hinterher?“ Sie ließ sich neben mir auf die Knie fallen.

„Was hast du … erwartet?“, keuchte ich. Kurz schloss ich die Augen, um mich zu sammeln. Ich wollte mich aufsetzen, aber mein Körper machte keinerlei Anstalten, sich zu bewegen. Allein das Sprechen forderte alles meiner restlichen Kraft. „Verschwinde und … und versteck dich.“

Sie schnappte sich meinen laschen Arm und machte irgendetwas damit. „Verstecken?“ Vermutlich versuchte sie, mir aufzuhelfen. Keine Chance. „Ich kann dich doch nicht hier allein lassen!“

„Wenn die dich hier finden … und du als Einzige wohlauf bist …“ Ich musste den Satz nicht vollenden. Kyra verstand, was ich meinte. Und doch zögerte sie und zog noch einmal an meinem Arm – ich zuckte zusammen, weil ich Angst hatte, dass sie mir gleich die Schulter auskugelte.

„Das wird nichts. Und jetzt verschwinde! Bevor …“

Ihr Aufschrei unterbrach mich. Sie wurde auf die Füße gezogen und stolperte einige Schritte von mir weg. Mein Arm glitt aus ihren Händen und fiel dumpf auf die Pflastersteine.

Die Stadtwache war hier – offensichtlich Männer, die während der Explosion weit genug entfernt gewesen waren, um jetzt nicht wie ich gelähmt auf der Straße zu liegen.

Und nachdem die Kyerch aus dem Süden in die Luft geflogen war, hatten sie dazu das Mädchen aus dem Süden gefunden, das unerklärlicherweise putzmunter war. Und ich musste mir ihr Gerangel mit ansehen und konnte nichts ausrichten.

Kyra schaffte es irgendwie, sich loszureißen und einem der drei Männer die Hand vor die Stirn zu stoßen – der brach daraufhin einfach zusammen.

Dann brach der zweite zusammen.

Verfluchte Scheiße, was auch immer sie da tat, sie machte alles schlimmer!

Der dritte zögerte nicht, sie mit dem Schlagstock niederzustrecken. Ich fuhr zusammen. Ein einziger Hieb ins Gesicht und sie stürzte zu Boden.

Ich musste ihr helfen! Aber alles, was mein Körper an Reaktion zeigte, war, mit den Fingern zu zucken. Ich wollte aufspringen, stöhnte allein bei dem Versuch, meine Muskeln auch nur anzuspannen. Mein Körper war gelähmt und zwar von Kopf bis Fuß!

Schließlich musste ich mir ansehen, wie der Wachmann Kyra Handschellen anlegte. Dass sie sich nicht wehrte, bewies, dass sie nicht mehr bei Bewusstsein war. Er hob sie vom Boden auf, um sie davonzuschleifen, und mein Blick fiel auf die Platzwunde an ihrer Stirn. Verdammtes Arschloch! Er sollte seine dreckigen Hände von ihr nehmen!

Ich musste ihr hinterher! Aber das Dröhnen in meinem Kopf wurde immer lauter, die Schemen vor meinen Augen undeutlicher. Die Welt versank im Rauch.

Danksagung

Mein allergrößter Dank geht an Daniela Rutica! Es war und ist mir ein großes Vergnügen, mir von dir in den Hintern treten zu lassen. Unsere stetige Zusammenarbeit und deine tollen Ideen haben dieses Buch zu etwas ganz Besonderem gemacht!

Außerdem danke ich meiner Familie, besonders meinen Eltern und meinem Mann, die mir diese kreative Arbeit überhaupt ermöglicht und mich in allem unterstützt haben!

Natürlich muss ich auch ein dickes Dankeschön an meine Freunde aussprechen, an Kathinka und auch an dich, liebe Maria. Wir haben schon seit Schulzeiten zusammen Geschichten geschrieben. Ihr habt mich alle unglaublich inspiriert! Ich bin glücklich, so tolle und kreative Freunde zu haben.

ISBN 978-3-7584-5969-6
00001
9 783758 459696
www.epubli.com